KB159055

완벽한 배신

The Perfect Betrayal

완벽한 배신

The Perfect Betrayal

로렌 노스 장편소설 — 김지선 옮김

북로드

나의 친구, 캐스린 존스에게 바칩니다.

일러두기

이 책은 소설 작품입니다. 여기 나오는 인물이나 사건, 단체나 기관 등은 실제와는 아무런 관련이 없습니다. 소설 속의 모든 인물, 사건, 대화 등은 모두 작가의 상상력을 토대로 창작된 것임을 밝힙니다.

하나, 모든 표기는 출판사 편집매뉴얼의 교정 규칙에 따르되, 작가의 의도에 따라 필요하다 판단될 경우 절충하여 표기하였습니다.

둘, 원저자 주의 경우 괄호 안에 표기하였고, 옮긴이 주의 경우 괄호 안에 '옮긴이' 표기를 별도로 하였습니다.

셋, 영화, TV 프로그램, 미술품, 곡명은 〈 〉로, 신문이나 잡지의 매체명은 《 》로, 책 제목은 『 』로, 책 속 편명은 「 」로 표기하였습니다.

넷, 원문에서 이탤릭체 혹은 대문자로 강조된 부분은 고딕체, 볼드체 혹은 작은따옴표로 구분하여 표기하였습니다.

1

4월 9일 월요일, 제이미 생일 이튿날

내게 주어진 시간은 아주 잠깐뿐이야. 모르핀의 약효가 점차 떨어지지만 통증은 아직 완전히 깨어나기 전. 그 틈을 타서 난 다음 네 가지 사실을 간신히 확인할 수 있어.

첫째, 난 병원에 있어.

둘째, 칼에 찔렸어.

셋째, 당신은 살아 있어.

넷째, 제이미가 실종됐어.

아마 길어야 5분쯤일까. 심장이 온몸이 들썩일 만큼 거세게 쿵쿵대고, 뭔가 해야만 한다는 절박감이 날 몰아붙여. 우리 아들이 실종됐는데, 그 사실을 누가 알긴 하는지, 누군가가 그 애를 찾고 있긴 한지 전혀 모르겠어. 이 5분이 지나면 난 다시 몸 안쪽에서 바깥쪽을 향해 굴착기로 파헤치는 듯한, 위를 갈기갈기 찢는 듯한 통증에 사로잡히겠지. 그리고 당신을 데려오라고, 진통제를 내놓으라고 비명을 지르지 않기 위해 이를 악물어야만 하겠지.

그 5분이 다 가기 전에 난 셸리가 옆에 있다는 걸 알아차렸어. 내 살에 닿은 셸리의 손이 땀으로 젖어 있어. 침대 옆에 놓인 플라스틱 의자에 언제부터 앉아 있었던 걸까. 눈을 번쩍 뜬 순간 셸리와 눈이 마주쳤고, 난 손을 뺐어.

"테스. 좀 어때요?" 셸리가 몸을 앞으로 살짝 기울이자 샤넬 향수 냄새가 코끝을 간지럽혀. 그 냄새가 신호라도 되듯, 셸리를 마지막으로 봤을 때의 기억이 떠올라. 장소는 우리 집 부엌. 셸리는 제이미의 생일 케이크를 자를 칼을 손에 쥐고 이안 옆에 서 있었지. 그 칼에서 바닥으로 핏방울이 뚝뚝 떨어지는 소리를 제외하면 주위는 완벽한 정적이었어.

입안에서 털 같은 게 느껴져. 탈지면을 볼 안에 물고 있는 모양이야. 목소리가 안 나와.

"물 좀 마실래요?" 언제나처럼 내 머릿속을 훤히 들여다본 셸리가 묻는군. 당신이 그러던 것처럼 말이야. 옆에 있는 주전자에서 플라스틱 컵에 물을 따라 내 앞으로 건넸지만, 난 고개를 저었어. 그랬더니 푸른색 병실 벽이 눈앞에서 빙빙 돌아가네.

"제이미…… 어디……?" 깨진 유리 조각처럼 목구멍에 걸려 있던 그 말을 난 억지로 뱉어냈어.

셸리가 고개를 홱 돌리더니 반대편 벽에 붙어 있는 데스크의 간호사 세 명을 못마땅한 눈초리로 쳐다봐. "미안해요, 테스. 제발, 얼른 몸 낫는 데만 집중해요. 여기 있으면 안전하니까."

안전하다고? 무엇으로부터? 누구로부터? 제이미는 어디 있지?

이마에 맺힌 땀방울이 엉킨 곱슬머리로 굴러가면서 두피를 간지럽혀. 배 속 깊은 곳에서 통증이 점차 깨어나고 있어. 화끈거리는 통증이 가슴으로 올라오는 바람에 가쁜 숨을 몰아쉬었어. 들이쉬고 내쉬고, 들이쉬고 내쉬고…….

"당신이 이렇게 만들었죠." 내가 속삭였어. "당신이랑 이안이……."

셸리가 고개를 젓자 윤기 흐르는 금발이 양쪽으로 찰랑거렸어. "난 당신을 도우려던 것뿐이에요."

"마크가 여기 있었어요. 마크가 해결할 거예요."

"마크라고요?" 셸리의 얼굴에서 뭔가 변화가 일어나는군. 순간적으로 동공이 커졌다 작아지고 있어. 내가 겁먹게 만든 거야.

"마크는 죽었어요." 셸리가 느릿느릿 말해. "1월에 죽었잖아요."

아니에요. 마크가 여기 있었어요. 지금 당신이 앉아 있는 자리에 앉아 있었다고요. 마크의 손가락이 내 손등을 다독이던 걸 선명히 기억해요.

셸리는 반박하지 않았고, 잠시 후에야 난 내가 실제로 말한 게 아니라는 걸 깨달았어.

"마크는…… 그이는……." 내 안에서 통증이 마치 야수처럼 쑥쑥 자라면서, 갑자기 할 말도, 확신도 잃어버렸어. 당신은 여기 있었잖아, 마크. 아니야?

"좀 쉬어요." 셸리가 손을 뻗어 내 손을 꾹 쥐어. "일단 좀 쉬고 진찰을 받으면 더 나아질 거예요."

"제이미를 보고 싶어요." 손을 빼려 해도 그럴 수 없어. "제이미를 나한테 데려와줘요, 제발." 내 목소리는 어린애가 떼쓰며 징징대는 것처럼 들리지만, 상관없어.

"난 못 해요." 셸리가 또다시 머리칼을 찰랑대며 대답하네. 입은 미소를 띠고 있지만 그 예쁜 녹색 눈동자 뒤에는 공포가 도사리고 있어. 도대체 뭐가 두려운 거지?

"그 애는 내 아들이에요. 당신은 내게서 그 애를 빼앗을 수 없어요."

셸리는 침대를 떠나기 전에 마지막으로 내 손을 꼭 쥐었어. "내가 잘못 생각했네요. 여기 오는 게 아니었는데. 미안해요, 테스."

셸리가 병동 끝에 있는, 머리를 체리색으로 염색한 간호사에게 다가가 뭐라고 말하고 있어. 두 사람은 동시에 고개를 돌려 나를 쳐다봤고, 이윽고 셸리는 떠났어. 저렇게 가게 놔두면 안 된다고 비명을 지르고 싶어. 제이미는 실종된 게 아니야. 셸리가 데리고 있어. 어느 쪽이 더 나쁜 상황인지 모르겠어.

당신 어디 있어, 마크? 제이미한테는 우리가 필요해.

간호사가 나를 향해 허둥지둥 다가오는데 다른 침대에서 누군가가 뭐라고 소리를 질러. 간호사가 그 사람에게 "잠깐만요" 하고는 내 침대로 오더니 발치에 꽂힌 차트를 빼 뭐라고 적고 있어. 뭘 적은 걸까? 셸리한테 무슨 말을 들었길래? 지금 뭘 적고 있는 거예요? 난 묻고 싶지만 통증 때문에 아무것도 할 수 없고 비명은 목에 걸려 나오지 않아.

어딘가에서 삑삑대는 기계음이 들려와. 끼익하는 소음이 들릴 때마다 마치 두개골에 스크루드라이버를 때려 박는 것만 같아.

"좋은 친구분을 두셨네요." 간호사의 말씨에 강한 더블린 억양이 묻어나. **저 여자는 내 친구가 아니에요. 친구였던 적 없어요.**

"내 아들……." 난 마지막 말을 차마 입 밖에 내지 못했어.

"이번에 복용하실 진통제를 가져올게요." 간호사는 그렇게 말하고 내 차트를 있던 자리에 도로 꽂았어. 난 그걸 낚아채서 뭐라고 썼는지 읽고 싶은 마음이 간절하지만, 그러지 않았어. 그럴 수 없어. 안 아픈 데가 한 군데도 없거든.

진통제가 투여되고, 질척질척하고 깊은 무의식 속으로 한참을 미끄러져 내려간 뒤 셸리의 목소리가 다시 머릿속에 메아리쳐.

'여기 있으면 안전해요.'

그런가? 내가 누구로부터 안전한데? 제이미는 어디 있지?

고통이 흐릿해지고 의식도 함께 흐릿해지면서, 내가 알고 있는 사실들을 놓치지 않으려고 해.

첫째, 난 병원에 있어.

나머지를 떠올리려 애써보지만, 이미 사라져버렸어.

내가 어떻게 여기에 왔지?

어쩌다 상황이 이렇게 됐지?

2

엘리엇 새들러(ES)와 테레사 클라크(TC, 오클랜드 병원 하트필드 병동에 입원 중)의 대화 녹취록, 4월 10일 화요일, 16시 45분, 세션 1

ES : 안녕하세요, 테스. 좀 어떠세요?

TC : 저요? 전 괜찮아요. 형사님이 걱정하셔야 할 건 제이미죠. 그 애가 실종됐다고 제가 계속 말하고 있는데 아무도 들어주지 않아요. 다른 사람한테도 얘기했는데……. 경찰한테……. 오늘 아침 저랑 이야기하려고 병동으로 온 붉은 머리 젊은 남자한테요. 셸리나, 아니면 이안이 그 애를 데리고 있는 것 같아요. 어쨌든 셸리는 뭔가 알고 있어요. 아무도 진지하게 들어주지 않아요. 제발, 새들러 형사님, 정확히 무슨 일을 하고 계시는지 저한테 좀 말씀해주실래요? 전 제이미가 어떻게 됐는지 알아야만 해요.

ES : 경찰은 최선을 다하고 있습니다, 테스.

TC : 경찰은 그냥 셸리만 찾으면 돼요. 셸리가 어제 여기 병원에 왔었다고요, 세상에. 그 여자는 제이미가 어디 있는지 알아요. 여기서 내보내주시면 제가 직접 그 여자를 찾아낼 수도 있어요.

ES : 저희를 돕고 싶으시면, 이틀 전 밤에 무슨 일이 있었는지 말씀해주시겠습니까? 일요일이었죠. 집에 계셨고요.

TS : 이틀 전 일요일이라고요? 제이미가 실종된 지 이틀이나 지났다는 건가요? 맙소사.

ES : 무슨 일이 있었습니까?

TC : 그날은 제이미 생일이었어요. 그 애는 여덟 살이 됐죠. 우린 생일 파티를 하는 중이었어요.

ES : 거기 누가 같이 있었습니까? 누가 부인을 칼로 찔렀죠?

TC : 전 (잠시 쉬고) 기억이 안 나요.

ES : 기억나는 건 뭔가요?

TC : 셸리가 거기 있었던 건 기억해요. 전 그 여자가 우리 친구라고 생각했어요. 우릴 도와주고 있는 줄 알았어요. 제이미랑도 너무 잘 지냈는데. 이건 전부 다 제 잘못이에요. 제이미는 제 인생의 전부예요. 만약 그 애한테 무슨 일이라도 생기면. (울음)

환자의 동요로 세션 중단.

3

2월 12일 월요일, 제이미 생일 55일 전

당신이 죽던 날 난 정원에 모닥불을 피웠어.

그래, 정말이야. 도시에서 나고 자란 당신 아내가 마침내 시골 생활에 적응한 거지. 그 망할 놈의 장작더미가 정확히 정원 한복판에 쌓여 있으니 별수 없잖아. 당신이 길가에 자란 산울타리를 다듬고 난 잔해를 거기다 쌓아놓고는 까맣게 잊어버린 게 벌써 언제였더라? 하긴 당신이 하다 만 작업이 그것 하나만은 아니었지.

그건 크리스마스 전이었어. 그 정도는 나도 기억해.

당연히, 난 당신이 죽은 걸 몰랐지. 어쩌면 부엌에서, 찬장 안쪽에 낀 때를 문질러 닦으면서, 라디오 2에서 나오는 켄 브루스를 따라 흥얼대고 있었다면 경찰이 문을 두드리기 전에 알았을지도 몰라. 하지만 난 그러지 않았어. 왜냐하면 그 순간, 그날 아침 그 나뭇가지들은 유난히 더 거슬렸고 날씨도 건조했거든. 태양은 크리스털처럼 맑은 파란색이었지. 그래서 난 슬리퍼 바람에 성냥과 라이터 기름과 일요일 신문을 들고 바깥으로 행군했고, 휘익, 그건 순식간에 불타올랐지.

순간적으로 날것 같은 생생한 스릴에 휩싸였어. 나뭇가지들이 타닥거리며 타는 소리와 냄새에 문득 핫도그와 가이포크스의 밤(영국에서 11월 5일 저녁에 이루어지는 연례행사로, 불꽃놀이를 한다 — 옮긴이)에 머리가 대롱거리는 허수아비들이 생각났지. 제이미가 돌아올 때까지 기다려서 보여줬으면 좋았겠다 싶었어. 모닥불 주위를 빙빙 돌며 춤을 추고 싶은 마음도 안 드는 건 아니었지. 혼자 잔뜩 신이 나서는, 젠장.

그때 불길이 장작더미 꼭대기를 날름대기 시작하더니 회색 연기가 용이 불을 뿜듯이 피어올랐어. 별안간 냄새는 더 이상 향수를 자극하지 않고 목 안쪽을 간지럽혔고, 난 눈보라처럼 흩날리는 재를 뒤집어쓴 채 축축한 슬리퍼 바람으로 서 있었어. 그렇게 신나서 바보짓을 한 걸 스스로 비웃으며 집으로 뛰어 들어가 머리칼에 엉겨붙은 재를 털어내고, 당신한테 사진을 찍어 보내려고 조리대를 눈으로 훑으며 휴대폰을 찾았지.

난 끝내 당신한테 문자를 보내지 못했어. 어차피 보냈어도 못 봤겠지만. 이미 이 세상 사람이 아니었으니까.

그날처럼 그렇게 웃는 게 어떤 느낌인지 떠올려보려고 아무리 애를 써도 기억이 안 나. 지금은 아예 남의 기억 같아. 고작해야 월요일이 네 번 지나갔을 뿐인데. 알고 보니 4주는 평생이더라. 만일 거리에서 스치면 당신이 날 못 알아볼지도 몰라. 마치 나와 별개의 생명체처럼 느껴지는 불그스름한 금발 고수머리는 이제 힘없이 축 늘어져서 삐쭉삐쭉 등까지 내려와 있어. 참, 임신 살 나머지가 드디어 빠진 이야기도 해야지. 7년을 끈질기게 버티던 게 당신이 죽으니까 한 방에 빠지네.

네 번의 월요일. 당신 없는 4주.

햇살 한 줄기가 격자무늬 창문으로 들어와, 부엌 식탁에 다이아몬드 모양을 그리며 내 앞에 놓인 작은 상자를 비추고 있어. 삐뚜름하게 경첩에 매달린, 짙은 색 목재로 된 찬장 문에도 다이아몬드 무늬가 그려져 있어.

난 이 부엌이 싫어.

이토록 커다란 집의 부엌이 어쩌면 이다지도 작고 어둠침침할 수가 있지? 예전 부엌이 그리워. 비록 우리가 함께한 인생을 돌이켜볼 때마다 찾아드는 그 갈가리 찢는 듯한 그리움하고는 다를지언정, 그 감정은 늘 내 마음속 한구석에 있어. 반짝이는 하얀 찬장, 매끄러운 바닥과 공간이 머릿속을 언뜻언뜻 스치고 가지.

식탁에는 내가 도저히 먹을 수 없었던 눅눅한 시리얼 바 두 개가 담긴 그릇이 놓여 있어. 그 옆에 있는 상자에 눈길이 가 닿았어. 오리알 같은 파란색의 작은 상자. 내 이름이 적힌 직사각형 라벨 위에 투명한 검은 글자로 '플루옥세틴'이라고 찍혀 있어. '테레사 클라크. 20밀리그램정 하루 1회 복용.'

의사 말을 들으면 그렇게 간단할 수가 없어. **"슬픔이 우울증으로 이어지는 건 드문 일이 아닙니다, 클라크 부인. 부인이 말씀하신 증상을 감안하면 항우울제를 복용하시는 게 좋을 것 같습니다. 우선 세 달 치를 처방해드릴 테니 그 후 다시 진찰을 받으셨으면 합니다. 그리고 사별 전문 상담치료를 받으셨으면 하고요."**

의사를 찾아간 건 바로 저번 주였어. 잠을 좀 잘 자고 싶어서, 악몽 없이 무의식으로 끌어당겨줄 약물이 필요했거든. 하지만 의사는 내가 우울증이라지 뭐야. 난 우울을 느끼지 않는데. 내가 느끼는 건 대체로 그냥 추위가 전부인데.

당신은 그게 필요 없어, 테시.

당신 목소리를 들으니 가슴속의 아픔이 조금은 무뎌지지만, 제이미가 예전에 무척 좋아하던 장난감 찰흙처럼, 아픔은 끈적끈적하게 내 온몸으로 뻗어가. 난 당신이 죽은 걸 알아. 내 머릿속에서 들리는 당신 목소리가 진짜가 아닌 걸 알아. 그건 당신이 여기 있었다면 뭐라고 말했을지 아는 내 마음이 내는 소리일 뿐이지만, 그래도 도움이 돼.

당신은 그게 필요 없어.

당신이 마지막으로 그렇게 말한 건 내가 제이미를 학교에 데려다주려고 아침에 침대에서 일어나는 것조차 못 하고 있을 때였지. 당신은 내가 이겨낼 수 있다고, 정신이 물질을 이긴다고 말했어. 슬픔과 공허감을 떨쳐버리라고.

효과가 있었잖아, 안 그래? 당신은 실제로 더 나아졌잖아.

결국은.

미간이 욱신거리면서 눈물이 솟으려 해. 생각이 멀리멀리 사라지고 있어. 집 안 소음에 귀를 기울여봐. 그건 현실이지. 들을 소리는 잔뜩 있어. 온수 배관이 삐걱대고 쾅쾅대는 소리, 벽난로의 바람이 방 안으로 불어닥치는 유령 같은 그르렁 소리, 유리창이 썩어가는 목재 틀에 부딪혀 덜그럭거리는 소리. 하지만 이런 소리들은 우리 아들이 내는 소음에 잠겨버려. 쿵, 쿵, 쿵. 잠이 덜 깨서 무거운 몸을 끌고 욕실로 가는 그 애의 발소리.

난 제이미가 칫솔질하는 모습을 그려봐. 유치가 빠진 아랫니 중간 부분을 뛰어넘고. 윗니가 오늘은 과연 빠질까 궁금해하면서 얼마나 흔들리는지 혀로 밀어보겠지. 당신이 죽은 후로 그 애는 키가 더 자란 것 같아. 난…… 줄어들었어. 내 몸을 감싸 안는 당신 팔이 없으니 난 미아가 된 것 같아. 그리고 아주 작아진 것 같아. 하지만 우리 아들이 자라는 건 그 무엇도 멈출 수 없지.

제이미는 이제 아까보다 작은 발소리를 내며 침실로 돌아가 옷을 갈아입어.

일이 분쯤 시계가 똑딱거린 뒤 제이미가 부엌에 나타나.

갑자기 감정이 밀려와. 우리 어린 아들이 여기 있구나. 가슴이 미어지는 듯한 아픔 위로 안도감이 작은 파도처럼 쏴아쏴아 밀려들어. 제이미가 여기 있어. 당신이 가버린 후 내 세상은 멈췄지만 제이미는 여기 있어. 아직 세상이 날 버린 건 아냐.

난 말해. "잘 잤니, 우리 아들" 하고.

제이미가 맞은편 의자에 미끄러지듯 앉아. 그릇과 숟가락이 그 애를 기다리고 있어.

난 전자레인지 위의 시계를 봤어. 벌써 오전 8시 35분이라니. 아침이 다 어디로 갔지? "또 학교 지각하겠네. 미안. 엄마가 시간 가는 걸 깜빡했다."

제이미의 얼굴에 주름이 져. 그 애는 학교에 지각하는 걸 아주 싫어하거든. 원래는 조금도 신경 쓰지 않았는데. 그렇게 인상을 쓰는 일도 전혀 없었는데. 겨우 일곱 살짜리의 얼굴치고는 너무 어른스러운 표정이지만, 그 애는 날 볼 때 점점 더 그 표정을 많이 짓고 있어.

내 누런 얼굴과 눈 밑의 검은 얼룩을 곰곰이 뜯어보지.

그 애의 눈길이 내 손에 든 상자에 멎었어. 내가 복용해야 하는데 안 하고 있는 약. 내가 너무 급히 일어서는 바람에 의자가 보기 싫은 적갈색 바닥 타일을 긁으며 끼익 소리를 냈어. 상자가 전자레인지 옆에 쌓인 우편물 더미 위로 떨어져. 가뜩이나 위태롭게 쌓여 있던 편지 더미가 그 충격으로 흔들려.

뒤돌아보니 그 애의 얼굴에서 근심이 사라지고 다시 어린 남자애로 돌아갔어. 라이스 크리스피 시리얼 상자를 기울여 빈 그릇에 따르는데 힘 조절에 실패해 너무 많이 부어버렸네.

제이미 머리를 깎을 때가 됐어, 테시.

당신은 만날 그 소리를 하더라.

나랑 너무 닮은 금발 고수머리가 아주 살짝 부스스하긴 해. 그 애가 얼굴에 붙은 머리카락을 떼어내. 그 꿰뚫는 듯한 푸른 눈동자를 가리지 않게. 그 애가 태어난 날 조산사가 뭐라고 했는지, 당신 기억나? 그 애의 눈동자를 보며 우쭈쭈거리더니 우리를 돌아보고 혀를 쯧쯧 찼지. **"이 파란색이 절대 이대로 안 간다니까요."** 억양 없는 단조로운 투로 그렇게 말했지. 하지만 아직도 그대로야.

난 그 애의 머리 자르기를 미루고 있지만, 우편물을 열어보지 않거나 자동응답기의 메시지를 확인하지 않는 것하고는 다른 이유 때문이야. 그 애의 나머지 부분 때문이야. 긴 다리, 네모진 턱, 그리고 뾰족하게 마무리된 곧은 콧날……. 전부 당신하고 똑같아, 마크. 거기다 머리카락까지 짧게 쳤다간 그 애는 당신이랑 더 닮아 보일 거야. 게다가 제이미는 긴 머리를 더 좋아해. 수줍어서 도망치고 싶을 때 그 뒤에 숨으면 되니까.

"준비 다 했니?" 난 물었어. "네 점퍼는 어디 있어?"

제이미는 입에 라이스 크리스피를 한가득 물고 있어서, 대답 대신 어깨를 으쓱했어.

"어디 있는지 엄마도 모르는데. 금요일에 그거 어디다 뒀니?"

제이미가 "몰라요" 하고 대꾸해.

좌절감이 내 온몸을 휩쓸어. 분노가 마치 카우보이처럼 그 좌절감을 올라타고 달려와. 미처 억누를 틈도 없이 내 입에서는 거친 말이 콸콸 쏟아져 나오고 있어. "제이미, 제발 좀. 네 망할 놈의 학교 점퍼 어디 있냐고!"

제이미가 내 목소리에 담긴 분노에 위축돼서 몸을 작게 움츠려. 그리고 이제 내 기분은 거지 같아졌어. 정말 거지 같아.

시리얼 그릇 위로 잔뜩 몸을 웅크리고 고개를 축 늘어뜨린 제이미의 뺨을 타고 눈물 한 방울이 굴러떨어져. "욕하지 마세요. 욕하면 나빠요." 제이미가 속삭여.

난 "미안하다" 하고 불쑥 내뱉고는 제이미의 의자 옆으로 가서 쪼그려 앉아. "그렇게 심하게 쏘아붙이다니, 엄마가 잘못했어. 그리고 확실히 욕한 것도 그렇고. 네 잘못은 하나도 없어. 그냥 엄마가 오늘 아침에 몸이 좀 안 좋아서 그런 거야. 네 잘못이 아니야. 미안해." 난 아랫입술을 잘근대며 다시 일어서. "엄마가 주말에 빨래를 했거든. 분명 네 점퍼가 널려 있는 걸 본 것 같아." 이건 거짓말이야. "아침 먹고 있으면 엄마가 찾아볼게."

제이미는 고개를 끄덕이고 우린 괜찮아진 것 같아. 물론 당신 없이 괜찮을 수 있다는 것에는 한계가 있지만.

난 부엌을 급히 나와 나무로 된 복도 바닥에 부딪쳐 요란하게 딱

딱 소리를 내는 슬리퍼를 끌고 이 방 저 방 돌아다니며 없어진 점퍼를 찾아. 제일 먼저 찾아본 건 식당이야. 어마어마하게 큰 벽난로 옆에서 당신 어머니가 쓰던, 수십 년의 세월 동안 검게 그을린 목재가구가 어두운 광채를 발하고 있어. 천장으로 올라갔다가 다시 벽을 타고 내려오는 튜더 양식 오크나무 대들보와 같은 색깔이지.

점퍼는 없어.

그걸 빨았는지 어쨌는지 전혀 기억이 안 나. 말리려고 내다 건 기억도 없고. 요즘 나를 늘 에워싸고 있는 안개 속으로 사라져버린 기억이 그게 전부는 아니지만.

복도를 걸어서 정원을 내다보는 큰 거실로 들어가. 거기도 벽난로가 있지. 동양풍 러그는 오랜 세월 불똥이 튀어 가장자리에 그을린 흔적들이 보여. 난 그 러그를 버리고 싶었지만 당신이 안 된다고 했지.

그 방에 어울리잖아, 테스.

어쩌면 그럴지도. 솔직히 이젠 그런 게 다 무슨 상관인가 싶어. 하지만 우리 옛날 집 거실에서 가져온 검은 코너형 소파는 여기 안 어울려 보여. 안 그래? 너무 작고 너무 현대적이잖아. 유리 스탠드에 얹어놓은 평면 텔레비전처럼. 첼름스퍼드에 있던 우리 연립주택의 정사각형으로 딱 떨어진 거실에는 완벽하지만, 여기에는 아니지.

플레이스테이션 옆에 나뒹구는 것들 중에 제이미의 점퍼가 있지 않을까 기대해보지만 기대는 어긋나고, 난 계속 찾아다녀. 중앙 계단을 돌아 그 뒤편에 있는 방들로 갔지. 《리더스 다이제스트》 과월호들이 들어찬 서재, 상자들이 쌓여 있는 다른 거실인지 응접실인지 하는 거기까지 몽땅 뒤져봐. 상자들 중 절반은 우리가 아직 풀어보지도 않은 물건들로, 나머지 절반은 당신 어머니가 쓰던 물건들로 가득 차 있지.

집 뒤편의 좁은 층계를 올라가 그쪽 방들을 들여다봐. 우리 방이랑 제이미 방만 빼면 전부 당신 어머니의 72년 인생과, 너무 귀한 몸이셔서 청소 따위는 꿈에도 생각할 수 없었던 한 여자의 때로 뒤덮여 있지.

그분은 결국 약간 정신 줄을 놓으셨어.

아 마크, 당신이 실제로 그렇게 말한 건 아니지만 만약 그랬다면 정말 에누리한 표현이야. 하지만 내가 뭐라고 남의 정신 건강에 말을 얹겠어? 의사 말로 난 우울증이라는데.

욕실을 확인했어. 황금색 수도꼭지와 바닥에서 천장까지 뻗어 있는 크림색 장식들과 가지색 타일들이 눈에 들어와. 하지만 점퍼는 없어.

내가 점퍼를 찾아낸 곳은 제이미의 방이었어. 그 애 방은 온갖 색깔들이 잡탕을 이루고 있어. 붉은색과 푸른색의 스파이더맨 침대보, 책장 위에 진열된 녹색 닌자거북이 장난감들, 검은색과 노란색으로 된 배트맨 커튼, 그리고 그 애가 태어나면서부터 줄곧 함께해서 차마 버릴 엄두가 나지 않는 자동차 러그.

점퍼가 제이미의 옷장에 걸려 있네. 라벤더 섬유유연제 냄새가 나. 틀림없이 내가 빨아놓고는 잊어버렸나 봐. 기계적으로 걸어놨겠지. 당신 생각을 하면서. 우리 생각을 하면서.

*

"찾았다." 헉헉대며 부엌으로 다시 뛰어 들어갔어.

제이미는 말 한마디 없이 머리 위로 점퍼를 뒤집어써.

"갈 준비 됐니?" 난 머리카락을 동그랗게 틀어 올리고, 발을 질질 끌며 부엌을 지나 외투와 구두를 놔두는 쪽문 옆 귀퉁이로 가. 나 아직도 당신의 빨간색 타탄 무늬 파자마 바지를 입고 있는데, 못 본 척 해줘.

아, 테레사. 정말이야?

긴 겨울 외투를 위에 걸치고 웰링턴 부츠를 신으면 그렇게 티 안 나. 그냥 학교만 데려다주고 오면 되는걸.

어차피 학교까지는 차로 몇 분 거리고, 차에서 내리지 않고 제이미를 배웅하면 아무한테도 파자마 바지를 보이지 않을 수 있어. 그런데 사실 오늘 아침 난 운전을 하기에 적합한 상태가 전혀 아니야. 그렇다고 걸어가기에 적합한 상태도 아니지만. 발은 납처럼 무겁고 다리는 젤리처럼 흐물거리거든.

태양은 흐린 노란색이지만 스포트라이트처럼 밝아. 난 눈을 찡그리고 고개를 잔뜩 수그린 채 땅만 보며 걷고 있어.

차 엔진이 포효하며 내 바로 옆을 지나가는 순간, 섬광이 내 머릿속을 번뜩 스쳐가. 우리가 함께 있을 수 있게 그 엔진 앞으로 뛰어드는 상상을 해봐. 심장이 멈추는 듯한, 그 찰나의 상상. 하지만 그 느낌은 너무 빨리 사라져서, 난 그런 상상을 하지도 않은 척할 수 있어. 거의.

난 제이미에게 몸을 밀착해 차도 가장자리의 가시덤불 산울타리 쪽으로 더 가까이 밀어붙였어. 전에 살던 주택단지에서 그 애가 친구들이랑 같이 앞질러 가서는 가로등을 세 개째 지날 때마다 멈춰서 날 기다리던 시절이 까마득한 옛날 같아.

포장도로가 있었으면 좋겠는데.

"잠깐, 테시, 걱정 좀 그만해." 당신은 제이미의 첫 등교 날 그렇게 말했어. 포장도로라든가 비행기 추락사고 같은, 일어날지 어떨지 예측할 수도 없고 걱정해봤자 아무 소용도 없는 온갖 일에 대해 내가 걱정할 때마다 당신은 늘 그렇게 말했지.

당신이 그날 휴가를 내서 우린 다 같이 걸어갔지. 기억나? **"여긴 시골이야."** 당신은 제이미를 쿡 찌르며 그렇게 말했고, 둘이 함께 날 비웃었지. 그 웃음은 마치 이렇게 말하는 것 같았어. 엄마는 바보라서 차들이랑 나란히 길을 걷는 게 싫대. 엄마는 바보라서 덤불보다 포장도로가 더 좋대. 엄마는 바보라서 검은 진흙이 두껍게 쌓인 완만한 농장지대보다 주택단지가 더 좋대.

"학교행 투어에 잘 오셨습니다. 금일, 클라크 여행사는 여러분을 마을 투어로 안내하겠습니다." 당신은 우스꽝스러운 관광 가이드 흉내로 제이미와 날 웃겼지. **"저희 집에서 교회, 홀 농장과 마을 변두리에 자리 잡은 오래된 학교 건물까지는 대략 1.5킬로미터이고요, 단지에 새 학교가 지어지기 전까지 저는 그 학교에 다녔다고 합니다. 옛날 건물은 여전히 그 자리에 있지만 이제는 회계 사무실이 된 것으로 추정됩니다. 이 마을은 또한 우체국 하나, 동물병원 하나, 운동장 하나와 새 주택단지 하나를 자랑하고 있습니다."**

"새 주택단지?" 난 코웃음쳤지. **"새것이라면 우리의 첼름스퍼드 집이 새거였지."**

"좋아, 그럼 새것은 아니지만, 이 마을에서는 새거야. 1970년대에 지어졌거든. 별로 새거라고 할 수 없는 단지는 우리 집 같은 튜더식 주택들이 있는 구도로와 나란하게 건설되어 있습니다."

"그리고 지붕으로 짚을 인 오두막들도요." 제이미가 끼어들었어.

"그건 초가지붕이라고 한단다." 난 그 애와 맞잡은 내 손에 살짝 힘을 주며 말했지.

"그리고 여러분이 아주 운이 좋다면 저는 학교 끝나고 여러분을 펍 세 곳 중 한 곳으로 모셔가 터무니없는 가격대가 형성되어 있는 과자 한 봉지와 핫초콜릿을 대접할 예정입니다."

난 제이미의 환호와 당신의 아이처럼 짓궂은 웃음에 눈알을 도르륵 굴렸어.

"터무니없는 가격대가 형성되어 있는 포도주 한 잔은 어떨까." 난 그렇게 받아쳤지.

"정말 마음에 드는 생각이군요, 클라크 부인. 그리고 부인께서 말을 아주 잘 들으면……." 당신이 내 귓가에 입술을 바짝 갖다 대서 뜨거운 숨결이 내 살갗을 간지럽혔지. **"버스정류장 뒤의, 제가 첫 키스를 한 장소에서 부인이 제게 입을 맞추게 해드리죠. 상대는 케리 롱스턴이라는 이름의 다소 풍만한 여자애였다고 합니다."**

"아휴, 마크." 난 깔깔 웃었어. 당신은 늘 날 웃게 만들었지.

모퉁이로 다가가는데 희미한 모닥불 냄새가 바람결에 실려와. 그냥 훅 지나가는 거겠지. 아마도 내 마음이 술수를 부리는 거였겠지. 하지만 그 냄새가 폐를 간지럽힌 순간, 미처 막을 틈도 없이 그 텔레비전 영상이 머릿속에 떠올라. 맑고 푸른 하늘에 뜬 비행기가 보이고, 그 불덩이가 보여. 난 따가운 눈물이 솟는 걸 느끼며 눈을 질끈 감아. 숨이 무겁고 가빠.

몇 걸음 더 걸어 모퉁이를 돌자 그 냄새는 이슬 맺힌 쌀쌀한 아침의 냄새에 밀려 사라졌어.

"엄마?" 제이미의 목소리가 내 의식 가장자리로 떠올라 왔어. 멀고 부드러운 목소리.

"엄마는 괜찮아, 우리 아들." 난 오늘만도 벌써 몇 번째인지 모를 거짓말을 속삭이고 있어.

"제 책가방 어디 있어요?"

"아." 난 양손을 내려다봐. 마치 그게 비어 있다는 걸 그제야 안 것처럼. 제이미의 책가방이랑 물병이 어디 있지? 우리 아들의 빈손을 본 순간, 그냥 그렇게 다시 분노가 밀어닥쳤어.

"우리가 깜빡했네." 난 이를 악문 채 식식거려. 그건 네 책가방이잖아, 제이미. 망할. 네 거라고. 넌 언제쯤이면 철이 들어서 망할 놈의 책임감을 가질래? 난 그 고함을 머릿속에만 눌러두려고 애를 썼지만 이미 커다란 한숨이 저절로 새어 나왔고, 제이미의 어깨가 축 처지는 게 보여.

"미안해요, 엄마." 그 애가 들릴락 말락 한 목소리로 말해. 난 마음이 너무 아파서 몸이 두 쪽으로 쪼개져버릴 것만 같아.

"하늘만큼 땅만큼 사랑해." 난 제이미한테 매일 그렇게 말하곤 했는데.

제이미의 대답은 늘 똑같았지. **"하늘만큼 땅만큼 우주만큼 사랑해요."**

화난 말과 침묵은 우리 사이에 존재한 적도 없었는데.

우린 검은 대들보가 살짝 기우뚱하게 버티고 있는 커다란 흰 집을 향해 되돌아가. L자 모양으로 늘어선 미로 같은 방들과 추위와 음울함을 향해. 모닥불 냄새랑, 그게 일깨우는 기억을 향해서.

학교에 도착해 보니 운동장은 비어 있어. 아이들은 이미 떼를 지어 건물 안으로 들어간 후야. 제이미는 뒤돌아 건물 안으로 사라지고, 오늘 아침에 느낀 분노 역시 그냥 그렇게 사라졌어. 이제 내가 느끼는 건 오로지 내 앞에 지루하게 펼쳐져 있는 하루의 공허감이야.

*

당신 없이 지낸 그 첫 달을 돌이켜보면, 그 여자가 나타날 걸 내가 내다봤어야 하는 게 아닌가 싶어. 마치 한밤중에 눈부신 파란색으로 번쩍이는 사이렌처럼. 내가 당신 생각에, 그리고 슬픔에 빠져 그렇게 허우적대고 있지 않았더라면 내 인생이 어떤 길로 접어들려는지 제때 알아차릴 수 있었을까? 예전의 테스, 예전의 나는 **그래,** 라고 비명을 지르지만 새로운 테스는 그렇게 확신하지 않아.

4

2월 19일 월요일, 제이미 생일 48일 전

내 생일 축하합니다! 서른여덟 살. 어쩌다 이렇게 됐지? 당연히 올해 내 생일은 월요일. 이제 다섯 번째야, 마크. 당신 없는 다섯 번째 월요일.

생일 축하해, 테스.

적어도 오늘은 구름이 꼈어. 두꺼운 회색 담요가 낮게 깔려 밤의 추위를 붙잡아놓고, 길가 검은딸기나무에 내려앉은 서리가 반짝이 가루처럼 빛나고 있어. 하늘이 맑고 파란 날은 이제 더 이상 견뎌내지 못할지도 몰라. 비행기가 하늘에 흰 구름 꼬리를 남기는 걸 보면 온 세상에 대한 억울함이 내 뱃속에서 마치 사나운 맹수처럼 꿈틀대는 게 느껴지거든.

그러니 적어도 날씨 하나는 내 편인 셈이지.

오늘 아침, 부엌에서 울고 있는 모습을 제이미한테 들키고 말았어. 마구 들썩이면서 흐느끼는 모습을. 그래서 그 애도 따라 울었지. 자기 때문에 내가 속상해하는 줄 알고. 그래서 난 이기적이고 형편없는 내가 한심해서 더 울었고.

"울지 마요, 엄마. 제발 울지 마요." 몇 번이고 되풀이해 읊조리는 제이미를 난 품에 꼭 끌어안았어.

둘 다 진정했을 즈음엔 이미 지각이 확실해졌지. 난 학교 신발을 잃어버렸다고 그 애한테 땍땍거렸는데, 그 신발은 정확히 있어야 할 자리인 쪽문 옆에 있었어. 그리고 그것 때문에 우린 다시 한바탕 폭발했고.

학교 쉬고 엄마랑 같이 집에 있어도 된다고 했지만 제이미는 싫다고 했어. 월요일엔 체육 수업이 있거든.

우린 학교에 30분 지각했어. 둘 다 얼굴엔 눈물 자국이 죽죽 가 있고 벌벌 떨고 있었으니, 아주 꼴이 말이 아니었지. 그래도 학교는 지각에 관대했어. 난 교장선생님이 잠깐 이야기 좀 하자며 날 붙잡기를 기다렸지만, 내게 말을 거는 사람은 아무도 없었어. 남편을 잃은 나를 배려해줘서인지, 아니면 내가 어떻게 나올지 겁나서인지는 잘 모르겠지만, 어느 쪽이든 무슨 상관이람.

하루의 가장 좋은 시작은 아니었어.

하지만 그 덕분에 생각을 하게 됐지. 어쩌면 오늘은 약을 먹어야 할지도 모른다고. 집에 가자마자, 뜨거운 목욕물에 몸을 데우자마자, 그래야지. 아마도.

당신은 약이 필요 없어, 테시.

당신이야 그런 말이 쉽게 나오겠지.

사람들이 말하지 않는, 사별에 관한 진실을 하나 알려줄게. 추위가 느껴져. 정말 추워. 처음 그 사실을 알게 된 순간 차디찬 소름에 꽁꽁 얼어버린 몸은 아무리 해도 녹지 않아. 지난달 달라고 한 적도 없는데 내 손에 들려 있던, 다섯 권도 넘는 '사별을 극복하는 법' 팸플릿 내용 중에 추위에 관한 이야기는 한마디도 없었어. 그냥 다 사별의 단계 얘기뿐이었지. 무감각함, 충격, 분노, 죄의식. 각 감정마다 굵은 글자로 된 체크 표시가 붙어 있었어. 마치 우리가, 사별을 겪은 사람들이, 간단히 하나씩 하나씩 체크해서 지우고 나면 다시 정상이 되어 반대편으로 나올 수 있다는 것 같지 뭐야.

제이미를 학교에 떨구고 집 앞까지 돌아왔을 즈음에는 온몸이 덜덜 떨리다 못해 이가 딱딱 마주치고 있었어. 오로지 펄펄 끓는 뜨거운 목욕물에 몸을 담그고 싶은 생각뿐이야. 그래서 진입로 입구에 서 있는 커다란 검은 랜드로버는 내 머릿속에 들어오지 못하고 그대로 스쳐 지나갔지. 뭐, 그때는.

모든 일은 한꺼번에 일어났어. 난 모퉁이를 돌아서 그 차와 벽돌벽 틈새를 게걸음으로 지나가다, 팔꿈치가 사이드미러에 걸리는 바람에 나지막하게 욕설을 내뱉었어. 그때 당신이 보였고, 겨울바람 같은 뭔가가 내 안으로 돌진해 휘몰아쳤지.

당신이네. 정말 당신이야. 당신이 우리 진입로에 서 있어. 반쯤 웃는 얼굴로. 고개를 갸웃한 채. 내 사랑하는 사람. 사랑해. 사랑해.

그 순간, 모든 게 예전으로 돌아가. 어둠도, 안개도, 추위도, 그 모든 게 걷혔고 난 웃음을 지었어. 전부 다 착각이었어. 끔찍하기 그지없는 착각. 당신은 살아 있고 난 당신을 사랑해.

그리고 그와 똑같이 순식간에, 심장이 바로 다음 박자를 때림과 동시에 그 느낌은 사라졌어. 그날 그린우드 순경이 한 말과 똑같이 거센 힘으로 현실이 날 후려갈겨. **"남편분이 탑승해 계셨습니다……. 생존자는 없습니다."**

당신이 아니야. 당신 형이야. 왜 지금껏 몰랐을까……. 당신과 이안이 얼마나 닮았는지. 두 사람의 눈동자, 그 깊은 고동색 눈동자와 완벽한 타원형 눈매. 당신 눈이 너무 그리워. 당신이 양손으로 내 얼굴을 감싸고 그 눈동자로 날 응시하던 게 그리워.

머리카락도 똑같아. 이안 쪽이 더 짧고 더 회사원 같고, 클라크&발로 법무사무소의 파트너 직함에 더 어울리긴 하지만, 그래도 당신하고 똑같은 초콜릿색 직모지.

"안녕, 테스." 이안이 내게 더 가까이 다가오자, 머릿속에 남아 맴돌던 마지막 희망의 속삭임마저 꺼지고 말았어. 이안의 키는 당신처럼 크지 않고 나만 하니까. 177센티미터. 그래서 이안이 내게 다가오자 그 사람의 눈…… 당신의 눈과 내 눈이 정확히 일직선상에 있어.

"안녕하세요." 난 어딜 봐야 할지 알 수 없어. 차마 그 사람의 눈을 똑바로 들여다볼 엄두가 안 나서 오른쪽으로 시선을 피해, 부엌으로 통하는, 검은 경첩이 달린 흰 쪽문을 쳐다보고 있어.

우린 포옹을 나눴어. 발은 제자리에 디디고 선 채 서로를 향해 몸만 기울이는, 어색하고 기묘한 포옹이지. 일 년에 몇 번 만날까 말까 했지만 이안은 한 번도 날 포옹한 적이 없었는데. "어, 안녕, 테스"와 작은 손짓이 전부였지. 마치 내가 아무도 초대하고 싶어 하지 않았는데 알아서 결혼식에 찾아온 괴짜 사촌이라도 되는 것처럼.

우린 당신 장례식에서도 포옹을 나눴어. 내가 먼저 했는지 이안이 했는지는 기억이 안 나지만, 우린 이제 포옹을 하기로 정해져버린 모양이야.

"계속 전화했어요." 몸을 떼자 이안이 말했어.

"미안해요. 난…… 난 감기에 걸렸었어요." 물론 거짓말이지.

"보름 동안요?" 이안의 의구심 가득한 말투에 난 뭐라고 대답해야 할지 모르겠어.

"안으로 들어가서 얘기 좀 할 수 있어요?" 이안은 대답도 기다리지 않고 열린 현관을 지나 쪽문으로 성큼성큼 앞장서 가고, 난 마치 이안이 이 집 주인이고 내가 손님인 양 그 뒤를 쫄래쫄래 쫓아가.

자물쇠에 열쇠를 집어넣는데 손이 떨려. 당신이 진입로에 서 있는 줄 착각했던 충격 때문인지, 아니면 단순한 추위 때문인지 모르겠지만, 아무튼 낡은 자물쇠가 내 말을 듣지 않아.

"자." 이안이 다가와서 내 손을 열쇠에서 떼어놨어. "이렇게 추운 날에는 돌리면서 문을 살짝 들어줘야 해요. 항상 그랬어요." 삐걱대고 징징대는 경첩의 신음과 함께 문이 열려. 이안은 부엌으로 성큼성큼 들어섰지만, 난 이안을 따라 들어가는 게 내키지 않아서 문간에서 어정거리고 있어.

이안은 자기가 이 집을 떠난 지 20년도 넘었다는 사실에 전혀 개의치 않는 모양이야. 마치 여기가 여전히 자기 집인 것처럼 굴지 뭐야. 당신 어머니가 여전히 살아 있고 집 안을 분주하게 돌아다니는 것처럼.

내 형이잖아, 테시. 형은 좋은 마음으로 그러는 거야.

어쩌면 그럴지도. 하지만 이안은 처음부터 끝까지 당신을 멍청한 십 대 취급하고 나와 제이미를 당신 인생에서 잠시 스쳐가는 무슨 일시적 단계처럼 취급했어.

당신도 잘한 건 없어. 당신도 형한테 한 번도 기회를 주지 않았

잖아.

난 구석에 부츠를 차 던지고 울 양말만 신은 채 부엌으로 들어가. 타일 때문에 동상에 걸릴 것 같아. 히터가 꺼져서 실내 온도가 바깥이랑 똑같거든. 하긴 그게 문제는 아니야. 우리 부엌에 열대의 열파가 찾아온대도 난 여전히 추위를 느낄 테니까.

이안은 싱크대와 우리 진입로를 내다보는 창 옆 조리대에 몸을 기대고 있어. 식탁과, 제이미랑 내가 아침에 반쯤 먹다 남긴 그릇들을 빤히 보고 있더군. 내 곡물시리얼은 다 불어 터져서 한 덩어리가 되어 있어. 그 난장판이 영 한심한지, 얼굴을 찌푸리는 게 얼핏 보여. 이안은 타이를 고쳐 매고 좀 더 몸을 꼿꼿이 세웠어.

이안이 "여기요" 하면서 한 손을 들어 올리자 그제야 그 손에 들린 쇼핑백이 내 눈에 들어왔어. "포도랑 초콜릿을 좀 가져왔어요. 뭘 좋아할지 몰라서."

"아, 고마워요."

이안의 실망한 표정을 보니까 좀 더 고마워했어야 했나 하는 생각이 뒤늦게 들더라. 어쩌면 당신 말이 맞겠지. 어쩌면 내가 이안한테 기회를 안 준 거겠지.

"생각해줘서 정말 고마워요." 난 그렇게 덧붙였어.

"이런 부탁을 하게 돼서 미안해요, 테스." 이안이 말했어. "하지만 더는 미룰 수 없어요. 간단히 말해, 난 그 돈이 필요해요."

돈. 그 단어가 내 머릿속에서 핑핑 돌았어. 아무렴. 이안이 날 보러 왔을 리가, 제이미의 안부를 물으러 왔을 리가 없다는 걸 진즉 눈치챘어야 했는데.

"무슨 돈요?"

이안은 콧대를 꼬집고 잠시 눈을 감았다 떴어. 당신도 같은 버릇이 있었지.

"장례식에서 전부 다 설명했는데요." 이안이 말했어. "이 집으로 이사 올 때 내가 마크한테 돈을 빌려줬다고요. 그 애는 당신도 안다고 했어요. 마크는 엄마한테 받은 내 유산이 필요했거든요. 그냥 첼름스퍼드의 집이 팔릴 때까지, 몇 달만 쓰고 주겠다고 했어요."

침이 꼴깍 넘어가고 이가 다시 맞부딪치고 있어. 장례식에 관해서는 별 기억이 없어. 그 스테인드글라스 창에 빗방울이 튀던 건 기억이 나. 외투와 드레스를 꿰뚫고 이미 꽁꽁 얼어붙어 있던 내 가슴속까지 스며들던 돌벽의 냉기도. 나머지는 공백이야……. 블랙홀. 내 머릿속에서 삭제된 장면.

"테스?" 성마른 이안의 목소리에 정신이 퍼뜩 들었어. 어두운 부엌에 있으니 이안의 눈동자가 한층 더 짙어 보여서, 집에 들이지 말고 바깥에서 이야기할걸 후회돼. 내가 선택할 수 있는 문제는 아니었겠지만.

"첼름스퍼드 집은 바로 팔렸는데요." 난 그렇게 말하고 이안을 등진 채 그릇을 비우는 데만 집중했어. 이안은 게걸음으로 싱크대에서 비켜났지만 도와주려 하지는 않아. "우린 첼름스퍼드의 집을 팔고 그 돈을 마크가 어머님한테 물려받은 유산이랑 합쳐서 이 집의 당신 지분을 사들였어요. 그리고 그 나머지는 담보대출로 마련했고요. 그건 전부 이안의 법률회사를 통해 처리됐잖아요. 우리가 그 서류에 서명할 때 난 당신 파트너의 사무실에 당신과 마크와 함께 있었어요. 그 돈은 곧장 당신한테 송금됐어요. 당신은 거기 있었잖아요. 제이컵 발로도 그랬고요."

"그래요." 이안은 세상에서 가장 쉬운 것도 이해하지 못하는 어린 애를 대하는 표정으로 고개를 끄덕였어. "그리고 그 후 당신은 그 일부를 다시 빌렸죠."

"아뇨, 우린 그런 적 없는데요." 두통이 찾아와 눈 안쪽이 욱신거려.

"난 그 돈이 필요해요, 테스." 이안이 내게 한 걸음 다가와. 이안이 바르는 콜론의 그 시트러스 향이 풍길 정도로 가까이. 난 손에 그릇을 든 채 그대로 굳었어. 뭔가가 이안의 눈 속에서 번뜩여. 내 짐작엔 절박함, 아니 어쩌면 좌절감처럼 보이기도 해.

"제이컵은 은퇴하고 자기가 가진 회사 지분을 팔고 싶어 해요." 이안이 말을 이었어. "내 저축과 은행 융자로 필요한 돈의 일부는 마련할 수 있지만, 전부는 아니에요. 내가 그 친구 몫을 사들이지 않으면 우린 어쩔 수 없이 지주회사에 매각될 수밖에 없어요. 이름과 사무실은 그대로 유지되겠지만 모든 걸 철저히 위에서 하라는 대로만 해야 할 겁니다. 내가 그토록 고생해서 이룩한 내 평판은 하수구에 처박힐 테고요. 난 마크의 직장에서 나오는 사망 위로금과 생명보험금이 있다는 걸 알고 있어요. 그 애가 유언장을 작성하면서 전부 공개했거든요. 당신은 그 일부를 이용해서 내 돈을 갚으면 돼요."

난 뭔가 후회할 말이 나오기 전에 입을 앙다물고 이를 갈았어. 당신 형이 우리에 관해 그토록 많은 걸 안다는 게 끔찍하게 싫어. 심지어 나조차 모르는 것들을. **"그 사람은 내 형이잖아, 테스. 우린 어차피 변호사가 필요하고, 형은 싸게 해줄 거야."** 당신이 그랬지. **"이안이 우리의 대리인을 맡지는 않을 거야. 형 파트너가 하면 돼."**

하지만 그럼에도 이안은 우리 파일들을 뒤적였지, 안 그래? 그럼에도 당신 유언장을 읽었고.

퍼뜩, 기억 하나가 머릿속에 떠올라. 검은 정장에 타이를 맨 이안이 침착하고 샤프한 모습으로 연단에 서서 자기가 쓴 추도사를 읽고 있었어. 내용은 그냥 날 스쳐 지나갔지만, 나무를 오르고 강에서 헤엄치던 소년 시절 부분만은 기억나. 바로 이 집에서의 삶, 내가 정말 조금밖에 모르는, 우리 이전의 삶. 이안은 끝부분에 제이미와 나를 살짝 언급하고 지나갔지. 마치 우리가 당신 인생의 별책부록인 양.

"난…… 돈 문제 같은 건 아직 생각도 못 해봤어요." 난 그렇게 말했어. "아직 너무 일러요."

"한 달도 넘었어요, 테스." 이안의 목소리가 누그러졌어. "당신이 아직 슬퍼하고 있는 건 알지만 정말이지 제이컵과 연락해야 해요. 제이컵도 당신한테 계속 전화했어요. 당신은 마크의 유언집행자예요. 절차를 시작하지 않으면 당신은 그 애 재산에 손댈 수 없어요."

"당신도 그렇겠죠."

이안이 민망한 표정을 짓는 걸 보니 내 생각보다는 염치가 있는 사람이었나 봐. "맞아요. 하지만 난 당신을 도와주려는 거예요. 이런 일들을 정리하려면 몇 달이나 걸릴 수도 있어요. 난 이미 유언장에 제2 집행자로 등록돼 있어요. 내가 당신 대신 몽땅 정리해줄 수 있어요. 당신이 해야 할 일은 그저……."

난 고개를 저었어. "잠깐만요. 우리가 지금 이야기하는 액수가 어느 정도나 되죠? 마크한테 얼마나 빌려줬다고요?"

"10만요."

"뭐라고요?" 난 충격으로 그렇게 외치며 그릇들을 싱크대에 내팽개쳤어. 숟가락이 그릇에 부딪혀 챙그랑거렸어. 액수가 너무 크잖아. 그 정도의 거액을 남한테 빌려준다니, 쉽게 상상이 가?

이안이 다시 콧날을 꼬집으며 한숨을 쉬었어. "마크는 집을 고치고 부엌을 새로 단장하는 데 그 돈이 필요하다고 했어요. 추가 융자금이 나올 때까지만 빌리기로 한 거였어요. 당신도 안다고 들었는데요."

"이게 아는 사람 얼굴 같아 보여요?" 난 이안을 돌아보며 쏘아붙였어.

내 말에 이안은 한 방 먹은 눈치지만, 그것도 잠시뿐이야. "그럼 아마 마크가 깜짝쇼를 계획하고 있었나 보네요. 나야 모르지만. 하지만 정말 유감이에요, 난 그 돈을 정말 꼭 돌려받았으면 좋겠어요." 이안이 말했어. "더는 기다릴 수 없어요."

"그래요, 음, 나도 남편을 돌려받았으면 좋겠네요. 그리고 그게 안 된다면, 제이미랑 가능한 한 오래 버티기 위해 그 사망 위로금 같은 게 필요할 테고요."

그다음엔 어쩌지? 난 당신이 죽은 것만 생각하느라 돈 생각은 해보지도 않았어. 내가 가정교사를 해서 버는 돈으로 우리 두 식구 입에 어떻게 풀칠을 한담? 그것도 나한테 다시 배우려 할 학생이 남아 있기나 했을 때 얘기지. 난 그동안 이안의 전화만 안 받았던 게 아니야. GCSE(중등교육자격시험) 모의고사가 얼마 남지 않았어. 학부모들은 날 기다려주지 않을 거야.

이안 말이 맞나? 생명보험금이 있나? 우리가 작성한 유언장 내용을 떠올리려 머리를 쥐어짜고 있어. 우린 회의실에 나란히 앉아서, 커피가 쓰다고 투덜대면서 일을 마치면 어디 가서 점심을 먹을지 상의하고 있었어. 난 다른 데는 신경 쓰지 않았어. 그게 중요한 일이라고 생각지 못했어.

더 신경을 썼어야 했는데. 당신은 내가 더 신경을 쓰게 만들었어야 했어, 마크. 내가 그렇게 온갖 사소한 일들을 당신한테 죄다 떠맡긴 채 모래에 머리를 처박고 살게 놔두지 말았어야지. 하다못해 당신 어머니가 병원에서 폐렴으로 죽어가고 있을 때도 당신은 아무 걱정할 필요 없는 단순 흉부 감염이라고 했지. 그건 진실의 일부분이긴 했지만 전부는 아니었어.

난 당신을 보호하려고 그랬던 거야, 테스.

내가 정말 그렇게 보호가 필요했나?

난 당신이 걱정을 덜 했으면 했어. 항상 그렇게 걱정을 붙들고 살아서는 당신한테 좋을 게 없으니까.

"있죠, 테스." 이안의 목소리가 날 다시 부엌으로 끌어왔어. "마음에 들든 안 들든, 당신은 지금 마크 유산의 처분을 시작할 수 있는 유일한 사람이에요. 난 내 동생을 알아요. 그 애는 이 일을 오래 끄는 걸 바라지 않았을 거예요. 그 애가 지금 살아 있다면, 이미 내게 그 돈을 갚았을 거예요."

그 말로 내 안에서 솟구친 분노에 놀란 건 이안만이 아니었어. 나 자신도 마찬가지였지. "어떻게 감히." 난 식식거렸어. 이안은 마치 내 말에 물리적으로 밀쳐진 것처럼 뒤로 홱 물러났어. "어떻게 감히 당신이 마크를 안다고 말해요. 난 마크를 알았어요. 내 남편을 알았다고. 당신들 둘, 두 사람은 서로 거의 말도 안 했잖아, 맙소사. 그 사람이 뭘 원했을지, 원하지 않았을지 당신이 뭘 알아요?"

"우린 형제였어요, 테스. 비록 대화는 많지 않았을지 몰라도, 우린 함께 자랐어요. 그 애와 함께한 세월은 당신보다 내가 훨씬 길어요. 그리고 당신이 남편을 그렇게 잘 알았다면, 왜 그 애가 나한테 돈 빌린 걸 당신한테 말하지 않았을까요?"

자신이 모든 걸 다 꿰뚫어 보고 있다는 듯한 이안의 말투가 정말로 불쾌해. 내게 뭔가를 숨기고 있는 것 같아. "우린 장례식에서 이 이야기를 했어요." 이안이 다시 말했어. 마치 그 말 한마디면 모든 게 갑자기 명확해지기라도 할 것처럼.

"당신은 계속 그렇게 말하고 있죠. 하지만 좀 물어볼게요. 일주일이나, 하다못해 하루라도 더 기다려야겠다는 생각이 좀 안 들던가요? 당신은 여기서 겨우 20분 거리에 살잖아요. 망할. 장례식장에서 나한테 그 이야기를 꼭 해야만 했어요?"

내 가슴속에서 지글대는 분노와 똑같이 뜨거운 눈물이 뺨을 타고 떨어지면서 살갗을 태웠어. "난 남편을 잃었어요." 난 숨을 삼켰어. "그 사람은 내가 평생 유일하게 사랑한 사람이었어요. 그거 알아요?"

이안의 자세에서 뭔가 변화가 일어났고, 입을 열었을 때 목소리는 다시 낮아져 있었어. "당신이 옳아요. 미안해요. 기다렸어야 했는데."

난 고개를 끄덕이며 그 열기가 그냥 증발해버리는 걸 느껴. 어둠이 다시 날 덮치고 있어. "따지고 들려는 건 아니지만, 난 정말이지 융자에 관해서는 아무것도 몰라요. 재정은 마크 소관이었어요. 나중에 언젠가 부엌을 새로 단장하자는 이야기를 하긴 했지만, 그건 돈을 모아서 할 생각이었어요. 은행 계좌를 살펴보고 제이컵한테 연락할게요. 약속해요. 우린 확실히 크게 돈 쓴 데는 없으니까, 마크가 만약 그 돈을 빌렸다면……."

"만약이 아니라 확실히 빌렸어요, 테스. 그게 당장 필요하지 않았으면 이렇게 부탁하지도 않았어요. 난 심지어 애초에 그 애한테 그 돈을 빌려주고 싶지도 않았어요. 딱 두어 달만 쓰고 준다고 해서 빌려준 거예요."

"알겠어요. 은행계좌를 확인할게요."

"고마워요."

우린 잠시 침묵 속에 서 있었어. 양쪽 다 어떻게 말을 이어가야 할지 몰랐지.

'그건 그렇고 제이미는 잘 견디고 있어요.' 난 그렇게 말하고 싶었어. '혹시 기억해요? 당신 조카 말이에요.' 당신 형이 제이미에 관해 묻지 않는다는 사실이 뭐가 그렇게 이상한지 나도 모르겠어. 이안은 늘 '생일카드에 10파운드 지폐를 넣어주는' 부류의 삼촌이었는데. 지금 와서 조금이라도 달라지길 기대해봤자 무슨 소용이 있다고.

"유감이에요." 이안이 말했어. "내 말은, 이런 일이 일어나서 유감이라고요."

"나도 그래요." 난 고개를 끄덕이고 손가락으로 눈을 눌러서 또 떨어지려는 눈물을 막았어.

"다음 주에 다시 올게요."

말하는 투가 어쩐지 위협처럼 들려. 이안이 "음식을 좀 가져올 수 있어요. 필요한 게 있으면 말해줘요" 하고 황급히 덧붙인 걸 보면 나 혼자만의 생각은 아니겠지.

"계좌를 확인해보고 연락할게요."

이안이 고개를 끄덕여. 더 하고 싶은 말이 있나 봐. 한 번 더 날 닦달하고 싶지만 내 분노, 내 눈물에 차마 입이 안 떨어진 거겠지.

"잘 있어요, 테스." 이안은 한번 뒤돌아보지도 않고 쪽문을 성큼성큼 걸어 나가. 닫히려던 문이 튕겨나가 도로 열려버렸어. 다시 돌아와 문을 제대로 닫지 않을까 했는데, 그러지 않더군. 이미 가버렸어.

그 번쩍번쩍 광을 낸 구두로 자갈을 밟으며 자신의 랜드로버로 돌아갔지.

문을 닫으러 갔는데, 그제야 그 꽃다발이 내 눈에 들어왔어. 풍성한 잎사귀와 진보라색 꽃봉오리들이 매달린 싱그러운 녹색 줄기들이 고무줄로 묶여 있어. 튤립이야. 정식 꽃다발이야……. 적어도 20파운드는 나갈 것 같은.

셀로판 포장지는 없어. 쪽지도 없어. 그냥 줄기를 한데 묶고 있는 고무줄 두 개가 전부야.

이안이 진입로를 후진해 나가고 있어. 난 다시 생각할 겨를도 없이 양말 바람으로 뛰쳐나가 미끌미끌한 자갈길을 달렸어. 난 알아야만 해. 이안은 지나가는 차들을 확인하느라 뒷거울을 들여다보다 내가 양 손바닥으로 차창을 두드리는 걸 알아차렸어.

내 갑작스러운 등장과 내 눈에 어린 광기 때문에 깜짝 놀란 눈치야.

"그 꽃다발, 당신이 두고 간 거예요?" 난 차창이 다 내려가기도 전에 불쑥 물었어.

이안은 고개를 저으며 되물었어. "무슨 꽃다발요?"

"쪽문 가에 있는 거, 당신이 놔둔 거 아니에요?"

"아닌데요."

난 휘청대며 뒤돌아 문간을 바라봤어. 거기 아무것도 없기를, 그 꽃다발이 내 상상력의 산물이기를 반쯤 기대했지. 하지만 그건 여전히 구석에, 열린 현관에 쌓인 검은 낙엽 더미에 반쯤 가려진 채 놓여 있어. 내가 이안과 이야기하는 사이 누군가가 거기 놓고 간 걸까? 아니면 우리가 도착했을 때 이미 거기 있었는데 이안이 중간에 서 있는 바람에 내가 못 본 걸까? 모르겠어.

"잊지 말아요, 테스. 계좌를 확인해요, 알겠죠?" 이안이 차도로 천천히 진입하면서 외쳤어.

난 힘없이 고개를 끄덕였고, 이안은 가버렸어.

누가 내게 꽃다발을 주고 갔지? 당신이 매년 내게 주던 생일 축하 꽃다발과 똑같은 튤립 꽃다발을.

당신이 보낸 거냐고 묻고 싶지만, 당연히 아니겠지.

5

뜨거운 물이 쏴 하고 포효하며 욕조를 채우고, 그 압력에 내 발밑의 파이프들이 신음해. 벽에 붙은 거울은 이제 허공에서 춤추고 창을 따라 줄줄이 흘러내리는 증기로 부옇게 김이 서리고 있어.

욕조에는 거품이 하나도 없어. 이건 호사가 아니라 생존을 위한 것이거든. 몸에서 추위를 떨쳐야만 해.

물이 차올라 수도꼭지를 잠그니 욕실이 고요하기만 해. 옷을 막 벗으려는 참인데 소리가 들려와. 똑똑똑, 몰아치는 세 번의 소리, 파이프 소리라기엔 너무 집요하네.

현관문에서 들리는 소리야. 똑똑똑, 쉬고, 똑똑똑, 쉬고.

잠시 욕조를 멍하니 응시하고는 그냥 집에 없는 척할까 생각했어. 기껏해야 장례식장에서 말한 대로 내가 어떻게 지내는지 보러 온 교구목사겠지. 아니면 내가 몰랐던, 당신에 관련된 또 다른 흥미로운 사실을 알려주러 온 당신 형이거나. 누구 다른 사람일 가능성은 전혀 없어. 우리가 여기서 지낸 4개월 동안 난 친구 한 명 사귀지 않았으니까.

똑똑똑, 쉬고, 똑똑똑.

누군지는 몰라도 그냥 갈 마음이 없는 모양이야. 중앙 계단 앞까지 다가갔을 때, 우편함 구멍이 위로 올라가더니 그 틈새로 외쳐 부르는 여자 목소리가 들려. "테레사? 클라크 부인? 안에 계세요? 문 좀 열어주실 수 있어요?"

심장이 가슴속에서 쿵쿵 뛰어. 경찰인가? 학교에서 제이미한테 무슨 일이 일어난 건가? 단 네 걸음 만에 복도를 건너가서 문을 벌컥 열었어.

"네?" 머릿속이 공황상태가 되어 그 떨리고 숨 가쁜 한마디를 간신히 내뱉었지만, 상대는 경찰이 아니었어. 금발로 염색한 직모를 어깨 길이로 자르고 검은 눈썹 위로 앞머리를 늘어뜨린 여자였어. 나를 향해 웃는 그 얼굴을 보며, 당신이 죽은 후로 날 보고 웃은 사람은 이 여자가 처음이라는 생각을 했어. 연민이 뚝뚝 묻어나지 않는 진짜 웃음 말이야. 상대를 마주 웃지 않을 수 없게 만드는 그런 웃음이었지만, 난 웃을 수 없었어. 내 얼굴은 웃는 방법을 잊어버렸거든.

여자는 예뻤어. 꾸밈없고 친근한 스타일에, 피부는 하얗고 매끈했어. 나보다 많이 어려 보이진 않았어. 아마 30대 중반쯤 됐을까. 하지만 여자의 빛나는 녹색 눈동자와 완벽하게 하얀 치아를 보니 내가 시대에 뒤처지고 낡은 사람이 된 느낌이 들더라. 물론 그 두 가지 다 사실이지만.

"테레사, 맞으세요?"

"테스라고 부르세요." 내가 고개를 끄덕하며 그렇게 말한 순간 바람 한 줄기가 몸을 스치면서 내 손에서 앞문을 채 갔어. 무거운 나무문이 안쪽 벽에, 석고가 움푹 파일 정도로 세게 부딪쳤어. 문을 뒤로 젖히고 그 밑에 발을 밀어 넣었는데, 여자는 그걸 들어오라는 뜻으로 해석했는지 복도에 들어서는군.

"저는 셸리 랭이에요." 여자가 그렇게 말하면서 외투를 벗자 스키니 진과 검은 브이넥 점퍼가 드러났어. 쇄골 밑에 가느다란 사슬에 매달린 황금색 타원형 펜던트가 보여. 여자가 자기 이름을 말하며 그렇게 기대감이 가득한 웃음을 짓는 걸 보면 그 이름이 내게 뭔가 의미가 있어야 하나 봐. 난 전혀 짚이는 데가 없는데.

기억을 쥐어짜봐도 머릿속은 텅 빈 하얀 벽이야. 여자는 이제 스웨이드 앵클부츠까지 벗었지만 난 여전히 그 여자가 누군지 짐작도 안 가.

아마도 외투 걸 고리를 찾는 듯 내 뒤편 벽을 훑어보던 여자는 이내 포기하고 외투를 반으로 접어서 부츠 위에 얹었어.

"우리 만나기로 했죠." 여자가 말했어.

"그런가요?"

여자는 소리 내 웃었어. 목 깊은 곳에서 터져 나오는 진짜 웃음이었어. 첼름스퍼드의 엄마들 모임에서 우리가 함께 나누던 그런 웃음. 우린 기저귀 폭탄과 테스코 매장 통로에 누워 떼쓰는 애들 이야기로 서로를 웃기곤 했지. 난 눈길을 떨어뜨리고 손톱 거스러미를 잡아 뜯었어.

그곳 엄마들은 당신이 죽었다는 소식을 듣고 분홍색 중국 화분에 심어진 난을 보냈어. 그건 지금 부엌 싱크대 앞 창턱에서 시들어가고 있지. 우리가 여전히 옛날 집에 살았다면 그 엄마들은 계속 주변을 어슬렁거리면서 제이미와 나를 위해 케이크와 저녁식사 거리를 쟁반에 잔뜩 담아 가져왔을 거야.

엄마들은 장례식장에 왔었어. 케이시와 조, 리사와 줄리. 심지어 데비도 하루 휴가를 내고 참석했지. 아마 왓츠앱에 내 이야기를 하는 단체방이 있을 거야. 핑핑거리며 메시지랑 걱정스러운 표정의 이모티콘을 서로 주고받겠지. **이번에는 누가 테스한테 문자 보낼 차례지? 누구 답장 받은 사람?** 언젠가는 답장을 해야겠지. 엄마들은 우리가 잘 극복하고 있는지 궁금할 텐데, 지금은 뭐라고 말해야 할지 모르겠어.

우리 집 복도에 서 있는 여자는 한쪽 어깨에 느슨하게 걸친 핸드백에서 휴대폰을 꺼냈어. 검은 가죽 몸체에 가느다란 끈이 달린 그 조그만 핸드백을 보니 쓸모없는 영수증과 만료된 회원카드들로 배불뚝이인 내 지갑을 저기에 욱여넣을 수나 있을까 하는 생각이 저절로 들더라. 내가 밖에 나갈 때 들고 다니는 가방에 이 여자의 핸드백을 두 개는 집어넣을 수 있을 것 같아.

여자는 자기 휴대폰 화면을 두드린 후 내 이름과 주소와 오늘 날짜를 줄줄 읊었어.

난 어깨를 으쓱했어. "저 맞아요. 하지만 전 아무런 약속도 안 잡았는데요. 누구라고 하셨죠?"

"저는 셸리이고 사별 전문 상담사예요. 영국 사별재단의 입스위치 지사에서 자원봉사를 하면서 따로 개인 사무실도 운영하고 있죠. 절 기다리고 계실 거라고 들었는데요."

“죄송한데, 뭔가 착오가 있었나 봐요. 전 아무한테도 전화한 적 없어요.”

“제가 착각했을지도 모르지만, 부인은 지금 상중이신 것 같은데요. 제가 잘못 알았나요?”

“아뇨, 제대로 아셨어요. 하지만 전 그쪽을 부른 적 없어요.” 내 말은 뚝뚝 끊겼고 의도하지 않았는데도 짜증이 묻어났어. 갑자기 제이미가 떠오르면서 오늘 아침 학교 신발을 잃어버렸다고 애한테 짜증 냈던 게 생각나네.

다리에 힘이 빠지면서 앉고 싶은 마음이 간절했지만 부엌이나 거실로 갔다간 이 여자가 따라올 것 같아서 그렇게 못 하겠어. 다 괜찮아질 거예요, 시간이 당신을 치유해줄 거예요 하는 개소리를 늘어놓으면서 손을 다독인다거나 하면 도저히 못 견딜 것 같거든. 그런 건 이미 하도 많이 들어서 이제 내겐 백색소음이나 다름없어. 장례식장에서 오빠와 오빠 남친에게서, 엄마와의 수많은 전화통화에서, 제이미를 학교에 데려다주고 돌아오는 길에 날 불러세운 여자에게서. 심지어 우편배달부조차 나한테 지혜로운 말씀을 전하고자 문을 두드렸지.

다들 틀렸어.

셸리는 자신감 넘치는 사무적인 태도로 고개를 끄덕였어. “그러시군요. 제가 사무실에 전화해서 어떻게 된 일인지 알아볼게요.”

난 잠시 문가에 그대로 선 채 기다리며 나에 관한 일방향 대화에 귀를 기울였어. 머리가 회전목마처럼 핑핑 돌고 있어. 그러다 앉지 않고는 도저히 배길 수 없어 부엌으로 휘적휘적 걸어갔지.

그때 내가 낌새를 좀 챘다고 말하고 싶어. 등골을 타고 내려가는 소름이 앞으로 올 일에 대한 불길한 예감을 전해줬다고. 하지만 그렇지 않았어. 아주 희미한 속삭임조차 듣지 못했어.

당신 잘못이 아니야, 테시.

당신이야 그 말이 쉽게 나오겠지, 마크.

6

“집이 정말 멋지네요.” 잠시 후, 복도에서 부엌으로 들어온 셸리는 검은 오크나무 기둥을 손으로 쓰다듬으며 그렇게 감탄했어. “정말 예스러워요……. 마치 역사 드라마에 나오는 그런 집을 축소한 것 같아요. 이처럼 오래된 집에 지금은 어떤 사람들이 살고 있을지 항상 궁금했어요.”

내 머리는 느리게 돌아가고, 생각은 엉겨붙어 있었어. 셸리의 칭찬은 양자물리학에 대한 질문이나 다를 바 없고, 난 그 답을 찾을 능력이 없어.

“그건 그렇고…… 음…… 테레사의 어머님이 저희한테 전화를 주셨다네요. 그 전화를 받은 동료하고 방금 통화했거든요. 오랫동안 대화를 나누셨대요. 어머님이 걱정이 많으셨나 봐요. 저희한테는 방문에 동의하셨다고 말씀하셨는데, 아무래도 그게 사실이 아니었나 봐요. 이렇게 불쑥 찾아오게 돼서 정말 죄송합니다."

눈물바람으로 작별인사를 하던 엄마에 대한 기억이 머릿속을 번뜩 스쳤어. 난 문간 옆 구석에서 멍한 상태로 벌벌 떨면서 서 있었고, 엄마는 굽은 손가락으로 구겨진 손수건을 펼쳐 뺨에 맺힌 눈물을 닦으려 애쓰고 있었지.

엄마가 지팡이로 목재 바닥을 쿵쿵 찍으며 돌아다니는 소리를 2주 가까이 참아낸 후라, 난 그냥 엄마가 진입로에서 엄청난 인내심을 발휘하며 기다리는 택시를 타고 얼른 떠나기만을 간절히 원했어. 제이미는 부엌 식탁에 앉아서 당신 옛날 아이팟으로 뭔지도 모를 걸 듣고 있었지. 그 애는 자기 안에 틀어박혀서 말도 하지 않았고, 난 그 애가 더는 수줍어하지 않았으면 했어. 엄마가 제발 얼른 가줬으면 했지.

엄마는 내가 문을 닫는 순간에도 나한테 뭐라고 말하고 있었어. 혹시 그때 오늘 약속 얘기를 했는데 내가 못 들은 걸까?

셸리가 의자를 빼서 내 맞은편에 앉았어. 아침식사 그릇을 치워놓길 잘했다 싶어. 라이스 크리스피 상자는 여전히 밖에 나와 있지만. 상자의 파란색이 온통 갈색인 목재에 대비돼서 지나치게 밝아 보이네.

"테스……." 셸리가 꼬드기는 듯한 부드러운 목소리로 말했어. "원하시지 않으면 지금 대화를 나눌 필요는 없어요. 하지만 도움이 될지도 몰라요."

난 어깨를 으쓱했어. "지금도 괜찮아요." 빨리 끝내버리는 게 차라리 낫겠지.

"좋아요. 잘됐네요. 기분이 좀 어떠세요?" 셸리는 몸을 살짝 더 내 쪽으로 기울이면서 물었어.

"좋아요."

셸리가 눈썹을 치켜올리고 마치 엄마가 아이를 걱정하는 것 같은 표정으로 날 뚫어져라 쳐다봐. 슬픔이 파도처럼 내 몸을 휩쓸고 있어. 거짓말할 기운이, 얼굴에 가짜 웃음을 띠고 고개를 끄덕일 기운이 있었으면 좋겠는데, 눈에 눈물이 차오르는 게 느껴져. 게다가 왠지는 몰라도 내 부엌에 있는 이 여자는 날 곧장 꿰뚫어 볼 것만 같아.

"오늘은 제 생일이에요." 난 한숨을 쉬었어.

"아, 테스. 생일 축하해요."

"그다지 축하할 기분은 아닌 것 같네요."

"어떻게 지내고 있어요?" 셸리가 다시 물었어.

"좋지는 않죠." 난 속삭였어. "좋은 거랑은 거리가 한참 멀죠."

"어머님께서 전화로 테스가 의사를 보러 가기로 했다고 말씀하시던데요." 셸리의 목소리는 나직하고 조심스러워. 내 프라이버시를 캐물으려는 속셈이 훤히 들여다보여서 난 발끈했어. 나에 관해 뭘 얼마나 알고 있지? 엄마가 이 여자한테 얼마큼 얘기한 거지? 틀림없이 죄다 했겠지. "어떻게 됐어요?"

"괜찮은 것 같아요, 아마." 머릿속이 더 이상 멍하지 않고 지난 5주간의 기억이 번뜩이며 지나가고 있어. 내가 제이미한테 아무 이유도 없이 땍땍거린 것, 지지난주 말에 생리가 시작된 것, 몇 달 전부터 달력에 적어놓은 리엄의 축구팀 생일 파티에 제이미를 데려가는 것도 까맣게 잊고 종일 욕실에서 울었던 것. 다른 건 도저히 아무것도 할 기운이 없어서 포장해 온 피자를 먹고 〈스쿠비 두〉의 재방송을 보며 소파에서 함께 보낸 그 수많은 시간들.

"의사가 뭔가 약을 주던가요? 아니면 다른 방법을 권하거나?"

난 눈물 한 방울이 뺨을 타고 흘러내리는 걸 느끼며 고개를 끄덕였어. 내게 떠오르는 건 오로지 제이미가 날 바라볼 때 짓던, 그 구겨지고 찡그린 표정뿐이야. 일곱 살짜리 남자애들은 개 훈련 대회에서 우승하거나 친구를 사귀는 것 말고 다른 걱정거리가 있으면 안 되는데. 특히 엄마를 걱정하면 안 되는데.

난 엄지손톱 끄트머리의 거스러미를 뜯어내는 데 열중했어. "의사가 제가 우울증이라고 했어요. 항우울제를 주긴 했는데……. 전 우울증을 못 느껴요. 그냥 잠을 잘 잘 수 있는 약이면 되는데."

"악몽을 꾸시나요?"

난 눈을 번쩍 치켜떴어. 셸리는 웃음을 지웠지만 여전히 눈을 빛내고 있어. 이 여자는 도대체 어떻게 알았을까. "늘 똑같은 악몽이에요. 나…… 난 비행기에 타고 있어요. 어디로 가는지는 모르지만 비행기가 날아가질 않아요. 뭐랄까 부르르 떨면서 곤두박질치고, 전 충돌할 걸 알고 있어요. 온 사방이 연기 천지예요. 짙은 회색 연기가 어딘가에서 피어올라 눈이 따갑고 폐가 아파요. 머리 위 짐칸에서 떨어진 짐이 비행기 안을 마구 날아다니고, 저는 여행 가방에 맞지 않게 머리를 감싸려고 애써요. 어차피 비행기가 땅에 충돌할 걸 알면서도요. 꿈을 깬 후에도 여전히 그 연기 냄새가 난다고 맹세할 수 있어요."

뭔가 거친 것이 내 안에서 솟구치는 걸 느끼며 공기를 찾아 숨을 들이켰어. 잠에서 깨어날 때마다 느끼는 것과 똑같은, 심장이 쿵쿵 울리는 절망적인 공포야. 그리고 당신이 가고 없다는 사실을 되새길 때마다 느끼는 것과도 똑같은.

"저는 마크가 죽은 날 정원에 모닥불을 피웠어요." 난 셸리에게 말했어. "마크가 죽은 건 나중에야 알았지만, 이제 그 둘이 뒤섞여버린 것 같아요. 모닥불이랑 마크의 죽음이요."

난 셸리가 내 손을 으스러지도록 붙잡고 악몽은 지나갈 거라고 말해주길 기다렸어. 하지만 셸리가 한 말은 그게 아니었어. "찻물을 좀 올려놔도 될까요? 차 한잔 생각이 너무 간절해서요."

주전자 물 끓는 소리랑 셸리가 머그잔과 티백을 찾느라 찬장을 열었다 닫았다 하는 꽝꽝 소리 때문에 셸리의 다음 질문을 못 들을 뻔했어. "그 일에 대해 얘기 좀 해보시겠어요?"

"그 비행기 얘기 들으셨어요? 지난달에 충돌한 거?"

"아, 맙소사, 조종사가 자살한 거요? 당연히 들었죠. 어찌나 안타깝던지. 그런데 자세한 이야기는 몰라요."

거친 뭔가가 분노로 변하더니, 미처 막을 틈도 없이 몸부림치듯 내 안에서 쏟아져 나왔어. "왜 다들 그걸 그렇게 부르는 거죠? 그건 자살이 아니었어요. 살인이었지." 주전자가 끓기를 멈춘 적막 속에서, 내 목소리가 분노로 한껏 높아졌어. "그 조종사는 내 가족을 짓밟았어요. 그 비행기에 탄 사람 중에 죽음을 선택한 사람은 아무도 없었어요. 그건…… 그건 대량 학살이었어요. 살인이었다고요."

"그 말씀이 맞아요." 셸리는 냉장고를 열고 우유병을 꺼내면서 대꾸했어. 내 목소리와는 대조되는, 흔들림 없고 통제된 목소리야. 냉장고 문을 닫은 셸리의 손끝이 제이미의 사진에 머물렀어. 여기로 이사 오기 전, 예전 학교에서 찍은 사진으로 만든 자석 말이야. 제이미는 산뜻한 선홍색 교복 차림이었고, 짧은 고수머리는 내가 그날 아침에 발라준 젤로 머리에 착 붙어 있었지. 셸리는 일 초쯤 사진을 들여다봤어.

"아들이군요." 셸리의 말투는 마치 사실을 진술하는 것처럼, 나 들으라고 하는 게 아니라 혼잣말처럼 들렸어.

"네, 제이미요." 난 분노가 그 동굴로 물러나는 걸 느끼며 고개를 끄덕였어.

갑자기 마치 보이지 않는 손이 숨통을 조이는 것 같고 눈앞이 눈물로 흐려져. "어떻게 죽었느냐에 따라 달랐을 수도 있을까요? 내가 좀 덜…… 망가진 것처럼 느껴질까요? 운전하다가 심장마비로 죽었다면?"

셸리는 내 앞 식탁 위에 찻잔을 내려놓으면서 내 어깨를 살짝 다독였어. "아닐 것 같아요." 셸리는 다시 자리에 앉으면서 말을 이었어. "우린 아들이 있었어요……. 딜런이라고. 모든 면에서 완벽한 아이였죠. 아기 때는 웃는 게 너무 예뻤고, 걸음마를 떼고부터는 기운이 넘쳤죠. 우린 늘 딜런이 축구선수가 될 거라고 생각했어요. 제대로 걷기도 전부터 공을 차고 있었거든요. 아니면 물을 참 좋아했으니까, 수영선수나." 셸리는 숨을 한번 들이쉬고 목에 걸린 펜던트를 만지작거린 후 말을 이었어. "그 애는 두 살 때 희귀 백혈병 진단을 받고 네 살 때 죽었어요. 길고 질질 끄는 죽음이었죠. 그 애는 인생의 절반을 병원을 들락날락하며 보냈어요. 우린 딜런이 죽어가고 있다는 걸 알았지만, 그렇다고 그 일이 일어났을 때 조금이라도 덜 아팠던 건 아니에요."

"아 맙소사." 내 손이 재빨리 입으로 올라갔어. "정말 마음 아프네요" 하고 웅얼거리며 난 다시 거지 같은 기분을 느꼈어. 아이를 잃는 건 남편을 잃는 것보다 더 끔찍하니까. 지금 내가 아무리 이런 상태라도, 그걸 모르진 않아. 제이미가 없으면 난 아무것도 아닐 거야.

"고마워요." 셸리가 말했어. 눈이 마주친 순간, 난 우리 사이에 뭔가가 오가는 걸 느꼈어. 생살을 찢는 듯한 그 슬픔을 당신도 알고 나도 안다는 느낌. 그래서 내가 악몽을 꾼다는 걸 아는 거구나. 셸리도 악몽을 꾸는지 궁금해.

"이번 여름이면 4년이 돼요." 셸리가 말을 이었어. "초기에 제가 슬픔을 이겨내도록 도와준 사람들이 많았어요. 언니가 우리 집으로 들어와 살면서 전부 다 챙겨줬죠. 팀, 제 남편이랑 저한테 억지로 밥을 먹이고 집 밖으로 내몰았어요. 그래서 제가 자원봉사를 시작한 거예요. 사별 전문 상담 강좌를 듣고 자격증을 딴 것도 그 덕분이고요. 저는 집에서 개인 상담소를 운영해요. 그런 일을 겪는 동안 친구와 가족이 곁에 없었다면 어땠을지, 도저히 살아남지 못했을 거예요."

침묵이 우리 위로 내려앉았어. 셸리가 머그잔을 후후 불어 김이 다른 방향으로 흩날리자 난 모닥불 생각을 했어. 그냥 그날을 떠올리기만 해도 깔깔한 연기가 목 안쪽을 긁는 게 느껴져.

"근처에 사시는 가족분이 있나요?" 셸리가 물었어.

"엄마가 한 시간 거리에 계세요. 웨스트 클리프의 해안 지구에 사시거든요. 하지만 관절염이 있고 몸이 무척 약하세요. 몇 주 동안 여기서 지내셨는데 계단 때문에 너무 고생하셨고 전 도저히…… 이 모든 상황에다 엄마까지 보살필 수가 없었어요. 엄마는 거의 매일 전화를 하시는데, 매번 받지는 않아요. 괜히 걱정만 더 하실 게 뻔해서, 제 기분이 어떤지 엄마한테 말하기가 힘들어요. 그래서 거짓말을 하거나, 주로 자동응답기가 받게 놔둬요."

"형제자매는요?"

"오빠 하나, 샘이요. 노팅엄에서 남자친구 핀이랑 같이 살아요. 둘 다 병원 의사예요. 샘은 제가 와달라고 했으면 왔을 텐데, 별로 그러고 싶지 않더라고요. 오빠가 지금 자리까지 가려고 얼마나 열심히 노력했는지 아는 데다, 어차피 저한테 무슨 도움이 될 것 같지도 않아서요. 마크의 형이 가까운 입스위치에 살아요. 아까 절 보러 왔었어요……."

"그거 잘됐네요."

난 얼굴을 찡그려 보였어. "그렇진 않아요. 우린 전혀 가까운 사이가 아니에요. 전 늘 그 사람이 저하고 제이미한테 관심이 없다는 인상을 받았어요. 그 사람은 결혼을 안 했고 아이도 없는데, 마크가 도대체 왜 가족을 원하는지도 이해 못 하는 것 같았어요. 마크는 제가 별것도 아닌 걸 가지고 괜히 신경 쓴다고 했지만요. 제가 이안을 제 오빠인 샘이랑 비교하려 한다면서, 그런 비교는 무의미하다고 했어요. 이안이 우리에게 차갑게 구는 건 그저 제가 먼저 그 사람한테 차갑게 굴기 때문이라면서요."

"아, 그럼 지지가 필요할 때 제일 먼저 찾아갈 만한 사람은 아니겠네요."

"아마 아니겠죠."

"동네 친구들은요? 의지할 만한 이웃은?"

"우린 여기 오래 살지 않았어요. 그 이야기를 이미 했던가요? 만약 했다면 미안해요. 솔직히 이웃이랄 게 없어요. 가장 가까운 집에는 노부부가 사시는 것 같은데 잘은 몰라요. 우리가 예전에 살던 첼름스퍼드에는 친구들이 많았어요. 아마 지금도 많다고 해야겠죠. 하지만 여기서는 아직 아무도 못 만났어요." 난 말을 이었어. "제이미를 학교에 데려다주고 데리러 갈 때 운동장에서 만나 인사하는 엄마들 몇 명이 있긴 했어요. 날씨랑 학교 이야기로 수다를 좀 떨었죠. 많이는 아니고요. 그 후 비행기가 충돌했고…… 음…… 절 보세요." 내 옷을 가리켜 보였어. 축 늘어진 티셔츠와, 소매 보풀이 일고 너덜너덜 낡아빠진 카디건. "별로 친하게 지내고 싶은 몰골은 아니잖아요? 어쨌든, 저도 언젠가는 극복하는 법을 배워야죠. 그렇겠죠?"

셸리는 고개를 끄덕이고 손에 감싸 쥔 머그잔을 들어 올려 조심스럽게 처음으로 한 모금 마셨어. "맞아요. 하지만 아기가 걸음마를 떼듯 해야 해요, 테스. 아들이 죽고 나서 난 며칠씩 안 씻었어요. 그냥 반쯤 죽은 듯 가만 누워 지냈죠. 하지만 테스는 일어나서 옷을 입었고, 설거지도 했고, 냉장고에는 우유까지 있잖아요."

난 사실 제이미를 무시하면서, 아니 무시하는 게 아니라 구박하면서 내내 울기만 했는데. 하지만 머릿속으로만 그렇게 생각하고 입밖에 내지는 않았어.

"테스가 내일이나 다음 주에 바로 멀쩡해지길 기대하는 사람은 아무도 없어요." 셸리가 말을 이었어. "그리고 테스 자신도 그러길 기대해서는 안 되고요. 지금 단계에서는 먼 앞일을 생각하기보다 매일 사소한 것 한 가지를 달성하는 데 초점을 맞춰봐요. 단순히 미루고 있던 편지 한 통을 열어보는 것만으로도 충분해요."

내 시선이 저절로 전자레인지 옆에 쌓여 있는 우편물 더미로 향했어. 셸리도 아마 그걸 본 것 같아. 난 편지 한 통을 안 열어본 게 아니라 모든 편지를 무시하고 있었어.

"우리 지금 같이 훑어볼까요? 어차피 그 대부분은 쓰레기일 거예요. 장담해요. 그냥 그것들을 치워버리기만 해도 기분이 더 나아질지 몰라요."

난 셸리가 날 혼자 놔뒀으면 하는 마음과, 빛나는 금발에 반짝이는 눈을 가진, 내가 상상할 수 있는 최악의 비극을 견디고 살아남은 이 여자의 말이 과연 맞는지 확인하고픈 마음 사이에서 갈등하면서 아랫입술을 깨물었어. 셸리는 내 망설임을 수락으로 받아들이고 의자에서 일어나서, 내가 미처 고개를 저을 힘을 짜내기 전에 편지 더미를 집어 들었어.

"네 더미로 나눌게요. 하나는 딱 봐도 청구서인 것들." 셸리가 위에 빨간 휴대폰 로고가 있는 편지 한 통을 아래로 떨어뜨리며 말했어. "또 하나는 광고전단으로 보이는 것들, 셋째는 위로 카드, 넷째는 나머지 전부."

"위로 카드들은 곧장 쓰레기통에 넣어줘요." 난 부탁했어. "볼 자신이 없어요. 보고 싶지도 않고."

"확실해요?"

난 고개를 끄덕였어. "굳이 생각나게 해주지 않아도 돼요." 나도 그렇지만 제이미한테도 마찬가지야.

"카드들은 모두 한쪽에 몰아놓으면 어떨까요? 언젠가 나중에 그걸 보면서 위로받고 싶어질지도 모르니까요." 셸리는 그렇게 설득하며 나를 향해 편지 몇 통을 밀어 보냈어.

내가 그 카드들을 보며 위로받을 날은 절대 오지 않겠지만, 셸리한테 그렇게 말하지는 않았어. 심장이 가슴속에서 너무 세게 뛰고 있고, 배 속은 공황으로 미친 듯 울렁거리고 있어. 어차피 대부분 쓰레기인데, 그걸 열어보는 게 왜 이렇게 겁이 나지?

난 첫 편지를 향해 떨리는 손을 뻗었어. 평범한 흰색 봉투이고, 창 안에 당신 이름이 인쇄돼 있어. 종이 찢어지는 소리가 부엌에 울려

펴지는 가운데 내 눈길은 편지봉투들을 분류하고 있는 셸리에게 꽂혀 있어. 셸리의 자신감 있는 태도를 보니 당신이 떠오르면서 조금이나마 마음이 놓이는 것 같아. 덕분에 용기를 얻어 봉투 입구에 손가락을 밀어 넣고 개봉할 수 있었지.

편지는 자동차 영업소에서 온 거였어. 자기네 신형 아우디의 시험운전을 예약하는 걸 잊지 말라는. 뭐라는 거야. 갑자기 내가 왜 편지들이 이렇게 쌓이도록 놔뒀는지 이해가 안 되더라.

다른 봉투에 손을 뻗었어. 이건 내 앞으로 돼 있어.

즉시 내 손에 든 편지가 항공사에서 온 것임을 깨달았어. 급강하하는 비행기를 나타내는 검은 로고가 맨 위쪽 구석에서 날 향해 고함치고 있어. 눈에 눈물이 차오르고 세포 하나하나가 그 편지를 놓아버리라고, 절대 그 글자를 읽지 말라고 애원하는데도 내 시선은 못 박혀 있어.

친애하는 클라크 부인,

당사는 비극적 사고로 남편과 사별하신 부인께 심심한 위로를 전하고자 합니다.[…]

내 눈길이 아래로 건너뛰었어.

민간항공국 법규 : [민간항공국은 상기 항공사의 공동조종사가 다른 항공승무원 없이 조종석에 조종사를 혼자 둔 것을 방임 행위로 규정하는 바입니다.]

작고하신 남편분께서 예약하신 승객 1인당 한 장씩, 보상 신청서

2부를 동봉합니다.

뜻하지 않은 신음이 내 입 밖으로 새어 나오고, 난 울음을 참으려고 입을 꾹 다물었어. 이 사람들은 어떻게 보상 신청서 같은 걸 보낼 생각을 할 수가 있지? 마치 잔인한 농담처럼 느껴져. 항공사가 그걸 바로잡을 방법이 세상에 존재하기라도 한다는 것 같잖아.

그때 그게 내 머리를 때렸어. 두 건의 보상. 두 좌석. 하나가 아니라.

다른 좌석은 누구였지, 마크? 가만 돌이켜봐. 당신이 누구랑 같이 간 거지? 난 당신한테 그 이야기를 들은 기억이 없어. 아마 영업팀의 누군가겠지. 난 잠시 그들한테도 가족이 있을까 하는 생각을 했어. 나처럼 그 사람의 가족도 그 사람을 그리워하고 있을지. 하지만 이내 그 생각을 떨쳐버렸어. 그날 죽은 다른 사람들까지 생각하는 건 내게 무리야. 뉴스는 여전히 그 모든 끔찍한 내용을 아주 세세하게 다루고 있고, 신문들은 1면을 할애하고 있지만, 난 거리를 두고 있어. 알고 싶지 않거든. 우리의 슬픔을 누구와도 나누고 싶지 않아.

"테스?" 셸리가 나를 향해 한 손을 뻗으며 물어. "괜찮아요?"

난 고개를 끄덕이고 봉투를 허둥지둥 카디건 주머니에 집어넣었어.

"안 되겠어요." 난 속삭였어. "죄송해요. 전 누워야 할 것 같아요."

"하지만 다 됐는데……. 봐요." 셸리는 웃음을 지으며 탁자 위로 양손을 휘저었어. "대부분 쓰레기예요. 아마도 시급할 것 없는 청구서 두 통, 그리고 이거 세 통이 남았어요." 셸리는 그것들을 내 쪽으로 밀어 보냈어. "하나는 입출금 내역서인 것 같고 다른 하나는 판촉용인 것 같아요. 아마 마크의 부동산하고 관계된 것 같아요. 그리고 이건 여권 사무국에서 온 거예요. 만져보니 여권 같네요."

편지들을 받아 카디건 주머니에 집어넣었어. "마크가 죽기 직전에 내 여권을 갱신했어요. 여름 휴가 때 제이미를 데리고 스페인에 가려고 했거든요." 난 웅얼거렸어.

셸리가 손을 뻗어 내 손을 한 번 더 꾹 움켜쥐었어. "음, 나머지는……." 셸리가 일어서서 종이들과 찢어진 봉투들 더미를 주워 들면서 말을 이었어. "곧장 쓰레기통으로 가도 돼요. 봐요, 오래 걸리지 않을 거라고 했죠?"

구석의 은색 쓰레기통 뚜껑이 닫히는 쨍그랑 소리를 들으면서 난 간신히 "아"라고 대꾸할 수 있었어.

셸리가 날 돌아보더니 가방에 손을 뻗어. 가려는 걸까. 한순간 아주 작은 실망감이 솟았어. 안 갔으면 좋겠는데.

하지만 셸리는 문간으로 가는 게 아니라 가방에서 스프링이 달린 공책을 꺼내. 포켓 사이즈보다 조금 큰데 표지는 두꺼운 재질이고 평범한 갈색이야.

"이건 테스 거예요." 테스는 공책을 식탁 위로 밀어 보내면서 그렇게 말하고는 자기 자리로 돌아갔어. "글을 적으면 돼요."

"그래요? 고마워요." 난 손끝으로 부드러운 표지를 쓸어봤어. "글이라면 어떤……?"

셸리는 머리를 쓸어넘기고 의자 등받이에 몸을 기댔어. "쓰고 싶은 거면 아무거나요. 일기를 쓰는 게 도움이 된다는 사람들도 있거든요. 내가 아는 어떤 남자분은 매일 밤 아내한테 편지를 쓰는 게 아내와 사별한 슬픔을 극복하는 데 도움이 됐다고 하더군요. 하지만 결정은 테스가 해요. 사별의 슬픔을 겪고 있을 때는 아무리 사소한 일도 하기 힘들죠. 도움이 된다면, 장보기 목록이나 해야 할 일 목록을 쓰는 데 써도 돼요."

난 다시 "고마워요" 하고 말했어.

"천만에요. 내가 자원봉사로 만나는 모든 분들한테 한 권씩 드리고 있어요."

난 셸리가 밀어 보낸 찻잔을 양손으로 감쌌어. 온기가 전해져 와.

"제이미 이야기를 하고 싶어요?" 셸리가 물었어.

머릿속에 안개가 피어올라. 집중하기가, 문장을 만들기가 힘들지만, 그래도 시도해봤어. 그 애가 얼마나 수줍음을 타는지 이야기했어. 누가 문을 두드릴 때마다 자기 방이나 정원의 트리 하우스로 달려 올라간다고. 심지어 우리 엄마가 잠깐 와서 지내는 동안에도, 그 애는 대부분의 시간을 자기 방에 틀어박혀 보냈을 정도니까. 하지만 일단 마음을 열면, 상대를 받아들이고 나면, 봉오리가 활짝 벌어진 꽃처럼 애정이 넘치고 까불어대지.

난 셸리에게 제이미가 당신을 얼마나 닮았는지 말했어. 똑같은 코, 똑같은 몸매, 똑 닮은 삐뚜름한 웃음. 축구랑 플레이스테이션이랑 '호리드 헨리' 시리즈에 열광하는 전형적인 남자애라는 얘기도 하고. 그 애가 마을 학교에 정말 잘 적응했다는 것도. 심지어 난 이 집이 별로 마음에 안 들고 예전 동네 친구들이 그립지만, 제이미가 자기 껍데기를 벗고 나온 것만으로 그 모든 값어치를 하고도 남았다고 말했지. 그리고 우리가 당신을 얼마나 그리워하는지도 이야기하고.

제이미를 떠올리는 건 도움이 돼. 안개가 걷히고 방금 잠에서 깬 것 같은 이상한 기분이 들어. 불현듯 부엌이 정적에 잠긴 걸 느끼며 재빨리 눈을 깜빡였어. 셸리는 내 맞은편에 미동도 없이 앉아 있어.

"걸음마 떼듯 하는 거예요, 테스." 나중에 쪽문을 나서면서 셸리가 내게 말했어. "잊지 말아요. 하루에 한 가지씩만 해보는 거예요. 아무리 사소한 거라도요, 알겠죠?"

난 아무 말 없이 고개만 끄덕였어. 보이지 않는 손이 다시 내 숨통을 움켜쥐는 바람에 목소리를 낼 수가 없어. 이 여자는 내 심정이 어떤지, 당신이 그랬던 것만큼 잘 알아. 그리고 그건 어쩐지 날 안심하게 만들어. 아무도 절대 예전의 당신처럼 날 속속들이 알지는 못하겠지만, 셸리는 대다수 사람들보다 잘 이해하는 것 같아. 내 생각엔.

7

이안 클라크

제가 왜 여기 있어야 하는지 정말 모르겠네요. 제가 아니라 가서 셸리하고 이야기를 하셔야죠. 저는 테스를 도우려던 거였어요. 비행기 충돌 이후 테스가 줄곧 멀쩡한 상태가 아니었다는 걸 아셔야 해요. 통 극복할 기미가 안 보였어요. 어쨌든 처음에는요. 장례식 절차는 제가 준비했어요. 심지어 에식스의 검시관한테 연락해서 사망증명서를 받은 것도 접니다. 테스가 했어야 하는 일을 전부 제가 떠맡았죠. 하기 싫은데 억지로 했다는 건 아니고요. 네, 그건 사실이 아닙니다. 마크는 제 동생이었으니까요. 당연히 억지로 한 건 아니었죠. 그냥 테스가 뭐든 간에 할 수 있는 일이 많지 않은 상태였다고 말씀드리는 겁니다. 누군가가 개입해야만 했어요.

셸리 랭

테스를 처음 만났을 때 도움이 정말 필요하다는 걸 알 수 있었어요. 처음 만나고 나올 때 제 사무실 번호를 줬어야 했는데, 그 대신 휴대폰 번호를 줬어요. 첫 방문 때 제가 테스한테 친밀감을 느꼈던 건 냉장고에 붙어 있던 제이미의 사진 때문이었던 것 같아요. 사진 속 그 애는 제 아들 딜런하고 너무 닮아 보였거든요. 어쩐지 제이미랑 테스가 저랑 이어져 있는 것처럼 느껴졌어요. 그저 돕고 싶었을 뿐이에요.

8

"언제든 전화해요" 하고 떠나는 셸리에게 손을 흔들고 거대한 앞문에 몸을 기댄 순간, 욕조에 물을 받아놓은 게 기억났어.

황금색 수도꼭지를 돌려 욕조를 마저 채웠어. 물이 하도 뜨거우니까 순간적으로 얼어붙는 듯한 착각마저 들어. 다리 피부가 따끔거리면서 빨갛게 변했지만 그러거나 말거나 물속에 몸을 담그고 눈을 감았어.

당신 거기 있어, 마크?

우리가 당신 임신을 알게 된 날 기억나?

당신이 그 이야기를 꺼낼 줄 알았어. 당신은 제이미한테 그 이야기를 항상 즐겨 했지. 당신이 그 이야기를 할 때마다 어째 그 이야기 속 나는 조금씩 더 미친 사람이 되어가고 당신은 점점 영웅이 되어가는 것 같더라.

내가 걱정했다는 건 인정할게. 난 당신하고 아이를 가지고 싶었어. 우리의 아이를. 하지만 우리는 만난 지 겨우 석 달째였어. 심지어 그때까지 난 당신 어머니를 만난 적도 없었어. 우린 같이 살고 있지 않았어. 게다가 임신으로 인한 호르몬 문제도 있었고.

당신은 절대 쉽지 않을 거라고 했지.

그야 쉽지 않았을 게 당연하잖아. 우린 떨어져 살고 있었으니까. 하지만 당신은 우리 가족이 살 집을 찾아냈지. 첼름스퍼드의 신설 주택단지에 있는 완벽한 방 세 개짜리 연립주택. 역에서 그리 멀지 않아서 런던으로 출근하는 당신한테도 좋았고, 공원과 상점들이 가까이 있어서 나한테도 좋았지. 가족들이 많이 사는 곳이라, 친구들을 많이 사귈 수 있었어. 우린 제이미한테 중간 방을 주고 제일 작은 방은 내가 제이미에게 꼭 낳아주고 싶었던 남동생이나 여동생을 위해 비워놨었지.

그리고 난 당신한테 청혼을 했지, 테스. 그게 그 이야기의 핵심이야. 그 부분을 빼놓으면 안 돼.

아, 그래. 당신은 날 번쩍 안아 올려 첼름스퍼드의 의사당 지하에 있는 등기소까지 그대로 안고 갔지. 대단한 영웅이었어! 난 H&M의 하얀 맥시 드레스를 입었고, 혼인서약을 하는 내내 내 엉덩이에 매달린 제이미를 어르고 있었지.

우린 막 제이미의 이유식을 시작했었어. 기억나? 우리가 부부로 첫 키스를 하는데 그 애가 당신 등에 찐득거리는 오렌지색 덩어리를 토해놨잖아.

난 우리 결혼생활이 한바탕 웃음으로 시작된 게 너무 행복했어. 우리의 시작은 장엄하지도, 낭만적이지도 않았지만, 우리한텐 딱이었지. 그리고 우린 행복했어. 당신은 늘 나를 웃게 만들었어. 우리는 서로 완전히 반대였는데도. 당신이 아무리 늦게 귀가하고, 옷을 그냥 바닥에 벗어 팽개치고, 제이미랑 놀아주는 대신 노트북을 들고 혼자 숨어서 비밀 프로젝트에 몰두하는 바람에 날 화나게 만들어도, 결국 당신은 늘 날 웃게 했어.

또 다른 목소리가 내 머릿속을 채우고 있어. **"남편분이 어디 계신지 말씀해주시겠어요, 클라크 부인?"** 갈색 머리카락을 말끔하게 포니테일로 묶은 여자 경관의 목소리. 젬마 그린우드 순경. 내가 그 이름을 어떻게 잊겠어. 아 맙소사, 기억하고 싶지 않은데, 이젠 너무 늦었지.

난 부엌 식탁에 앉아 있었어. 젬마 그린우드 순경은 내 맞은편에 앉아 있었지만 이름이 기억 안 나는 다른 경관은 싱크대 옆에 서 있었지. 그 여자의 피부는 모닥불 연기랑 똑같은 회색이었고 눈동자는 눈물이 어려 마치 유리알 같았어. 마치 자신이 당신을 사랑한 것처럼. 마치 자신의 인생이 망가진 것처럼.

"마크요?" 남편이 당신 말고 또 있기라도 한 것처럼, 난 그렇게 되물었어. "그이는 오늘 프랑크푸르트에 갔어요. 그이가 일하는 컴퓨터 소프트웨어 회사 사무실이 거기 있거든요. 그이랑 뭔가 할 얘기가 있으시면, 내일이면 돌아올 거예요. 그런데 무슨 일이죠?"

"나쁜 소식을 전해 드려야 할 것 같습니다."

번쩍하고 눈이 뜨여. 갑자기 수도꼭지에서 똑똑 떨어지는 물소리를 듣고 현실로 돌아와야 할 것 같아. 내 몸을 내려다보고 있어. 당신이 가고 나서 한 달 사이 난 살이 쪽 빠졌지만, 기쁘지 않아. 가슴이 축 처져서 겨드랑이 쪽으로 퍼졌어. 배꼽 주위 피부가 물 위로 나와 있어. 마치 당신의 죽음이 내 육체의 일부를 빼앗아 가서, 날 반쯤 빈 자루로 만들어버린 것 같아.

발가락으로 수도꼭지를 돌려 뜨거운 물을 더 받아.

이안이 찾아왔던 일이 떠올라. 포도와 초콜릿. 배려인 줄 착각했지만 실은 미끼에 불과했지. 그 사람은 단지 당신이 빌린 돈에 관해 물어보러 온 것뿐이었어.

10만 파운드라. 내 머리는 그 액수를 잘 납득하지 못하고 있어. 처리가 안 되는, 상상할 수도 없는 액수 같아. 너무 큰 돈이잖아, 안 그래? 주방을 새로 하고 집을 몇 군데 손보는 데 들이기에는 아무래도 너무 많잖아.

우린 돈 이야기를 한 번도 안 했어. 그게 당신이 원하는 거였잖아, 테시. 아마 난 당신이 물어봤어도 말해주지 않았겠지만, 당신은 한 번도 물어보지 않았어.

내가 안 물어봤나?

기억 하나가 수면 위로 떠올라. 초기의 기억이야. 내가 임신했을 때. 우린 첼름스퍼드의 집으로 막 이사 왔고, 우리를 둘러싼 모든 게 아직 새것이었지.

"좋은 소식." 당신이 앞문으로 들어오면서 외쳤어.

"뭐야?" 난 부엌에서 마주 외쳤어. 난 냄비에 칠리를 끓이면서, 우리 새 부엌의 밝은 흰색 타일에 소스가 튀지 않도록 아주 조심조심 휘젓는 중이었어.

"나 영업팀으로 옮길 거야." 당신이 다가와서 내 뺨에 입을 맞췄지. 애프터셰이브 로션과 뒤섞인, 당신 옷에 들러붙은 런던의 먼지 냄새가 아직도 기억나.

"영업?" 난 휘휘 젓던 걸 멈추고 조리대에 비스듬히 기댄 채 당신의 들뜬 표정을 유심히 살폈어. 때마침 제이미가 내 갈빗대 아래를 발로 차는 바람에 얼굴을 찡그리지 않으려고 애써야 했지. "하지만 당신은 프로그래머잖아. 당신 일은 프로그래밍이잖아."

당신이 웃던 게 기억나. 낮은 목소리였는데, 이제 와서 생각해보니 약간 부자연스러웠지. "내 일을 당신이 그렇게 전문적으로 이해하고 있다니 놀라운데." 당신은 양문형 냉장고 문을 열고 맥주병을 꺼내면서 그렇게 대꾸했어.

"하하하. 내 말뜻 알잖아."

"이건 엄청난 기회야. 상여금이라는 게 있는데 그게 무슨 뜻이냐면 돈을 더 많이……."

"영업에 성공하면 그렇다는 거겠지." 난 그렇게 반박했어. 당신이 직종을 바꿀 생각을 언제부터 하고 있었는지 궁금해하던 기억이 나. 당신이 그 생각을 얼마나 오랫동안 혼자 품고 있었을지. 난 우리가 아직 이 일에 초짜라서 그런 거라고 자신을 타일렀어. 아직 속생각을 서로에게 몽땅 털어놓는 법을 배우지 못했다고. 당신은 이런저런 생각들을 속에만 담아두고, 완전히 정리된 후에야 나한테 말하곤 했어. 난 그 반대였고. 아무리 사소한 일이라도, 일어나기도 전부터 미리 걱정했지.

"소프트웨어를 만든 사람보다 그걸 더 잘 팔 수 있는 사람이 또 있겠어?" 당신은 병맥주를 한 모금 길게 들이켜고는 말했어.

"아 맙소사, 돈 때문에 그러는 거야? 난 우리가 괜찮을 줄 알았는데. 난…… 애를 어린이집에 보내고 다시 풀타임으로 일할 수 있어. 그래야만 한다면……."

"진정해." 당신이 가까이 다가와서 내 배를 한 손으로 어루만지며 말했어.

"미안해. 그냥 난 돈 이야기를 하는 게 싫고 가뜩이나 복잡한 상황에 돈 걱정까지 해야 하는 게 싫어서 그래. 난 너무 불안해. 출산도 그렇고……." 난 '우리에 대해서도'라고 덧붙이고 싶었지만 꾹 참았어. 우린 우리 사이에 관한 이야기를 늘 피했으니까. 그리고 우리가 만난 지 아직 채 1년이 안 됐다는 것도.

"당신이 더는 이 일로 걱정 안 했으면 좋겠어, 응? 당신이 지금 집중해야 하는 건 당신 몸 안에 있는 그 조그만 원숭이 녀석을 잘 키워내고, 앞으로 4주간 느긋한 마음으로 기다리는 것뿐이야. 당신 일에 관한 이야기는 전에도 했고, 그때 내가 한 말은 진심이었어. 당신은 다시 그 교사라는 중노동으로 돌아갈 일 없을 거야, 알겠지?"

그때 느낀 안도감과, 일할 수 있다는 내 제의가 진심이 아니었다는 양심의 가책이 모두 생생해. 세인트 루크스에서 다시 일하면서 어떻게 동시에 엄마 노릇을 할 수 있겠어? GCSE 역사를 가르치는 건 내가 일주일에 할 수 있는 일의 한계였어. 세인트 루크스는 대다수 교사 일보다 돈을 더 줄지는 몰라도, 입시 명문고였어. 파트타임과 직무분담은 꿈도 꿀 수 없었지. 긴 하루가 끝나면 녹초가 됐고, 아직 어린 아이들이 규격화 제품이 되어가는 걸 지켜보기란 쉬운 일이 아니었어. 그리고 그게 아니라도, 제이미를 그렇게 어릴 때부터 어린이집에 전일제로 보내는 건 우리 둘 다 원하지 않았고.

"그러면 혹시 출장을 더 많이 가야 하는 거야?" 난 부정적인 어감이 느껴지지 않게 하려고 애쓰면서 물었어. 당신을 축하해주는 척하려고 애쓰면서. 당신 손 위에 내 손을 포개고, 내 배의 딴딴한 혹을 문지르며 파도처럼 몰아쳐 오는 두려움과 싸웠어.

"아마도, 하지만 많이는 아니고. 약속해. 이건 우리한테 좋은 기회야. 혜택이 더 많아. 우린 모두 의료보험 보장을 받을 거고 난 회사 차와 휴대폰을 쓸 수 있어. 게다가 우린 재정적 부담도 덜 수 있어." 당신은 웃음을 지으며 날 끌어안았어.

"알았어." 난 고개를 끄덕이고 당신의 체취와 체온에 몸을 묻었어. 애초에 우리가 재정적 부담을 지고 있는지도 몰랐지만, 그냥 아무 말도 하지 않았어. 당신을 축하해주고 싶었거든.

"괜찮을 거야. 당신은 걱정 푹 놔도 돼, 테시." 당신은 우리 둘만 있을 때 늘 그러듯 날 테시라고 부르며 속삭였지.

그 기억이 지나가고 난 몸을 욕조 안으로 더 깊이 담가.

어쩌면 당신 말이 맞겠지, 마크. 어쩌면 난 몰라도 됐겠지. 하지만 난 알았어야 했어. 당신이 내게 거짓말하길 바란 적은 한 번도 없었어.

난 거짓말한 적 없어. 내가 왜 당신한테 거짓말을 하겠어.

좋아. 당신은 거짓말한 적 없어. 하지만 당신은 그게 당신 입장에서 진실이 될 때까지 듣기 좋은 말로 꾸미고 대충 얼버무렸지. 내가 알면 견디지 못했을 거라고 생각했어? 내가 정말 그렇게 나약해빠진 사람이야?

사랑한다고 말해줘, 마크. 날 정말 사랑했다고. 우리 사랑이 가짜가 아니었다고 말해줘.

아 테시, 알잖아. 진짜였다는 걸.

9

엘리엇 새들러(ES)와 테레사 클라크(TC, 오클랜드 병원 하트필드 병동에 입원 중)의 대화 녹취록, 4월 10일 화요일, 세션 1(계속)

ES : 이제 기분이 좀 나아졌나요, 테스?

TC : (고개를 끄덕임)

ES : 잘됐네요. 통증 정도는 어떤가요?

TC : 더 나아졌어요. 간호사가 뭘 줬어요. 전에는 죄송했어요. 전…… 그냥 제이미를 찾고 싶었어요.

ES : 다들 마찬가지예요. 그게 우리가 여기 있는 이유죠……. 제이미한테 무슨 일이 일어났는지 알아내려고.

TC : 그럼 왜 저랑 이야기하고 계시는 거죠? 사람들을 신문하거나 나가서 셸리를 찾고 계셔야죠?

ES : 우린 최선을 다하고 있어요. 하지만 부인이 정보를 더 주셔야 해요.

TC : 방금 전에 떠오른 생각이 있어요. 형사님이 막 들어오실 때요. 도움이 될지도 몰라요.

ES : 그렇습니까?

TC : 셸리가 혼자 꾸민 일이 아닌 것 같아요. 이안이 도와준 것 같아요. 제 남편의 형이요. 어쩌면 둘이 공범일 수도 있어요.

ES : 왜 그렇게 생각하시죠?

TC : 전에 어떤 일이 있었느냐면…… (한숨) 저한테 정말 많은 일들이 일어났는데, 절대로 셸리 혼자서 그걸 다 꾸몄을 리는 없거든요. 전 계속 이 모든 일의 핵심이 제이미 같아요. 제 말은, 그렇잖아요, 아니에요? 그래서 우리가 여기 앉아 있는 거잖아요. 하지만 어쩌면 돈 문제도 관련됐을지 모르죠. 이안은 마크한테 돈을 빌려줬었다고 했어요. 큰돈을요. 그리고 돌려받아야 한다고 했어요. 제 휴대폰을 누가 조사하고 있나요? 저한테는 없어서요. 누군가가 몸값 때문에 전화를 할지도 몰라요.

ES : 제가 적어두죠. 그건 반드시 처리하도록 하겠습니다.

10

2월 21일 수요일, 제이미 생일 46일 전

난 소스라치며 깨어나 어둠 속에서 눈을 깜빡이고 있어. 가슴속에서 심장이 망치질하고 전율이 온몸을 휩쓸지만, 그냥 악몽 때문이겠지. 그런데 순간, 그 소리가 다시 들려와. 그 소리가 잠을 깨운 게 분명해. 진입로의 자갈을 밟는 와지끈 소리. 발소리.

공포가 몸을 움켜쥐어. 진짜 공포란 이런 거구나, 예전에 겁먹었다고 느낀 건 정말 아무것도 아니었구나 하고 일깨워주는, 그런 종류의 공포.

이건 현실이야. 한밤중에, 이 망할 놈의 거대한 집에는 우리 둘뿐이야. 나랑 복도 저쪽 방에서 잠들어 있는 제이미. 그런데 누군가가 우리 진입로를 돌아다니고 있어.

난 힘겹게 들이쉰 숨을 그대로 폐 안에 붙잡아둔 채, 귓가에서 쿵쾅대는 심장 소리 위로 그 소리를 들으려고 애쓰고 있어.

그만해, 테시. 걱정 좀 작작 해. 그냥 고양이야.

고양이라고? 됐어, 마크. 고양이들이 언제부터 사람처럼 쿵쿵거리며 돌아다녔지? 그건 인간의 발소리야.

아니면 여우가 싸우는 중이거나. 여긴 시골이잖아, 테시.

그렇게 일깨워주지 않아도 돼. 눈만 뜨면 나도 더 이상 첼름스퍼드의 주택단지에 있지 않다는 걸 알아. 오렌지색 가로등 빛도, 차 문짝이 쾅쾅 닫히는 소리도, 중심가로 돌아가는 사람들의 발소리도 이곳엔 존재하지 않아. 유일하게 들려오는 건 1.5킬로미터쯤 떨어진 A12 고속도로의 나지막한 웅웅 소리와, 근처 어딘가에서 부엉이가 울어대는 소리뿐이지.

내가 시골에 있다는 건 나도 알아. 그리고 내가 무슨 소리를 들었는지도 알고.

다시 귀를 기울이고 있어. 당신 말이 틀렸다는 걸 입증하고 싶은데, 귀를 먹먹하게 만드는 밤의 정적 말고는 아무것도 들리지 않네.

말했잖아……. 여우라니까.

난 다시 생각할 틈도 없이 일어나서 창가로 다가가. 속바지 위에 허벅지 위까지 내려오는 당신 티셔츠 하나만 걸친 채. 커튼 틈새로 엿보는데 공포로 살갗이 찌르르해. 뭔가가 움직이지 않을까, 무슨 소리가 들리지 않을까 잔뜩 긴장했지만 바깥은 오로지 어둠뿐이야.

제이미 방에 가봤어. 이불을 고치처럼 말고 잠들어 있네. 덥수룩한 고수머리만 이불 위로 삐죽 나와 있어. 야간 조명의 파란 빛 속에서 머리카락이 거의 하얘 보여.

앞문이 잠겨 있는지 확인하러 가는데 삐걱대는 계단 소리가 정적 속에서 너무 크게 들려와. 바로 쪽문도 확인했는데, 역시 잠겨 있어.

난 복도에서 잠시 머뭇거리고 있어. 어떡하지? 자는 건 이제 글렀지만 그렇다고 다섯 시간 동안 집 안을 달그락거리며 돌아다닐 생각을 하니 도저히 견딜 수 없어서, 추위라도 달래자 하고 우리 침대에 도로 풀썩 누웠어. 무슨 소리라도 들릴까 해서 귀를 쫑긋 세웠지만 정적뿐이야. 하다못해 벽난로의 바람 소리도 들리지 않아.

봐…… 그냥 동물이라니까. 야생 사슴이 먹이라도 찾으러 왔나 보지.

그건 발소리였어. 난 확신해. 누군가가 한밤중에 우리 진입로를 돌아다니고 있었어.

쪽문 가에 놓여 있던 튤립 생각이 갑자기 떠올랐어. 비닐 포장지는 없었지. 쪽지도 없었고. 난 제이미를 데리러 가기 전에 그걸 쓰레기통에 던져버렸어. 꽃병에 꽂는 건 고사하고, 보고 있을 수조차 없었거든. 그리고 제이미가 그걸 보고 누가 보냈느냐고 물을 것도 싫었고.

이안이 두고 간 게 아니라면, 누가 그런 거지? 난 이 마을에 아는 사람이 아무도 없는데. 누가 쪽지도 없이 그런 식으로 꽃다발을 두고 간담? 그것도 바로 옆에 있는 앞문을 놔두고 하필이면 쪽문에. 하긴 우린 검은 오크나무로 된, 이 집의 핵심인 앞문을 놔두고 늘 부엌으로 바로 통하는, 흰색 페인트칠한 작은 쪽문으로만 드나들지. 그걸 알고 있는 사람이 도대체 누굴까?

한밤중에 우리 진입로를 돌아다닐 사람이 누가 있을까?

눈을 감고 점점 느려지는 심장박동에 귀를 기울이고 있어. 사슴이라고 했지? 좋아, 사슴이라고 치자.

어딘가 가까운 곳에서 엔진이 한 박자 숨을 죽였다 포효하며 깨어났어.

눈이 번쩍 뜨이고 공포가 다시 돌아와, 내 가슴을 으스러뜨릴 듯 한 힘으로 눌러대. 커튼 틈새로 흰빛이 번뜩여. 전조등. 차. 침대에서 뛰쳐나가 운전자를 보고 싶지만 못 하겠어. 공포가 야수처럼 날 짓누르고 있거든.

내가 아는 사슴들은 운전을 하지 않아, 마크.

11

2월 22일 목요일, 제이미 생일 45일 전

오늘 아침엔 알약을 하나 먹었어.

누군가가 집에 쳐들어와 제이미를 납치해 갈 거라는 바보 같은 생각으로 혼자 겁에 질려 잠도 이루지 못하고 귀를 쫑긋 세운 채로 침대에 누워 어젯밤의 반을 보내버려서였을까. 제이미가 아침식사 때 바닥에 떨어뜨린 우유병이 타일에 부딪혀 박살나면서 남아 있던 우유가 온 사방에 엎질러져서였을까.

아니면 제이미한테 넌 망할 놈의 조심성이 왜 그렇게 없냐고 목청이 터지도록 소리를 질렀는데 그 애는 움찔하지도, 욕하지 말라고 하지도 않아서였을까. 그 애는 빠지기 직전인 윗니를 혀로 밀면서 그 강철 같은 파란 눈동자로 날 빤히 쳐다보기만 했어. 제이미를 학교에 데려다주고 돌아와서 울고는, 우유가 엎질러진 부엌 타일을 닦을 생각은 않고, 그 위에 자기연민이 가득한 굵은 눈물방울만 뚝뚝 떨어뜨렸어. 자기혐오와 죄의식에 반쯤 익사할 지경이었지.

난 알약을 재빨리 삼켰어. 제이미 세 살 때 그 애 눈 위에 붙인 붕대를 당신이 뜯어냈을 때처럼. 기억해?

내 인생의 또 다른 영웅적 순간이었지, 테시. 내가 그걸 어떻게 잊겠어?

제이미가 소파에서 뛰어내리다 그만 커피 탁자 모서리에 얼굴을 찧는 바람에 온 사방에 피를 흘리며 통곡과 딸꾹질을 동시에 하고 있었지. 난 공황상태에 빠져 비명을 지르며 당신 회사에 전화했어. 구급차를 불러야 하나 어쩌나 허둥대면서 말이야.

그 애는 심지어 꿰맬 필요도 없었어, 테시.

하지만 붕대는 거대했어. 네 모서리에 점착제가 발라진 커다란 흰 정사각형 붕대가 그 애의 눈썹과 이마 절반을 뒤덮었지. 그걸 떼어내야 하는 날이 오자 그 애는 날 근처에도 못 오게 하고 그 붕대를 건드리려고만 해도 몸을 이리저리 꼬고 몸부림을 쳤지. 당신은 그 애를 욕조에 던져 넣고 발가락 간지럽히기 놀이를 했어. 그리고 그 애가 까르륵대며 양손으로 수면을 때리던 그 순간, 그 애가 눈을 감은 그 순간, 붕대를 확 떼어냈지. 제이미는 심지어 물을 튀기던 걸 멈추지도 않았어.

나도 첫 항우울제를 바로 그런 식으로 먹었어. 플라스틱 포장지를 까서 물 한 모금과 함께 단숨에 삼켜버렸지. 이게 과연 맞는 건지 아닌지 고민하거나 어떡하면 좋을지 당신한테 물을 틈도 주지 않고.

샤워를 하고 머리를 감았어. 샴푸 칠을 세 번이나 했어. 브라를 하고 청바지와 조끼, 그리고 점퍼를 걸쳤어. 오늘은 테스코에 가서 먹을 걸 좀 사 오려고 해. 우리가 한 달 동안 먹어온 감자 칩이랑 피시

핑거랑 피자, 그런 냉동실 쓰레기 말고, 양파, 쇠고기 간 것, 버섯, 토마토를 살 거야. 제이미랑 내가 먹을 볼로냐 소스를 만들어서, 오늘 밤엔 스파게티, 내일 아침엔 펜네로 해 먹고, 그래도 남으면 라자냐로 만들어 먹어야지.

더 열심히 노력할 거야.

그래야 내 여자지, 테시.

*

콜체스터 외곽의 슈퍼마켓은 번잡해. 목요일 아침에 이렇게 번잡할 줄은 예상 못 했는데. 그래도 주차장 셋째 줄에 차를 댈 공간이 있고, 바퀴 하나가 없는 카트가 남아 있어. 물어뜯을 듯 찬 공기 때문에 얼굴이 따가웠지만 요 몇 주에 비하면 어쩐지 따뜻하게 느껴져.

자동문으로 들어가려다 마침 나오는 길인 나이 지긋한 부부와 맞닥뜨려서 옆으로 비켜섰어. 난 괜찮은 상태인 것 같아. 예전의 일상으로 다시 돌아가고 있는 거야. 딱 오늘 아침 청바지를 입었을 때처럼 말이지. 난 할 수 있어.

당연히 해낼 수 있지, 테시.

손에 든 쇼핑목록을 내려다봤어. 셸리한테 받은 공책을 한 장 뜯어내 끄적인 거였지. 받은 후로 처음 써본 건데, 깔끔하게 줄이 간 공책을 보니 어쩐지 기분 좋더라. 쇼핑목록 같은 거나 적으려니 좀 아까웠지만, 그걸로 달리 뭘 해야 할지 모르겠더라고. 당신한테 말을 거는 게 이토록 자연스럽게 느껴지는데 굳이 매일 밤 당신한테 편지까지 쓸 필요는 없잖아.

셸리가 아까 문자를 했어. 난 그때 우유를 닦아내느라 너무 진이 빠져서 과연 테스코까지 갈 수 있을지 자신감을 잃고 있었지. 무슨 대단한 의미가 있는 문자는 전혀 아니었어. **안녕 테스, 셸리예요. 그냥 잘 있나 해서요. 언제든 전화해요.** 그게 전부였지만 그래도 도움이 됐어. 셸리가 웃는 이모티콘을 마지막으로 로그아웃하고 나자 셸리의 차분한 자신감이 날 폭 감싸 안는 기분이 들었어.

셸리의 문자는 첼름스퍼드 친구들이 보내준 선의의 메시지들과는 어쩐지 다르게 느껴졌어. 마치 딱 맞는 순간에 딱 맞는 말을 알고 있는 것 같았지. 난 **고마워요**라고 적고 엄지손가락을 치켜든 이모티콘을 찍은 후 다시 자신감을 잃기 전에 얼른 차에 올랐지.

카페에서 흘러오는 로스팅 커피의 흙 내음을 맡으며 과일이랑 채소 매대 쪽으로 가고 있어. 난 할 수 있다고, 자신에게 되풀이해 말하면서.

초콜릿 통로에서 일이 어긋나기 시작했어. 부활절 달걀 초콜릿이 전시돼 있었지. 상상할 수 있는 모든 종류의 달걀 초콜릿이 한 줄을 완전히 차지하고 있었어. 물론 부활절까지는 아직 몇 주나 남았지만, 막상 그 무렵이 되면 난 다가올 제이미 생일 생각에 정신이 팔려 까맣게 잊고 있다가 결국 부활절 전날에나 슈퍼마켓으로 미친 듯 달려갈 테고, 그러면 이미 제일 좋은 달걀은 전부 팔리고 없을 게 뻔하잖아.

그래서 제이미를 위해 핫휠 달걀을 집어 들었어. 초콜릿과 함께 경주용 차 두 개가 들어 있고, 제이미가 이미 갖고 있는 것과 바꿔 끼울 수 있는 밝은 오렌지색 트랙 조각도 하나 들어 있어. 내 결로는 데이리 밀크 달걀 하나를 고르고, 제이미가 올해에도 달걀 찾기를 하려나 싶어서 미니 달걀 팩 몇 개도 추가하고. 카트에 체중을 실은 채 앞으로 밀고 가다 보니 당신이 가장 좋아하는 초콜릿 앞까지 왔어. 킷캣 청키. 올해는 두 종류로 나왔네. 하나는 머그잔이 딸린 거, 하나는 안 딸린 거. 당신이 어느 걸 더 좋아할까 고민하며 양손에 하나씩 들어본 후에야, 난 당신에겐 부활절 달걀이 필요 없다는 사실을 깨달았어. 당신은 가버렸으니까.

난 마치 뜨겁게 달궈진 냄비를 떨구듯 달걀 포장을 떨구고 다음 통로로 서둘러 넘어갔어. 세탁 용품들이 선반에 즐비했지만, 내가 찾는 건 그게 아니야. 내가 찾는 건 당신이야. 당신은 통로 반대쪽 끝에 서서, 검은 쓰레기봉투 묶음을 장바구니에 담고 있어. 뒷모습만 보고도 난 당신인 걸 알아봤어. 갈색 머리카락이 울 모자 아래로 삐죽삐죽 나와 있거든. 옷은 못 보던 옷이야. 회색 청바지와 남색 점퍼. 하지만 난 당신의 자세와 걸음걸이를 어디서든 알아볼 수 있어, 마크.

그리고 그게 당신이 아닌 줄 알면서도, 모퉁이를 돌아 사라지는 당신을 향해 소리를 질렀어. 카트를 밀면서 통로를 질주했지.

몇 초 후 난 다른 통로들과 교차하는 중앙 통로로 나왔어. 갑자기 사람들이, 쇼핑객들과 유모차에 탄 아이들이 너무 많아져서 더는 당신이 보이지 않아. 난 파스타와 외국식품, 잼과 통조림, 그리고 냉동식품 코너를 질주했어. 옷과 전자제품, 세면도구 코너를 쏜살같이 지났어. 계산대를 눈으로 샅샅이 뒤져봐도 당신은 아무 데도 없고, 난 숨이 막혀와.

다리에 힘이 빠지고 뺨에 열이 올라. 당연히 당신이 아니었겠지. 알고 있었으면서. 난 떨리는 손으로 가방을 뒤져 휴대폰을 꺼냈어.

당신한테 전화를 걸어야만 해. 그냥, 당신 목소리를 들어야만 했어. 음성사서함에 녹음된 그 네 마디 말을. '안녕하세요, 마크입니다. 메시지를 남겨주세요.' 그 생각이 왜 이제야 났는지 모를 일이야.

난 당신 목소리를 들어야 해.

잠시의 정적에 이어 벨소리가 들렸어. 그런데 음성사서함으로 넘어가지 않았어. 누군가가 받았지. "여보세요?"

"마크?" 머릿속에서 회오리바람이 일어났어. 당신이 전화를 받다니.

"테스."

"마크…… 난……."

"테스, 난 이안이에요." 이안은 급히 대답했지만 난 그가 자기 이름을 말하는 순간에야, 당신이 늘 놀림거리로 삼던 그 툭툭 끊어지는 말투를 알아차렸어.

"이안? 난 마크한테 걸었는데 왜……."

"마크 회사의 인사팀 사람한테 이야기해서 양해를 구하고 마크의 번호를 내 번호로 연결해놨어요. 혹시 마크가 죽은 걸 모르는 사람이 전화할지도 모르니까요."

"아." 그 생각은 미처 해보지 못했어. 그야 난 나한테 오는 전화도 거의 받지 못했는걸. 하지만 그래도 기분이 나빠. 마크는 당신 게 아니라 내 거였다고 말하고 싶지만, 물론 실제로 말하진 않았어. 심지어 내 머릿속에서도 그 생각은 유치하고 바보 같았거든. "나한테 말 안 해줬잖아요."

"장례식 준비할 때 말했어요. 당신 어머님도 그 자리에 계셨어요. 목사님도요."

"아." 난 다시 말했어. 우리 집 거실에서 있었던 그 모임은 기억나.

찻주전자와 찻잔, 그리고 잊고 있던 이삿짐 상자에서 우리 엄마가 꾸역꾸역 찾아낸 잔 받침들이 담긴 쟁반. 그야 목사님을 모셨으면 잔 받침 정도는 있어야 예의겠지. 접시에 놓인 비스킷을 아무도 건드리지 않았던 건 기억나는데, 그런 대화를 나눈 기억은 안 나. 제이미는 정원에 있는 트리 하우스에서 놀고 있었어. 난 그 사람들이 돌아갈 때까지 줄곧 창가에 서서 트리 하우스의 나무판자와 그 아래의 땅을 지켜보고 있었어. 제이미가 혹시라도 미끄러져 추락할까 봐 겁을 내면서.

"테스, 별일 없죠? 마크의 휴대폰에는 왜 전화했어요?" 이안이 물었어.

"난…… 마크를 본 줄 알았어요. 지금 슈퍼마켓에 있는데. 그이가 아니었어요. 그야 당연하지만. 그래도 그이 목소리를 꼭 들어야 할 것 같아서……." 난 말을 멈추고 주위를 둘러봤어. 쇼핑객 한 무리가 카트를 밀고 모여들어 날 뚫어져라 쳐다보고 있어. 직원도 한 명 있고. 내가 소란을 피웠나 봐.

"지금 어디 있어요?" 이안이 물었어. "내가 집까지 태워다줄 수 있어요. 무척 당황한 것처럼 들려요."

죽은 남편이 쇼핑하는 걸 봤으니 그야 당연히 당황했겠지. 이안한테 어디 있는지 말하고 집까지 차를 얻어 탈까 하는 생각이 잠깐 들었지만, 그 순간 이안이 한숨을 내쉬었어. 거기 담긴 짜증에 내 뺨이 뜨겁게 달아올랐어.

"아니…… 아니에요, 고마워요. 난 괜찮아요. 그냥 마크의 전화를 누가 받을 거라고는 생각 못 했어요."

"미안해요, 테스."

"그만 끊을게요." 난 대답할 틈을 주지 않고 전화를 끊은 후 휴대폰을 도로 가방 깊이 떨궜어.

날 구경하던 쇼핑객들 사이에서 여자 직원이 앞으로 나왔어. 단호한 걸음걸이로 다가와 내 카트에 한 손을 얹었어. 사십 대 후반 같은데, 짙은 금발을 하나로 느슨하게 모아 묶었고 양 눈가 주름에 파운데이션 가루가 끼어 있어.

"괜찮으세요, 손님?"

난 고개를 끄덕였지만 눈물이 뺨을 타고 줄줄 떨어졌고, 더는 아무 말도 할 수 없었어.

"잠시 앉고 싶으세요? 물 한 잔 가져다드릴까요?"

난 고개를 저었어. "아뇨, 그냥 얼른 살 거 마저 사서 집에 가고 싶어요."

"제가 도와드리죠. 목록에 뭐가 더 남았나요?" 직원은 내 손에 든 구겨진 종이를 빼내서 날 통로로 안내해 쇼핑을 마무리하게 해주고는 내 차 문까지 열어줬어. 그리고 내가 차에 탄 후에야 내 옆에서 떨어졌지.

난 "너무 감사합니다" 하고 말했어.

"당연히 해야 할 일인데요." 고개를 끄덕이는 직원의 눈동자는 날 이해한다고 말하고 있는 것 같아. 혹시 내 얼굴에 씌어 있는 슬픔을 알아본 걸까. 셸리가 그랬던 것처럼. 이 여자도 누군가를 잃어본 적이 있는 걸까.

차 안에 혼자 남자 다시 가방에서 휴대폰을 꺼내 연락처 목록에서 셸리의 번호를 찾아냈어. 엄마가 내 전화를 기다리고 있고, 친구들이랑 오빠도 마찬가지지만, 지금 이 순간은 나를 이해해주는 사람이랑 통화하고 싶어.

두 번 신호가 가고서 셸리가 전화를 받았어. "여보세요, 테스, 어떻게 지냈어요?" 셸리의 목소리는 산들바람 같고 생기가 넘쳐. 월요일 우리 집 문간에 서 있을 때와 똑같은 미소를 짓고 있을 셸리의 모습이 그려져.

"나…… 마크를 본 것 같아요." 흐느낌을 억누르지 못하고 통곡하듯 내뱉었어.

잠시 침묵이 흐른 후 셸리가 말했어. "아 테스……."

"슈퍼마켓에 있었는데……. 그이였다고 맹세할 수도 있어요. 모퉁이를 돌아 사라졌는데 내가 그다음 통로로 갔을 때는 이미 사라지고 없었어요."

"얼마 동안 나도 같은 일을 겪었어요." 셸리가 대꾸했어. "금발 남자애만 보이면 그 자리에서 꼼짝없이 얼어붙곤 했죠. 지금도 가끔 그래요. 정말 전혀 생각도 못 하고 있을 때요."

"누군가를 쫓아가서 소란을 일으킨 적도 있어요?"

"아뇨. 딜런이 죽었을 때 난 그 애를 품에 안고 있었으니까, 비록 그것도 무척 괴롭긴 했지만, 테스의 경우와 달리 내 경우엔 마침표가 찍힌 셈이죠. 테스는 끝내 작별인사를 하지 못했잖아요. 지금 겪고 있는 건 전적으로 자연스러운 일이에요. 다른 사람들의 얼굴에서 먼저 떠난 사랑하는 사람을 보는 건 정상이에요. 그런 일을 겪었으니, 테스가 그러지 않았다면 난 오히려 놀랐을걸요."

난 고개를 끄덕이고 한 손으로 뺨을 훔쳤어. "고마워요. 미안하고요. 셸리한테 전화해서 이런 이야기를 쏟아낼 생각은 아니었어요."

"난 전화해줘서 좋았어요. 테스가 날 생각해줘서 좋았어요."

"그만 가봐야겠어요."

"나중에 지금 일을 다시 생각해볼 여유가 생기면, 나한테 전화해 줄래요? 같이 제대로 이야기해보면 좋을 거 같아요."

"좋아요, 그럴게요. 고마워요, 셸리."

그건 당신이 아니었어. 당신은 죽었으니까. 난 그 말을 주문처럼 외우며 테스코를 벗어나 마을을 향해 차를 몰았어.

*

그날 저녁 제이미와 난 루도 게임(2~4명이 하는 전략적 보드게임—옮긴이)을 했고, 배경 음악으로 라디오를 틀어놓은 채 식탁에 앉아 볼로냐 스파게티를 먹었어. 예전처럼 라디오에서 팝송이 나오는 순간 벌떡 일어서 미치광이처럼 춤을 추지는 않았지만, 그래도 많이 나아진 기분이었어. 그리고 아까 테스코에서 그런 일을 겪고 난 후였으니, 이만하면 괜찮다 싶었지.

나중에, 제이미에게 굿나잇 키스를 해주고 나서, 우유 엎질렀다고 소리 질러서 미안하다고 사과했어.

"앞으로 좋아질 거야. 엄마가 약속해."

그리고 진심이었어. 정말 진심이었어.

셸리 덕분이었을까? 셸리의 말은…… 위로가 아니었어. 이해였지. 당신이 언제나 그랬던 것처럼 셸리가 날 이해한다는 느낌. 제이미 때문이었을까? 내 분노가 더는 제이미를 속상하게 하지 못하는 걸 보고 밀려든 죄의식? 아니면 약이 제 역할을 하는 걸까? 내 생각엔 그것들이 조합된 효과인 것 같은데, 어느 쪽이든 기분이 나아졌어.

아주 좋은 건 아니야. 정상은 아니지만, 더 나아졌어.

당연히 그때의 난 그게 다 무의미하다는 걸 몰랐지. 당신 회사의 데니스가 우리 집 문을 두드린 그 금요일에, 내가 삼킨 알약 두 개와 내가 세운 계획은 모조리 물거품이 되어버렸어. 난 곧장 밑바닥으로 다시 곤두박질쳤어.

12

2월 23일 금요일, 제이미 생일 44일 전

오늘은 공중에 속삭이는 봄의 기운이 느껴졌어. 학교에서 집까지 걸어오는 길에 들판을 지나 불어오는 바람은 예전처럼 날카롭지 않았고, 태양도 좀 더 오래 걸려 있었어. 그래서 어스름한 어둠이 부엌을 감싸고 있는 걸, 시간이 한참 늦어서야 깨달았지. 어둠이 사방을 뒤덮어 내 바로 맞은편에 앉아 저녁을 먹고 있는 제이미가 간신히 보일 정도야. 난 일어서서 불을 딸깍 켜고 갑작스러운 빛에 찡그리며 눈을 질끈 감았어. 하지만 제이미는 불이 켜졌는지도 모르는 것 같더라고.

"배 안 고프니?" 난 그 애의 접시를 보며 물었어.

제이미는 고개를 저었어.

파스타를 팬에 넣으면 얼마나 불어나는지 깜빡하고 너무 많이 삶았어. 그렇다 해도 우리 접시엔 둘 다 먹어서 줄어든 흔적이 전혀 안 보여. 먹는 건 이제 생존을 위한, 의례적인 행위가 되고 말았어. 소스와 고기는 아무 맛도 안 났고, 내가 억지로 삼킨 음식은 이제 슬픔 위에 무겁게 얹혀 있지. 제이미도 그런 모양이야. 그 애가 뭐든 몇 술 이상 뜨는 걸 마지막으로 본 게 언제인지 기억도 안 나.

"그럼 됐어. 화장실 가서 칫솔질하고 책 읽자." 난 손뼉을 치고 억지로 아무렇지 않은 척했어. 우리 둘 다 그런 심정이 아닌 걸 알면서도.

제이미는 의자에서 일어나지 않고 고개를 숙인 채 자기 양손을 내려다보고 있어. 그 애의 눈에 고인 눈물과 파르르 떨리는 아랫입술이 눈에 들어왔어. 그 애가 아파하는 걸 보니 내 가슴이 얻어맞은 듯 욱신거려. 내가 그 아픔을 없애줄 수 있다면 얼마나 좋을까. 우리 둘 몫까지 내가 다 아파도 좋으니, 제이미만은 우리가 빠져 있는 이 슬픔의 구덩이에서 건져주고 싶어.

"엄마도 아빠 보고 싶어." 난 속삭였어.

그 애한테 뭔가 말해줘, 테시.

난 잠시 생각에 잠겼어.

"엄마 아빠랑 상어를 보러 런던의 수족관에 간 거 기억하니?" 난 물었어. "네가 겨우 네 살 때였는데. 학교에 입학하기 전 여름이었어. 특별 당일치기 여행을 다녀오기로 하고 널 기차에 태웠지. 그리고 다음엔 이층버스를 탔고." 난 웃으며 말을 이었어. "차가 출발하고 위층으로 올라갔는데 네가 하도 앞자리에 앉고 싶어 해서 아빠가 거기 앉은 사람들한테 자리를 양보해달라고 부탁했잖니. 그리고 우리가 간 곳은…… 어……." 기억을 헤집느라 내 목소리가 흐려졌어. 순간 우리 진입로의 자갈이 워그적대는 소리가 들려와. 이번에는 발소리가 아니라 차바퀴 소리야. 이어 차 문 닫히는 소리임이 분명한 쿵

소리가 나.

제이미가 고개를 홱 치켜들었어. 눈물은 사라지고, 휘둥그레 뜬 눈에는 대신 두려움이 자리를 잡았지.

우리가 제이미가 틀어박혀 있는 껍데기에서 그 애를 끌어내려고 몇 달이나 공을 들인 거 기억해, 마크? 자신감을 기를 수 있을까 해서 연극 수업을 듣게 했지만 그 애는 너무 싫어했지.

그리고 효과도 없었고.

하지만 제이미는 나아지고 있었는걸. 아닌가? 그 애가 크리스마스 모임 때 전교생과 학부모 앞에 서서 자기가 쓴 시를 읽은 거 기억나? 교장선생님인 밴브리지 부인이 그 애한테 황금별 스티커를 줬잖아.

당연히 기억하지, 테시. 당신이 내 옆에서 눈알이 빠지도록 울고 있었는데.

난 자랑스러워서 운 거야, 그뿐이야. 옛날 학교 같았으면 제이미는 절대 그러지 않았을 거야.

이사 가는 게 좋은 생각이라고 내가 말했잖아.

음, 지금은 다 수포로 돌아갔지. 제이미는 다시, 아니 전보다 더 낯을 가리게 됐으니까. 난 가뜩이나 힘들어하는 그 애를 더 힘들게 만들 순 없어.

"가서 먼저 읽고 있을래? 엄마가 누군지 보고 올게."

문고리를 두드리는 아주 희미한 소리에 제이미는 서둘러 위층으로 올라가 모습을 감췄어. 난 복도 등을 켜고 문을 열었어.

"어떻게 오셨나요." 난 문간에 서 있는 여자한테 말했어.

"안녕하세요, 테스." 여자가 대답했어. "절 기억하실지 모르겠네요.

데니스라고 해요. 영업팀 소속 개인 비서죠. 마크랑 함께 일했고요."

어렴풋이 낯익다 싶었지만, 데니스가 집 안에 들어온 후에야 장례식장에서 본 낯선 얼굴들의 바다 속에 있던 그 여자 얼굴이 기억나.

위층에서 마루 판자가 삐걱대고 욕실 수도꼭지가 돌아가는 소리가 들려와.

"마침 이쪽을 지나가던 길이었어요." 여자가 말했어. "잠깐 들러서 어떻게 지내시는지 보고 갈까 하는 생각이 들어서요."

"아…… 감사합니다." 말끔한 회색 바지 정장 차림으로 우리 집 복도에 서 있는 이 여자한테 내가 할 수 있는 말은 그게 전부였어. 난 문을 닫고 웃음을 지으려고 애쓰면서 말했어. "들어오세요."

데니스는 키가 컸어. 날 따라 부엌으로 들어오는데, 플랫 펌프스를 신고도 노출식 오크나무 대들보에 부딪히지 않기 위해 적갈색 머리카락을 늘어뜨리며 고개를 숙여야 할 정도야. 동그란 얼굴형에 입체화장을 했지만, 그 짙은 화장도 나를 향해 웃는 얼굴에 서린 압박감을 감춰주진 못했지.

"예고도 없이 이렇게 불쑥 찾아와서 죄송합니다." 데니스는 내가 아니라 저녁식사가 차려진 식탁에 눈길을 꽂은 채 그렇게 말했어. 혹시 데니스도 이안처럼 깔끔병이 있는 걸까.

"괜찮아요." 난 웅얼거렸어. "우린 어차피 다 먹었어요." 접시들을 모아다 싱크대 옆 조리대로 가져갔어. 데니스는 자리에 앉을 마음이 없는 것 같아. 뭘 원하느냐고 묻고 싶어. 말은 우리가 어떻게 지내는지 보려고 들렀다지만, 그게 진짜 용건일 리는 없잖아. 안 그래? 하지만 머릿속에서 아무리 이렇게 저렇게 말을 바꿔봐도, 무례하지 않은 방식으로 그 질문을 할 수는 없겠더라고.

“마크는 늘 부인과 제이미 이야기를 하곤 했어요.” 데니스가 불쑥 내뱉었어. “그분은…… 제이미를 정말 자랑스러워했어요.”

“아.” 그랬어, 마크? 당신은 늘 제이미의 학교생활을, 그 애의 수줍음을, 그리고 그 애 열의가 부족한 걸 걱정했잖아. 우리가 이사 온 이유 중에 그것도 있었을 정도니까. 학급당 인원수도 더 적고 분위기도 조용한 마을 학교. **“사립학교나 마찬가지인데, 돈을 더 안 내도 되는 거야.”** 내가 첼름스퍼드를 떠나기 싫다고 하니까 당신이 그렇게 말했지.

그러다 갑자기 난 그걸 봤어. 아니 깨달았어. 데니스의 그 눈빛에 담긴 의미를. 그건 악취처럼 그 여자한테서 새어 나와 공중에도 떠돌고 있어. 죄의식.

데니스는 내가 어떻게 지내나 보러 온 게 아니라, 할 말이 있어서 온 거야.

아 맙소사. 이 여자가 뭔가 끔찍한 얘기를 털어놓으면 어떡하지? 내가 알고 싶지 않은, 당신에 관한 사실을?

그만해, 테시.

뭘 그만해.

난 데니스의 얼굴과 그 죄의식과 슬픔을 뚫어지게 쳐다봤어. 질문들이 머릿속을 휙휙 스쳐 지나가. 뭘 원하느냐고 묻고 싶어. 그날 또 누가 죽었느냐고 묻고 싶어. 내 남편 옆에 앉아 있던 회사 사람이 누구냐고. 비행기의 두 번째 자리 말이야. 이 여자한테 당신의 비밀 프로젝트가 뭔지 아느냐고 묻고 싶어. 당신이 나한테 감추려 한 게 뭔지. 하지만 그럴 필요 없었어. 결국 데니스가 먼저 이야기를 꺼냈거든.

데니스는 무슨 말을 하려는 듯 입을 벌리다가 다시 다물었어. 데니스의 반짝이는 눈물을 보자 등에 소름이 돋아.

난 부엌문을 닫고 잠금쇠가 딸깍 맞물릴 때까지 문짝에 체중을 실었어. 데니스가 하려는 말이 뭔지는 몰라도, 제이미가 그걸 듣게 하고 싶지 않아. 실은 나 자신도 듣고 싶지 않지만. 귀를 막고 비명을 질러서 그 여자를 내쫓고 싶은 원초적 욕구가 솟구쳐. 그 대신 난 데니스한테 등을 돌리고 주전자 스위치를 켰어. "차 한잔하실래요?" 나지막한 목소리로 물었어.

우유를 꺼내려고 냉장고 문에 손을 뻗는데 제이미의 학교 사진으로 만든 자석이 안 보여. 아마 우유병이 깨졌을 때 발길에 차여 냉장고 밑으로 들어갔나 봐.

"고맙지만 괜찮아요, 테스. 시간 뺏지 않을게요. 저…… 전 장례식장에서 드리고 싶은 말씀이 있었는데 거기서 드릴 말씀은 아닌 것 같았어요."

목구멍 안쪽에서 신물이 올라오고 쇠 맛 나는 침이 입안에 가득 고였어. 주전자 스위치를 끄자 부엌은 무거운 정적에 잠겼어.

"죄의식이 절 안에서부터 좀먹는 것만 같았어요. 몇 번이나 여기 오려고 했는데 못 왔어요. 오늘은 한 시간 전부터 모퉁이에 차를 대 놓고 이 이야기를 도대체 어떻게 꺼내야 하나 고민했어요. 그…… 그 행사…… 프랑크푸르트의 그 행사는 취소됐었어요."

"뭐라고요?"

데니스의 얼굴을 타고 눈물이 굴러떨어졌어. 데니스가 쥐어짜는 듯한 깊은 흐느낌 사이사이로 토막토막 말을 내뱉어서, 난 이 여자에게서 말을 억지로 잡아뽑고 싶어졌어. "월요일 아침 일찍 프랑크푸르트에서 이메일 한 통이 왔어요. 독일 사무실 직원 절반이 독감으로 결근 중이라 출장이 취소됐다고요. 어차피 출발시각은 점심시간 이후라 괜찮았어요. 하지만 그때 마크가 나머지 팀원보다 더 이른 시간에 비행 스케줄이 잡혀 있다는 게 기억났어요."

"전 마크한테 곧장 전화해서 이메일을 봤느냐고 물었어요. 마크는 막 비행기에 오르려던 참이었어요. 수화기 너머로 누군가가 탑승권을 달라고 하는 소리가 들렸지만, 저는 안 가도 된다는 제 말을 마크가 들었을 줄 알았어요. 마크가 웃으면서 '알았어요' 하고 말하는 걸 확실히 들은 것 같거든요. 전 아직 집에서 짐을 싸는 중이었고 제 휴대폰 신호는 엉망이었어요. 소리가 계속 뚝뚝 끊겼죠. 전 마크가 제 말을 들은 줄만 알았는데……. 그러다가 비행기 사고 소식을 듣게 된 거예요. 그건…… 제…… 잘못이에요."

난 우리 집 부엌에 있는 여자의 그렁그렁한 눈을 들여다보았어. 데니스는 이제 훌쩍대기를 멈추고 숨을 꾹 참고 있어. 당신이 죽은 건 이 여자 때문이야. 제이미에게 이제 아빠가 없는 건 이 여자 때문이야.

"이해가 안 가네요. 왜 나머지 팀원들은 다른 비행기에 탄 거죠?"

데니스가 고개를 젓고는 코를 훌쩍였어. "그것도 제 잘못이에요. 마크가 저한테 비행기 예약을 부탁했는데 전 그날 정말 정신이 없었어요. 승진한 지 얼마 안 돼서 업무량을 따라잡으려고 애쓰고 있었거든요. 다들 저한테 출장을 위해 비행기와 호텔 예약을 부탁하고 있었고, 전 다 처리했다고 생각했는데 마크가 빠진 걸 나중에야 알았죠. 점심 비행기에 마크 자리를 추가로 예약하려고 했을 때는 이미 만석이었어요. 마크는 정말 상냥했어요. 더 일찍 가는 게 뭐가 문제겠냐면서, 다른 팀원들이 없으면 조용해서 오히려 더 좋기만 하다고 농담을 했죠…….” 말끝을 흐리고 잠시 침묵에 잠겼던 데니스가 다시 말을 이었어. “정말 죄송해요, 테스. 만약 제가 그다음 비행기를 맞게 예약했거나 그 월요일에 더 일찍 전달했더라면 마크는 아직 살아 있었을 거예요.”

데니스의 말이 허공에 맴돌았고, 난 이 여자가 내가 괜찮다고 말해주길 기다리는 걸 알았어. 내가 면죄부를 주길 기다리는 거야. 스쳐가는 한순간, 이 여자가 사고 소식을 어떻게 알게 됐을까, 당신이 그 비행기에 탄 걸 어떻게 알게 됐을까 싶어. 내가 당신 회사에 전화를 했던가? 기억이 안 나. 이 역시 기억이 사라져버린 또 다른 공백이야. 틀림없이 이안이 했겠지. 다른 것도 전부 그 사람이 처리했으니까.

“비행기가 충돌한 건 당신 잘못이 아니에요.” 난 그렇게 말했어. “마크는 프랑크푸르트 사무실에 가는 걸 좋아했어요. 그이는 어차피 갔을 거예요. 푯값은 이미 낸 거니까.” 솔직히 전혀 사실이 아니지만, 그렇게 말해야 할 것 같았어.

데니스가 고개를 끄덕여. 마치 내 말이 그 여자의 어깨에서 실제로 벽돌을 들어 올려 내 어깨에 내려놓은 것처럼, 데니스의 몸에서 긴장감이 사라졌어.

“당신 잘못이 아니에요.” 난 속삭였어. 아니야. 아니야. 아니라고. 난 내 가짜 용서를 도로 빼앗아 오지 않으려고 이를 갈며 아랫입술을 깨물었어.

“말해줘서 고마워요.” 난 데니스를 배웅하려고 무거운 발을 끌고 쪽문으로 갔어. 데니스가 문간에서 머뭇대며 저녁식사 접시와 나를 번갈아 흘긋거려. 뭔가 더 바라는 게 있는 눈치야. 나한테 뭘 더? 아니면 자기 고백에서 더 큰 안도감을 느끼고 싶나? 어쩌면 제이미를 보고 싶은 건지도 모르지만, 그렇게 해줄 마음은 전혀 없어. 그 애는 이미 충분히 겪을 만큼 겪었으니까. 우리 둘 다.

"여기 제 번호예요." 데니스가 내 손에 명함을 밀어 넣으며 말했어. "혹시 필요한 게 있으시면 언제든 전화하세요."

난 고개를 끄덕이고 쪽문을 열었어. 차가운 밤공기가 뺨을 식혀줬어. 창틈으로 새어 나온 부엌 불빛이 진입로 자갈 위에 밝은 정사각형을 그리지만, 그 나머지는, 내 눈으로 볼 수 있는 나머지 세상은 칠흑처럼 깜깜해.

데니스가 고개를 떨군 채 내 옆을 지나가. 막 문을 닫으려는데 그 여자가 돌아서더니 이렇게 말했어. "저…… 여쭤보고 싶은 게 있는데……. 혹시 누가 전화하지 않았나요?"

"뭐라고요?" 그럴 의도는 아니었지만 너무 피곤해서 말이 딱딱하게 나왔어. 무슨 할 말이 또 있어서?

데니스는 고개를 젓고 물러났어. "아무것도 아니에요. 별거 아니에요. 만나봬서 반가웠어요, 테스. 정말 죄송해요."

데니스는 어둠 속으로 성큼성큼 걸어갔고, 이윽고 삑 하고 차 잠금이 풀리는 소리가 들렸어.

문을 닫고 데니스의 마지막 질문이 무슨 뜻인지 생각해봤어. 전화가 뭐 어쩌고 했는데. 무슨 뜻으로 한 말인지 이해가 안 가. 그러다 비행기의 다른 좌석에 관해 물어보는 걸 깜빡했다는 게 뒤늦게 생각났어. 하지만 이제 그런 건 아무래도 좋아. 그 생각은 그냥 흘러가게 놔두고 대신 당신 생각을 했지.

아, 마크. 당신은 갈 필요 없었대. 당신은 그 비행기에 타지 말았어야 했어. 당신이 그대로 집으로 돌아오기만 했더라면.

그만, 테시. 이제는 중요하지 않아.

중요해. 하지만 갑자기 너무 피곤해져서 반박할 기운이 없네.

*

손으로 벽을 쓸며 집 안을 돌아다니고 있어. 머릿속이 핑핑 돌아. 기다랗고 구불대는 고리들이 날 메스껍고 지치게 만들어. 정말로 지쳤어.

제이미는 침대에 얼굴을 바닥 쪽으로 향한 채 엎드려 누워 있어. 구석에 놓인 야간 조명의 창백한 푸른 빛이 방 안을 비추고 있어. 문간에서는 그 애의 표정이 보이지 않지만 그럼에도 난 그 애가 울고 있다는 걸 알아.

"제이미? 우리 아들." 그 애 옆에 앉았어.

제이미가 고개를 들고 날 쳐다봤어. 눈물로 유리알처럼 반짝이는 그 애의 눈동자가 어둠 속에서조차 놀랍도록 또렷했어.

"이런, 우리 아들. 저 아줌마가 한 말 들은 거니?"

제이미는 고개를 끄덕이고 축 늘어뜨렸어.

분노가 내 몸을 휩쓸었어. 죄의식을 벗어놓고 간 데니스한테 화가 난 건지, 아니면 살금살금 돌아다니며 몰래 엿들은 제이미한테 화가 난 건지 분간이 안 가지만, 후회할 말을 내뱉지 않으려고 이를 악물고 분노가 가라앉기를 기다렸어.

제이미 잘못이 아니야.

난 제이미와 벽 사이의 좁은 공간을 비집고 누웠어.

그 애한테 분명 해줄 말이 있었는데, 위로의 말을 들려주려고 했는데, 머릿속이 텅 비어버리네. 멍한 느낌뿐. 당신은 그 비행기에 타는 게 아니었어.

떨어지지 않는 입을 힘겹게 열지만, 내 말은 내 생각만큼이나 어눌하게 나와. "정말 미안해."

당신은 이겨낼 거야, 테시. 저번처럼.

그렇지 않아, 마크. 이건 저번하고는 전혀 달라. 저번에 내가 슬퍼한 건 우리가 가지지 못한 아이 때문이었어. 제이미의 남동생이나 여동생. 침대에 누워서 내가 항상 원했던 아이를 생각하며 울고 또 울었지. 걱정에 사로잡혀서 왜 이번에는 이렇게 힘든지, 내가 그토록 가지고 싶어 했던 아이를 가질 수 없다면 과연 우리 인생은 앞으로 어떤 모습일까 하는 생각을 했지.

당신은 이해하지 못했어. 우리한테는 제이미 하나면 충분하다고 생각했지. 당신 생각은 옳았지만, 한편으로 틀리기도 했어. 그건 제이미 때문이 아니었어. 바닷가에서, 그리고 크리스마스 저녁식사 때 아이들이 웃으며 뛰어노는 삶에 대한 내 머릿속 그림 때문이었어.

난 도저히 포기가 안 됐어. 내 안에 걱정밖에 남지 않을 때까지 걱정이 날 좀먹게 놔뒀지. 걱정 벌레, 우리 아빠가 그걸 그렇게 부르곤 했는데. 내가 당신한테 그 얘기 했던가? **"아, 테레사의 걱정 벌레가 또 돌아왔네."** 내가 여섯 살인가 일곱 살 때, 아빠가 그렇게 말씀하셨어. 난 아빠 무릎에 기어 올라가 아빠 셔츠에 눈물을 닦으며 쓰나미가 우리 집을 덮치면 어쩌나, 허리케인에 우리 집이 날아가면 어쩌나, 그리고 교통사고를 당하거나 미친놈을 만나면 어쩌나 하는 온갖 걱정거리를 천 가지쯤 늘어놓곤 했지.

자라면서 두려움의 대상은 달라졌지만, 걱정하는 건 늘 마찬가지였어.

난 당신한테 그걸 숨기려고 애썼어, 마크. 걱정을 가슴속 깊숙이 묻어두고 캐묻지 않으려고, 목소리에서 두려움을 들키지 않으려고 애썼어. 하지만 당신은 다 꿰뚫어 봤지. 아마 그래서 당신이 그렇게 나한테 숨기려고만 한 것 같아. 이안에게 돈을 빌린 것도, 당신의 그 비밀 프로젝트도. 또 나한테 말 안 한 게 뭐가 있을까?

이 느낌, 이건 걱정이 아니야. 이전하고는 달라. 이 상실감은 날것처럼 생생해. 벌어진 상처, 말라붙지 않은 피, 아물지 않은 조직. 그야 난 온갖 걸 다 걱정하지만, 단순히 그래서만이 아니야.

피로 때문에 머리가 둔해지고 눈꺼풀이 자꾸만 내려가고 있어. 주위는 거의 어두워졌고, 안개가 깔리듯 모든 게 흐려졌어. 마침내 당신 말고 아무것도 보이지 않을 때까지.

13

2월 24일 토요일, 제이미 생일 43일 전

전화가 울리고 있어. 울리고 또 울려. 멈출 기미가 없는 그 소음이 꿈속까지 뚫고 들어와 날 세상으로 끌어냈어.

숨을 삼키고 힘겹게 눈을 떴어. 왠지 낯선 느낌에 두리번거리다 잠시 후 제이미 방에 있다는 걸 깨달았어. 제이미를 껴안고 누워 있던 게 어렴풋이 기억나. 다시 방 안을 둘러보는데 선반 위에 줄지어 놓인 닌자거북이가 눈에 띄어.

회색 아침 햇살이 커튼 가장자리로 가느다랗게 새어 들어왔어.

잠이 덜 깨 잠긴 목소리로 "제이미?" 하고 불렀어. 그리고 목소리를 높여 다시 외쳤어. "제이미?"

"플레이스테이션 하고 있어요." 아래층에서 제이미 목소리가 들려왔어.

"몇 시니?"

제이미는 대답하지 않아.

난 비틀대며 복도 끝에 있는 당신의 임시 서재로 갔어. 어릴 적 당신이 숙제를 하던 낡은 책상이 있는 방. 그곳은 얼음장처럼 차가워서, 제이미 방의 이불 밑에 몸을 도로 파묻고 싶은 마음이 간절해. 다른 방들처럼 당신 서재 역시 아직도 풀지 않은 이삿짐 상자들로 가득해. 상자들이 벽에 기대어 3단으로 쌓여 있지. 맨 위 상자에는 무선 전화기가 얹혀 있고, 난 거치대에 놓인 수화기를 거칠게 낚아챘어.

"여보세요?"

마치 헤아릴 수 없이 많은 바늘들이 동공을 찌르는 것처럼, 눈을 뜨고 있기가 너무 힘들어. 눈을 감자 몸이 다시 어딘가 먼 곳으로 떠내려가는 것 같아.

"테스?" 셸리의 목소리에 난 다시 방 안으로 끌려왔어. "거기 있어요, 테스?"

"어, 네."

"아침 내내 전화했어요. 자꾸 걱정돼서요. 나한테 전화해서 슈퍼마켓에서 있었던 일 이야기를 하기로 했잖아요."

셸리가 무슨 이야기를 하는 건지 잠시 후에야 깨달았어. "지금 몇 시죠?"

마이크에 부딪히는 바람 소리가 들려와서, 휴대폰을 귀에 댄 채 어딘가 바깥을 걷고 있을 셸리 모습이 그려졌어.

"음…… 12시 30분이에요." 셸리가 대답했어.

"아." 토요일 12시 30분. 우리가 오늘 뭔가 하기로 했었나? 기억이 안 나. 풍선을 찌르는 바늘처럼, 죄의식이 날 찔렀어. 그리고 난 더 이상 잠에 취해 있지 않았어. 정신이 번쩍 들었지. "미안해요."

난 아침도 점심도 차리지 않았어. 후들대는 다리로 급히 아래층으로 뛰어 내려가 거실에 고개를 들이밀었어. 제이미는 플레이스테이션 축구 게임에 홀딱 빠져 있어.

송화구를 가리고 제이미한테 속삭였어. "뭐 좀 먹었니?"

게임에 열중해 고개를 이리저리 움직이던 제이미가 잠깐 나를 보고는 웃음 지으며 고개를 끄덕이더니 다시금 화면의 경기 속으로 사라졌어. 그 애는 자신이 꽤나 자랑스러운가 봐. 자기 끼니를 스스로 챙겨 먹어서인지, 아니면 방해받지 않고 아침 내내 게임을 할 수 있어서인지는 잘 모르겠지만.

제이미가 뭔가 먹었다는 데 대한 안도감이 내 죄의식을 조금이라도 덜어준 건 아니야. 어쩌자고 아침 내내 잔 거지? 제이미가 바깥으로 나갔으면 어쩔 뻔했어? 차도로 뛰어들기라도 했으면?

"테스?" 셸리의 목소리가 다시 내 생각을 끊고 들어왔어. "괜찮은 거예요?"

"난…… 컨디션이 영 별로예요. 독감인 것 같아요." 그 거짓말은 내가 들어도 어눌하게 들려. 무거운 팔을 들어 올리고 눈을 비볐어. 무슨 무리한 운동이라도 한 것처럼 근육에 힘이 하나도 없는데, 무엇 때문인지 생각이 안 나.

"테스, 나 셸리예요. 나도 당신 처지에 있어봤어요. 혹시 마크를 봤다고 생각한 일 때문에 그러는 거예요? 무슨 일 있었어요?"

"어…… 마크 회사의 어떤 여자가 어젯밤에 찾아왔었어요." 목소리를 잔뜩 낮춰 속삭이며 거실을 나와 부엌으로 휘적휘적 걸어갔어. "그 여자가 그러는데 프랑크푸르트 출장은 취소됐었대요. 마크는 그 비행기에 타고 있을 이유가 없었던 거예요." 흐느낌이 내 몸을 한차례 휩쓸고, 난 무너지듯 부엌 의자에 주저앉았어.

"아 테스, 정말 끔찍하네요. 정말 마음 아파요." 잠시 침묵이 흐르고 셸리가 다시 입을 열었어. "내가 그리로 갈게요."

"안 그래도 돼요." 전화는 끊어졌어. 셸리는 가버렸어.

난 어제 입은 옷을 갈아입을 생각도, 싱크대 옆에서 굳어가는 어제 저녁식사를 치울 생각도 하지 못한 채 거기 그대로 앉아 있었어. 시간이 얼마나 지났는지 모르겠지만, 쪽문을 노크하는 소리가 들렸을 때 내 맨발은 얼어서 감각이 없었어.

"테스?" 셸리가 외쳐 불렀어.

"나가요." 난 무거운 몸을 일으키며 소리쳤어. 그제야, 문손잡이에 손이 닿은 순간에야, 내가 제이미에게 말하지 않았다는 걸 떠올렸어. 사실 셸리에 대해 이야기한 적이 있는지조차 기억이 안 나. 제이미는 좋아하지 않겠지만, 이제 와서 어떻게 해보기엔 너무 늦었지.

문을 열자 차가운 바람 한 줄기가 날 곧장 훑고 지나갔어. 셸리는 저번에 입었던 딱 붙는 청바지 위에, 이번에는 빨간 브이넥 점퍼를 받쳐 입었어. 겨울 외투와 스웨이드 부츠는 검은 실크 스카프와 검은 컨버스 운동화로 바뀌었고.

"안녕." 저번에 찾아왔을 때만큼이나 환한 미소를 짓고 문간에 서 있는 셸리는 엉망진창 인생에서 날 구해주러 온 사람이 아니라 마치 오랜 친구와 간만에 점심 약속이라도 하고 온 사람처럼 보여. "얼굴이 너무 엉망이네요."

난 "고마워요" 하고 대답했어. 셸리의 활력에 전염된 건지, 아니면 셸리가 내 얼굴이 엉망이라는 말을 한 톨의 거리낌도 없이 해서인지는 모르지만 하여간 난 웃고 있어.

"주전자 물을 올려놓을까요? 같이 더 이야기해봐요."

"난……." 난 고개를 저었어. "너무 피곤해요." 누가 잠그는 걸 잊고 간 수도꼭지처럼, 눈물이 주르륵 흘러내려. "굳이 안 와도 됐는데. 자원봉사 일을 주말까지 하지는 않을 거 아니에요."

"난 여기 사별 상담사로 온 게 아니에요, 테스. 난 친구로서 온 거예요. 지금 당신한테 꼭 필요한 친구로서. 그러니까 다시 침대에 가서 잠깐 눈 좀 붙이든가, 목욕이라도 좀 하지 그래요? 좀 쉬어요. 이야기는 나중에 하면 되니까. 먹을 걸 좀 가져왔는데 차에 있어요. 내가 식사를 차릴게요. 나한테 전부 맡겨둬요."

셸리는 신발을 쓱 벗어 제이미 신발 옆에 놓고는 부엌으로 들어갔어. 내가 따라가서 막 안 된다고, 제이미가 너무 낯을 가려서 곤란하다고 말하려고 했는데, 그럴 틈도 없이 제이미의 목소리가 들려. 난 그 목소리를 따라 거실 문 앞까지 갔어. 셸리는 방 안을 돌아다니면서 쿠션을 팡팡 때리고 언제부터 거기 있었는지 기억도 안 나는 구석의 신문 뭉치를 치우고 있어.

"이건 컨트롤이에요." 제이미가 말했어. "X는 통과고 O는 태클이에요." 처음 보는 사람이 아니라 오랜 친구라도 대하는 말투야. 평소의 낯가림은 언제 그랬냐는 듯 흔적조차 안 보여. 아마 제이미도 느끼나 봐. 셸리의 에너지와, 굳이 말로 하지 않아도 다 이해하는 그 능력을.

셸리가 고개를 들고 웃음을 지어 보이네.

나도 그 사이에 끼고 싶어. 소파에 털썩 주저앉아 제이미의 수다에 귀를 기울이고 싶은데, 그럴 수가 없어. 가슴에 무거운 게 내려앉아 있거든. 누워야 해. 자야 해.

"나 자러 가도 정말 괜찮겠어요?" 난 입이 찢어져라 하품을 하며 두 사람을 향해 물었어.

"우린 괜찮아요, 엄마." 제이미가 잔뜩 신난 목소리로 외쳤어.

"나한테 전부 맡겨둬요, 테스." 이미 계단으로 가고 있는 내 등 뒤에 대고 셸리가 외쳤어.

괜찮아, 테스. 내가 여기 있잖아.

하지만 당신은 없잖아, 안 그래, 마크? 당신 목소리는 사실 내 목소리잖아.

제이미랑 처음 같이 갔던 여행 기억나? 포르투갈 갔을 때 말이야. 그 애는 거의 휴가 내내 모래를 집어먹느라 정신이 없었지.

기억나지.

웨이터들은 당신한테 말을 붙이려고 다가오다가 발을 헛디뎌 넘어졌고.

뭐래. 하지만 계속 그렇게 나한테 말 걸어줘. 당신 목소리를 들으니까 좋다.

14

날 도로 의식으로 끌어낸 건 제이미의 까르륵대는 웃음소리야. 우리 침실은 어두워. 난 시력이 돌아와 햇빛이 보이기를 기다리며 커튼을 바라보지만, 햇빛은 이미 사라지고 없어. 내가 도대체 얼마나 오래 잠들어 있었던 거지?

침대 옆 협탁에 놓인 물잔을 단숨에 들이켰어. 일어나서 아래층으로 내려가는데 텅 빈 위에 물이 들어가면서 나는 꼬르륵 소리에 갑자기 멀미가 올라와.

거실에는 제이미 혼자 있어. 러그 위에 대자로 엎드려서 『윌리를 찾아라』를 한 장씩 눈으로 훑으며 양발을 까딱거리고 있네.

바깥은 어두웠고 거실 등이 켜져 있었어. 시간 감각을 완전히 잃어버렸지만, 제이미 눈이 퉁퉁 부은 걸 보니 잘 시간이 다 된 모양이야. 잘 준비를 하라고 말해야 하는데, 그 애가 오늘 하루를 어떻게 보냈는지 생각하니까 미안해서 말이 안 나오더라.

우리 아들을 보고 있으려니 가슴이 미어졌어. 사랑, 날것 그대로의 순도 높은 사랑이 내게로 밀어닥쳤어. 비행기가 충돌하면서 당신을 데려갔지. 그건 내 세상을 철퇴로 후려갈겼지만, 내게 아직 세상이 남아 있는 건 제이미 때문이야. 그 애마저 없으면 난 아무것도 아니야.

"제이미." 난 문간에서 불렀어.

제이미의 다리가 허공에서 멈추고, 그 애가 날 쳐다봐. 앞니를 앞뒤로 계속 흔들면서.

"너 괜찮니? 오늘은 엄마가 미안했어."

"괜찮아요. 셸리 아줌마가 봐줬어요." 그냥 사실을 말한다는 투야. 제이미는 다시 책으로 관심을 돌려, 해변에서 월리의 개를 찾고 있어.

"오늘은 뭘 했니?"

"어…… 플레이스테이션 했어요……. 셸리 아줌마는 진짜 잘해요. 절 세 번이나 이겼어요. 우린 먼지를 털고 정원에서 축구를 하고 저녁식사를 만들었어요." 그 애는 무슨 목록을 읽듯 줄줄 대답했어.

"네가 요리를 했다고?" 난 그제야 방 안을 둘러보고 깨끗한 바닥과 가구 광택제의 재스민 향을 알아차렸어. 또 다른 냄새도 있어. 부엌에서 둥둥 떠 오는 허브와 닭고기 냄새.

제이미의 얼굴에 자랑스러운 미소가 번졌어. "네, 제가 양파 썰었어요. 셸리 아줌마가 진짜 칼을 쓰게 해줬어요. 엄마가 쓰라고 하는 아기 칼보다 훨씬 쉽던데요."

"아…… 잘됐네." 적어도 난 잘됐다고 생각해. 제이미가 재미있게 놀았고 셸리한테 마음을 열었으니까. 그래도 손을 벨까 봐 못 쓰게 하는 날카로운 칼을 쓰게 했다는 건 썩 잘된 게 아니겠지만.

난 더 물어보려다가 부엌에서 들리는 목소리에 멈췄어. 셸리의 목소리에, 남자의 목소리도 있어. 왜 내 집에 남자가 있지? 혹시 경찰인가? 나한테 무슨 나쁜 소식을 또 전해주려고?

걱정 좀 그만해, 테시.

그럴 수 없어, 마크. 가슴속에서 심장이 쿵쿵대고 입이 말랐어.

"여기 있어." 난 제이미에게 간신히 그렇게 속삭였어.

단 여섯 걸음 만에 부엌문 앞으로 갔어. 문이 빼꼼 열려 있어. 떨리는 손으로 문틈을 조금 더 벌리고 몰래 안을 들여다봤어.

부엌 오븐 근처 조리대에 커다란 교회 초 세 자루가 놓여 있더군. 지난겨울 정전을 겪고 나서 내가 사둔 거였지. 셸리가 식품저장고 찬장에서 찾아낸 게 분명해. 하지만 느릿느릿 춤을 추며 방 안을 비추는 그 촛불 빛보다 내 눈길을 끈 건 열린 쪽문이야.

"이런 일에는 시간이 걸린다는 걸 이해해주셔야죠. 전 아무런 약속도 할 수 없어요." 셸리가 내가 처음 들어보는 야멸찬 목소리로 말하고 있어. 셸리는 마치 문지기처럼, 아니 그 말투로 보자면 나이트클럽의 기도처럼 열린 문간을 몸으로 막고 있어. 그래서 난 상대가 누군지 볼 수 없어.

"그런 부탁 한 적 없는데요." 남자가 말했어.

난 즉시 알아차렸어. 이안이야.

뒤이어 들려온 한숨 소리에 난 이안이 콧대를 비트는 모습을 상상했어. "전 그저 이걸 테스한테 전해주시라고 부탁했을 뿐입니다. 저기요, 제가 잠깐 들어가서……."

"제정신이에요? 내가 한 말 한마디라도 듣긴 한 거예요? 당장 가주세요."

"알았어요, 갑니다. 그냥 제발 이것만 좀 전해주세요."

"알겠어요."

셸리는 문을 꽝 닫았어. 열쇠가 돌아가고 찰칵 소리와 함께 볼트가 잠긴 후에야 난 다시 숨이 쉬어졌어. 떨리는 숨을 길게 들이켜고 부엌문을 열었어.

따뜻한 거품이 수면으로 부풀어 오르듯, 내 가슴이 고마움으로 부풀어 올랐어. 셸리를 꼭 끌어안고 싶어. 오늘 내가 상상도 못 했을 정도로 다방면으로 날 구해주었고, 제이미도 구해주었으니까. 셸리는 이안의 고집에 물러나지 않았어. 오늘 저녁 내 상태로는 절대 그 사람을 상대하지 못할 걸 알고서, 마치 새끼를 지키는 암사자처럼 날 지켜준 거야.

셸리는 뒤돌아 문간에 있는 날 보자 펄쩍 뛰었어. "테스." 손을 가슴에 얹고 숨을 꿀꺽 삼킨 뒤 내게 말했어. "식겁했잖아요. 언제부터 거기 서 있었어요?"

"방금 왔어요."

"당신 남편의 형을 방금 만났어요." 셸리가 머리카락을 넘기며 웃음을 지었어. "보통 분이 아니시던데요."

"미안해요."

"테스가 뭐가 미안해요." 셸리는 우스꽝스러운 표정을 짓고는 오븐 앞으로 갔어. 가스레인지에서 끓고 있는 냄비의 뚜껑을 들어 올리자 뜨거운 김이 폭발하듯 피어올랐어. 닭고기와 허브 냄새가 코를 찌르자 내 배에서 길고 공허한 꾸르륵 소리가 나. 그러고 보니 어젯밤 파스타 이후로 줄곧 굶었지 뭐야. "이런 말 어떻게 들릴지 모르지만, 그분은 내가 여기 와 있는 게 마음에 안 드는 모양이더라고요. 그렇게 말다툼하는 걸 듣게 해서 미안해요."

"솔직히 그 사람은 내가 여기 있는 것도 마음에 안 들 거예요. 여긴 원래 우리 시어머니가 사시던 집이고, 그 사람은 여기서 자랐어요. 어머니가 돌아가신 후에 마크랑 내가 이 집을 샀죠. 당시에는 별말 없었는데, 아마 속으로는 싫었나 봐요. 여전히 이 집이 자기 집인 양 굴어요."

"아, 맞아요. 나도 그런 인상을 받았어요."

"그 사람이 당신을 몰아세우거나 했다면 미안해요. 나한테도 그런 식이에요." 내가 말했어.

"걱정 마요. 난 고집 센 통제광들이라면 익숙하니까. 내 남편도 그래요." 셸리는 농담인 것처럼 웃었지만 어쩌면 진담일지도 모른다는 생각이 들어.

셸리는 냄비 뚜껑을 도로 덮고 양팔을 뻗어 날 끌어안으며 물었어. "기분은 좀 어때요?"

나도 셸리를 끌어안고 "텅텅 빈 것 같아요" 하고 대답했어.

"그동안 항우울제는 먹었어요?" 날 놓아준 후 셸리가 물었어.

"효과가 없던데요. 기분이 더 나아지는 줄 알았는데 아니었어요. 오히려 나빠졌다면 모를까."

"음, 언제부터 복용하기 시작했어요? 효과를 보려면 적어도 일주일은 기다려야 해요. 효과를 제대로 발휘하는 데 길면 6주까지 걸릴 수도 있어요. 계속 복용해야 해요, 테스. 약효를 보려면 그 방법밖에 없어요. 의사한테 설명 못 들었어요?"

"아, 잘 모르겠어요. 어쩌면요. 사실 제대로 안 들었거든요." 갑자기 난 말 안 듣는 어린애가 된 기분이야. 정말 멍청한, 말 안 듣는 어린애.

"그럼 저녁 먹고 한 알 먹어요, 알겠죠?"

"알겠어요." 난 끄덕이며 대답했어.

오븐의 열기와 촛불 덕분에 부엌이 따뜻하고 아늑해. 바깥의 어둠 때문에 까만 창이 거울 역할을 해서, 이 음울한 집이 실제보다 더 크고 안락한 곳처럼 보여. 전혀 우리 집 부엌이 아닌 것 같아.

제이미의 사진 자석이 붙어 있어야 할 냉장고 문의 빈자리가 내 눈길을 끌었어. 그걸 마지막으로 본 게 언제인지 가물가물해. 난 네 발로 바닥에 엎드렸어.

내가 냉장고와 바닥 사이의 좁은 틈에 손가락을 집어넣는 걸 보고 셸리가 "뭐 해요?" 하고 물어. 먼지 뭉치와 빵 부스러기와 뭔지도 모를 것들이 손끝에 닿아 거치적거렸지만, 자석은 만져지지 않아.

"요전 날 제이미 사진을 떨어뜨린 것 같아요. 발길에 차여 냉장고 밑으로 들어간 게 분명해요." 우유를 엎지른 것과 제이미한테 소리 지른 부분은 쏙 빼놓고 그렇게만 말했어. 그리고 손마디가 냉장고 밑바닥에 눌려 아플 때까지 손가락을 깊이 집어넣었어.

"나중에 해요." 셸리가 한 손을 내 어깨에 얹으며 말했어. "나중에 주걱이랑 손전등을 가져와서 해요. 참, 이안이 칠리를 갖다줬어요." 내가 고개를 들자 셸리가 쪽문 바로 옆 조리대 위에 있는 파이렉스 그릇을 향해 고개를 까딱였어.

"아…… 또 뭐라고 하던가요?" 난 자석 찾기를 포기하고 몸에 묻은 먼지를 털어내면서 물었어.

"이걸 전해주라더군요." 셸리가 내 옆으로 다가와 그릇 옆에 놓인 봉투를 집어 들어 건네줬어.

A4 크기의 흰색 봉투였는데, 이름도 씌어 있지 않고 아무런 표식도 없어. 아마 나한테 직접 줄 생각이었던 모양이지.

"저녁은 십 분 더 있어야 준비돼요." 셸리가 말했어. "그동안 그걸 열어서 치워버리면 어때요?"

난 "좋아요" 하고 웅얼거리고 셸리가 시키는 대로 의자에 앉았어.

오래된 오크나무 식탁은 깨끗이 닦여서 어두운 조명 아래 광채를 발하고 있어. 난 식기와 접시들이 차려진 쪽의 반대편에 앉았어. 셸리와 제이미의 작품을 망가뜨리고 싶지 않거든.

셸리가 냄비를 젓느라 여념이 없는 동안 난 봉투 날개를 열고 안을 슬쩍 들여다봤어. 안에는 종이 한 장이 들어 있어. 문서 맨 위쪽에는 굵은 글씨로 '공증 양도'라고 인쇄돼 있어. 당신 이름이 보이네. 내 이름도 보이고, 아래쪽에는 내가 서명할 자리인 듯, 오렌지색 줄이 하나 그어져 있어.

"괜찮아요? 뭐예요?" 셸리가 내 옆에 앉으면서 물었어.

"전혀 모르겠어요." 난 종이를 셸리한테 밀어 보냈어. "마크의 유언장하고 뭔가 관계가 있는 것 같아요."

셸리가 문서를 훑어보는 동안 잠시 침묵이 흘렀어. "당신이 유언집행자인 것 같은데요?"

난 고개를 끄덕였어. "우린 같이 작성했어요. 공동 어쩌고 하던데. 난 그이의 유언집행자고, 그이는 내 유언집행자고. 한날한시에 사망할 경우를 대비해 이안을 제2 집행자로 설정했고요."

"유언집행을 맡고 싶어요? 왜냐하면 여기에 서명하면 책임이 이안한테 넘어가게 되거든요."

"아."

"그 표정을 보아하니 테스가 이걸 요청한 게 아닌가 봐요?"

"안 했어요." 난 고개를 저었어. "그런 걸 요청할 수 있는지조차 몰랐는걸요. 이안은 변호사예요. 이안은 마크의 유산을 얼른 정리하고 싶어 하는데, 그게……." 난 잠시 입을 다물고 어디까지 이야기해야 할지 고민했지만, 셸리는 그처럼 이해심이 넘치는 데다 이안과는 달리 날 도와야 할 다른 꿍꿍이가 없잖아. "마크가 이안한테 돈을 좀 빌렸대요. 꽤 큰돈을요. 난 전혀 몰랐지만, 내가 유산을 정리하지 않으면 이안은 그걸 못 받겠죠."

"흠, 여기에 서명하면 테스는 유산에 관련해서 아무 일도 안 해도 돼요. 쉬운 일은 아니죠. 서류작업도 잔뜩 해야 할 거고, 이런저런 회사랑 개인들이랑 계속 연락을 주고받아야 할 거고. 여기에 서명하면 일이 다 정리될 때까지 그냥 잊고 있으면 돼요."

"그렇긴 하겠네요." 난 고개를 끄덕였어. 셸리의 말을 들으니 너무 솔깃해서, 당장 펜을 움켜쥐고 서명해버리고 싶은 마음도 어느 정도 들어.

"그런데……?" 셸리가 운을 뗐어.

"그런데 난 이안을 얼마나 믿어도 될지 잘 모르겠어요."

"아, 음, 핵심은, 정말이지 그분을 믿지 않아도 된다는 거예요. 이안은 법에 따라 유언장의 지시사항들을 이행해야 할 테니까요."

"그렇긴 하죠." 마음이 흔들려. "어떻게 할까요?"

셸리는 웃음을 지으며 손을 뻗어 내 손을 꽉 움켜쥐었어. "테스는 힘든 한 주를 보냈잖아요. 오늘 당장 결정하지 말아요. 더 생각해보고, 다음 주에 기분이 어떤지 봐서 결정해요."

"당신 말이 맞아요." 셸리가 나 대신 결정을 내려줘서 마음이 푹 놓여. 비록 며칠 더 미루는 것뿐일지라도.

전자레인지 밑에 있는 서랍에 서류를 쑤셔 넣었어. 온갖 종이 쪼가리랑 우리가 절대 쓸 일 없을 배달음식 메뉴판들로 서랍은 꽉 차 있었지. 난 그것들을 힘껏 눌러 짜부라뜨리고 우격다짐으로 서랍을 닫았어.

"됐어요." 셸리가 활짝 웃으며 말했어. "화장실에 잠깐 갔다 올 테니 그러고 나서 같이 식사해요. 정말 배고프겠어요."

내 배가 대답 대신 꾸르륵거렸고, 셸리가 웃는 걸 보며 나도 따라 웃었어.

"그렇다는 대답으로 들을게요." 셸리가 말했어. "잠깐만 기다려요."

의자에 등을 기댄 채 눈을 감고, 방의 온기를 한껏 빨아들였어. 셸리랑 같이 있을 때면 내면의 한기가 절반으로 줄어드는 것 같아.

다시 눈을 떠보니 제이미가 문간에 와 있어. 눈이 퀭한 게 엄청 피곤해 보이네. 머리카락은 며칠간 안 빗은 듯 우스꽝스러운 각도로 뻗쳐 있는데, 사실 안 빗은 게 맞지.

"셸리 아줌마 갔어요?" 제이미가 부엌을 훑어보며 물었어.

"아니, 우리 아들. 그냥 화장실 가셨어." 난 대답했어.

제이미는 얼굴이 갈라질 듯 환히 웃으며 의자에 앉았어. "신난다."

셸리가 돌아왔고 난 두 사람 모두에게 "오늘은 미안했어요" 하고 말했어. "지금은 기분이 나아진 것 같아요."

"전 상관없어요. 재미있었어요." 제이미가 셸리를 향해 환히 웃으며 대답했어.

"괜찮아요, 테스." 셸리도 웃음을 지으면서 자기 자리와 내 자리 사이에 김 오르는 캐서롤 접시를 내려놓았어. “일보 후퇴도 겪었지만 결국은 앞으로 나아갈 거예요. 반드시 그렇게 될 거예요.”

“고마워요.” 난 속삭였어. 그 한마디에 무슨 수로 내 마음을 다 담을 수 있을까.

“배가 차면 기분이 나아지는 데 분명 도움이 될 거예요.” 셸리가 덧붙이면서 내 접시에 커다란 닭가슴살을 얹고는 접시에 밝은 오렌지색 국물이 출렁거릴 때까지 당근, 버섯과 소스를 계속 퍼 담아줬어. 그 뒤엔 하얗고 포슬포슬하고 버터를 발라 반짝이는 감자랑 브로콜리도 곁들였고.

난 마치 한 달은 굶은 사람처럼 음식을 밀어 넣었어. 캐서롤이 맛있게 됐어. 짭조름하고 따끈한 소스에, 부드러운 고기랑 채소. 먹으면 건강해질 것 같아. 몇 분간 아무도 말하지 않았고 유일한 소리는 접시에 식기 부딪히는 소리뿐이었어.

난 뭔가 할 말을 떠올리려 했어. 당신 생각으로 이어지지 않을 만한, 뭔가 정상적이고 중립적인 화젯거리를. 하지만 머릿속이 텅 비었어. “이거 너무 좋아요.” 간신히 나온 말이 그거였어. “양파가 아주 완벽하게 썰렸는데.” 난 제이미를 향해 웃음을 지어 보였어.

셸리는 깔깔 웃었고 제이미도 함께 웃었어. 두 사람이 내 말 때문에 웃는 건지 아니면 이전에, 둘이 저녁식사를 준비하는 과정에서 뭔가 둘만의 농담거리가 생긴 건지 궁금해. 왜 웃는지 물어보고 싶었는데, 그전에 셸리가 먼저 입을 열었어.

“내가 수영으로 영국 해협을 횡단하려고 훈련받은 거 말했던가요?” 셸리가 우리 둘을 향해 말했어. 제이미와 나는 고개를 저었어.

“난 도버 해협 근처 셰익스피어 클리프에서 프랑스의 캡그리스네

즈까지 헤엄쳐 갈 계획이에요. 정신 나간 생각이죠. 그것도 몇 년 전까지만 해도 완전 맥주병이었던 내가 말이에요. 실은 딜런이 물을 너무 좋아했어요. 그 애는 수중분만으로 태어나서 수영으로 인생을 시작했죠."

셸리는 잠시 말을 멈추고 한 손으로 목에 걸린 펜던트를 만지작거렸어. "그 애가 죽고 나서 언제부터인지 동네 수영장에 가서, 그 습하고 더운 곳에서 그냥 벤치에 앉아 사람들이 수영하는 소리랑 아이들이 노는 소리를 듣고 있는 게 버릇이 됐어요. 그러다 어느 날 실제로 수영을 해야겠다고 마음먹었고, 지금은 거의 매일 수영을 해요. 그때가 유일하게 내가 딜런과 연결돼 있다고 느끼는 때거든요."

셸리의 얼굴에서, 아니 실은 전신에서 뭔가 변화가 일어났어. 마치 셸리의 몸 안에 켜진 불이 어두워지는 것 같아. 난 셸리의 일거수일투족에서 뿜어 나오는 에너지와 기쁨을 아직 털끝만치도 이해하지 못하지만, 딜런의 이름을 입에 올린 순간 셸리의 전신을 꿰뚫던 통증만큼은 이해할 수 있어.

"해협 수영은 거리가 얼마예요?"

"33킬로미터요."

"우와." 제이미가 음식을 입에 가득 문 채 감탄했어.

"일반 크기 수영장 길이의 천 배도 넘죠. 하지만 부상당하지 않게 천천히 늘려가고 있어요. 8월까지는 시간이 있으니까 아직은 크게 걱정하지 않아요. 몇 달 후 바다에서 연습하기 시작하면 생각이 달라질지도 모르지만요."

"정말 대단하네요."

"고마워요." 셸리가 고개를 끄덕였어. "에너지를 집중할 대상이 있다는 게 좋아요. 백혈병 연구를 위한 자선기금과 영국 사별재단 기부금을 모금하고 있어요. 그리고 여름에 돈을 모으기 위한 바비큐 파티도 있어요. 라이브음악 공연이랑 어마어마한 복권 추첨 행사도 할 거예요. 테스도 꼭 와야 해요."

제이미가 웃음을 지으며 위아래로 고개를 까딱거렸어. 경탄으로 휘둥그레진 그 애의 눈은 셸리에게 못 박혀 있었지.

"어쩌면요." 다시금 음식을 한입 가득 물었는데 맛이 갑자기 쓰게 변했어. 위가 꽉 뭉치면서 도로 뱉어내고 싶은 걸 억지로 참아야 했어. 내 눈길이 제이미와 셸리 사이를 번갈아 오갔어. 요즘 너무 말도 없고 자기 안에만 틀어박혀 있던 제이미인데, 셸리랑 같이 있으니 예전의 그 애로 돌아간 것만 같아.

제이미 역시 나처럼 셸리라는 친구를 찾게 됐으니 안심해야 하는데, 아니 안심이 아니라 행복해해야 하는데. 그야 행복하긴 해. 하지만 제이미가 나를 볼 때도 그렇게 눈을 빛내면서 날 멋지다고 생각해주었으면 하는 바람을 떨칠 수가 없어. 문제는 내가 멋지지 못하다는 거야. 안 그래? 난 무너졌어. 당신이 날 무너뜨렸어, 마크.

피곤함이 다시 날 강타하고, 갑자기 눈을 뜨고 있는 것조차 너무 버거워졌어. 회색 안개가 내 머릿속에 스멀스멀 내려앉고 있어.

15

엘리엇 새들러(ES)와 테레사 클라크(TC, 오클랜드 병원 하트필드 병동에 입원 중)의 대화 녹취록, 4월 10일 화요일, 세션 1(계속)

ES : 셸리와 이안이 당신을 통해 만나기 전부터 서로 아는 사이였나요?

TC : (고개를 저으며) 어쩌면요. 이 진통제를 맞으면 똑바로 생각하기가 정말 힘들어요. 제이미를 찾기 위해 무슨 일을 하고 계시죠? 최선을 다하고 있다고 계속 말씀하시는데, 정확히 뭘 하고 계시는 거예요? 그 애는 정말 낯가림이 심해요. 그 애를 찾는 경관들은 그걸 아셔야 해요. 제이미는 어딘가에 숨어 있을 수도 있어요. 혹시 우리 정원 숲의 트리 하우스를 누가 찾아보셨나요? 진짜 숲은 아니고, 그냥 오크나무 여남은 그루랑 소나무 몇 그루가 전부지만, 마크가 정말 높은 곳에 제이미를 위한 트리 하우스를 만들었거든요. 가장자리에는 판자를 둘러서 벽처럼 만들어놓았죠. 간단히 말해

나무 위에 있는 은신처예요. 마크가 정말 잘 만들어놨는데, 문제는 누가 그 안에 있는지 알려면 나무를 기어 올라가거나 그 입구가 일직선으로 들여다 뵈는 서재 창으로 내다보는 수밖에 없어요. 제이미는 거의 늘 거기 들어가 있었어요.

ES : 마크가 죽고 나서 제이미와의 관계는 어땠습니까?

TC : (침묵) 그건 (침묵) 우리 둘 다 힘들었어요. 제이미는 거의 늘 아주 조용했어요.

ES : 제이미를 마지막으로 보신 게 언제죠?

TC : 그 애 생일날요.

ES : 무슨 일이 있었습니까?

TC : 제 생각엔 이안이 셸리랑 짠 것 같아요. 그게 형사님이 집중하셔야 할 부분 같아요.

ES : 그건 알겠습니다만 우선 이틀 전 밤에 일어난 일들에 집중하고 싶군요. 기억나시는 걸 말씀해주실 수 있나요?

TC : (침묵)

ES : 오늘은 여기까지 하죠. 부인은 쉬셔야 합니다. 내일 아침에 다시 이야기하죠.

TC : (울음) 제발 제이미를 찾아주세요.

세션 종료.

16

2월 25일 일요일, 제이미 생일 42일 전

손바닥에 촉촉이 맺힌 땀 때문에 휴대폰이 자꾸 미끄러져. 난 제발 휴대폰아 울려라 울려라 하고 간절히 빌며 화면을 응시하고 있어. 하지만 울리지 않아.

셸리랑 제이미는 어디 있지?

차 사고라도 났으면 어쩌지?

뭘 어떻게 해야 할지 모르겠어, 마크.

그만해, 테시.

그 애한테 무슨 일이라도 생겨선 안 돼.

내 눈길이 휴대폰과 작은 거실 창을 번갈아 오가고 있어. 창밖 하늘은 온갖 다양한 분홍색과 오렌지색으로 점차 물들어가고 있어. 이 방은 우리가 매일 쓰는 큰 거실보다 아주 조금 작아. 바닥에는 상자들과 가구들이 마구 나뒹굴고 있어. 여긴 추운 데다 당신 어머니의 독한 향수 냄새와 우리가 이사 들어온 첫날 내가 뜯어버린 커튼의 곰팡내가 빠질 기미가 없어. 그럼에도 지금 내가 여기 있는 건 그 반대편 구석 벽에 몸을 딱 붙이면 창밖이랑 문밖 진입로, 그리고 텅 빈 차도를 몇백 미터 앞까지는 내다볼 수 있기 때문이야.

여전히 차는 안 보여.

난 심지어 내가 찾고 있는 차종이 뭔지도 몰라. 셸리 같은 여자들은 어떤 종류의 차를 몰지? 확실히 내가 모는 똥차, 포드 포커스보다는 날렵한 거겠지. 왜 셸리의 차를 눈여겨봐두지 않았을까?

차가운 유리에 이마를 기대자 유리가 창틀에 부딪혀 덜그럭거려. 얼굴에 훅 끼치는 차가운 바람에 부르르 떨면서 양팔로 몸을 감쌌어. 셸리는 도대체 무슨 생각이지? 3시까지 돌아오겠다고 해놓고서는 코빼기도 안 보이고 전화도 안 받다니 이게 말이 되냐고. 내가 얼마나 걱정하는지 모를 사람도 아니면서. 내게 남은 거라곤 제이미 하나라는 걸 빤히 아는 사람이.

엔진 소음에 심장이 덜덜 떨렸어. 제발 셸리이길, 제발 셸리와 제이미길. 아니었어. 차는 빨간 미크라였는데, 그대로 지나갔어.

다시 시계를 봤어. 지금은 5시야, 마크. 두 시간이나 늦었다고. 이건 '교통이 막혀 꼼짝도 못 했어요'나 '시간이 가는 걸 깜빡했어요'류의 지각이 아니야. 두 시간이나 늦는 건 '무슨 일이 생긴' 지각이야. 느낄 수 있어.

재발신으로 셸리에게 전화했어. 화면의 괄호 안에 숫자 22가 떴어. 셸리한테 스물두 번이나 전화를 걸었어. 셸리가 스물두 번이나 날 무시한 거라고.

내가 무슨 생각을 한 거지? 만난 지 일주일 된, 이제 겨우 두 번 만

난 여자한테 제이미를 보라고 맡기다니.

내가 무슨 생각을 했는지 알아. 어제 쾌활하게 우리 집 문간으로 들어오던 셸리의 목소리를 생각하고 있었어. **"난 여기 친구로 온 거예요. 당신한테 지금 꼭 필요한 친구로."** 난 셸리를 정말 가깝게 느꼈어. 내 고통을 보면서도 두려워하지 않는, 내가 거의 알지도 못하는 이 여자를. 그리고 어째서인지 몰라도, 아무리 미친 소리처럼 들린다 해도, 난 셸리를 믿었어, 마크. 난 적어도 진심으로 그렇게 생각했어.

경찰서에 전화해야 하나? 아니면 병원에? 차를 몰고 찾아 나서야 할까? 하지만 내가 나가 있는 사이 두 사람이 돌아오면 어쩌지?

그만해, 테시. 아무 일 없어.

당신이 그걸 어떻게 알아, 마크.

지난 24시간을 힘겹게 돌이켜봤어. 기억이 나긴 하는데 너덜너덜한 기억이야. 나방이 좀먹은 외투처럼. 예전에 옷이었다는 사실을 거의 알아볼 수도 없을 정도로 너덜너덜한. 우리 셋이 저녁식사를 하던 게 기억나. 내가 부엌을 치우겠다고 했고, 그동안 제이미와 셸리는 플레이스테이션으로 피파 게임을 했지. 거실에서 들려오는 제이미의 웃음소리를 놓치지 않으려고 귀를 쫑긋 세웠던 기억이 나. 제이미 옆에 앉아서 제이미를 행복하게 만들어주고 있는 게 나였으면 좋겠다고 생각했던 기억도 나.

하지만 잠자리에 든 기억이나 제이미를 재운 기억은 없어. 그것 역시 좀먹어서 구멍 난 기억이야. 하지만 그랬을 게 분명해. 왜냐하면 다음으로 기억나는 건 아침식사와, 셸리가 여전히 집에 있는 장면이거든.

"나 소파에서 잤는데, 괜찮죠? 테스가 그렇게 힘들어하는데, 혼자 두고 가기가 그랬어요." 셸리가 내게 찻잔을 건네며 말했어. 내 부엌에 있는데 어째 나보다 더 편안하고 자기 집에 있는 사람처럼 보였지. "오늘 나랑 같이 수영하러 가면 어때요? 어쩌면 가벼운 운동이 테스한테 지금 딱 필요한 걸지도 몰라요."

난 소파에서 새우잠을 잤는데도 예뻐 보이는 셸리의 밝은 얼굴과 제이미의 얼굴을 번갈아 봤어. 제이미는 잔뜩 흥분해서 터질 듯한 얼굴로, 기도하듯 꼭 맞잡은 양손을 나를 향해 흔들어 보이고 있었어.

"난…… 안 되겠어요." 난 자신을 미워하며 한숨을 지었어. "기운이 하나도 없는 것 같아요." 차가운 수영장 물과, 바닥으로 가라앉지 않으려고 계속 힘을 줘야 할 걸 생각하니 너무 버거웠거든.

제이미의 웃음이 사라지고 아랫입술이 삐죽 나왔어. "저 셸리 아줌마랑 같이 가도 돼요? 제발, 엄마, 제발?"

"난 괜찮아요." 셸리가 나를 향해 웃어 보였어. "내가 돌아오는 길에 슈퍼마켓에 좀 들렀다 올까요? 주중에 먹을 것 좀 사다 줄 수 있어요. 3시쯤 볼까요? 보조열쇠 있어요? 테스가 혹시 자고 있으면 그걸로 들어오게요."

제이미가 자기 수영복 바지랑 물안경을 가지러 위층으로 잽싸게 뛰어 올라간 후, 난 전자레인지 옆 서랍을 샅샅이 뒤져 쪽문 보조열쇠를 찾으면서 셸리에게 말했어. "있어요. 고마워요. 그런데 정말 괜찮겠어요?"

정말 괜찮겠어요? 내가 물은 건 그게 다였어. 단 두 마디. 난 수영장에서 일곱 살짜리 애를 건사할 수 있겠느냐고 묻지 않았어. 제이미가 물놀이를 하면 얼마나 금방 피곤해하는지 귀띔해주지도 않았고, 아이한테서 잠시도 눈을 떼면 안 된다는 걸 아는지 확인하지도 않았어. 제이미를 남자 탈의실에 들여보내지 말라고, 모르는 사람들 사이에서 알아서 옷을 갈아입기엔 너무 어리다고, 바닥에 고인 물 위에 옷을 떨어뜨릴지도 모른다고 말해주지도 않았어.

심지어 셸리한테 어느 수영장에 갈 거냐고도 묻지 않았어. 이제 두 사람은 늦어지고 있고, 난 혼자서 걱정하고 있어. 언제나처럼 걱정하고 있지. 무슨 일이라도 생겼으면 어떡해, 마크?

*

휴대폰 화면의 시간을 봤어. 거의 5시 반이 다 됐어. 경찰에 전화해야 할 시간이야. 방 안은 칠흑처럼 어둡지만, 등을 켜면 진입로가 안 보일 거야. 이제 바깥엔 땅거미가 깔려 차도가 간신히 보일락 말락 해.

긴급신고의 첫 숫자를 막 누르려는데 진입로로 들어오는 자동차 엔진 소리가 들렸어. 창으로 달려가니 검은 소프트톱 루프가 달린 하얀색 미니의 운전대를 잡고 있는 셸리가 보여. 뒷좌석에는 제이미의 웃는 얼굴이 보이고.

갑자기 안도감으로 온몸이 떨려와. 어쩌면 분노도 한몫했을지 몰라. 셸리는 도대체 무슨 생각이었담?

하지만 쪽문이 열려 벽에 부딪히고 부엌으로 들어오는 제이미의 발소리가 들린 순간, 분노는 사르르 녹아내렸어. "엄마." 그 애가 외쳤어. "다녀왔어요. 저 플레이스테이션 해도 돼요?"

난 부엌으로 급히 뛰어가다가 하마터면 제이미를 들이받을 뻔했지.

“안녕, 우리 아기, 재미있게 놀았니?” 비록 목소리는 떨렸지만, 난 가까스로 웃음을 지었어.

제이미는 고개를 끄덕였어. 약간 벌린 입속에서 혀로 윗니를 앞뒤로 흔들고 있어.

“셸리 아줌마한테 고맙습니다, 했어?”

제이미가 대답할 틈도 없이 셸리가 양손에 불룩한 비닐봉투를 하나씩 들고 들이닥쳤어. 받아주러 가다가 언뜻 돌아보니 제이미는 이미 거기 없네. 잠시 후 플레이스테이션의 전원이 켜지는, 익숙한 삐 소리가 들렸지.

“무슨 일 없었죠?” 난 봉투 하나를 조리대에 얹으며 물었어. 안에서 유리병이 부딪히는 쨍그랑 소리가 났고, 위쪽으로는 냉동 피자가 삐져나와 있어. 제이미가 가장 좋아하는 페퍼로니 피자.

“너무 좋았죠. 나한테는 꼭 필요한 거였어요.” 셸리는 머리카락을 목덜미에 하나로 모아 묶었는데, 젖은 머리카락 몇 가닥이 귓가에 말려 있어. 화장을 안 해서 평소보다 조금 더 창백해 보이지만 눈은 여전히 크고 생동감 넘치고 즐거움으로 춤추는 듯해. “물론 우선 수영장의 추위를 극복해야 하지만요.” 셸리는 깔깔 웃고는, 사 온 것들을 얼룩덜룩한 베이지색 조리대에 마저 올려놓으며 몸서리를 쳤어.

난 좌절감을 억누른 후에야 간신히 입을 열 수 있었어. “난 그냥, 한참 전에 돌아올 줄 알았거든요. 걱정하려던 참이었어요. 전화도 안 받고.” 억누르려 했는데, 마지막 한마디에는 어쩔 수 없이 투정이 묻어났어.

“아, 난 분명 5시쯤이라고 했는데요. 그게 그렇게 중요한지 몰랐어요.”

난 "당연히 중요하죠" 하고 쏘아붙였어. 봉투를 뒤적이던 셸리가 동작을 멈추고 날 돌아볼 만큼 높은 목소리로. "당신은 3시라고 했어요. 난 공황을 일으키는 줄 알았어요. 머릿속으로 오만 생각을 다 했다고요. 무슨 일이 생긴 줄만 알았어요. 막 경찰에 전화하려던 참이었어요."

"어머 이런, 테스. 너무 미안해요. 정말이지 그렇게 걱정할 줄 몰랐어요. 오늘 아침에 하도 지쳐 보이길래 쉬고 있을 줄만 알았어요. 하지만 봐요, 나 이제 돌아왔잖아요." 셸리는 내 손을 잡았어. 내 손 크기의 반밖에 안 되는 그 따뜻하고 부드러운 손에 난 곧장 마음이 누그러졌어.

"미안해요. 당신을 그렇게 걱정하게 만들 생각은 없었어요." 셸리가 내 눈을 똑바로 들여다보며 말했어. "사실은 몇 시간 전에 집 번호로 전화했었어요. 혹시나 가게에서 뭔가 사다 줬으면 하는 게 있을까 해서요. 그런데 안 받길래 아직 자나 보다 했어요. 자동응답기가 꽉 차서 메시지는 못 남겼는데, 그 후 휴대폰 배터리가 나갔고요. 안 그래도 어제 자동응답기 이야기를 하려고 했었는데."

"아." 난 당장이라도 떨어지려 하는 눈물을 도로 삼켰어. "미안해요. 셸리 말이 맞아요. 내가 오버했어요. 셸리가 이번 주말에 그렇게 여러모로 애써줬는데, 미안해해야 하는 쪽은 나예요."

"미안해하지 말아요. 예전에 나도 당신이랑 똑같았어요. 기억하죠? 내가 그 초기 시절에 팀이랑 언니한테 얼마나 자주 폭발했는지……. 하, 정말 자주 그랬어요. 내가 문자를 보내놓거나 휴대폰에 걸어봤어야 했어요. 정말 자고 있을 거라고 생각해서 안 했지만, 이제 그냥 잊어버려요." 셸리가 웃음을 지었다. "테스가 씽씽 달리게 해줄 먹을거리를 잔뜩 사 왔어요. 테스는 이것들을 정리해서 치워요. 난 찻주전자를 올릴게요."

셸리는 그 자신감 넘치는 태도로 비비 꼬인 내 가슴속 매듭들을 아무렇지도 않게 풀어줬어. 제이미는 안전해. 나쁜 일은 하나도 생기지 않았어. 내가 그렇게 걱정한 건 셸리 탓이 아니었어. 내가 집 전화를 안 받은 탓이었지. 셸리가 가자고 했을 때 같이 따라갔어야 했는데, 왜 안 갔을까? 그냥 한쪽에 앉아서 구경할 수도 있었는데. 수영은 꼭 안 해도 됐는데. 그 대신 난 발을 질질 끌고 집 안을, 슬로 모션의 내 세계를 돌아다니며 우리의 기억에 침잠해 하루를 흘려 보냈어.

그리고 이제는 셸리가 3시라고 말했다는 것도 별로 자신이 없어. 어쩌면 정말 5시라고 말했을지도 몰라. 오늘 아침에 대한 내 기억이 바위처럼 단단한 것도 아니고. 아마 그냥 내가 헷갈렸나 봐.

"아, 말하는 걸 깜빡했어요." 셸리가 찻주전자를 올려놓고 식기 건조대에서 머그잔 두 개를 꺼내면서 말했어. "어제 테스가 잠든 사이에 어머님이 집 전화로 전화하셨어요. 깨우지 않으려고 내가 받았어요. 많이 걱정하고 계세요."

난 한숨을 쉬고 조리콩 통조림을 찬장에 밀어 넣었어. "아직은 어머니랑 통화하기 힘들어요. 더 나아지고 있다는 말을 듣고 싶어 하시는데, 그 말이 안 나오거든요."

"알아요. 어머님께는 내가 잘 말씀드렸어요. 사실 꽤 오래 통화했어요. 아버님이 돌아가셨을 때 많이 힘드셨다고, 테스가 겪고 있는 일을 다 이해한다고 하셨어요."

"엄마는 이해 못 해요." 말이 저절로 튀어나왔어. 난 찬장 문을 꽝 닫지 않도록 손잡이를 쥔 손에 힘을 주어야 했어. "미안해요, 이렇게 말하면 불공평한 건 나도 알지만, 엄마는 이해 못 하세요. 아버지는 예순일곱 살에 돌아가셨어요. 같지 않아요."

"어머님은 애쓰고 계세요, 테스. 슬픔을 측정하는 도구 같은 건 없어요."

따끔하는 죄의식을 느끼며 난 고개를 끄덕였어. 엄마한테 전화하지 않은 게 찔렸지만, 동시에 원망스럽기도 해. 내가 전화하지 않는데 죄의식을 느끼게 만드는 게 엄마 뜻이 아닌 건 알지만, 그래도 난 죄의식과 억울함을 느끼니까. "전화 드릴게요."

"괜찮아요." 셸리가 말했어. "테스 마음이 지금 어떤지 알려드리고 내 번호를 드렸어요. 앞으로 테스가 어떻게 지내는지 궁금하면 나한테 전화하시라고요. 테스는 언제든 마음의 준비가 됐을 때 전화 드리면 돼요."

목이 메어와. 안도감과 슬픔이 진흙처럼 한 덩어리로 뒤섞이고 있어. "고마워요."

"뭐 별거라고. 도움이 됐다면 나야 기쁘죠. 또 대화하고 싶지 않은 다른 사람이 있으면 나한테 넘겨요. 자, 여기 차 한잔해요."

셸리는 식탁 위로 머그잔 두 개를 밀어 보냈고, 우린 셸리가 이 집에 처음 왔을 때랑 똑같이 서로 마주 앉았어. 심지어 일주일도 채 안 지났는데, 그날 이후로 이미 우리 사이에 정말 많은 변화가 있었지.

이번 주말에 셸리가 없었다면 어쩔 뻔했을까.

"그래서 수영장은 어땠어요?" 난 물었어. "재미있었어요?"

"네." 셸리가 웃으며 대답했어. "원래 주말 오후에는 수영하러 안 가요. 애들이 너무 많거든요. 물을 왕창 튀기면서 다이빙하고 그러는 걸 보면 딜런이 생각나서요. 딜런이라면 정말 좋아했을 텐데. 그 애가 너무 보고 싶어요." 셸리는 펜던트를 어루만지며 한숨을 내쉬었어. "어린애들은 기운이 넘치죠, 안 그래요? 딜런은 팀하고 나한테 너무 많은 사랑을 줬어요. 하지만 또한 내게 목적의식도 줬죠. 난 내가 엄마라는 게 좋았어요. 이따금 딜런 못지않게 엄마가 되는 것도 그리워요."

난 머릿속에서 딜런을 그려봤어. 셸리는 틀림없이 아주 멋진 엄마였겠지. 재미있고 장난기 넘치는, 예전의 나 같은 엄마. 제이미랑 수영장에 같이 간 게 셸리한테 너무 힘든 일이 아니었으면 좋겠다는 바람이 뒤늦게 들어. 하지만 내가 미처 물어볼 틈도 없이 셸리는 의자에서 일어나서 자기 머그를 설거지하고 있어. "팀이 날 찾으러 수색대를 보내기 전에 이만 가봐야겠어요." 셸리가 말했어.

"아…… 그래요." 난 내심 셸리가 안 갔으면 했어. 이 큰 집에 나랑 제이미 단둘이 남으면 다시 외로워질 테니까. "아까는 그렇게 몰아세워서 미안했어요…… 난……."

셸리가 나를 향해 손을 내저었어. "그건 그만 잊어버려요. 테스가 더 나아진 걸 보니 마음이 놓여요. 나중에 문자 해줄래요?"

"그럴게요."

"잠깐 내 스카프만 가져올게요." 셸리가 말했어. "거실에 놔둔 것 같아요."

제이미의 웃음소리가 열린 문간으로 통통 튀어나왔고 뒤이어 "안녕히 가세요" 하는 소리가 들렸어.

셸리는 잠시 후 "그럼 안녕" 하고 말했어. 셸리가 몸을 숙여 날 꼭 끌어안자 내 몸에 셸리의 온기가 훅 끼쳐왔어. "걸음마 배우듯. 하루에 하나씩만 하기. 알겠죠?"

"알겠어요."

"약속해요?"

난 웃음을 지으며 대답했어. "네."

"그리고 항우울제 꼭 먹기예요. 그건 도움이 돼요."

그 말을 끝으로 셸리는 가버렸어.

난 거실을 서성이다 소파에 웅크리고 누워 게임을 하는 제이미를 바라봤어. 쿠션에 밴 셸리의 향수가 코끝을 간지럽혀. 집은 이제 훨씬 더 비어 보여. 텅 비고 냉랭해졌어.

나처럼.

17

이안 클라크

제가 그 집에 뻔질나게 드나들거나 그런 것도 아니에요. 그냥 테스한테 뭐 필요한 게 없나 싶어서 그 사고 후 한 달쯤 지나서 잠깐 들른 게 답니다. 전화를 해도 안 받으니까 걱정되잖아요. 다음으로 제가 테스랑 이야기한 건 테스가 슈퍼마켓에서 마크를 봤다고 착각하고는 정신이 살짝 나가서 저한테 전화했을 때였죠. 네, 맞아요. 사실 테스는 저한테 전화를 건 게 아니죠. 마크의 휴대폰에 건 거지. 저한테는 마크의 음성사서함 메시지를 듣고 싶었다나 어쨌다나 하면서 둘러댔는데, 전 그 말을 믿지 않았어요. 마크의 전화를 저한테 돌리기로 합의해놓고는 까맣게 잊은 것처럼 굴더군요. 장례식 준비를 하는 동안 그 얘기를 했었는데, 테스도 그러는 게 좋겠다고 했거든요.

셸리 랭

우린 아주 빨리 친해졌어요. 제가 테스를 두 번째로 만난 건 토요일이었어요. 잘 지내는지 궁금해서 제가 먼저 전화를 했죠. 테스는 힘든 한 주를 보내고 난 뒤였어요. 당시에는 상태가 영 별로였죠. 멍하니 있을 때가 많았고 늘 흐릿한 눈을 하고 있었어요. 가족이랑 통화하고 싶어 하지 않길래 저한테 맡기라고 했어요. 그건 테스한테 아주 도움이 됐죠.

18

2월 28일 수요일, 제이미 생일 39일 전

난 다시 일어났어, 마크. 아니, 간신히 서 있었다고 하는 편이 더 진실에 가까울지도 모르겠다. 마치 균형을 잃고 낭떠러지 가에 위태롭게 서 있는 것 같지만, 아직 실제로 추락한 건 아니야. 언제 다시 가장 깊고 어두운 구멍으로 곧장 추락할지는 모를 일이지만. 뼛속까지 추위가 느껴지고 다 놔버리고 싶을 만큼 아파. 하지만 아직까지는 바위 턱에 서 있고, 지금으로서는 그게 최선이야.

내가 그 구멍에서 어떻게 기어 나왔는지, 솔직히 잘 모르겠어. 당연히 셸리의 덕이 컸지. 일요일이 가고 월요일이 되자 난 제이미를 다시 학교에 보내고, 약을 먹고, 셸리가 시킨 대로 하루에 하나씩만 해치우는 데 집중하려 했어.

월요일에는 셸리가 사다 준 달걀로 팬케이크를 만들었어. 노랗고 끈끈한 달걀물을 프라이팬에 붓는데 계단을 내려오는 제이미의 발소리가 들렸고, 처음 뒤집으려는데 그 애가 문간에 나타났지. 그런데 그간 솜씨가 녹슬었는지 소스팬을 너무 세게 휘두르는 바람에 팬케이크가 저만치 날아가버렸지 뭐야. 의자 등받이에 툭 들러붙은 팬케이크 반죽은 잠시 거기서 방울방울 떨어지다 마침내 바닥으로 완전히 미끄러졌어. 그래도 제이미를 웃게 만들었으니 아깝진 않았어.

화요일에는 욕실 청소를 하고 제이미가 생일 선물로 받고 싶어하던 스타워즈 밀레니엄 팔콘 레고를 주문했어. 그 애가 여덟 살이 되려면 아직 좀 더 있어야 한다는 건 나도 알지만, 혹시라도 품절되거나 배송 중에 분실될까 봐 걱정됐거든.

오늘은 주걱으로 냉장고 밑을 찔러봤는데 먼지만 잔뜩 나왔어. 제이미 사진 자석은 없었어. 아마 냉장고가 아니라 오븐 밑으로 들어간 모양이야. 그다음엔 부엌 찬장 안쪽을 박박 문질러 닦았어. 당신 어머니는 수십 년 전 이걸 설치한 이후로 한 번도 안 닦으신 게 분명해. 난 BBC 라디오 2를 틀고 켄 브루스의 목소리를 노동요 삼아 일했어. 심지어 팝송 퀴즈의 답을 하나 맞히기도 했지. 그리고 뉴스를 듣지 않으려고 한 시간 후에 라디오를 껐어. 혹시 사고 이야기가 나올지 몰라서.

하지만 찬장을 청소하는 건 원래 내 오늘의 걸음마가 아니었어. 그냥 바빠지고 싶어서, 집중하고 싶어서 한 거야. 오늘의 내 걸음마는 제이미야. 그 애를 학교에서 데려오자마자 뭔가 재미있는 걸 같이할 거야.

웰링턴 부츠를 신고 차도를 터벅터벅 걸어 마을로 갔어. 외투 지퍼를 목까지 올려 머리만 남기고 전신을 감쌌더니 얼음장처럼 차갑고 선뜩한 돌풍도 그럭저럭 견딜 만해.

앞쪽에 트랙터가 한 대 보여. 진녹색 괴물이 거대한 파이프가 달린 평상형 트럭을 끌고 가는 것만 같았지. 난 그 거대한 고무 타이어들이 내 쪽으로 굴러오는 걸 보면서 그대로 몇 걸음 더 가서 재빨리 차도 가장자리의 가시투성이 덤불에 몸을 찰싹 붙였어. 그랬는데도 트랙터가 어찌나 가까이 지나가는지. 그럴 마음만 있었으면, 손만 뻗었으면 충분히 닿고도 남았을 거야. 엔진 소음이 귓가에서 폭발하는 바람에 잠시 다리가 후들거렸어.

트랙터 뒤에 승합차 한 대가 시속 15킬로미터로 슬금슬금 기어오고 있는데, 차 뒷좌석에는 남색 학교 점퍼를 입은 애들 두 명이 아주 지루해 죽겠다는 표정으로 앉아 있어. 제이미 것과 똑같은 그 점퍼를 보니 그제야 아차 늦었구나 싶더라고.

산울타리에서 뛰어내리는데 가시에 외투가 걸려 긁혔어. 모퉁이를 돌자 학교의 빨간 벽돌 벽이 눈에 들어왔고 날 찾는 제이미의 얼굴이 보여. 그 애가 날 볼 때까지 손을 들고 마구 흔들었어.

"미안해." 난 가쁜 숨을 몰아쉬었어. "트랙터가 차선을 막는 바람에 지나갈 때까지 기다리느라 늦었다. 오늘 하루는 어땠니?"

제이미는 "좋았어요" 하고 대답했고, 우린 다시 걷기 시작했어.

"오늘은 뭘 했니?"

"아무것도요."

"정말?" 난 장난스럽게 쿡 찌르면서 물었어. "설마 **아무것도** 안 했을까."

"기억이 안 나요."

"괜찮아. 엄마가 생각해봤는데…… 집에 가면 우리 차 타고 콜체스터에 있는 실내 놀이센터에 갈까? 핼러윈에 거기 갔을 때 너 엄청 좋아했잖아. 알지? 그 높은 미끄럼틀이 있는 곳."

"지금요?"

"그럼. 왜 안 돼?"

"별로예요." 제이미는 마치 나한테 방 청소를 하라는 잔소리라도 들은 것 같은 말투로 대답했어. 내가 늦어서 심술이 난 거야. 알아. 하지만 그래도 좀 더 신나 하면 얼마나 좋을까.

"아…… 그냥, 엄마는 네가 좋아할 것 같아서 생각해본 건데."

"셸리 아줌마도 같이 가요?" 제이미가 물었어.

"어…… 아니."

"거기는 아기들이나 가는 데예요. 전 가기 싫어요."

"지난번에는 좋아했잖니."

그거 기억해, 마크? 제이미가 그 늑대인간 의상을 입고 정글짐에서 뛰어다니는 몇 시간 동안 우린 끈적끈적한 탁자에 앉아 밍밍한 차를 연거푸 들이켜며 그게 포도주가 아닌 걸 아쉬워했지.

"전 **아기가 아니에요.**" 제이미가 너무 큰 소리를 내는 바람에 난 그만 움찔했어.

"하지만……." 우리의 귀엽고 사랑스러운 아들이 처음으로 그렇게 소리 지르는 걸 보고 난 망연자실했어. 걸음을 멈추고 제이미의 손을 잡으려 했지만 그 애는 몸을 홱 틀더니 갑자기 집 쪽으로 뛰어가 버렸어.

"제이미." 난 숨 가쁘게 불렀어.

트랙터의 거대한 바퀴들이 내 머릿속에서 계속 굴러갔고, 결국 그것 말고는 아무것도 보이지 않아. 길을 따라 굴러가는 그 괴물 같은 바퀴들과 그 앞에서 넘어지는 제이미.

난 무거운 다리와 장화로 돌투성이 타맥 도로를 있는 힘껏 달리기 시작했어. 그 애한테 무슨 일이라도 생긴다면 난 견딜 수 없어, 마크.

제이미는 우리 집 진입로에서 붉게 상기된 얼굴을 잔뜩 찌푸린 채 날 기다리고 있었어.

"제이미!" 난 새된 목소리로 비명처럼 그 애의 이름을 불렀어. 숨이 가빴고 뜨거운 분노와 두려움이 파도처럼 밀어닥쳤어. "절대 다시는 그렇게 뛰어가지 마. 엄마 말 들었니?" 난 자갈을 밟고 미끄러질락 말락 하면서 성큼성큼 제이미에게 다가갔어. "절대 그렇게 뛰어가면 안 돼. 특히, 특히 차도에서는. 트랙터가 모퉁이를 돌아오고 있을 수도 있어. 너도 알잖아."

"저리 가요." 제이미가 내게 비명을 질렀어.

난 이제 제이미 바로 앞에 있었고, 뭘 하려는 건지 미처 깨닫기도 전에, 내 오른손이 그 애를 향해 날아가고 있어.

하지만 다행히 너무 늦기 전에 손을 멈출 수 있었어. 손가락이 그 애의 어깨에서 몇 센티미터 떨어진 허공을 갈랐지. 난 손을 뒤로 빼고 마치 불에 데기라도 한 것처럼 겨드랑이에 끼웠어.

제이미는 잠시 날 노려보더니 뒤돌아 집 옆을 돌아 정원과 트리하우스를 향해 달려갔어. 그리고 시야에서 사라지기 직전에 날 돌아봤어. 내가 쫓아올 줄 기대했던 것 같지만, 난 쫓아갈 수 없어. 쫓아가고 싶었다 해도 쫓아갈 힘이 없었거든. 다리는 힘이 풀려서 꺾이기 직전이고, 눈에는 뜨거운 눈물이 차오르고 있어.

"제이미, 미안하다." 난 내 귀에만 들리는 나지막한 소리로 그렇게 말하고 흐느껴 울었어.

내가 무슨 짓을 한 거지, 마크?

괜찮아, 테시.

난 절대, 절대, 절대 한 번도 그렇게 분통을 터뜨린 적이 없었어. 누구한테도. 당신한테도, 특히 제이미한테는 절대로. 난 심지어 끼어드는 차에도 경적을 울리는 사람이 아니었는데.

난 그러려던 게 아니었어, 마크. 제이미가 뛰어갔을 때 너무 겁이 났어. 그 애를 때릴 마음은 없었어. 난 때리지 않을 거야. 절대 그러지 않을 거야.

두 눈에서 눈물이 마구 쏟아졌어. 어딘가에서 전화벨 소리가 들리는데, 집 안에서 나오는 소리라는 걸 잠시 후에 깨달았어. 제발 셸리 전화이길 빌면서 무거운 몸을 억지로 움직였어. 셸리라면 이럴 때 어떡해야 할지 알 테니까.

겨울 외투 안은 땀으로 흠뻑 젖었고, 말 안 듣는 쪽문의 볼트랑 씨름하고 장화를 차 던지고 나니 숨이 차. 이제 벨소리가 더 커졌고, 자동응답기가 꽉 차 있다던 셸리 말이 떠올라.

아래층 식당으로 뛰어 내려가 벨소리 한중간에 수화기를 낚아챘어. "여보세요?" 제이미랑 싸우느라, 그리고 뛰어오느라 호흡이 가빠.

전화선은 조용해.

"여보세요?" 난 다시 말했어.

딸깍 소리가 들리고 발신음이 귓가에서 울려와. 아마 내가 받는 순간 끊어져서 내 말을 못 들은 거겠지.

다시 복도로 나가자마자 전화벨이 다시 울리기 시작했고, 난 돌아가 두 번째 벨소리에 수화기를 낚아챘어.

"여보세요?"

침묵.

침묵의 소리에 귀를 기울이며 잠시 기다렸어. 거친 숨소리나 불안정한 신호음 같은 것도 없이, 그냥 아무것도 안 들렸어.

"마크?" 당신 이름을 속삭였을 때에야, 내 입에서 나온 그 말을 내 귀로 들은 후에야 난 내가 뭘 생각하고 있는지 깨달았어. 수화기를 거치대에 거칠게 내려놓고 비틀대며 뒷걸음쳤어. 식탁 의자에 등이 부딪힐 때까지. 당신이 아니야, 그건…… 멍청한 콜센터 전화나, 잘못 건 전화일 수도 있고, 그 외에도 다른 가능성 백 가지는 댈 수 있어. 당신이 나한테 전화한 게 아니야.

19

3월 1일 목요일, 제이미 생일 38일 전

사람들이 비명을 지르고 있어. 온 사방 천지가 비명으로 가득해. 남자 여자 할 것 없이, 다들 귀를 먹먹하게 만드는 날카로운 목소리로 통곡하고 있어. 우리 두 줄 앞에 앉은 남자는 버둥대며 자리에서 일어나 머리 위 짐칸을 벌컥 열어. 난 따져 묻고 싶어. 이 와중에 어째서 굳이? 나도 비명을 지르고 싶지만 입이 떨어지지 않아. 움직일 수도 없어. 보이지 않는 힘으로 의자에 못 박힌 채 짓눌려서 숨도 쉴 수 없어.

비행기는 온통 연기로 가득해. 눈이 따갑고 입안에서도 연기 맛이 나. 거의 모든 사람들이 의자에서 일어나 있고 통로를 날아다니던 여행 가방이 우리 근처 좌석의 머리 받침에 꽝 하고 부딪혔어.

파란색과 녹색이 만화경처럼 빙빙 돌던 창밖 풍경은 이윽고 회색으로 변했어. 타맥 도로, 땅.

당장이라도. 당장이라도 우린 충돌하고 말 거야.

*

눈이 번쩍 뜨임과 동시에 가쁜 숨을 몰아쉬었어. 폐가 욱신거리고 당신이 죽은 바로 그날 피웠던 모닥불 연기가 코끝에 어른거려. 귓가에서 마구 두들기는 심장 소리와 박자를 맞춰 정수리가 쿵쿵 울리고.

난 어둠 속에서 눈을 깜빡거렸어. 오늘 밤은 달이 나와 그 흐린 은색 빛이 가구의 윤곽을 비추고 구석에 놓인 거대한 텔레비전 화면에 반사됐어. 아무래도 소파에 누워 있다가 까무룩 곯아떨어졌나 봐.

악몽은 날 쉽사리 놓아주지 않았고, 머릿속은 당신이 얼마나 두려워했을까 하는 생각으로 꽉 찼어. 당신이 얼마나 외로워했을까.

귓가에서 쾅쾅 때리던 심장 소리가 잠시 후 멈추자, 이제는 집 안의 정적이 귀를 먹먹하게 해. 바깥에서는 근처 어딘가에서 올빼미 한 마리가 울고 있어. 양팔을 쭉 뻗었어. 목이 뻣뻣하고 눈이 부어 있어. 그제야 내가 울고 있던 게 기억났어.

난 제이미가 잠들 때까지 기다리고 있었어. 저녁 먹을 때가 되자 그 애는 살그머니 집으로 들어왔고, 우린 어색한 침묵 속에서 남은 캐서롤을 먹어치웠어. 아마 제이미 역시 마음이 아프고 내게 미안했지만 나처럼 아닌 척했던 것 같아. 어쨌든 난 그랬어. 난 그 애한테 이야기책을 읽어주고 굿나잇 키스를 해준 뒤 무거운 몸을 끌고 거실로 가서 제이미한테 들리지 않게 문을 닫았어. 그리고 소파에 털썩 주저앉아 가슴속이 텅 비어버릴 때까지 울고 또 울었어.

다시 일어나 앉았을 때는 온풍기가 꺼진 후였어. 집 안이 얼음장

같았어. 온몸이 벌벌 떨려서, 움직이지 않으면 안 되겠더라고. 얼마나 오래 그러고 있었는지 정확히는 몰라도 몇 시간은 지난 것 같아. 우선 제이미가 괜찮은지 보고 나서 따뜻한 우리 이불 속에 들어가야지. 우리 처음 만난 날 밤 이야기를 당신 목소리로 다시 듣고 싶어. 그거 기억해, 마크? 우리 둘이 처음 만난 그 집들이 파티 말이야. 우리 둘 다 거기에 스테이시밖에 아는 사람이 없었지.

당연히 기억하지, 테시. 당신은 그 방 안에서 가장 아름다운 여자였어. 당신은 늘 그랬어.

이제는 아니야.

야광 조명의 부드러운 빛 속에서 곤히 잠들어 있는 제이미의 모습은 아름다워. 내가 살금살금 발끝으로 우리 방 앞까지 온 순간, 전화가 울리기 시작했어. 밤의 정적 속에서 그 소리는 화재 경보처럼 귀청을 찢었어. 몇 시인지는 몰라도 늦은 시간이야. 자정도 지난 시간. 남의 집에 전화하기에는 너무 늦은 시간.

난 뒤 계단과 당신 서재가 있는 위층 복도 끝까지 뛰어갔어. 이제 와서 말이지만 난 내심 당신이 서재를 아래층 방으로 정했으면 했었어. 방이라면 얼마든지 있었잖아. 난 이 방을 아기 방으로 남겨두고 싶었지만, 당신은 구석진 방을 좋아했지. 그리고 여기서는 정원과 당신이 제이미를 위해 지어준 트리 하우스가 훤히 보였고. 난 당신한테 그런 이야기를 할 수 없었어. 우리가 그토록 가지려고 애쓰던 아기 이야기를 꺼냈다간 당신이 '또 시작이군' 하면서 눈동자를 굴릴 게 분명했고, 난 그걸 참을 수 없었으니까.

난 불을 딸깍 켰어. 전등갓 없는, 먼지 낀 알전구의 빛 때문에 눈이 시렸어. 가구라고는 낡은 책상과 당신 어머니의 오래된 책장 하나뿐이었고, 둘 다 얇은 먼지를 한 겹 뒤집어쓰고 있었지.

상자들은 벽에 기댄 채 3단으로 가지런히 쌓여 있었어. 상자 각각에 '마크의 서재'라고 휘갈겨 씌어 있었지. 당신의 손 글씨를 보니 가슴속에 찌르는 듯한 그리움이 문득 솟구치는 바람에 몸서리를 쳤어.

전화기는 가장 가까운 상자 위에 놓여 있었어. 거치대에서 수화기를 낚아채자 집 안은 침묵에 잠겼어.

"여보세요?" 난 수화기를 귀에 갖다 대기도 전에 말했어.

아무 소리도 없어. 이전 전화랑 똑같이.

난 급히 전화를 끊었어. 팔에 소름이 오스스 돋았어. 창문을 뒤흔드는 갑작스러운 돌풍에 유리창이 덜그럭거리는 바람에 순간 기겁했어. 불을 켜자 창이 검은 거울로 변해. 깜짝 놀란 얼굴의 내가 날 마주 보자 온몸에 소름이 돋아서 바로 불을 도로 껐어.

눈이 어둠에 적응하고 방 안이 선명하게 보이기까지 몇 초밖에 안 걸렸어. 달이 떠 있어 주변을 둘러보기에는 충분히 밝았고, 이제는 그리 무섭지 않아.

자동응답기의 붉은 표시등이 어둠 속에서 점멸했어. 셸리의 목소리가 내 머릿속에서 재생됐어. **"자동응답기가 꽉 차서 메시지를 못 남겼어요."**

자동응답기 메시지를 마지막으로 확인한 게 언제였는지, 아무리 머리를 쥐어짜도 기억이 안 나.

닳아빠진 카펫에 털썩 주저앉아 재생을 누르고 음량 버튼을 두들겨 소리를 최소로 줄였어. 제이미를 깨우고 싶지 않거든.

"자동응답기 저장용량이 다 찼습니다." 기계 음성이 알려줬어. "메시지 22통이 있습니다. 첫 메시지입니다."

"안녕, 우리 딸, 엄마야." 엄마의 가냘픈 음성이 텅 빈 방 안에 메아리쳐. "도착해서 좀 쉬고 나서 이제 전화했다. 넌 어떠니? 내가 거기가 있었던 게 썩 좋지만은 않았지. 하지만 그 대신 네가 여기 와서 지내면 어떻겠니? 바다 공기가 너한테 정말 큰 도움이 될 거야. 네가 그 집 안에 종일 갇혀 있다고 생각하면 엄마 마음이 안 좋아. 널 정말 사랑한단다, 내 딸. 밤낮 상관없으니 아무 때고 전화하렴."

엄마의 말 한마디 한마디에 저절로 이가 악물어졌어. 어쩜 제이미 이야긴 한마디도 없을까. 학교 생각은 하지도 않지. 자기 편한 쪽으로만 생각하는 게 딱 우리 엄마답지 뭐야. 이대로 다 버리고 여길 뜨라고? 셸리가 엄마랑 통화해줘서 기뻐. 엄마가 전만큼 전화를 안 할 거라고 생각하니 기뻐.

메시지가 꺼지고 다음 메시지가 시작됐어.

"안녕 테스." 오빠의 목소리가 방 안에 울려 퍼지자 꽉 조였던 가슴이 약간은 느슨해졌어. 배경에 부산한 병원 소음이 들렸어. "잠깐 쉬는 시간이 나서 잡담이라도 할까 해서 전화했지. 곧 네 생일인데 너랑 통화 못 한 지 좀 됐네. 어제 자《가디언》의 십자말풀이가 너무 암호 같아서, 네가 좀 도와줄래? 두 글자로 된 단어인데, 힌트는 '활력을 잃은 암탉'이야. 틈나는 대로 전화 줘."

제이미 이야기나 내가 어떻게 지내고 있느냐는 말은 한마디도 없었지만, 오빠는 물어볼 필요가 없어. 오빠 목소리를 들으면, 그리고 전화한 핑계를 들으면 그 질문이 다 들어 있거든. 예전 십 대 시절에, 우리가 이제 나이를 먹을 만큼 먹어서 더는 따라가고 싶지 않은 부모님의 캠핑 여행에 끌려다니고 있을 때, 나를 처음 십자말풀이에 끌어들인 사람이 바로 오빠였지. 오빠가 그 단어를 모를 리는 절대 없어. 오빠는 내 나이를 가지고 농담한 거야. 웃음이 나왔어. 답은 '노계'야.

당장 수화기를 들어 샘한테 전화를 할까 했지만 그럴 수 없었어. 우리 사이에 뭔가 장벽 같은 게 있는 것처럼 느껴져. 아직은 샘이나 엄마랑 통화하고 싶지 않아. 두 사람은 내가 괜찮은지 알고 싶어 하는데, 난 거짓말할 기력이 없거든. 게다가 지금은 한밤중이잖아. 샘은 일하지 않으면 자고 있을 테고, 지금 시간에 전화했다간 괜히 걱정만 더 할 거야. 내일쯤 전화하면 되겠지.

다음 메시지가 딸깍하고 켜지자 가족 생각은 저만치 밀려났어.

"테스, 이안이에요. 잘 지내고 있었으면 좋겠네요. 제발 나한테 전화 좀 해줄래요? 장례식 때 말했던 돈 이야기를 좀 해야 해서요."

삑.

"다시 이안이에요. 제발 전화해줘요, 테스. 중요한 일이에요." 딱딱 끊기는 한마디 한마디에 조바심이 담겨 있었지.

클라크&발로 법무사무소의 비서한테서 연락해달라는 메시지 두 통이 더 들어와 있었고, 제이컵 발로가 직접 남긴 것도 한 통 있었어. 난 변호사들은 원래 다들 이렇게 사람을 달달 볶는지, 아니면 그들의 집요함 뒤에 이안이 있는 건지 궁금해.

처음 듣는 이름의 주방 설비 회사에서 전화가 한 통 와 있었고, 그 후 엄마가 떨리는 목소리로 남긴 메시지 몇 통이 더 있었어. 다음 전화는 아무 말 없이 끊겼고, 그다음도, 그다음도, 그다음도…… 어디까지 셌더라? 누군지는 몰라도, 매번 녹음이 시작될 때까지만 전화기를 붙들고 있다가 끊었어.

뭔가 배경 소음 같은 거라도 들릴까 해서 침묵의 메시지에 귀를 쫑긋 세웠지만, 아무것도 들리지 않았어. 하지만 분명 뭔가가 있어. 그렇잖아? 도대체 왜 남한테 전화를 해서는 아무 말도 없이 끊는담? 난 다시 몸서리를 치며 침을 꿀꺽 삼켰어.

내일 통신사에 전화해서 뭔가 할 수 있는지 알아봐야겠어. 아마도 다락방 단열공사를 무료로 해준다고 광고하는 그 멍청한 자동 발신 메시지 같은 게 오작동한 거겠지.

앞으로 빨리감기 하면서 메시지들을 삭제하다 보니 마침내 셸리가 토요일 아침에 남긴 메시지가 나왔어. "여보세요, 테스? 셸리예요. 월요일에 통화한 후로 어떻게 지내는지 한번 확인하고 싶어서요. 난 종일 한가하니까 이거 확인하면 전화 줘요. 아니면 내가 나중에 다시 전화할게요. 끊어요."

기운 넘치는 셸리의 메시지가 꺼지자 집 안이 너무 고요하게 느껴져.

그 후 전화벨이 다시 울렸어. 이번에는 사이렌처럼 요란했고, 난 뒷걸음치다 등을 벽에 부딪혔어.

내 손이 허공을 맴돌았고, 심장은 가슴속에서 쿵쿵댔어. 공포가, 악몽의 두려움이 돌아왔지. 눈을 감자 회색 타맥이 보이고 귓전에서 비명이 울렸어.

"안녕하세요, 테스, 마크, 그리고 제이미의 집입니다. 지금은 집에 없으니 삐 소리 후 메시지를 남겨주세요." 게임쇼 사회자처럼 기운 넘치는 내 목소리가 낯선 사람 목소리처럼 들려.

숨을 참고 이전처럼 이번 전화도 끊어지기를, 침묵이 내려앉기를 기다렸지만 이번에는 소음이 들려와. 마이크에 부딪히는 바람 소리.

이건 자동 발신이 아니야. 누군가가 있어. 누군가가 한밤중에 우리 집에 전화를 걸고 있어.

"마크, 도대체 어디 있어? 망할. 우린 한 시간 전에 만나기로 했잖아." 야수 같은 분노를 터뜨리는 남자의 목소리에 나도 모르게 비명이 나왔어. 그 남자한테 들릴 리도 없는데 양손으로 입을 막았어.

"3개월이나 지났어." 남자는 분노가 담긴 걸걸한 목소리로 내뱉었어. "당신은 지금쯤 나한테 가져왔어야 했어. 이 모든 일을 시작하기 전에 내가 인내심 있는 사람이 아니라고 분명히 말했을 텐데. 날 시험하지 마. 우린 대화를 해야 해. 전화해."

전화선 저편에서 또 다른 부스럭 소리가 들렸어. 그리고 당신 서재에서, 내가 등을 벽에 대고 앉아 있는 자리에서 0.5미터쯤 떨어진 그곳에서, 창유리가 지그재그로 된 납틀에 부딪혀 덜그럭거렸어.

순간 내 몸이 얼어붙었어. 같은 바람인가? 그 남자가 저 바깥을, 우리 집 진입로 주변을 돌아다니고 있나? 내가 전에 들은, 당신이 사슴이라고 말했던 그게 그 남자의 발소리였나?

난 무릎을 끌어안고 아랫입술을 깨물었어. 난 무서워, 마크.

자동응답기가 삑 소리를 냈어. 남자는 갔어. 내 귀에 들리는 건 헉헉대는 내 숨소리뿐이야. 내 생각은 내 심장만큼이나 빠르게 달리고 있어. 그 남자는 누구지, 마크? 그 남자가 뭣 때문에 그렇게 조바심을 내는 거지?

난 당신의 업무 관련 지인들에 대한 기억을 샅샅이 뒤졌어. 내가 몇 년간 알고 지낸 당신 동료들. 하지만 누구의 목소리도 들어맞지 않았고, 게다가 당신 회사 사람이 왜 당신한테 전화하겠어? 다들 장례식장에 왔었는데. 당신이 비행기 사고로 죽은 걸 다들 아는데.

난 떨리는 손을 뻗어 재생 버튼을 눌렀고, 남자의 목소리가 적막을 찢고 터져 나오자 다시 벌떡 일어섰어.

난 무릎을 더 꼭 끌어안고 눈을 질끈 감은 채 그 메시지를 들었어. 안개가 내 위로 스멀스멀 내려앉고 머릿속이 뒤죽박죽으로 엉키기 시작해. 데니스 생각이 났는데, 왜인지는 모르겠어.

그 남자가 누구지, 마크? 그 남자가 당신한테, 우리한테 원하는 게 뭐지?

20

기회가 있었을 때 마지막 걸려온 번호를 알려주는 그 콜백인가 하는 것으로 전화를 했어야 했는데. 작년에 당신이 사고 싶어 하던 발신번호 표시 기능이 있는 전화기를 사라고 할걸 그랬지. 난 그걸 어디다 쓰냐고 했었어. **"우리 집 전화에 발신번호 표시가 왜 필요해? 우리 집으로 전화 거는 사람은 우리 엄마뿐인데. 우린 어차피 늘 휴대폰을 쓰잖아."**

물론 그건 우리가 기지국과 신호 네 칸으로부터 백만 광년은 떨어진 이곳으로 이사 오기 전이었지. 이제 우린 늘 집 전화를 써.

내가 왜 그 자기 말로 인내심이 없다던 남자의 번호를 알아내려 하는지도 모르겠어. 당신이 여기 있었다면야 그렇게 해야 한다고 했겠지. 하지만 오늘 아침까지만 해도 그럴 생각이 안 들었는데, 그때 이안이 전화해서 메시지를 또 남겼어. 돈 이야기나 그 서류에 서명했으면 한다는 말은 안 하더라. 심지어 이번에는 조바심치는 것처럼 들리지도 않았어.

"여보세요, 테스? 이안이에요. 어…… 당신 친구 셸리한테 들었는데 컨디션이 별로 안 좋다면서요. 좀 나아졌으면 좋겠네요. 그냥, 지금은 출근길인데 언제 잠깐 들를까 해서요. 언제가 편한지, 그리고 혹시 뭔가 필요한 게 있으면 알려줘요. 그럼…… 음…… 마음 내킬 때 전화 줘요. 칠리가 너무 맵지 않았으면 좋겠네요. 끊어요."

내가 말했잖아, 테시. 이안은 내 형이야. 좋은 뜻으로 그런 거야.

그리고 이제 마지막으로 통화한 번호는 이안의 번호니, 콜백 서비스는 못 쓰게 됐지. 그래서 난 통신사에 전화를 걸었어. 자꾸 끊어지는 전화 이야기를 하면 번호를 물어볼 수 있겠지. 그러니까 통신사에서 내 전화를 받기만 하면 말이야. 전화는 대기상태에서 도무지 넘어가질 않아. 똑같은 테이크댓 노래를 몇 번째 듣고 있는 건지 모르겠어. 그러다 전화가 두 번 넘어갔는데, 내 전화는 인도에서 뉴캐슬로 이리저리 넘겨지고 있었어.

"클라크 부인?" 음악이 멈추고 누군가의 목소리가 들렸어. 젊은 남자 같아. 어떤 십 대 어린애가 대학 방학을 맞아 삭막한 콜센터에서 아르바이트를 하고 있는 걸까.

"네."

"안녕하세요, 저는 폴이라고 합니다. 어떻게 도와드릴까요?"

"그쪽 동료분한테 방금 전부 다 설명했는데요." 난 너무 징징대거나 절박한 티를 내지 않으려고 애쓰며 한숨을 내쉬었어. "그냥 끊어버리는 전화가 자꾸 와서, 더는 안 받고 싶어요. 콜센터나 자동 발송하는 녹음 메시지인 것 같아요. 차단할 방법이 있는지 좀 알 수 있을까요? 그리고 또, 새벽 1시에 집으로 걸려온 전화가 있었는데, 그 번호를 알고 싶어요." 가슴속에서 심장이 파닥거렸어. 목소리를 들을 때마다 내장이 꼬이게 만드는 그 남자의 전화번호를 정말 알고 싶냐고? 아니.

"저……." 폴이 입을 열었어. "저희 컴퓨터를 보니 부인 댁 전화번호의 소유주는 남편분으로 확인되는데요. 정말 죄송하지만 부인의 성함은 등록되지 않아서, 수신번호 관련 정보를 드릴 수 없습니다. 남편분과 상의해보시고 남편분이 직접 저희한테 전화하셔서 부인께 알려드려도 된다고 하시면……."

"그건 불가능해요." 맙소사, 난 또 울고 말 거야. 눈물이 솟았고 울컥하는 감정에 목소리가 잠겼어.

"죄송하지만 그렇지 않으면……."

"그이는 죽었어요." 난 흐느꼈어. 알지도 못하는, 그것도 어린애를 상대로 전화에 대고 우는 자신이 너무 한심하고 멍청하기 그지없었어. 저쪽은 나와 내 문제에 관심도 없는데.

"아…… 아이고, 죄송합니다." 남자애는 내 귓전에서 더듬거렸어.

긴 침묵이 흘렀고, 난 남자애가 매뉴얼을 뒤적이면서 번호 소유주의 사망에 관련된 페이지를 찾는 모습을 그려봤어. 내가 자기연민에 그렇게 흠뻑 빠져 있지 않았다면 그 애가 안됐다고 생각했을 거야.

"그러시면…… 그런 경우에는…… 클라크 부인, 제가 알려드리는 주소로 남편분의 사망증명서를 저희 쪽에 보내주시면 됩니다. 저희가 그걸 받으면 부인 앞으로 번호를 이전해드릴 수 있습니다."

"제발……." 난 말했어. "난 그냥 그 전화들만 더 안 오면 돼요."

또 다른 침묵.

"그러시다면, 클라크 부인, 저희 고객이면 누구나 이용하실 수 있는 괴전화 차단 서비스가 있습니다. 만약, 예컨대, 이중 새시 회사한테 전화가 오는데 부인이 더는 그 전화를 받고 싶지 않으시면, 끊고 1572번을 누르시면 그 회사는 차단 목록에 올라가서 더는 부인께 전화를 걸 수 없습니다."

"감사합니다." 난 속삭였어. "저는 그거면 됐어요."

"다만……." 남자애가 목소리를 낮춰 말했어. "발신자 표시 제한 서비스를 이용하고 있으면 소용이 없을 겁니다." 말하는 방식, 그 어조, 그리고 그 느린 말씨에서, 난 그 애가 나한테 뭔가를 말하려 한다는 걸 알았어. 내가 받고 있는 전화들은 표시가 제한된 번호야. 차단 시스템은 소용이 없을 거야. 젠장.

"클라크 부인?"

"네?"

"혹시 종이랑 펜 가지고 계세요? 사망증명서를 보내실 주소를 불러드릴게요. 저희가 번호에 부인 성함을 등록한 후 다시 전화를 걸어주시면 좋을 것 같습니다. 혹시 전화번호를 바꾸고 싶으시거나 하면요."

"맞아요, 네. 잠깐만요." 난 식당을 뛰쳐나가 부엌으로 가서 제일 먼저 눈에 띄는 걸 움켜쥐었어. 셸리가 준 공책. 난 번호를 바꿀 거야. 그게 바로 내가 할 일이야.

통화를 마친 후, 난 양손에 공책을 펼쳐 든 채 나무 바닥에 슬리퍼를 딱딱 부딪치고 다니며 아래층을 서성였어. 내가 뭘 찾는 건지 나도 몰라. 아마도 뭔가 할 일을 찾고 있겠지. 아침 10시. 내 앞에는 기나긴 하루가 펼쳐져 있어. 제이미가 집에 올 때까지 다섯 시간의 공백.

아무래도 항우울제가 효과가 있나 봐. 내가 안개에 싸인 채 오늘 하루를 보내고 싶지 않은 걸 보면. 아직 풀지 않은 상자들이 너무 많아. 당신은 내가 당신 어머니 물건을 정리하는 걸 도와주기로 했었지. 쓰레기 수거차를 불러주기로 했었지. **"크리스마스 때까지는 다 끝날 거야."** 우리가 이사 온 10월에 당신이 한 말이야. 하지만 안 끝났지. 당신은 계속 그걸 미뤘고, 이제는 나 혼자 남았는데 그 일은 너무 막대해.

아무래도 이안이랑 이야기해봐야 할 것 같아. 당신 어머니가 돌아가신 직후 이안이 집을 둘러보고 간 건 알지만, 확인도 안 하고 그냥 몽땅 내다버릴 순 없는 노릇이니까. 오래된 장식품들도 그렇고, 당신 친척 아저씨 아주머니들을 비롯해 나랑은 일면식도 없는 사람들 사진으로 가득한 앨범들을 나더러 도대체 어떻게 처리하라고?

난 부엌 의자에 주저앉아 한숨을 푹 내쉬었어. 식탁 위에 펼쳐진 공책에 적힌 통신사 주소를 다시 멍하니 들여다봤어. 당신 사망증명서는 부엌 서랍에, 포장음식 메뉴판이랑 다시는 쓸 일 없을 구식 휴대폰 충전기들 한복판에 쑤셔 넣어져 있어. 오늘 당장 우체국에 가서 복사해 발송할 수 있어. 그 김에 신선한 바람도 좀 쐬고.

문득 창가를 보니 빗방울이 유리를 타고 흐르고 있어. 아니면 내일 갈까. 내일 제이미를 학교에 데려다주고 그길로 우체국에 가도 되겠다. 그때 오늘 아침 먹은 그릇이 깨끗이 설거지되어 뒤집힌 채 놓인 식기 건조대가 눈에 들어왔어.

충격이 총알처럼 몸을 꿰뚫었어. 난 오늘 아침 설거지한 기억이 없어. 오늘 아침 그릇인 건 맞나? 아니면 어제 건가? 오늘 아침 게 틀림없어. 설마 내가 제이미를 아침도 안 주고 학교에 보내지는 않았을 거 아냐.

내가 어떻게 그걸 기억 못 할 수가 있지, 마크?

난 창턱에 놓여 있던, 병원에서 받은 파란 상자를 움켜쥐었어. 오늘 아침 약을 복용했는지 어쨌는지 기억이 안 나. 보통은 아침 먹으면서 제일 먼저 먹는데, 하지만 아침 먹은 것도 기억이 안 나.

알약을 입에 물고 물 한 모금과 함께 삼키는데 양손이 떨렸어.

피곤해서 그래, 그것뿐이야. 당신은 원래 건망증이 있었잖아, 테시. 제이미 생후 4주에 당신이 며칠 꼬박 밤새웠을 때 기억해? 그때 슈퍼마켓에 갔다가 차를 어디다 세워놨는지 잊어버렸잖아?

그땐 정말 끔찍했어. 꼬박 한 시간이나 차를 찾아 헤매다, 상점 직원 두 명이 도와줘 간신히 찾았지. 주차장이 꽉 차서 그 대신 근처 길가에 주차해놓은 걸 그렇게 새까맣게 잊어버리다니.

당신이 맞아. 피곤해서 그래.

공책 뒤쪽 페이지를 펼쳐서 표를 그렸어. 선은 삐뚤빼뚤했지만 그래도 쓸 만해. 한쪽에 세로로 요일을 쓰고는 목요일 옆 칸에 체크했어. 매일 알약을 먹고 나서 체크해야지. 내가 잊어버린 건 아닌지 확인할 수 있을 거야.

뭔가를 컨트롤한다는 생각에 기분이 좋아져서, 난 또 뭘 쓸 수 있을지 궁리했어. 그러다 앞쪽 페이지에, 통신사 주소 밑에 이렇게 썼어. **끊어지는 전화들. 누구한테 온 걸까? 콜센터일까, 개인일까?**

다음 줄에 이어서 끄적였어. 그 남자가 전화한 날짜와 시간을 썼어. 그걸 생각하니 펜을 쥔 손이 떨렸지만 계속 적었어. 이해 안 되는 사소한 것들을 추가했지.

계속 써 내려갔어. **내 생일에 받은 쪽지 없는 꽃다발……. 누구**

한테 온 걸까? 이안에게 진 빚……. 10만 파운드가 어디로 갔을까? 그 돈이 어디에 쓰였을까? 우리한테 그 돈이 왜 필요했을까? 누군가가 우리 진입로를 한밤중에 돌아다니고 있다.

고개를 드니 전자레인지에 기대 세워져 있는 흰 봉투 두 개가 눈에 들어왔어. 셸리가 첫 방문 이후에 열어보라고 두고 간 것들.

미처 생각할 틈도 없이 첫 봉투를 집어 들고 부욱 찢어 여는데, 안에 든 편지지도 같이 찢어지고 말았어. 법무사무소에서, 클라크&발로에서 보낸 서신이었어. 처음에는 이안이 주말에 들러서 두고 간 서류하고 뭔가 관계있을 줄 알았는데, 아니야.

친애하는 클라크 부인께,

마크 토머스 클라크 씨의 최종 유언장 관련

1월 31일, 2월 8일과 2월 15일에 남겨드린 음성메시지로도 알려드린바, 부인께서 부디 빠른 시일 내에 편하신 시간을 택하시어 저희 사무실에 연락해주시기를 요청드립니다. 작고하신 남편분의 유언장 집행자로서 저희는 그분의 자산 분배를 논의하기 위한 회의를 긴히 준비할 책임이 있습니다.

부디 편지 상단에 있는 번호로 연락하시어 일정을 확정해주시기 바랍니다.

감사합니다.

제이컵 발로

편지 발송일은 두 주도 더 지났지만, 그럼에도 가슴에 커다란 시멘트 덩어리가 내려앉는 것만 같아. 오늘 하루를 견뎌낼 힘도 있을까 말까 한데, 당신 유산 문제를 처리할 기운이 어디 있겠어.

이안이 주말에 두고 간 서류 생각이 났어. 양도 선언인지 뭔지 하는 어려운 말이 있었지. 셸리가 설명해주니까 너무 간단하게 들렸지만. 어쩌면 거기에 서명해야 할까. 난 공책에 한 줄을 더 보탰어. **이안은 유언장의 단독 집행자가 되고 싶어 한다……. 어떻게 할지 결정해야 해!!!**

다음 우편물로 옮겨갔어. 은행에서 온 거였지만 입출금 내역서는 아니었어.

친애하는 클라크 부인,

2017년 12월 18일 자 대출 신청에 감사드립니다. 안타깝게도 금번에 부인께서는 대출 요건에 부합되지 않으셨음을 알려드립니다.

감사합니다.

대출계

드미트리 리포브 드림

손에서 볼펜이 떨어져 바닥에 툭 부딪히더니 보이지 않는 식탁 밑으로 굴러가.

젠장 뭐야, 마크? 나한테 한마디 말도 없이 융자를 신청하다니. 하긴, 내가 왜 놀랐는지도 모르겠다. 당신은 절대 뭐든 나한테 말하는 법이 없었으니.

그건 사실이 아니야, 테시.

난 12월 중순에 억지로 생각의 초점을 맞추고 우리가 돈에 관해 무슨 대화를 나누지는 않았는지 기억을 뒤져봤지만 그런 건 없었어. 당신은 일 때문에 스트레스가 심하다고 했고, 난 그냥 그런가 보다 했지. 당신은 매일 밤늦게 귀가해서는 서재에 몇 시간씩 틀어박혀 있었고 잠을 못 이뤘어. 몰래 숨죽여 통화하는 소리를 당신은 내가 못 들었을 거라고 생각했겠지.

처음에는 이안이 우리한테 10만 파운드를 빌려줬다더니, 이제는 대출 신청 거부까지.

우리가 그 돈이 어째서 필요했던 거야, 마크?

이안의 말이 머릿속에서 핑핑 돌았어. "당신이 남편을 그렇게 잘 알았다면, 왜 그 애가 나한테 빌린 돈 이야기를 당신한테 안 했을까요?"

우린 사치를 부리지 않았어. 고급 차를 사지도 않았고, 당신 영업팀 동료 누구처럼 카리브해로 크루즈 여행을 가지도 않았고. 난 우리가 그럭저럭 나쁘지 않은 형편인 줄 알았어.

난 법률가의 애원은 까맣게 잊은 채 비틀대며 계단을 올라갔어. 대출 거부 통보장을 손아귀에 단단히 쥐고서.

너무 심하잖아. 자꾸만 끊어지는 전화랑 그 무시무시한 목소리의 남자로도 모자라 이젠 이거야?

갑자기 전부 다 잊고 싶어졌어. 제이미 방으로 가서 침대에 누웠어. 늘 한쪽이 비어 있는 우리 방 더블베드에 눕는 것보단 거기 있는 게 마음 편해.

눈을 감고 제이미의 침대 시트 향을 한껏 들이켰어. 스프링 프레시 섬유유연제 향기 아래로 제이미의 냄새가 깔려 있어. 뭐라고 딱 꼬집어 표현할 수 없는 부드러운 그 냄새를 한껏 들이켜고 눈을 감았어.

*

전화벨이 또 울려. 제이미의 베개 한쪽이 내 눈물로 젖어 있어. 까무룩 잠들었나 봐. 몸을 뒤척이자 종이가 부스럭거려. 여전히 대출 거부 통보장을 손에 쥐고 있더라고. 야구방망이에 얻어맞은 듯, 모든 게 동시에 내 머리를 때렸어. 지난 6주 동안 일어난 사건들이 내 머릿속으로 한꺼번에 밀어닥쳤어. 그 모든 일들…… 비행기 사고, 장례식, 셸리가 찾아온 것, 이안의 돈, 전화기 속 남자 목소리…… 그것들이 퍽 하고 날 때린 순간 잠이 확 깼어.

층계참까지 갔을 때 자동응답기가 딸깍 켜졌어.

"여보세요, 테스." 당신 서재 앞까지 왔는데 셸리 목소리가 들렸어. 걸음을 재촉해 셸리 입에서 다음 말이 나오기 전에 전화기 앞까지 왔어.

"셸리, 나예요." 수화기를 귀에 갖다 대고 어젯밤 앉았던 낡은 카펫 위의 바로 그 자리에 주저앉으며 대답했어.

"여보세요." 셸리가 다시 말했어. "어떻게 지냈어요?"

잠시 입을 다물고 어젯밤 느낀 공포를 떠올렸어. 셸리한테 말하고 싶지만 지금은 너무 비현실적으로 느껴지고, 그 모든 게 무슨 의미인지 이해가 안 가.

"괜찮아요." 결국 그렇게 말했어. "잠을 좀 설치긴 했지만, 머릿속은 더 맑아졌어요. 안개가 좀 걷힌 것 같다고 해야 하나?"

"아주 좋아요, 테스. 너무 기쁘네요."

"그런데 마크의 유언집행자인지 뭔지 하는 걸 어떡하면 좋을지 결정을 못 내리겠어요. 어떻게 생각하면 내가 그걸 맡아야 할 것 같은데, 또 어떻게 생각하면 내가 그걸 도저히 견뎌낼 수 있을 것 같지 않거든요."

"남편의 형님한테 그 일을 넘기면 테스 어깨에서 짐을 좀 덜 수 있을지도 몰라요. 그분은 확실히 그러길 바라시는 것 같은데, 그 일이 꽤 번거로울 수 있거든요."

난 고개를 끄덕였지만 그래도 전체적으로 뭐라고 콕 집어 말하기 힘든 찜찜함을 떨칠 수 없었어. "어쩌면 그게 낫겠네요."

"좋아요. 테스가 걱정할 일이 하나 줄었네요. 저기, 내가 주말에 우리 거실을 재단장할 계획이라고 말했었나요?"

"아뇨."

"휴대폰 거기 있어요? 색깔을 좀 보냈어요. 결정하는 데 도움이 필요해요."

전화기를 손에 들고 서둘러 층계를 내려가 휴대폰을 찾아냈어. 그리고 신호가 그나마 한 칸이라도 뜨는 쪽문 옆 구석으로 가서 바닥에 앉았어.

셸리와 청소랑 집 꾸미기 같은 일상적인 것들에 관해 오랫동안 통화했어. 난 색상 배합에 관해 아무것도 모르지만 셸리가 물어봐준 것만으로도, 셸리가 전화해준 것만으로도 그저 좋았어.

"주말에 무슨 계획 있어요?" 상의 끝에 로열 베리와 반투명 스틸, 그러니까 진한 적보라색과 연회색으로 결정 내리고서 셸리가 물었어.

"모르겠어요." 이번 주에 제이미에게 실내 놀이센터에 가자고 했다가 거절당하고 나서, 주말 계획은 생각해보지 않았어. 어쩌면 영화라도 보러 갈까.

"나 토요일에 한가해요. 수영 끝나고 잠깐 들를 수 있어요."

"저야 그러면 너무 좋죠. 근데 괜히 나 때문에 시간 뺏기는 거 아니에요?"

"바보 같은 소리 말아요. 내가 보고 싶어서 가는 거예요."

작별인사를 하고 전화를 끊고 나니 기분이 한결 나아졌어. 여전히 식탁 위에 펼쳐져 있는 공책을 덮고 전자레인지 옆에 도로 끼워놨어. 전화 생각은 이제 그만하고 싶어. 비도 멈췄고, 학교로 제이미를 데리러 가야 할 시간이야.

*

집으로 걸어오는 길에 제이미는 조용하기만 해. 난 무슨 말 좀 하라고, 괜찮다고 말하라고 버럭 소리 지를까 봐 아랫입술을 질끈 깨물었어.

"이번 주말에 뭐 하고 싶은 거 있니?" 내 질문에 제이미는 대답 대신 어깨를 으쓱했어.

"셸리 아줌마가 토요일에 오시기로 했어. 같이 강가로 산책가면 좋을 것 같은데, 우리 제이미 생각은 어때?"

제이미의 얼굴에 불이 확 들어왔고, 발걸음이 통통 튀었어. "좋아요오오오."

날 올려다보는 그 애의 웃음이 눈부신 햇살처럼 눈을 찔러. 그 느낌이 날 사로잡기 전에 생각을 돌렸어. 제이미한테 셸리라는 친구가 새로 생긴 건, 나랑 말하고 싶지 않을 때 말할 수 있는 상대가 생긴 건 좋은 일이야.

내일은 케이크를 구우려고 해. 당신이 제일 좋아하던 과일케이크 말고 레몬 드리즐. 뭔가 쉬운 것으로.

21

엘리엇 새들러(ES)와 테레사 클라크(TC, 오클랜드 병원 하트필드 병동에 입원 중)의 대화 녹취록, 4월 11일 수요일, 09시 15분, 세션 2

ES : 안녕하세요, 테스. 오늘은 기분이 좀 어때요?

TC : 소식 좀 있어요? 제이미를 찾았어요?

ES : 아직요. 무슨 일이 있었는지 알아내는 중이에요.

TC : 아 맙소사. 아 맙소사, 맙소사, 맙소사. 이건 내 잘못이에요. 그 여자를 절대 믿는 게 아니었는데.

ES : 누굴 믿지 말았어야 한다는 말씀이죠?

TC : 셸리요.

ES : 두 분이 어떻게 친해지게 됐는지 말씀해주세요.

TC : 음 (침묵) 무슨 이야기를 해야 할지 모르겠어요. 엄마가 저를 위해 사별 전문 상담사를 찾아서, 엄마를 통해 셸리가 절 찾아오게 된 거예요. 하지만 우린 친구가 됐죠. 셸리랑 제이미도 무척 가까워졌어요. 우린 지난 두 달간 많은 시간을 함께 보냈어요.

ES : 셸리가 제이미하고도 많은 시간을 함께 보냈나요?

TC : 어느 정도는요. 네. 둘이 가까워지기엔 충분한 시간이었죠. 두 사람 사이에는 말하지 않아도 통하는 뭔가가 있는 것 같았어요. 제이미와 저 둘 다 마크를 잃어서 힘들어하고 있었어요. 너무 힘들었죠. 전 좋은 엄마 노릇을 못 하고 있었어요. 그래서 제이미 주변에 셸리 같은 사람이 있으면 좋을 거라고 생각했죠. 셸리한테서는 어떤 에너지 같은 게 쏟아져 나오는 것 같았어요. 그 사람이 방에 들어오면 전등이 확 켜지는 것 같은 그런 느낌이었죠. 제이미도 분명히 그걸 느꼈던 것 같아요. 그 애는 셸리랑 같이 있으면 저랑 있을 때보다 더 편하게 느꼈던 것 같아요.

ES : 그 시기 동안 계속 항우울제를 복용하셨습니까?

TC : 네, 그게 제이미를 찾는 거랑 무슨 상관이 있죠? 이런 것들이 도대체 제 아들을 찾는 거랑 무슨 관련이 있죠?

ES : 그러면 제이미의 생일을 앞두고 준비하는 동안 부인이 비교적 잘 지내고 계셨다고 생각해도 되나요?

TC : 네, 그동안 있었던 일을 전부 기억하기는 힘들어요. 지금도 그렇지만 그때 제 기억력에 문제가 좀 있었거든요. 슬픔 때문이었는지, 아니면 혹시 항우울제 부작용이었는지는 모르겠지만 몇 년 전 마크에 대한 기억은 말 한마디 한마디가 마치 영화를 보는 것처럼 생생한데 어제, 지난주, 전체적으로 마크가 죽고 난 뒤의 제 기억은 구멍이 숭숭 나 있어요. 어떤 날은 작은 구멍들이 뚫려 있는 정도지만 꼬박 하루가 그냥 시커먼 날도 있어요. 너무 짧은 시간 동안에 너무 많은 일이 일어났어요.

ES : 하지만 부인과 셸리는 이 시기에 엄청나게 친해지셨는데요.

TC : (한숨) 네, 아마 제가 달리 의지할 만한 사람이 없었던 탓도 있고, 셸리가 그 우정을 뭐랄까, 밀어붙였던 탓도 있는 것 같아요. 설명하기 힘들지만 마치 저랑 제이미랑 같이 시간을 보내는 게 저 못지않게 셸리한테도 꼭 필요한 일인 것 같았어요.

ES : 부인의 어머님과 다른 친구들, 그리고 부인의 오빠는요? 그분들에게는 선을 긋고, 거의 알지도 못하는 사람과 그렇게 친하게 지내게 된 이유가 뭐라고 생각하시죠?

TC : (침묵) 셸리는 친해지기 쉬운 사람이었어요. 여러모로 마크처럼 자신감이 넘쳤어요. 늘 딱 맞는 말을 하고, 제 심정을 이해하는 것 같았어요. 마크도 꼭 그랬죠. 이미 말씀드렸지만, 제이미는 셸리한테 끌렸어요. 우리 둘 다 그랬죠. 물론, 전 당시 셸리가 원하는 걸 손에 넣으려고 어디까지 갈 작정인지 몰랐어요.

ES : 남편분이 아직 살아 있다고 생각하십니까?

TC : (고개를 저음)

ES : 부인은 여기 입원하셨을 때 간호사에게 남편분이 아직 살아 있다고 말씀하셨는데요.

TC : 제가 그랬나요? 아, 그때 전 너무 아팠어요. 그때 투여된 모르핀이면 아마 엘비스가 살아 있다고 말해도 무리가 아니었을 거예요.

ES : 그럼 남편분이 살아 있다고 생각지 않으시는 거죠?

TC : (침묵)

22

3월 3일 토요일, 제이미 생일 36일 전

오늘은 해가 나왔어. 햇살이 뻗어 들어와 집 안 구석구석의 음울함을 환히 비추고 있어. 그전에는 내가 눈치채지도 못했던 음울함을 말이야. 정원에서는 밤새 수선화가 피었어. 백 송이는 될 것 같아. 녹색 줄기들이 열병식처럼 차렷 자세로 서 있어.

공기는 쌀쌀하지만 이 집이나 마을에서 전에 한 번도 느껴보지 못한 상쾌함이 감돌아. 하지만 그중 얼마만큼이 햇살 덕분이고 얼마만큼이 셸리 덕분일지는 모르겠어. 셸리가 오늘 아침 쪽문으로 성큼성큼 들어온 순간부터 셸리의 에너지는 나와 제이미에게 영향을 미쳤어. 제이미는 종일 그 에너지로 가득해서, 셸리의 발치를 깡충깡충 뛰어다니며 셸리가 하는 말을 한마디도 그냥 흘려버리지 않았어. 줄곧 얼굴에 웃음을 띤 채 커다란 푸른 눈을 휘둥그레 뜨고 셸리를 응시했지. 나도 느낄 수 있었어.

"자, 갑시다." 셸리는 아래층 응접실을 향해 중앙 계단을 기운차게 내려가면서 말했어.

"우리 그냥 정원에 앉아서 케이크나 더 먹으면 안 돼요?" 난 애원하는 표정을 지으며 농담 반 진담 반으로 물었어.

제이미는 까르륵댔고 셸리도 깔깔 웃었어. "안 돼요." 셸리가 대꾸했어. "하루 치 케이크는 그만하면 충분히 먹었어요." 셸리는 날 돌아보고 납작한 배를 두드리면서 반짝 웃음을 지었어. "이러다간 내일 수영장에서 가라앉고 말겠어요."

난 마치 모험을, 곰 사냥을, 파묻힌 보물 사냥을 앞둔 기분이야. 물론 그건 사실이 아니지만, 셸리를 보면 그런 착각이 들어. 나도 손에 검은 쓰레기봉투 두루마리를 들고 두 사람을 따라가며 웃고 있어.

내가 지금 이 순간 가장 하고 싶지 않은 일은 작은 거실의 상자들을 정리하는 거야. 그건 당신 몫이었지. 포장하고 분류하는 건. 우리 물건 절반, 당신 어머니 물건의 절반은 이사 날 이후로 잊힌 채 버려졌어. 내가 그걸 정리하면, 그 역시 당신이 여기 없다는 사실을 생각나게 하겠지. 그냥 당신이 그 일을 일주일 더 미뤄둔 거라고 나 자신을 속일 순 없을 거야.

겨울 외투 지퍼를 끝까지 올리고 정원에 앉아 제이미가 잔디밭을 뛰어다니며 축구공 차는 걸 보고 있으려니 행복감이 차올랐어. 차를 연거푸 마시고 내가 만든 레몬케이크를 덤벅덤벅 베어 먹으며 온갖 하잘것없는 이야기를 늘어놓는 것도 행복했지. 하지만 전화 온 거나 끊어진 것에 관해서는 입도 뻥긋하지 않았어. 이전에 제이미랑 싸운 것도 입에 올리지 않았고. 머릿속에서는 계속 그 생각이 떠나지 않았지만, 그건 말이 되어 나오지 않았어. 셸리랑 있으면 내 공포가 너무 멀게만 느껴져서, 그걸 감히 수면으로 끌어올릴 용기가 나지 않았어.

이만 집 안으로 들어가자고 먼저 말한 건 셸리였어. "상자로 가득한 집에 사는 건 절대 테스한테 도움이 안 될 거예요." 셸리는 그렇게 말했어. "이제 같이 작업 시작해요. 일단 시작하고 나면 이게 뭐라고 그렇게 미뤘나 싶어질 거예요."

난 나도 모르게 고개를 끄덕이고 있었어.

"당신이 저것들을 맡아요." 우리 셋이 응접실에 들어서자 셸리가 말했어. 그리고 제이미에게는 당신 어머니의 꽃무늬 소파에 놓인 상자 더미를 가리켜 보였어. "난 이걸 맡을게요." 셸리가 한 상자에 다가가 덮개를 들어 올렸어. "세 더미로 나누는 거예요. 하나는 저기……." 셸리는 내가 지난 주말에 두 사람이 돌아오기를 기다리며 서 있던 창가를 가리켰어. "저쪽에는 가치 있거나 보관하고 싶은 것들을 모아두고. 잘 모르겠다 싶은 건 벽 옆으로 가면 되고, 나머지는 곧장 쓰레기통으로 들어가야 할 것들. 알겠죠?"

제이미와 나는 고개를 끄덕이고 함께 작업을 시작했어. 난 제이미가 화병을 들어 올리는 걸 도와줬어. 주둥이는 이가 나갔고 제대로 닦지 않은 밑바닥에는 녹색 곰팡이가 자라고 있었어. 난 제이미한테 "쓰레기"라고 말했고 우린 함께 씩 웃었어.

일을 절반쯤 마쳤을 때, 셸리가 사진첩을 찾아냈어. 난 방 건너편에서 셸리를 봤는데, 셸리가 첫 앨범을 연 순간 사방의 벽이 나를 조여오는 느낌이 들었어. 셸리의 얼굴에 떠오른 표정으로 미루어 아마도 제이미의 아기 때 앨범인가 봐. 셸리의 눈은 눈물로 반짝였고, 손은 딜런을 생각할 때면 늘 그러듯 목에 달린 펜던트로 올라갔지.

한순간 분위기가 확 바뀌어, 햇살은 구름 속으로 숨고 다시 어둠이 내려앉았어.

"마크가 만들었어요." 방 중앙에 쌓인 잡동사니를 타 넘어 셸리에게 다가가 속삭였어. 제이미를 흘끗 넘겨다봤어. 그 애는 상자를 정리하다 말고 나무 러시아 인형 세트를 갖고 노는 중이야. 인형들을 꺼내 일렬로 세운 후 도로 원래대로 포개놓기를 반복하고 있어.

앨범을 하나하나 세어봤어. 전부 합쳐 일곱 권이더라. 각각에 제이미의 나이가 적힌 라벨이 붙어 있었어. 셸리가 손에 든 앨범에는 흰색 라벨에 '0~1살'이라고 씌어 있었지.

난 당신의 그런 점이 너무 좋았어, 마크. 우리가 찍은 사진을 다달이 현상해서 앨범에 모아놓다니. 당신은 절대 잊어버리지도 않았고, 어느 한 달을 빼먹고 넘어가는 법도 없었어. 제이미 생일날 전까지는 나한테도 안 보여줬지. **"엄마를 위한 특별 선물이야."** 당신은 제이미한테 그렇게 말하곤 했지. **"세계 최고의, 가장 멋진 엄마를 위한 선물."**

그것도 내가 이어받아야 하는 또 한 가지 일이네. 당신이 다시는 돌아오지 않는다는 걸 생각나게 하는 또 한 가지 일.

"이건…… 너무 귀한 거네요." 셸리가 속삭였어. "다들 너무 행복해 보여요." 셸리는 다른 앨범을 집어 들었어. 라벨에 '제이미 4~5살'이라고 씌어 있어.

"그동안 까맣게 잊고 있었어요." 난 앨범을 펼치는 셸리에게 말했어.

"난 예전에는 딜런의 앨범을 매일같이 들여다봤지만, 지금 그걸 보면 내 머릿속에서 한 살 한 살 나이를 먹은 그 남자애랑 너무 동떨어져 보여요."

검푸른색 표지에 손이 닿은 순간, 갑자기 그 내용물을 아무한테도 보여주기 싫은 마음이 솟구쳤어. 그 안의 사진들에 담긴 건 제이미만이 아니라, 당신이기도, 우리이기도 하니까.

셸리는 한숨을 쉬고는 앨범을 상자에 조심스럽게 도로 넣은 후 덮개를 닫았어. "지금은 볼 필요 없어요."

"괜찮아요. 난…… 아마 보고 싶은 것 같아요, 하지만 나중에요. 지금은 위층에 갖다 놓고 올게요."

난 상자를 들어 올리고, 공중으로 떠올라 코를 간지럽히는 먼지를 걷어냈어. 내 머릿속은 셸리의 말과, 아들을 잃은 셸리의 슬픔으로 가득했어. 좁다란 뒤 계단을 절반쯤 올라가는데 전화벨이 울렸어. 들어 올린 발이 허공에 그대로 얼어붙었어. 셸리 생각은 사라져버렸지. 한 번, 두 번, 세 번, 그리고 벨소리는 멈췄어.

숨을 쉬고 다시 움직이기 시작했어. 끊어지는 전화가 또 온 건 싫었지만, 적어도 강판을 긁는 듯한 목소리의 그 남자는 아니었으니까. 그날 밤 이후로는 그 남자의 전화가 걸려오지 않았어. 자동응답기에 저장된 메시지만 아니었다면 전부 다 내 꿈인 줄 알았을 거야.

우리 침대 옆 틈새에 상자를 잘 끼워 넣은 후 중앙 계단으로 갔어. 셸리의 목소리가 들렸어. 첫 계단을 밟고 나서야 셸리가 제이미한테 말하는 게 아니라 전화통화를 하고 있다는 걸 깨달았어. 전화는 끊어진 게 아니야. 셸리가 받은 거야.

계단을 내려오니 셸리가 식당에서 통화 중이었어.

"죄송해요." 셸리의 목소리가 들렸어. "테스는 지금 휴식을 취하는 중이에요."

짧은 침묵이 흘렀고, 난 전화를 건 사람이 뭔가 묻고 있나 보다 짐작했어.

"모든 상황을 감안하면 아주 잘 지내는 편이죠. 좋을 때도 있고 나쁠 때도 있고, 지금은 안 좋은 쪽에 더 가깝지만…… 알아요, 하지만 테스가 당신 번호를 아니까, 준비되면 전화할 거예요."

이안이겠거니 생각하면서 식당으로 갔는데 문간에서 어정대는 제이미가 보여. 검지로 이를 흔들면서 셸리가 통화 마치기를 기다리고 있었지.

"의사라고 들었는데, 맞죠?" 셸리가 말했어. "틀림없이 이런 경우를 많이 보셨을 거예요. 사별을 애도하는 어떤 정해진 기간이나 방식은 없어요. 아무리 이해하기 힘들어도, 테스는 지금 누구하고도 대화하고 싶어 하지 않고, 그걸 존중하고 거리를 두고 지켜봐주는 게 중요해요."

아, 셸리는 이안이 아니라 샘에게 말하고 있었어. 난 괜찮다고, 샘이랑 통화할 수 있다고 말하려고 셸리에게 달려갔어. 오늘은 좋은 날이고, 오빠랑 이야기하고 싶어.

하지만 내가 문 앞까지 갔을 때 셸리는 "그러면 되겠네요. 끊을게요" 하고는 수화기를 거치대에 내려놓았어.

너무 늦었어. 샘은 가버렸어.

날 돌아본 셸리의 얼굴에 놀란 기색이 어른거려. "테스, 정말 사람 놀라게 하네요."

"샘이었어요?" 난 물었어.

"네, 테스가 어떻게 지내는지 알고 싶다고 했어요. 그래서 지금은 누구하고도 말할 기분이 아니라고 했죠."

"아…… 고마워요."

셸리는 내 실망한 표정을 읽었던지 이렇게 물었어. "그러지 말걸 그랬나요?"

"아뇨, 괜찮아요." 난 거짓말로 대답했어.

"미안해요, 테스. 어머니와 샘이 잠시 혼자 놔뒀으면 한다고 테스가 몇 번인가 말했었잖아요. 그래서 내가 그분들의 전화를 대신 받아주면 도움이 될지도 모른다고 생각했어요. 그건 그렇고 샘은 너무 좋은 분 같아요. 지금은 근무에 들어가지만, 내일은 아무 때나 전화해도 된댔어요."

"당신 말이 맞아요." 난 고개를 끄덕였어. "고마워요."

"오늘은 이만하면 어때요? 얼굴이 많이 피곤해 보여요."

제이미가 고개를 끄덕이고는 우리 옆으로 와서 거실을 가리키며 애원이 담긴 눈으로 날 올려다봤어. "저 플스 가지고 놀아도 돼요?"

"좋아." 난 우리 아들에게 웃음을 지어 보였어.

셸리 말이 맞아. 난 지금 피곤해. 그리고 내일 샘한테 전화하면 안 될 게 뭐야? 전혀 문제없어.

내가 다시 정원에 나가서 차 한잔하고 케이크도 더 먹자고 하려는데 셸리가 먼저 입을 열었어. "난 이만 가보는 게 좋겠어요. 집 벽에 페인트를 한 겹 더 발라야 하는데 아무래도 팀이 할 것 같지 않거든요."

"아…… 그래요."

"수요일에 뭔가 계획 있어요?" 셸리가 물었어.

"어…… 아뇨." 난 완벽하게 아무런 계획도 없었어.

"매닝트리에서 내담자를 만나기로 했어요. 거긴 여기서 멀지 않으니까 점심때 만나면 될 것 같아요."

"매닝트리라면 알아요." 난 대답했어. "여기로 이사 오고 얼마 안 돼서 마크가 우릴 데리고 갔었어요. 예쁜 동네던데요."

"그죠, 예쁘죠? 1시 반에 만나면 어떨까요? 일은 아마 그 한참 전에 끝나겠지만 볼일을 몇 가지 처리해야 해서요. 점심 먹고 같이 선물가게나 좀 돌아보자고요."

난 다음 주와 내 앞에 뻗어 있는 그 텅 빈 시간들을 생각했어. "정말 좋아요. 그런데 12시 반으로 당겨도 돼요?" 난 물었어. 제이미를 학교에서 데려와야 하는데 늦으면 안 되니까.

"당연하죠. 내 볼일은 그 뒤에 처리하면 돼요."

셸리가 고개를 들고 나를 향해 웃음을 지어 보이자 마치 작은 폭포처럼 셸리의 온기가 내게로 쏟아졌어.

"벌써 기대되네요." 나도 마주 웃으며 말했어.

*

나중에, 난 제이미 침대에 제이미와 나란히 앉아 앨범을 펼쳐 제이미의 다리와 내 다리에 반씩 걸쳐놓고 같이 들여다봤어. 앨범을 한 권 한 권 차례로 훑어보는 우리의 얼굴에는 눈물이 가만가만 흘러내렸지.

하지만 드문드문 미소를 짓고 웃기도 했어. 제이미의 네 살 생일 파티에 당신이 캡틴 후크로 변장하고 찍은 사진 같은 것들을 보면서. 당신은 가짜 수염을 붙이고 어깨를 뒤로 젖히고 양손을 엉덩이에 얹은 채, 바닥에 앉아 있는 열 명의 어린아이들과 함께 카메라를 향해 씩 웃고 있었지. 그 애들은 당신이 진짜 악당인 줄 알고 다들 눈이 휘둥그레졌어.

사진을 전부 훑어보는 데 한 시간도 넘게 걸렸어. 병원에서 제이미를 품에 안고 당신과 처음 찍은 사진부터 우리 셋이 세트로 맞춘 크리스마스 점퍼를 입고 찍은 크리스마스 셀카까지. 뒤편의 나무에서 반짝이는 요정 등 때문에 어쩐지 그 사진은 마법 같아 보였어. 그게 당신이 제이미의 생일에 내게 주려고 만든 앨범에 들어 있던, 마지막으로 현상한 사진이었어.

사진들을 보니 숨이 멎는 것 같아. 우리의 상처가 조금 더 벌어진 듯해.

아, 마크. 당신은 너무나 많은 사소한 일들로 우리 삶을 너무나 특별하게, 웃음과 사랑으로 가득하게 만들었어. 내가 혼자 처리해야 하는 그 모든 일들에 더해 당신 몫까지 전부 떠맡을 만큼 강해질 수 있을까? 당신은 왜 그 비행기에 탄 거야? 왜 그 메시지를 듣지 못하고 집에 오지 않은 거야?

사랑해, 테시.

나도 사랑해.

23

3월 7일 수요일, 제이미 생일 32일 전

매닝트리는 10월 마지막 날 점심시간에 당신을 따라갔을 때의 기억보다 더 좁았어. **"머리를 자르거나 치과에 간다고 아무 때나 첼름스퍼드를 왔다 갔다 할 수 없는 거 알지, 테시?"** 당신은 제이미를 새 학교에 데려다주고 돌아오는 길에 씩 웃으며 그렇게 말했어. 내가 걱정하는 걸 알고, 내 손을 힘주어 잡았지. 제이미가 친구를 사귈 수 있을까? 괴롭힘당하지는 않을까? 그 애가 우리한테 첼름스퍼드로 돌아가고 싶다고 애원하면서, 몇 주를 매일 울면서 잠자리에 들게 되는 건 아닐까?

"가장 가까운 번화가를 보여줄게. 매닝트리라고 하는데, 예쁜 동네야. 당신 마음에 들 거야. 스토어강이 바다로 접어드는 어귀에 바로 자리한 곳이야. 게다가 콜체스터의 주차장 건물들보다 더 주차하기 쉽고, 물가도 더 싸. 아마존과 테스코에서 모든 걸 다 살 수는

없잖아." 당신은 웃으며 말했지.

"하지만 웬만한 건 거의 다 살 수 있어." 당신이 상자 정리하는 걸 미룰 또 다른 핑계를 찾아내서 짜증이 나는 건지, 아니면 당신과 종일 함께 있게 돼서 기쁜 건지 갈피를 못 잡으면서 난 그렇게 웅얼거렸어. 기쁜 마음이 이겼고, 당신이 날 품에 끌어안고 뺨에 키스했을 때 난 웃음을 지었지.

하지만 매닝트리로 가는 드라이브는 별로였어. 구불구불한 일차선 도로가 이어졌고, 반대편에서 오는 차를 마주칠 때마다 당신은 둑과 덤불에 차를 처박았지. 난 A12를 타고 테스코 가는 쪽이 더 좋았지만, 피자 전문점에서 썰물 때 갯벌에서 한쪽으로 기우뚱하는 돛단배를 내려다보며 하는 점심식사도 나쁘진 않았어.

"당신은 차도에 곧 익숙해질 거야." 집으로 돌아오는 길에 당신은 그렇게 말했지. 언젠가 그렇게 될지도 모르지만 오늘 난 운전대의 10시와 2시 방향을 양손으로 으스러지도록 쥔 채 시속 30킬로미터로 엉금엉금 기어가면서, 사륜구동차가 앞쪽 모퉁이에서 뛰쳐나와 내 작은 포드 포커스를 도랑에 처박지 않기만을 기도하고 있어. 가는 내내 뒤에 차 한 대가 따라오는 것도 도움이 되지 않았어. 운전자가 브레이크를 밟고 핸들을 꺾을 때마다 조바심치는 게 고스란히 내게로 전해왔거든.

긴 콘크리트 홍수 방벽 앞의 대형 주차장에 차를 세웠어. 날이 쌀쌀하고 엷은 안개가 공중에 걸려 있어. 안개 물방울들이 머리카락에 들러붙어 곱슬머리를 납작하게 눌렀어. 난 목을 감싼 스카프를 더 단단히 여몄어.

학교 끝난 뒤, 바깥은 비가 부슬부슬 내리는데 집 안에 틀어박혀 제이미랑 〈나 홀로 집에〉 보는 걸 이틀 연속하다가 마침내 밖에 나오니까 기분이 나쁘지 않아.

집을, 마을을 더 자주 나와야겠어. 이제야 비로소 알겠어. 지난주에 매일 두 차례씩 차도를 걸어 집과 학교를 왕복했고 테스코에도 한 번 다녀왔지만, 그것으로는 부족했어.

상쾌한 바람에 실려오는 찝찌름한 바다 내음을 맡으니 우리 집이 얼마나 어둡고 암울한 곳인지 새삼 느껴져. 셸리랑 점심 먹고 나서 제이미를 데리러 가기 전까지 시간이 좀 남으면 강둑을 따라 산책이나 할까 봐.

넓은 중심가는 옛것과 새것이 기묘하게 뒤섞인 곳이었어. 예스러운 선물가게랑 찻집들이 케밥 가게랑 미용실과 나란히 있어. 길 건너편에 시장이 하나 있는데, 가판대가 대여섯 개 되고 청소용품, 과일과 채소, 여자 옷 같은 것을 팔아.

앞면이 하얀 조지아 양식으로 장식된 도서관 맞은편에서 오른쪽으로 방향을 틀자 널찍한 강 모랫둑으로 굽어지는 자갈길이 나와. 귀청을 찢을 듯한 갈매기 울음소리가 머리 위에서 끼익 끼익 울려와.

셸리가 점심 먹자고 한 카페는 오른쪽 중간쯤에, 폭이 집 문간 정도에 불과한 좁은 뒷골목 끝에 쏙 박혀 있었어. 허니팟 카페. 직접 만든 라자냐를 판다고 손 글씨로 적어놓은 흑판이 없었다면 그곳을 그냥 지나치고 말았을 거야.

가방을 좀 더 바짝 끌어안고 어깨너머를 돌아다본 후 골목으로 들어가 그림자 진 뜰에 들어섰어. 바로 앞에는 타투숍이 있고 그 양편으로 영업장이 한 곳씩 있어. 왼편에 있는 건 창가에 은색 해골과 배불뚝이 불상들을 세워놓고 그 위에 드림캐처를 매달아놓은 작은 뉴에이지풍 선물가게야. 강 냄새는 이제 사라졌고, 선물가게에서 흘러나오는 샌들우드의 사향 냄새가 그 자리를 차지했어. 허니팟 카페는 타투숍 오른편이야.

문간에 발을 들여놓자 머리 위의 벨이 짤랑거렸고 갓 내린 커피와 베이컨 냄새가 훅 끼쳤어. 좁은 가게 안에는 깅엄 식탁보로 덮인 테이블이 열 개 남짓 놓여 있어. 부엌은 케이크와 스콘과 머핀과 쿠키로 가득한 기다란 카운터 뒤편에 있고. 제이미가 있었다면 엄청 좋아했겠다 싶더라.

오븐에서 나오는 열기와 김 서린 창 덕분에 더한층 안락해 보였고, 빈 테이블이 하나도 없는 걸 보니 아무래도 음식이 맛있는 곳인가 봐.

"바쁜 아침식사 시간대가 막 끝났어요." 검은 앞치마를 두른 여자가 뭣 하나 빠짐없는 정통 영국식 아침식사가 수북이 쌓인 접시 네 개를 들고 테이블 사이를 바삐 오가며 말했어. 딱 당신도 좋아했을 만한 곳이야, 마크. "10분만 기다리시면 빈자리가 날 거예요. 기다리시겠어요?"

고개를 끄덕이고 시계를 봤어. 아직 12시 10분 전이야. "어차피 약속보다 일찍 와서요. 다시 올게요."

여자는 "감사합니다" 하고는 얼굴에 붙은 머리카락을 훅 불어 떼고 뒤돌더니 일꾼 손님들이 먹고 난 접시들을 한데 모아 담기 시작했어. 페인트가 점점이 묻은 그 손님들의 작업복을 보니 도장업자들인가 봐.

나는 다시 추운 뜰로 나와 잠시 머뭇거렸어. 앞으로 40분을 뭘로 채울지 고민하며 머리를 쥐어짰지. 틀림없이 가게에서 뭔가 살 게 있을 텐데, 머릿속이 텅 빈 백지야.

골목을 나와 눈부신 회색빛 하늘 아래 선 후에야, 난 비로소 누가 날 지켜보고 있다는 걸 알아차렸어.

24

그 사람은 자갈길 건너편 문간에 서 있어. 처음에는 그저 시야 가장자리에 어른거리는 그림자에 불과했어. 내 몸을 타고 번진 소름이 아니었다면, 그리고 그 남자가 갑작스러운 동작으로 급하게 내 시야에서 벗어나지 않았더라면, 난 아마 그 남자를 알아차리지도 못했을 거야.

내 몸이 세포 하나하나까지 꽁꽁 얼어붙었어. 숨을 쉴 수도, 움직일 수도 없어. 아무도 없는 문간에서 눈을 떼지 못한 채 바로 전 상황을 머릿속에서 재생해봤어. 내 상상인가? 그곳엔 콘크리트 계단이 하나 있고, 벽에는 부저가 붙어 있어. 소형 아파트나 사무실 입구처럼 보여.

몇 초쯤 지났을까. 내가 뭘 본 게 맞는지 슬슬 의심스러워지면서 호흡이 정상으로 돌아왔어. 안으로 들어가려고 문이 열리기를 기다리는 택배기사나 사무실 직원이겠지. 그것뿐이야.

다만, 확신이 안 갔어.

난 뭔가 놓고 온 게 있는 척, 외투 주머니를 툭툭 두들기고는 골목을 향해 몸을 돌렸어. 그리고 바로 다음 순간, 다시 몸을 홱 돌려 문간을 돌아봤어. 그곳에 아무도 없을 거라고 예상했어. 배 속의 그 꽉 조이는 느낌이 근거 없는 상상이었기를 기대했지.

상상이 아니었어.

그 남자가 다시 나타나 날 똑바로 쳐다보고 있었어. 얼굴은 검은 야구모자 때문에 그림자가 져서 보이지 않았지만, 남자의 눈길이 내게 꽂혀 있는 걸 느낄 수 있었어. 비명이 목까지 차올랐어.

남자가 빛을 향해, 나를 향해 아주 살짝 움직였어. 검은 청바지와 검은 후드티 차림의 남자가 날 정면으로 보고 있어. 남자는 이윽고 비틀대며 뒷걸음치는 나를 향해 다시 걸음을 떼놓았어. 뒤돌아 중심가를 향해 달려가는데 낡은 겨울 부츠가 젖은 자갈을 밟고 자꾸만 미끄러져. 골목은 끝이 막혀 있고 옆길은 인적이 없지만, 중심가까지만 가면 쇼핑객들에 둘러싸여 안전할 거야.

심장이 마치 황소들이 우르르 몰려다니는 것처럼 거칠게 뛰고 있는데도 내 뒤에서 타다닥 자갈을 딛는 그 남자의 발소리가 아주 선명하게 들려와. 다섯 걸음…… 네 걸음…… 남자와 나의 거리는 점차 좁혀졌고, 난 더 속도를 높였어. 그리고 마지막 몇 미터를 전력 질주해 지나가는 쇼핑객들 사이에 말 그대로 몸을 내던졌지. 그 순간까지도 줄곧 남자의 손이 내 외투를 붙잡아 날 뒤로 끌어당기는 걸 상상하면서.

"조심해요!" 내가 누군가를 들이받는 순간, 어떤 여자가 귓가에서 소리쳤어.

고개를 들어보니 유아차를 밀고 가던 젊은 엄마야. 여자는 쇼핑백 하나를 바닥에 떨어뜨렸고, 유아차에 탄 걸음마쟁이는 과자 봉지를 떨어뜨려 들어 있던 과자가 젖은 포장도로에 흩어지고 말았어.

"정말 죄송해요." 난 숨을 삼켰어.

가까스로 고개를 돌려 자갈길을 바라봤는데 아무도 없어. 고개를 이리저리 두리번거리며 그 남자의 흔적을 찾아 거리를 샅샅이 뒤졌어. 남자는 보이지 않지만, 어딘가에 숨어서 날 감시하고 있을 그 시선을 떠올리니 목덜미의 솜털이 곤두서.

몸을 숨기려고 창가에 헬륨 풍선이 떠 있는 카드가게로 들어갔어. 발을 끌며 서성이다 가게 안쪽으로 더 들어가기 전에 문을 다시 한 번 돌아봤어. 날 뒤따라오는 그 남자가 보일 것만 같아서 바깥 거리에서 눈을 못 떼겠어.

그 남자는 어디서 나타났을까? 내가 여기 있는 건 어떻게 알았을까? 마을에서부터 날 따라왔나? 차도에서 내 뒤를 따라오던 차의 제조사를 기억하려고 해봤지만 무슨 색이었는지조차 가물가물해. 파란색이었던 것 같긴 한데.

"도와드릴까요?" 갑자기 들려온 목소리에 등허리를 쿡 찔린 것처럼 깜짝 놀랐어. 꿀꺽 침을 삼키고 옆으로 게걸음 치다 하마터면 허술하게 세워진 잡지 진열대를 넘어뜨릴 뻔했지. 그 삐걱대는 틀을 넘어지기 직전에 간신히 붙잡아 세웠어.

가게 점원이 "제가 할게요" 하고는 카운터 뒤에서 나와 진열대를 한쪽으로 치웠어. "이게 거치적거린다고 내가 벌써 몇 주 전부터 말했는데 아무도 내 말은 귓등으로도 안 듣는다니까요."

여자는 양손을 마주 잡고는 내 앞에 섰어. 여자의 움직임에 어딘가 우리 엄마를 떠올리게 하는 뻣뻣한 구석이 있어서, 혹시 관절염 초기 단계가 아닌가 싶더라. 하얗게 센 머리는 두피가 들여다보일 정도로 짧게 깎았고 빨간 테 안경을 썼는데, 두꺼운 렌즈 때문에 눈이 어찌나 커 보이던지, 내 생각까지 곧장 꿰뚫어 볼 것 같아.

"뭘 드릴까요?" 여자가 물었어. 혹시 내가 포도주 한 잔에 과자 안주라도 달라고 할 것처럼 보였을까.

"아, 전……." 창과 그 너머 빈 거리를 헤매던 내 시선이 도로 가게로 돌아와 카드로 가득한 진열대로 향했어. "전…… 아들 생일 축하 카드를 사려고요." 비록 더듬거리긴 했지만 내가 말을 할 수 있다는 사실 자체가 놀라워.

"와 정말 좋으시겠어요. 음, 아동용 카드는 이쪽이에요." 여자는 그렇게 말하며 가게 더 안쪽으로 성큼성큼 들어갔어. "아드님이 몇 살인가요?"

"여덟 살요." 난 창가를 떠나게 되어 안도하면서 여자를 따라갔어.

"자, 여기요." 여자는 두 줄로 진열된 카드를 향해 손을 흔들었어. 같이 진열된 다른 것들보다 색이 훨씬 화려한 카드들이야. "직접 둘러보세요."

난 텅 빈 거리를 마지막으로 한번 돌아본 후 진열대에 집중했어. 카드는 이 가게와 마찬가지로 구식이야. 〈스타워즈〉나 〈스파이더맨〉 같은, 제이미가 좋아할 만한 캐릭터 카드는 없지만 그래도 한참을 그 앞에 서서 하나하나씩 집어 들어 살펴보고 원래 자리에 조심스럽게 다시 꽂으며 시간을 죽이고 있어.

가방 속에서 휴대폰이 진동했어. 꺼내 보니 화면에서 셸리의 이름이 깜빡였어.

난 “여보세요” 하고 속삭였어.

“여보세요, 테스. 지금 주차 중이에요. 시내에 와 있어요?” 셸리의 목소리가 내 귓가에서 춤을 췄어.

“도서관 맞은편 카드가게에 있어요.”

“괜찮아요? 목소리가 좀 이상해요.”

“음, 아무래도…… 내 생각엔…… 그러니까 잘 모르겠어요……. 누군가가 날 따라오고 있어요.”

“뭐라고요?” 셸리가 헉하고 숨을 삼켰어. “괜찮아요? 어디 다친 덴 없고요?”

“좀 놀란 것 같아요.” 실은 너무 무서워서 정신이 나갈 지경이지만.

“전화 끊지 말고 거기 그대로 있어요. 1분이면 도착해요.”

배 속에서 멀미가 일었어. 난 눈을 감고 구토가 올라오는 걸 느꼈어. “경찰에 전화해야 할까요?”

“내가 갈 때까지 거기서 기다려요. 알겠죠?”

난 고개를 끄덕이고 셸리가 오는 걸 보려고 조금씩 창으로 다가갔어. 휴대폰을 귀에 대고 있으니 마이크로 셸리의 숨소리와 서둘러 움직이는 소리가 들려. 그 소리에, 한밤중에 전화를 걸어온 걸걸한 목소리의 남자가 떠올라. **“이 모든 일을 시작하기 전에 내가 인내심 있는 사람이 아니라고 말했을 텐데.”**

날 따라오던 게 그 남자일까? 뭘 원하는 거지, 마크?

선반에 너무 바짝 붙어 지나가는 바람에 진열된 과자 한 줄을 떨어뜨리고 말았어. 하리보 봉지 하나가 부스럭대며 바닥으로 떨어졌어. 그걸 집으려고 허리를 숙이니 신문이 눈에 들어와……. 무릎 높이에, 모두 1면이 보이도록 펼쳐져 있었지.

난 숨이 막혀 꿀럭 소리를 냈어. 타블로이드니, 일반 일간지니 가릴 것 없이 모든 최신호 전면에 똑같은 사진이 실려 있어. 난 이미 본 사진이야. 경찰이 집에 찾아온 뒤로 텔레비전 뉴스에서 몇 시간씩, 며칠을 내리 보여줬으니까. 난 그 사고에 관련된 소식은 한마디도 놓치지 않고, 제발 착오이기만을 애타게 기도했지. 항공편 번호를 잘못 알았거나, 생존자가 발견됐기를.

검게 그을린 잔해 옆 콘크리트 위에 열 맞춰 놓인, 흰색으로 반짝이는 시체 운반용 부대들을 보고는 텔레비전을 껐어. 착오는 없었어. 생존자는 없었어.

난 인터넷과 페이스북을 멀리하고, 텔레비전 채널을 제이미의 어린이 프로그램에 맞춰놨어. 그렇게 우리 둘만의 슬픔의 비눗방울 속에 숨어서 보낸 그 몇 주 사이에 뉴스거리가 지진이나 정치적 스캔들 같은 것으로 옮겨갔기를 기대하고 있었나 봐. 하지만 그 기대는 어긋났어.

가슴이 위아래로 계속 들썩거려. 내가 숨을 쉬고 있다는 걸 머리로는 알겠는데, 왠지 공기를 빨아들이지 못하는 것 같아. 머릿속이 핑핑 돌아. 너무 더워. 스카프가 목을 졸라. 가게 안의 열기 때문에 질식할 것 같고 옷 속은 땀으로 흠뻑 젖어 있어. 사방의 벽이 점차 나를 조여와. 숨을 쉴 수 없어. 아무 생각도 못 하겠어.

다시 눈을 떴을 때 그 잔해와 시체 운반용 부대 사진이 헤엄치듯 출렁이며 시야로 들어왔고, 굵은 글자로 쓰인 신문 헤드라인이 눈에 띄었어. **자살 조종사의 유족이 마침내 입을 열다.**

그 밑에는 더 작은 글자로 이렇게 씌어 있어. **필립 커티스의 양친**

이 6주 만에 침묵을 깨다. 그 순간 문간에 인기척이 느껴졌고, 난 뒤돌아보며 비명을 질렀어. 검은 야구모자를 쓴 남자가 날 잡으러 온 게 분명해.

숨이 쉬어지지 않아.

"테스, 나예요." 셸리의 크고 또렷한 목소리가 내 귓가에 울렸어. 난 비틀대며 뒷걸음치다 다시 과자들을 넘어뜨렸고, 눈 깜짝할 사이에 검은 겨울 외투를 입은 셸리가 내 바로 앞에 서 있었어.

"괜찮아요, 내가 왔잖아요." 셸리는 내 어깨에 한 팔을 두르고 날 신문에서 떼어내 상점 밖으로 데리고 나갔어. 그리고 길가 벤치까지 가서 걸음을 멈췄어.

"됐어요." 셸리가 말했어. "숨 쉬어요. 테스는 괜찮아요. 공황 발작을 일으킨 거예요. 이제 괜찮아요. 그냥 계속 숨만 쉬어요."

이게 공황 발작이라고? 죽을 것 같은데. 심장이 너무 급히 뛰어서 폭발할 것만 같아. 머릿속은 헬륨으로 꽉 찬 것 같고, 아무리 안간힘을 써도 폐에 공기를 빨아들일 수 없어.

몇 분 더 지난 후에야 얼굴에 떨어지는 빗방울이 느껴졌어. 차가운 비가 내 뜨거운 살갗을 식혀주고 있어. 주위 광경이 비로소 시야에 들어와. 허공에는 다시 짭짜름한 물 냄새가 떠돌았고, 젖은 도로 위로 차바퀴 굴러가는 소리와 머리 위로 갈매기 울음소리가 들려와.

세계는 계속 돌아가고 있어. 난 죽지 않아.

"미안해요." 난 긴 숨을 내쉬며 속삭였어.

"미안하긴요. 그 신문을 봤으니 엄청 충격을 받았을 거예요."

"난…… 지금쯤이면 다른 뉴스로 넘어갔을 줄 알았어요. 아직도 그게 뉴스거리일 거라고는 생각 못 했어요."

"지금은 매일 1면을 차지하지는 않지만 그래도 아직 주요 기사예요. 미안해요. 그걸 봤으니 많이 괴로웠겠어요."

"그리고 누군가가 날 미행하고 있었어요." 난 허리를 꼿꼿이 세우고 앉아 주위를 둘러봤어. 비를 피해 걸음을 재촉하는 쇼핑객들이 보여. 거리는 아까보다 조용해졌고, 상인들은 가판대를 접고 있었지. 하지만 내가 봤던, 검은 후드에 야구모자를 쓴 그 남자는 아무데도 보이지 않아. "경찰을 부를까요?"

"그 사람이 당신을 따라오고 있었던 거 확신해요, 테스? 백 퍼센트 확실해요?"

"네." 난 고개를 끄덕였어.

"무슨 일이 있었는지 말해줄 수 있어요?"

난 그렇게 했어. 뒷골목에 들어선 순간부터 셸리의 전화를 받은 순간까지 전부 털어놨지.

셸리는 내 손안에 자기 손을 밀어 넣고 입을 열었어. "혹시 그럴 가능성은 없을까요? 테스가 건물 옆에서 갑자기 누굴 보고 깜짝 놀라서, 그 사람은 그냥 걷기 시작했을 뿐인데 테스가 겁에 질려서 미행당하고 있다고 착각했다거나."

"난…… 내 생각엔 아닌 것 같아요. 그 남자는 확실히 날 쫓아오고 있었어요."

"그 사람이 실제로 테스를 뒤쫓아 뛰어오는 걸 눈으로 봤어요? 그 사람이 테스를 불렀어요?"

눈을 감고 돌이켜봤어. 그 남자의 발소리가 들렸고 나와 거리를 좁혀오는 게 느껴졌지만, 난 돌아보지는 않았어. 눈으로 본 건 아니었어. "아뇨…… 하지만……."

"자기 말을 안 믿는다는 게 아니고요, 테스. 누군가가 쫓아오고 있었다고 백 퍼센트 확신하는 거면 내가 같이 가줄 테니 지금 당장 경찰서에 신고해요." 셸리는 내 손을 한 번 더 꽉 쥐었어. "난 그냥, 얼마나 확실한지 먼저 생각해봤으면 좋겠어요. 어쩌면 여기까지 오는 게 아직 너무 힘들어서, 테스가 공황을 일으켜서 최악의 상황을 상상한 걸지도 몰라요."

셸리의 말을 곱씹어보는데, 입이 바짝 말라서 침을 삼키기도 힘들어. 난 확실하다고 생각해. 내 공포는 현실이야. 그 정도는 알아. 하지만 셸리의 말은 무시하기엔 너무 타당한 구석이 있어.

"난…… 모르겠어요. 마을에서 오는 길 내내 뒤따라오는 차가 있었어요. 누군가가 날 따라온 건 아니었을까요?"

셸리는 아무 말도 하지 않았어. 굳이 필요도 없으니까. 내 목소리에 담긴 의구심을 나도 느낄 수 있는걸. 그 차선으로 다니는 사람이 어디 한둘인가.

"우리 비 맞지 말고 점심 먹으러 갈까요?" 셸리가 물었어. "아니면 집에 가고 싶어요? 내 차로 태워다줄 수 있어요. 테스 차는 내일 가지러 오면 되잖아요."

난 고개를 끄덕였어. "고마워요. 집에 가야 할 것 같아요. 하지만 직접 운전할 수 있어요. 기껏 잡은 약속을 이렇게 망쳐버려서 미안해요."

"괜찮아요, 테스. 난 테스 옆에서 도와줄 수 있어서 좋은걸요. 이번 주말에는 하트퍼드셔에 사는 여동생 집에 가기로 했고, 우리 다음 주에 다시 약속 잡아요. 그때는 집에서 나랑 같이 출발해요. 그전까지는 집에서 멀리 나가지 말고요, 알겠죠? 혹시 당신 혼자 있을 때 이런 일이 또 생기면 훨씬 더 무서워질 수도 있으니까요."

이것보다 더 무섭다고?

한 가지 점에 관해서는 셸리 말이 옳아. 오늘 내가 아직 외출할 상태가 아니었다는 것. 운전하는 건 무리였어. 아까 집을 나올 때는, 마을을 벗어날 때는 그렇게 좋았는데, 이젠 다시 돌아가고 싶은 마음뿐이야. 슬픔의 비눗방울이 날 감싸 안전하게 지켜주는 그곳으로. 아마 내가 본 남자에 관해서도 셸리 말이 맞겠지만, 그 공포는 여전히 내 혈관으로 밀어닥치고 있어. 난 내가 그 남자의 손아귀에서 간발의 차로 벗어났다고 확신해.

난 셸리와 팔짱을 끼고 주차장으로 돌아갔어. 우린 둘 다 비에 흠뻑 젖어 있어. 셸리는 눈 밑에 마스카라가 번졌고 항상 윤이 나던 머리카락은 젖어서 두피에 착 붙어 있지만, 그래도 변함없이 아름다워.

난 작별인사를 하며 "고마워요" 하고 속삭였어.

"친구 좋다는 게 뭐예요." 셸리가 웃음을 지으며 말했어. "이따가 전화할게요. 그리고 잊지 말아요. 밖에 나오지 말아요. 나랑 같이 나갈 때까지 기다려요." 셸리는 그렇게 말하고 날 꼭 안아줬어.

*

집에 와서 쪽문을 잠그니 다시 안전해진 기분이야. 잠시 부엌 식탁에 앉아서 허공을 바라봤어. 빗줄기가 유리창을 두드려.

그게 현실이었을까? 모자를 낮게 눌러쓰고 검은 옷을 입은 그 남자가 날 미행한 걸까?

난 셸리가 준 공책을 가져와 빈 페이지를 펼치고 쓰기 시작했어.

손에 쥔 펜의 느낌이 낯설고 아직도 불안감에 손이 떨려서 글씨 쓰는 것조차 힘들어.

검은 야구모자를 쓴 남자한테 매닝트리에서 미행당했다. 난 그렇게 썼어. 이게 공상일 수도 있을까????? 너무나 현실 같았는데!

날짜와 시간을 적은 뒤 내가 적은 걸 물끄러미 들여다봤어.

이게 무슨 뜻인지 이해할 수 있었으면 좋겠어, 마크. 당신이 여기 있어서 날 도와줄 수 있다면 얼마나 좋을까.

25

이안 클라크

사실 저는 테스한테 무슨 일이 벌어지고 있는지 전혀 몰랐어요. 누군가에게 위협을 받고 있었다는 소리는 여기 와서 처음 들었고요. 하지만 이것만은 말씀드리는데……. 제 동생은 어릴 때부터 늘 금전 관계에 흐리멍덩했어요. 누군가가 테스를 괴롭히고 있었다면, 저라면 제일 먼저 그 방면부터 알아봤을 겁니다. 십 대 때 저는 기억도 안 날 만큼 여러 번 마크를 구제해줬어요. 그 애가 열두 살 때 제가 처음 돈을 빌려줬는데 끝끝내 못 받았죠. 제가 마크 유언장의 공증을 맡겠다고 제안한 건, 음, 왜냐하면 솔직히 누군가가 그걸 해야 한다면 그 사람이 테스는 절대 아니었으니까요. 적어도 제가 본 테스는 옷도 갈아입지 않는 날이 태반이었어요. 개인적으로, 전 유언장에 배우자를 유언집행자로 올리는 게 어리석은 짓이라고 늘 생각했습니다. 저희 클라크&발로 법무사무소에서는 절대 권하지 않죠. 당시 제 비즈니스 파트너가 두 사람한테 그 점을 지적하지 않은 게 저로서는 뜻밖이었어요.

테스는 확실히 극심한 충격 상태였지만, 법률 관련 문제들은 몇 달씩 늘어지기도 하고, 그게 드문 일도 아닙니다. 저는 테스가 너무 오래 끌지 않았으면 했어요. 신용카드사나 은행은 보통 누가 죽거나 말거나 아랑곳없이 그냥 여전히 대금이 제때제때 결제되기를 기대하거든요. 전 테스가 연체되는 일이 없었으면 했어요. 하지만 테스는 제 말을 듣지 않았어요. 셸리한테 몽땅 떠넘기느라 여념이 없었죠.

셸리 랭

우린 더 자주 만나게 됐어요. 전 정말 그게 테스한테 큰 도움이 됐다고 믿어요. 테스는 갈수록 상태가 좋아지고 있었어요. 그러다 테스를 만나러 가는 도중에 전화를 했는데, 누군가가 자길 미행하고 있다고 하더군요. 제가 도착했을 즈음 테스는 본격적으로 공황 발작을 일으키고 있었죠.

제가 테스의 말을 더 진지하게 들어줬어야 했는데. 하지만 그때는 어떻게 받아들여야 할지 몰랐어요. 지금 말하려니 끔찍하지만, 사실 테스가 망상에 빠져 있는 게 아닌가 하는 생각도 들었어요. 그 커다란 고저택에서 살기가 분명 쉽지는 않았을 테니까요. 물론 그때 테스한테 그런 말을 하지는 않았어요.

제가 그때로 돌아가서 모든 걸 처음부터 다시 할 수만 있다면 당연히 뭔가 행동을 취했겠죠. 하지만 테스는 자기한테 일어나고 있는 일을 저한테 전부 말하지는 않았어요. 혹시라도 말했다면 상황이 달라졌을지도 모르죠. 제 말을 믿어주셔야 해요. 전 테스를 다치게 할 마음은 조금도 없었어요. 그리고 상황이 달랐다면, 제이미를 다치게 할 마음도 없었을 거고요.

26

엘리엇 새들러(ES)와 테레사 클라크(TC, 오클랜드 병원 하트필드 병동에 입원 중)의 대화 녹취록, 4월 11일 수요일, 세션 2(계속)

TC : 제가 무슨 생각을 해야 할지 모르겠어요. 제이미가 저 바깥 어딘가에 있는 걸 뻔히 알면서 여기 가만히 앉아 있는 게 너무 괴로워요. 제 공책에 전부 다 적혀 있어요. 제 기억력은 썩 좋지 못했고, 머리가 맑지 않을 때가 많았어요. 하지만 그렇다 해도 무슨 일이 벌어지고 있다는 건 알았어요. 처음부터 셸리를 의심한 건 아니지만, 누군가가 날 겁주려고 하고 있다는 건 알았죠. 어떤 남자가 전화했었어요. 저랑 제이미를 위협했죠. 마크가 자기를 위해 무슨 일을 하고 있었다면서, 그걸 내놓으라고 했어요. 전 아직도 머릿속에서 그 남자 목소리를 들을 수 있어요. 끔찍했어요.

ES : 그 남자가 자기 이름을 말하던가요?

TC : 아뇨. 세상에, 제이미를 데리고 있는 게 셸리가 아니면 어떡해요? 그게 그 남자면 어떡해요? 그 남자는 저랑 제이미에 관해 모르는 게 없어요. 세상에. 제가 무슨 짓을 한 거죠?

ES : 부디 심호흡을 하세요, 테스. 좀 진정해요.

TC : 그게 효과가 있긴 한가요?

ES : 뭐가요?

TC : 진정하라고 하면 정말 진정하는 사람이 있긴 하냐고요. 제이미는 실종됐어요. 전 그 애를 제 품에 안기 전까지는 진정할 수 없어요. 누구 경찰관을 시켜서 제 공책 좀 가져다주실 수 있나요? 그냥 그것만 읽어보시면, 그럼 전부 다 이해하실 거예요. 전 답이 거기 있다고 확신해요.

ES : 경찰은 그 공책을 입수했어요, 테스. 지금 이 순간에도 그걸 보고 있죠. 셸리와 이안을 신문하고 있어요.

TC : 그 사람들이 뭐래요? 제이미가 어디 있는지 안대요?

ES : 부인이 부인 시점에서 상황을 설명해주시면 어떨까요? 제이미의 생일날 저녁부터 시작해서요.

TC : 전 제이미가 무사한지 먼저 알아야 해요. 그 애를 제 눈으로 봐야만 해요.

ES : 잠시 쉬었다 계속하시죠.

TC : 전 안 쉬어도 돼요. 제이미를 아직 못 찾았잖아요. 그 애가 아직 저 바깥에 있는데 우리가 어떻게 쉴 수 있어요?

ES : 테스, 부인은 복부에 심각한 부상을 입었는데 그 이야기를 피하고 계세요. 저희가 제이미가 어떻게 됐는지 알아내는 걸 돕고 싶으시면 휴식을 좀 취하셔야 합니다. 나중에 다시 이야기하시죠.

27

3월 8일 목요일, 제이미 생일 31일 전

오늘 아침에, 제이미가 학교로 뛰어가는 걸 보다가 문득 떠오른 생각이 하나 있어, 마크. 시간이 더는 당신이 살아 있을 때 그랬던 것처럼 똑딱똑딱 규칙적으로 흘러가지 않는다는 거야. 낮에 나 혼자 있을 때나 깊은 밤 몇 시간째 잠 못 이루고 짝을 찾는 올빼미 울음소리에 귀를 기울이고 있을 때면, 시간은 부자연스럽게 기어가다 서서히 멈춰버려. 마치 역으로 들어오는 열차처럼.

하지만 제이미를 학교에 데려다주거나 데려오려고 집을 나설 때는, 아무리 넉넉하게 여유를 두고 출발해도, 시간이 마치 꿩을 쫓아 들판을 뛰어가는 강아지처럼 깡충깡충 날 앞질러 뛰어가버리지. 제이미는 늘 아침에 그 유리문을 꼴찌로 통과하는 아이이고, 오후에는 학교 운동장에서 가장 늦게까지 기다리는 아이야.

오늘도 다르지 않았어. 집으로 들어와 쪽문을 닫는 순간, 시간의 변화를 느꼈어. 톱니바퀴가 서서히 느려지는 그 느낌. 하지만 오늘 난 시간에 지지 않을 거야. 쉴 틈 없이 바쁘게 보낼 거야.

상자 분류 작업을 마저 끝내려고 응접실로 가는 중인데, 전화벨이 울려.

전화는 이번 주에 여섯 번쯤 왔어. 난 매번 그 자리에 얼어붙어, 숨을 참으며 자동응답기로 넘어가기를 기다렸어. 또 그 남자인지 아닌지 알게 될 그 순간을. 그리고 예전의 내 목소리가 방 안에 울려 퍼진 후 메시지 녹음이 시작되면, 전화는 매번 그대로 끊겼지.

오늘 전화도 다르지 않아.

왜? 도대체 누구지? 정적이 집 안을 가득 채웠고, 머릿속에는 커다란 물음표가 찍혔어.

잠시 눈을 감자 그 검게 그을린 잔해의 모습이 머리에 떠올라. 응접실로 가야 한다는 걸, 작업을 계속해야 한다는 걸 알고 있었는데, 정신을 차려보니 어느새 손에 텔레비전 리모컨을 쥔 채 거실에 서 있지 뭐야.

스카이뉴스 채널이 화면에 떴어.

윤기 도는 갈색 머리에, 안 어울리는 색 립스틱을 칠한 앵커우먼이 나를 정면으로 보면서 말하고 있어. "서럭에서 일어난 비행기 사고의 조종사가 남긴 유서를 경찰이 입수했습니다."

그만해, 테시. 보지 마!

너무 늦었어.

난 소파 가장자리에 엉덩이 끝만 간신히 걸치고 앉았어.

어디 소속인지 모를 전문가, 항공 안전 강사라는 남자가 항공사의 실책에 관해 말하고 있지만, 난 반쯤밖에 안 듣고 있어. 당신이 앉아서 좌석벨트를 딸깍 채우는 모습이 머릿속에 떠올라. 항공사에서 보낸 보상 안내문 생각이 번뜩 스쳤어. 그 안내장은 지금도 내 카디건 주머니에 그대로 들어 있지만 뭔가 조치를 취할지, 아니면 그냥 쓰레기통에 처박아버릴지 아직 결정하지 못했어.

"정해진 시각에 런던 시티 공항을 출발한 비행기는 프랑크푸르트를 향해 항로를 날고 있었습니다. 하지만 우리가 조종석의 기록을 바탕으로 알게 된 바에 따르면……." 전문가는 어디에 시선을 둬야 할지 모르는 듯, 카메라와 앵커우먼 사이를 번갈아 보며 말을 이었어. "조종사는 이륙한 지 몇 분 안 되어 공동조종사를 조종석에서 내보냈습니다. 아마도 두통이 있다면서 진통제를 갖다 달라고 한 것 같습니다."

"이륙 과정에 공동조종사가 조종석을 떠나는 게 흔한 일인가요?" 앵커우먼이 물었어.

"아뇨, 그렇지 않죠. 항공 안전 규약에 따르면 비행 중에는 두 사람이 모두 조종석을 지켜야 합니다. 그래서 CAA, 그러니까 민간항공국이 그 항공사를 방임으로 징계한 거죠. 공동조종사는 이상하다는 낌새를 챘어야 합니다. 승무원을 조종석으로 불러 승무원의 구급 상자에서 진통제를 갖다 달라고 요청하는 쪽이 훨씬 간단했을 테니까요. 하지만 우리가 알다시피, 공동조종사는 조종사에게 의문을 제기하지 않고 조종석을 떴죠."

강사는 설명을 계속했어.

"9.11 비극 이후로 모든 조종석은 안쪽에서 잠글 수 있도록 바뀌었습니다. 조종사는 그걸 이용해서 항공기를 자기 혼자 조종할 수 있었죠."

"그리고 우리는 이제 조종사인 필립 커티스가 스트레스를 사유로 담당의에게 병가 승인을 받았다는 걸 알게 됐죠." 앵커우먼이 말을 받았어. "그건 서럭 사고로부터 겨우 4주 전이었고요. 프랑크푸르트 비행은 휴가 끝나고 복귀한 이래 첫 비행이었습니다. 그래서 많은 사람들이 필립 커티스가 애초부터 모든 탑승객을 살해하고 자살할 의도를 품고 조종사 업무로 복귀한 게 아닌가 하는 의심을 품고 있죠. 항공사들은 직원들의 정신 건강을 지원하기 위해 어떤 안전 조치들을 두고 있습니까?"

귓가에서 맥박이 빠르게 쾅쾅 두들기고 있어. 앵커우먼과 강사는 여전히 방임이니 자살이니 하는 소리를 떠들고 있지만 난 그 뒤에 뭐가 나올지 알아. 화면 아래쪽을 가로질러 번뜩이는 붉은 배너 위에는 굵은 흰색 글자로 '서럭 사고 업데이트 : 자살 조종사 유서 발견'이라고 씌어 있어.

숨이 막히고 눈물로 눈앞이 흐려졌지만 화면이 바뀌는 게 안 보일 정도는 아니야. 이제는 일반인이 촬영한 영상이 나오고 있어. 정확히 내가 예상한 대로였지.

눈을 깜빡여 눈물을 삼키며, 마치 마지막 남은 물이 욕조 배수구로 빨려들듯 내 몸이 그 첫 월요일로 도로 빨려드는 게 느껴져. 정원에서 피어오르던 모닥불 연기가 여전히 내 목에 들러붙어 있는 것 같아. 부엌에서 주전자 끓는 소리와 그린우드 순경이 잿빛 안색에 물기 어린 눈을 한 다른 경관에게 나지막하게 귓속말하는 소리가 들리는 것만 같아. 집 안 어딘가에서 들리던 전화벨 소리도 귓가에 쟁쟁해.

이제 맑고 파란 하늘을 찍은 떨리는 영상이 텔레비전 화면을 가득 채우고 있어. 촬영자가 비행기를 줌인하면서 영상이 흐려졌어. 저공비행 중이던 비행기는 점점 더 고도를 높였지만 그러다 앞코가 갑자기 기우뚱하더니 곧장 땅을 향해 곤두박질치고 있어. 떨리는 영상 속에서 비행기는 검은 연기를 뿜어내는 불덩어리 속으로 완전히 모습을 감췄어. 텔레비전에서 촬영자의 빽빽대는 목소리가 나오고 있지만, 난 소리를 죽이고 오로지 당신만 생각하고 있어. 그 따뜻한 양손을 뒤통수에 올리고 허리를 숙인 채 제자리에 앉아 있는 모습을. 그 마지막 순간에 당신은 얼마나 무서웠을까. 당신은 마지막 순간에 우리를 생각했을까? 당신이 두고 가는 아내와 아들을?

제이미가 어느 날 이걸 볼 거라고 생각하니 가슴이 미어져. 난 그 애 앞에서 조종사를 탓하지 않았어. **"아빠가 탄 비행기가 추락했단다. 순식간에 일어난 일이었어. 아빠는 전혀 아프지 않으셨을 거야."** 그게 내가 말한 전부였어. 언젠가, 더 나이가 들면, 제이미는 분명히 그 이상의 답을 찾으려 하겠지. 비행기가 곤두박질치는 영상을 찾아내고, 조종사가 얼마나 잔인하고 이기적인 짓을 했는지 알게 되겠지. 하지만 난 내가 할 수 있는 한 그 애를 거기서 지켜줄 거야.

앵커우먼이 안 어울리는 색의 립스틱을 덧바르고 화면에 다시 등장했어. 그리고 난 거의 7주에 가까운 시간을 단숨에 건너뛰어 현재로 돌아왔지. 당신 없이 보낸 거의 7주의 시간.

카메라가 줌인하자 전문가는 화면에서 사라지고 앵커우먼만 남았어. "다음으로, 서럭 사고의 유족 두 분을 모셔서 그분들이 항공사에 제기하신 소송에 관해 말씀을 나눠보겠습니다."

"오늘의 주요 헤드라인을 알려드립니다. 서럭 비행기 사고의 조종사가 남긴 유서가 경찰 조사관에게 넘어갔습니다. 필립 커티스가 항공사 인사팀 동료에게 우편으로 발송한 그 유서는 어제 처음 개봉되었습니다. 해당 사고로 45명이 목숨을 잃었으며…….”

화면이 까맣게 변하고 방 안은 어둠에 잠겼어. 손에 쥔 리모컨을 내려다봤어. 그날 또 누가 죽었는지, 난 알고 싶지 않아. 누구와도 슬픔을 나누고 싶지 않아.

무거운 몸을 억지로 일으켰어. 내 몸의 세포 하나하나가 위층으로 올라가 제이미의 침대에 누우라고, 아니면 욕조에 몸을 담그라고 요구하고 있지만, 난 계속 그러고만 있을 순 없어. 그건 나한테 도움이 안 되고, 확실히 제이미한테도 도움이 안 되니까. 그 대신, 발을 질질 끌고 응접실로 가서 천천히, 아주 천천히, 상자 정리를 계속했어.

오후 무렵, 작업은 끝났어.

28

3월 10일 토요일, 제이미 생일 29일 전

오늘은 기억들이 날 놔주지 않기로 아주 작정했나 봐, 마크. 당신 죽기 전의 기억들은 여전히 생생하고 머릿속에서 마치 오래된 홈비디오처럼 계속 돌아가 날 웃게 만들었어. 날 즐겁게 만들었어. 그래서 점심 먹은 후 텔레비전을 끄고 그 앞에 늘어져 있던 제이미한테 장화를 신겨 부슬부슬 떨어지는 빗속에 운동장으로 나갔어.

"이번 주말에는 왜 셸리 아줌마 안 와요?" 제이미가 물었어. 그 애는 장화 신은 발로 내 앞을 깡충깡충 뛰어갔고 난 그러게 놔뒀어. 마을로 가는 차도는 아주 한적해. 아마 사람들이 다들 무거운 회색 구름과 비를 피해서 집 안에 틀어박혀 있나 봐. 하지만 난 그래서 더 좋아. 얼굴에 떨어지는 빗방울도, 나를 휩쓸고 가는 차가운 바람도. 밖에 나와 있으니까 더 살아 있는 기분이야.

"아줌마는 아줌마 동생네 가셨어. 다음 주에 언제 하루, 학교 끝나고 올 수 있는지 엄마가 물어볼게. 그러면 좋아?"

"월요일요?"

"언제인지는 몰라. 엄마가 물어볼게."

제이미는 볼을 부풀려 한숨을 쉬고는 앞으로 걸음을 내디뎠어. "셸리 아줌마가 지금 여기 있으면 좋겠어요."

나도 그래, 제이미.

운동장 문 앞까지 거의 다 왔는데 웅덩이가 차도를 완전히 뒤덮고 있었어. 뛰어넘기에는 너무 넓어서, 우린 장화를 신은 채 철벅대며 건넜지. 절반쯤 가서 난 내 옆에 당신이 있다고 상상했어. 당신이 지금 이 순간 여기 있다면 날 번쩍 안아 올려서 물에 빠뜨리는 시늉을 했을 테고, 난 비명을 질렀을 테고, 제이미는 큰 소리로 웃음을 터뜨렸을 테지.

흐느낌에 목이 멨지만 난 그걸 억지로 삼키고 펄쩍 뛰었어. 물이 좀 튀었지만 까르륵대는 제이미의 웃음소리에 가슴이 벅차서 나도 따라 웃었어. 난 다시 더 세게 펄쩍 뛰었어. 물이 장화 위쪽으로 튀어 들어가 청바지를 적셨지만, 제이미를 웃게 만들었으니 그런 건 아무래도 상관없어. 내가 그 애를 웃게 만들었으니까.

깔깔대며 신나게 뛰어다니느라 정신이 없어서 차가 오는 소리를 미처 못 들었어. 경적 소리에 움찔해서 제이미를 길가로 비켜 세우고는 미안하다는 뜻으로 손을 흔들며 운동장 문 앞으로 갔어. 운동장은 들판 바로 건너편이야. 주홍색과 노란색 정글짐이 푸른 나무들과 음산한 하늘을 등진 채 바깥을 내다보고 있어.

랜드로버 한 대가 가까이 다가와 섰어. 검은 도색과 선팅한 창문을 보니 누군지 알겠어. 이안이야.

이안은 운전석 차창을 내리고 우리를 향해 웃어 보였어. "안녕, 당신일 줄 알았어요."

"안녕하세요." 제이미와 난 합창했어.

"웅덩이 건너뛰기 놀이예요? 기분이 좀 나아진 것 같아 보여서 좋네요."

주름이 잔뜩 잡힌 이안의 이마는 다른 말을 하고 있지만, 난 그냥 그러려니 했어. 제이미가 간절한 눈빛으로 운동장을 보면서 내 외투를 잡아당겨. 내가 고개를 끄덕이자 그 애는 문을 통과해 벌판을 가로질러 와이어 놀이기구와 그네 쪽으로 갔어.

"그냥, 집으로 찾아가려던 중이었어요." 이안이 말했어. "트렁크에 연장함이 있고, 윤활유도 좀 가져왔어요. 저번에 보니 쪽문이 삐걱대던데 경첩에 기름칠도 좀 하고, 또 뭔가 도울 만한 게 있나 보려고요."

"아…… 음, 고마운데 안 그래도 돼요. 우린 괜찮아요."

이안은 노동하러 온 것처럼 보이지 않아. 깔끔하게 면도한 얼굴에 검은 폴로 랄프 로렌 셔츠를 입고 있거든.

"탈래요? 집까지 태워다줄게요."

난 고개를 흔들고 제이미가 평균대에 대롱대롱 매달려 있는 운동장을 향해 몸짓을 했어. "여기 좀 더 있으려고요."

이안이 마치 내가 퀴즈에서 오답이라도 말한 듯한 표정을 지어. 하지만 난 기껏 집을 나왔는데 벌써 돌아가고 싶지는 않아. 제이미가 다 놀고 나면 펍에 데려가서 핫초콜릿이라도 한잔 사줄까.

"저기, 내가 두고 간 서류 말인데……."

"아직 서명 안 했어요."

"하지만 할 거죠?" 이안이 물었어.

"아마도요."

"잘됐네요. 당신을 도울 기회를 줘서 기뻐요, 테스. 서명하라고 압박할 마음은 없어요. 그냥 당신한테 선택권을 주고 싶었어요. 그게 다예요."

난 웃음소리를 냈어. "날 압박할 마음이 없어서 우편으로 보내도 되는 걸 굳이 주말에 들러서 직접 주고 갔군요. 그쪽 법무사들은 전화해달라는 메시지를 잔뜩 남겨놨고요. 좀 압박처럼 느껴지는데요."

이안이 고개를 저으며 눈빛을 살짝 부드럽게 하자 다시금 당신이랑 참 닮았다는 생각이 들어. "난 칠리를 갖다 주고 싶었어요. 그래서 요전 토요일에 찾아간 겁니다. 주말이 아니고서는 요리할 시간이 안 나거든요. 친구가 그 말을 안 전해주던가요? 그 서류에 대해 설명도 좀 하고, 혹시 필요할 경우 내가 기꺼이 도와주겠다고 말하고 싶었어요. 압박당하는 기분이었다면 미안합니다. 마크의 유언장 집행일을 당신 대신 맡을 수 있다면 난 더없이 기쁠 거예요, 테스. 난 그냥 도와주려는 것뿐이에요."

"고마워요." 난 웅얼거렸어.

"셸리하고는 언제부터 알았죠?" 이안이 물었어.

난 속눈썹에 내려앉은 빗방울을 눈을 깜빡여서 떨어뜨렸어. 갑자기 화제가 바뀐 게 당황스러웠어. "어…… 오래는 안 된 것 같아요. 왜요?"

"요전 날 봤을 때 테스를 꽤 보호하려는 것 같아서요. 심지어 내가 집 안에 들어가지도 못하게 하더군요."

잘했네, 난 속으로 생각했어.

"모두가 당신을 진심으로 생각해주는 건 아니에요, 테스." 이안이 말했어.

어쩌면 그 터무니없고 거슬리는 경고 때문인지, 아니면 웅덩이 건너뛰기의 흥분이 아직 사라지지 않아서인지, 난 깔깔 웃고는 쏘아붙였어. "내가 그걸 모를 것 같아요?"

"저기, 차에 좀 타지 그래요? 내가 태워다줄게요. 비가 엄청 오잖아요. 커피나 한잔하면서 제대로 대화 나눠봐요."

이안 말이 맞아. 이제는 부슬비가 아니라 굵은 장대비가 웅덩이에 튀기고 있어. 머리카락에서 얼굴로 물이 줄줄 떨어졌고 흠뻑 젖은 외투는 더 이상 비를 막아주지 못했어.

"당신 말이 맞아요. 집에 가는 게 좋겠어요." 나는 문 쪽으로 걸음을 내디디며 말했어. 제이미는 이제 와이어 놀이기구에 매달려 있어. 날씨 따윈 아랑곳하지 않고 앞뒤로 신나게 왔다 갔다 하고 있네.

"테스, 잠깐만요." 이안이 뒷좌석을 뒤적거리더니 운전석 문을 열고 내 옆으로 나왔어. 대형 골프우산을 양손에 들고서.

이안은 우산을 펼쳐 자신과 내 머리 위로 떨어지는 비를 막았어. 하지만 이안과 그렇게 가까이 서 있으니 마음이 불편해.

"테스, 제발. 계속 이런 식으로 대화할 순 없어요."

"왜 안 되죠?" 난 물었어.

"왜 안 되냐니, 무슨 말입니까?"

"내 말은, 당신은 나나 제이미한테 한 번도 신경 쓴 적 없잖아요. 말 나온 김에, 마크에 대해서도 그랬죠. 비행기 사고 전까지는요. 이제 와서 굳이 신경 쓰는 이유는 내가 얼른 마크의 유언장을 정리하고 당신 돈을 갚기를 바라서일 뿐이겠죠."

"그건 전혀 사실이 아니에요, 테스."

"그래요? 당신은 처음부터 날 마음에 안 들어 했잖아요. 인정하지 그래요."

내 말이 물기 어린 허공에 맴돌고 있어. 유일한 소리는 우산에 떨어지는 빗소리뿐.

"내가 당신을 좋아했든 안 좋아했든 뭐가 달라지나요?" 이안이 긴 한숨을 내뱉으며 말했어. "모든 사람이 다 친하게 지낼 수는 없는 법이에요."

"맞아요." 내가 무엇을 기대하고 있었는지 나도 모르겠지만, 이안이 그렇게 순순히 인정한 건 뜻밖이야. "하지만 당신은 한 번도 날 알려고 하지 않았죠."

"당신과 마크가 나한테 기회를 안 줬잖아요. 내가 당신 이야기를 처음 들은 건 어머니가 전화로 마크가 어떤 여자를 임신시켰다고 했을 때였어요. 당신과 직접 만났을 때, 당신은 일을 그만두고 아이를 낳겠다는 얘기만 했고요. 내가 어떻게 생각했어야 합니까? 당신이 마크를 쉬운 인생으로 가는 황금 티켓으로 보는 줄로만 알았죠."

"쉬운 인생요? 당신한테는 지금 이게 쉬워 보여요?"

"아뇨, 아니죠. 그리고 이제 와서 말해도 별 소용 없겠지만, 내 처음 생각은 아마 틀렸을 겁니다. 당신과 마크는 확실히 서로 사랑했을 거예요."

"하지만 모든 사람이 친하게 지낼 수는 없는 법이죠." 난 그렇게 마침표를 찍었어.

이안은 어깨를 으쓱했고, 내 시선은 나도 모르게 이안의 눈동자에 꽂혔어. 당신의 눈동자에. "우린 서로 다른 사람들이니까요." 이안이 말했어.

"그럼 당신은 왜 여기 온 거죠? 내가 그렇게 마음에 안 드는데 귀찮게 뭐 하러?"

이안의 눈길이 내 뒤편의 운동장과 제이미를 향했어. 제이미는 이제 선 채로 그네를 타고 있어. 높이, 점점 더 높이 올라가고 있어. "당신은 나한테 마지막 남은, 가장 가까운 가족이니까요. 당신을 돕고 싶어요. 당신하고 잘 지내고 싶어요. 마크도 그걸 원했을 테고요."

당신 이름을 듣자 내 눈에서 눈물이 출렁거려. "그만 가야겠어요." 난 비가 정수리에 떨어질 때까지 우산 밖으로 뒷걸음쳤어.

이안은 날 따라올 것처럼 잠시 그대로 서 있었지만, 이윽고 차로 돌아갔어. "마음이 바뀌면 전화 줘요." 빗소리를 꿰뚫고 이안의 목소리가 들려왔어.

당신 형에게서 멀어지고 싶은 욕구와 제이미에게 가까이 가고 싶은 욕구가 동시에 날 밀어붙였고, 난 달리기 시작했어.

이안의 말들이 머릿속에서 빙빙 돌아. **당신은 나한테 마지막 남은, 가장 가까운 가족이니까요. 당신을 돕고 싶어요.**

그런가? 난 왜 믿음이 안 가지?

거기에는 가족으로서의 의무감 말고 다른 뭔가가 있을 게 분명해. 확신해. 그리고 그게 정확히 뭔지 알아내기 전까지, 절대 그 서류에 서명하지 않을 거야.

29

3월 14일 수요일, 제이미 생일 25일 전

테시, 스코틀랜드에 신혼여행 갔던 거 기억해? 저녁때면 우린 작은 민박집에서 통나무처럼 곤히 잠든 제이미가 침대 삐걱대는 소리에 깨지 않도록 꼭 끌어안고 있었잖아.

제발, 그러지 마. 오늘은 안 돼, 마크. 오늘은 도저히 견딜 수 없어.

아 테시. 당신이 더 나아지고 있는 줄 알았는데.

그랬었지. 제이미도 그랬었고. 오늘 아침 이미 교복으로 갈아입고 우리 방으로 들어왔다가 내가 아직 침대에서 일어나지도 않은 걸 보고 그 애가 지은 그 실망스러운 표정이 머릿속을 떠나지 않아. 정말 끔찍했어, 마크. 한마디도 없이 뒤돌아 방을 도로 나가는 제이미의 그 표정을, 그 눈빛을 당신도 보았어야 해. 그 애는 날 경멸했어. 내가 낳은 아들이.

그 애는 당신을 사랑해, 테시. 우리 둘 다 마찬가지야.

당신이 왜? 내가 뭐가 사랑스럽다고?

땅이 내 발목을 잡아끌고 덤벨 백 개가 날 짓누르는 것 같아. 숨을 들이쉬고 내쉬는 것도, 눈을 깜빡이는 것도, 심지어 생각하는 것조차 힘들어. 하다못해 울 기운조차 없어.

무슨 일 있었어, 자기?

아무것도. 아무 일도 없었어. 주말이 끝났어. 월요일이 돌아왔지. 우리가 당신 없이 맞는 여덟 번째 월요일이야. 가슴 한복판에 매일 똑같은 상처가 느껴져. 앞으로 나아가려면 매번 똑같은 싸움을 해야 해. 끝은 없어. 출구는 없어.

하지만 오늘은 아니야. 난 오늘 싸울 수 없어.

"당신이 해변에 있다고 생각해봐요." 오늘 아침, 제이미를 학교에 데려다주려고 억지로 침대에서 일어나 전화했더니 셸리가 그러더라. "그리고 테스의 슬픔은 바다예요. 밀물일 때는 그것만 보이고 그것만 느껴질 거예요. 하지만 썰물 때가 되면 테스의 슬픔, 그 고통은 더 멀게 느껴지겠죠. 사라지진 않지만 멀어질 거예요."

멋진 비유긴 했지만, 난 격려사를 듣고 싶은 게 아니라 실질적인 도움이 필요해서 전화한 거였어. 게다가 제이미한테 셸리 아줌마를 집에 초대하겠다고 약속해놨거든.

"이따 좀 들러줄 수 있어요?" 난 물었어.

"당연하죠." 전화선 저편에서 미소 짓고 있는 셸리의 얼굴이 떠올랐어. "오후에 내담자 몇 명을 만나기로 했어요. 5시 반쯤 들를게요. 포장음식을 좀 사갈까요? 뭐든 테스가 먹고 싶은 걸로 골라요."

"그래주면 나야 정말 고맙죠. 고마워요."

우린 KFC로 합의를 봤어. 제이미가 가장 좋아하는 것으로.

"그럼 KFC로." 셸리가 소리 내 웃고는 전화를 끊었어.

*

셸리가 도착했을 즈음 KFC 패밀리 버킷은 이미 식어 있었어. 감자 칩은 눅눅하다 못해 종이를 씹는 맛이었고, 남부식 프라이드 치킨은 기름기로 미끌거렸어. 제이미조차 평소와는 달리 자신이 제일 좋아하는 패스트푸드에 열정을 보여주지 않더군. 저녁식사 내내 몇 마디 안 하더니, 이내 순순히 자러 갔어.

제이미를 재우고 나서, 셸리와 난 냉동고 깊숙이에서 발굴한 민트맛 비엔네타 아이스크림 남은 것을 쟁반 위에 담아 소파에 아슬아슬하게 올려놓고 그 양옆으로 퍼질러 앉아 〈브리짓 존스의 베이비〉를 봤어.

"마침내 이 영화를 같이 볼 사람이 생기다니." 셸리는 스푼 뒷면에 묻은 녹색 아이스크림을 핥으며 씩 웃었어. "팀은 여자 영화 비스름한 것도 절대 안 보려 하거든요."

난 셸리가 결혼했다는 사실을 그제야 떠올렸어. 셸리는 직장이 있고, 친구들도 있을 거야. 그런데도 이렇게 나랑 같이 저녁을 보내주다니. 난 우리 집에 찾아올 때 말고 셸리라는 사람 자체에 대해서는 아마 생각도 안 해본 것 같아. "결혼한 지는 얼마나 됐어요?" 내가 물었어.

"15년요. 딜런을 낳고 막 아기를 하나 더 가질까 하던 참에 딜런이 병에 걸렸어요. 암이 완치되기를 기다려서 갖자고 결정했지만, 그런 일은 일어나지 않았죠."

"정말 안됐어요."

"팀은 몇 년 전에 다시 아기를 갖자고 했지만 난 그럴 수 없었어요. 암 전문의가 딜런 같은 암 유형은 유전자와 관련 있다고 했고, 난 그 모든 일을 다시 겪을 수 없었어요. 여기……." 셸리가 뒤통수로 손을 뻗어 목걸이를 끌렀어. 펜던트의 빗장을 만지작거린 후 열어서 나한테 내밀었지.

안에 든 사진은 작았고, 케이스에 끼워 넣느라 가장자리가 구겨져 있었지만 딜런의 모습은 수정처럼 선명했어. 사진 속의 그 애는 어렸어. 아마 세 살이나 됐을까. 욕조나 수영장에서 막 나온 것처럼, 금발이 젖어서 착 들러붙어 있어. 그 가지런한 유치를 보면서 난 셸리랑 웃는 모습이 똑같다고 생각했어. 야위었더라. 통통해야 할 뺨이 수척했지. 하지만 내가 눈을 뗄 수 없는 건 그 애의 눈동자야. 여름날 이른 아침 하늘 같은 연푸른색 눈동자. 제이미처럼. 그 생각이 떠오르자 머릿속이 요동쳤어. 딜런은 그 나이 때 제이미랑 똑같아 보여.

"이때는 화학요법을 시작해서 머리카락이 다 빠져버리기 직전이었어요." 셸리가 말했어. "그 애는 모든 면에서 완벽했죠."

난 고개를 끄덕였지만 아무 말도 할 수 없었어.

"살아 있었으면 이번 여름에 여덟 살이 됐을 거예요."

제이미랑 똑같이.

"좀 웃긴 소리지만, 전에도 말했듯 난 딜런이 그리운 것 못지않게 내가 엄마였던 것 역시 그리워요. 보살피고 무조건적인 사랑을 쏟을 대상이 있다는 게요. 생물학적 시계라는 표현이 여기에 맞는지 모르겠는데, 내 안에 다시 엄마가 되라고 채근하는 뭔가가 확실히 있어요. 난 아이를 입양하고 싶어요." 셸리가 말을 이었어. "좋은 가정이 필요한 아이들이 없는 것도 아니잖아요, 안 그래요?"

셸리가 한숨을 쉬자, 난 셸리의 몸에서 새어 나오는 아픔을 느낄 수 있었어. "팀은 우리가 입양하면 딜런의 대용품을 찾으려 하는 기분이 들 거라고 했어요. 그이는 자기 친자식이 아닌 아이를 사랑할 수 있으리라 생각하지 않았죠. 그래서 우린 포기했어요. 난 직장과 자원봉사 일이 있었고, 팀은 자기 회사와 골프클럽 회원증이 있었죠. 우린 얼렁뚱땅 계속 굴러갔어요. 가끔 왜 우리가 아직도 함께 살고 있지 하는 생각이 들곤 해요. 그냥 도망쳐서 새 출발을 하는 게 더 빠르지 않나 싶고. 우리가 서로의 인생을 가로막고 있는 존재가 아닐까 하는 걱정이 들어요. 난 가끔 딜런이 지금쯤 어떤 모습일까 하는 공상에 며칠씩 빠져들곤 해요. 그 애가 어떤 남자애가 됐을까, 우리가 함께 있으면 얼마나 재미있을까. 그리고 다른 때는 아이를 입양해서 앞으로 멀리, 멀리 나아가는 공상도 해요."

"그럼 왜 그렇게 안 하는 거죠?" 난 간신히 용기를 짜내어, 떨리는 목소리로 물었어. 셸리의 손에 펜던트를 도로 밀어 넣었어. 더는 보고 있을 수가 없거든.

"언젠가는 할지도 모르죠." 셸리가 말했어. "스스로에게 계속 그렇게 말하고 있어요. 아직은 충분히 젊으니까요."

우리 사이에 침묵이 내려앉았고, 난 그 공백을 채울 말을 찾으려 했지만 찾을 수 없었어.

"미안해요." 셸리가 말했어. "내가 무신경하게 굴었네요. 테스가 무슨 일을 겪고 있는지 알면서 내 결혼 이야기나 아기 갖고 싶다는 소리 같은 걸 하고 있다니." 셸리는 딸깍 소리와 함께 펜던트 뚜껑을 닫고 목걸이를 다시 걸었어.

"괜찮아요." 정말 괜찮은 건 아니었지만 난 그냥 그렇게 대답했어. 딜런의 얼굴이 머릿속에 둥둥 떠다녀. "이런 이야기를 나눌 수 있어서 좋아요."

"당신은 어때요?" 셸리가 물었어. "아이를 다시 가지는 상상은 안 해요?"

즉각적인 통증이 내 가슴을 깊숙이 갈랐고, 난 순식간에 딜런을 잊었어. "했어요. 우린 둘 다 했어요. 난 제이미에게 남동생이나 여동생을 너무 만들어주고 싶었는데, 아무리 해도 안 됐어요. 웃기지만 그런 경우가 은근히 많잖아요. 실수로 덜컥 생기기는 쉬운데, 가지려고 애를 쓰면 절대로 안 생기는. 난 그걸 받아들이는 게 너무 힘들었고 자신을 탓했어요. 그러다 인공수정을 시도해보기로 결정한 참에 마크 어머니가 돌아가셔서, 우선 이사 먼저 하자 했죠. 내 생일에 그 이야기를 다시 해볼 생각이었는데……." 난 말끝을 흐렸어.

셸리는 녹아버린 아이스크림 쟁반을 소파의 다른 쪽으로 치워놓고 나와 어깨가 맞닿을 때까지 가까이 다가앉았어. 셸리의 따뜻한 체온이 내게 스며들어. 우린 다정한 침묵 속에서 영화를 끝까지 관람했어.

*

"아주 작정하고 퍼붓네요." 셸리는 기지개를 켜고 허리를 숙이면서, 긴 하품과 함께 말했어.

난 화면에 엔딩크레디트가 올라가고 있는 걸 그제야 깨닫고 눈을 깜빡였어. 자다 깬 것 같은 기묘한 느낌이 들었지만 사실 잠든 건 아니었어. 창을 보니 빗방울이 검은 유리에 긴 달팽이 같은 흔적을 그리며 떨어지고 있어. 때때로 불어오는 돌풍이 유리창에 빗방울을 흩뿌리면, 썩어가는 창틀 안에서 유리창이 덜그럭거려. 이사 오던 날 그 곰팡이 낀 커튼을 너무 서둘러 뜯어낸 게 후회돼.

"그만 가볼게요." 셸리가 말했어. "팀이 슬슬 걱정할 거예요." 하지만 휴대폰을 꺼내 화면을 확인한 셸리는 "아닐 수도 있지만" 하고 웅얼거렸어. "그이가 방금 문자를 보냈는데 술을 너무 많이 마셔서 골프클럽 옆에 있는 호텔에서 자고 온대요." 셸리의 목소리에는 내가 처음 듣는 씁쓸함이 배어 있어.

괜찮냐고 막 물어보려는 참에 셸리가 먼저 말을 꺼냈어. "가기 전에 우리 같이 핫초콜릿 한잔 타서 마실래요? 저 어둠을 뚫고 운전해 가려면 달콤한 게 필요해요." 자리에서 일어난 셸리는 다시 하품을 억누르고 몸을 부르르 떨며 양손으로 팔을 문질렀어. "추운 것도 모르고 있었네."

셸리의 하품은 전염성이 있어. 한바탕 하품을 하고 나자 철근 같은 피로가 날 아래로 잡아끄는 게 느껴져. 아직 움직일 힘이 남아 있을 때 위층으로 기어 올라가 침대에 철퍼덕 쓰러지고 싶은 마음이 간절해. 하지만 셸리가 우릴 위해 그렇게 애써줬는데 어떻게 싫다고 하겠어.

"좋죠." 난 말했어. "그런데 내가 탈게요."

"아뇨, 내가 할게요. 테스는 잠깐 앉아 있어요. 피곤해 보여요."

피곤하죠, 난 소파에 고개를 기대면서 속으로 대꾸했어.

내가 제대로 웃게 될 날이 올 것 같아, 마크?

당연하지, 테스. 당신은 웃는 걸 좋아하잖아.

난 당신이 날 웃게 만들던 게 너무 좋았어. 그 무엇도 당신처럼 날 웃게 만들지는 못해. 그리고 이제 당신은 가버렸지. 영화는 재미있었고, 웃음이 터질 만한 부분도 많았지만, 난 거의 미소 한번 제대로 짓지 않았어. 다시 웃게 된다는 게, 지금으로서는 상상도 안 가.

웃게 될 거야. 그냥 시간을 줘.

셸리는 김이 오르는 머그잔 두 개를 들고 돌아왔어. 부엌에서 가져온 가방을 발치에 떨구고 소파에 앉아, 동물원 갔을 때 당신이 사준 사자 머그잔을 내게 건넸어. **"이걸 보니 당신이 생각나서."** 당신은 함박웃음을 띠고 내 고수머리를 향해 고갯짓하며 그렇게 말했지. 당신 웃음이 그리워. 난 뼛속까지 스며드는 추위를 느끼며 핫초콜릿 잔을 보듬었어. 당신이 지금 날 봤다면 어떤 동물을 골랐을까.

"테스, 부탁 하나만 해도 돼요?" 셸리가 머그잔을 후후 불며 말했어.

"당연하죠."

"여기 소파에서 하룻밤만 더 재워줄 수 있어요? 이런 부탁, 원래는 안 하는데 오늘은 너무 피곤한 데다 저런 날씨에 입스위치까지 운전해서 가는 게 영 내키지 않아서요." 셸리는 창을 향해 고개를 흔들었어. 빗소리가 침묵을 메웠지.

"아…… 당연하죠. 시간이 이렇게 됐는지 미처 몰랐어요. 이렇게 늦게까지 붙잡아두는 게 아니었는데. 미안해요."

"뭐가 미안해요. 영화를 보자고 한 건 난데. 테스보다 내가 더 여자들만의 저녁을 보내고 싶었던 것 같아요." 날 보는 셸리의 눈길에 내 안에서 아주 작은 온기가 솟아났어. 저녁 시간을 누군가와 함께 보내던 게 그리웠어. 그냥 하루만이라도. "요즘 팀이랑 사이가 영 별로였는데, 아마 오늘 밤 골프클럽에서 잔다는 것도 그래서인 듯해요. 우린 마주치기만 하면 싸우는 것 같아요. 텅 빈 집에 혼자 돌아가고 싶지 않아요. 하지만 혹시 테스가 좀 곤란하다면…….”

“아뇨, 당연히 아니죠.” 난 말했어. “위층 방의 상자들 밑에 간이침대가 하나 파묻혀 있을 거예요. 치우면 돼요.”

“아, 아니에요, 그러지 말아요. 이 소파면 충분해요. 사실 충분이 아니라 과분하죠. 그리고 여기서 자면 내일 아침 수영장 갈 때도 더 가깝고요. 고마워요.”

“이 정도쯤이야. 이건 내가 할 수 있는 최소한인걸요.” 난 셸리가 그 소파에 만족한다고 해서 기뻤어. 남는 방 한 곳을 치운다고 생각하니 근육이 욱신거렸거든. 하지만 머지않아 치우긴 해야겠지. 어쩌면 내일…… 그냥 지금만 말고, 오늘 밤은 너무 피곤하니까. “베개랑 담요 좀 가져올게요.”

“잠깐만요.” 셸리가 말했어. “지난주 우리가 매닝트리에 갔을 때 있었던 일에 대해 물어보고 싶었어요. 지금은 그때 있었던 일을 어떻게 생각하세요?”

난 셸리가 날 따라온 검은 야구모자 쓴 남자 이야기를 하는 건지, 아니면 내가 상점에서 공황 발작을 일으킨 이야기를 하는 건지 알 수 없었어. 하지만 묻지 않았어. 지금 와서 그게 무슨 차이가 있지?

하루하루가 더 지나갈수록, 내 기억 속에서는 더 많은 나방들이 춤을 추고 있어. 그 모든 건 더 현실감을 잃었지. “난 괜찮아요. 아마 셸리 말이 맞았나 봐요. 그냥 내 머릿속 상상이었던 것 같아요.”

셸리가 고개를 끄덕였어. “다들 겪는 일이에요, 테스.”

“침구 좀 갖다 줄게요.” 난 일어서려고 했지만 셸리가 내 팔을 붙잡았어.

"조금 있다가요. 식기 전에 핫초콜릿 마저 마셔요." 셸리가 말했어.

그래서 난 그렇게 했어.

30

3월 15일 목요일, 제이미 생일 24일 전

깊은 잠에 빠졌다가 마치 누군가가 낚아챈 듯 갑자기, 그리고 마지못해 깨어났어. 눈꺼풀이 꿰매 붙인 것 같아. 무슨 큰 소리가 날 깨웠나 싶어 귀를 쫑긋 세워봤지만 주위는 온통 정적이야. 잠은 다시 그 깊은 곳으로 벌써 날 끌어당기고 있지만, 그 깊은 곳 어딘가에서 난 뭔가가 날 깨웠다는 걸 알아.

매닝트리의 그 얼굴 없는 남자가 눈앞을 번뜩 스쳐갔고, 난 가까스로 눈을 뜨고 방 안의 칠흑 같은 어둠을 응시했어.

휴대폰을 찾아 더듬었어. 화면의 밝은 빛에 눈을 찡그리고 시계를 봤어. 새벽 3시 5분. 제이미를 확인해야 해. 이 집에 온 첫날 밤 그랬던 것처럼 잠결에 첼름스퍼드의 좁은 침실 벽이겠거니 하고 뒤척이다가 침대에서 떨어졌을지도 몰라.

멍한 정신으로 몸에 휘감긴 이불을 더듬더듬 젖히고 휘청대며 침대에서 내려섰어. 소름이 마치 벌레처럼 살갗 위를 기어갔지만, 추위는 그 두꺼운 잠의 장막을 떨쳐내는 데 아무런 도움도 주지 않아.

복도가 파도치는 바다 위의 배처럼 흔들리고 있어. 처음엔 이쪽으로 다음엔 저쪽으로. 다만 실제로 움직이고 있는 건 벽과 바닥이 아니라 나야. 내 몸이 흔들리고 있어. 난 양손으로 벽을 짚고 맨발을 차례로 바닥에 단단히 내디디며 나를 짓누르는 현기증과 맞서 싸우고 있어.

머릿속 한구석에서 공황이 점차 커지고 있어. 뭔가가 잘못된 걸 난 알아. 하지만 그 생각은 두꺼운 안개의 벽 뒤에 가려져 있어.

제이미의 방문에 기대어 무겁게 주저앉은 후에야 그 목소리가, 그 부드럽고 감미로운 자장가 소리가 귀에 들어와.

문을 열고 눈을 깜빡이며 방 안에 초점을 맞췄어. 제이미의 파란 야간 조명이 복도의 암흑과 대비되어 너무 밝아 보였어.

셸리가 제이미의 침대 가장자리에 앉아 있어. 제이미는 눈을 감고 있지만 자는지 안 자는지 모르겠어.

셸리는 부드러운 빛 속에서 사랑에 넘치는 천사 같은 얼굴로 우리 아들을 내려다보며 다시 노래하기 시작했어.

'엄마는 너를 사랑해, 아무렴 그렇고말고.
네가 넘어질 때마다 난 늘 네 곁에 있을 거야.
널 일으켜주고, 도와줄 거야.
엄마가 널 사랑한다는 걸
절대 의심하지 마, 아무렴 그렇고말고.
엄마는 너를 사랑해, 아무렴 그렇고말고.'

그 노래가 내게 마법을, 최면을 거는 것 같아. 그 달콤함이 정신을 혼미하게 만들고, 점차 노랫말이 내 의식으로 스며들어. 틀림없이 내가 무슨 소리를 냈나 봐. 셸리의 머리가 홱 돌아간 걸 보면. 셸리의 눈은 더는 사랑이 아니라 뭔지 모를 어두움과 미움으로 가득해.

다시 그 느낌이 들어. 뭔가가 아주 잘못되었다는. 하지만 더는 잠의 너울에 숨겨져 있지 않고, 검은 눈으로 날 노려보고 있어. 방이 눈앞에서 회전목마처럼 빙빙 돌아. 문틀을 붙잡으려고 허우적댔지만 손에 잡히는 건 텅 빈 허공뿐이고, 갑자기 난 바닥으로, 느글거리도록 달콤한 어둠 속으로 쓰러졌어.

*

다음번에 깨어났을 때 난 잠에서 끌려나온 게 아니라 손발톱으로 잠을 헤치고 나왔어. 비록 잠은 깼지만 멍한 현기증이 머릿속을 뒤덮고 있어, 밤의 기억이 꿈처럼 느껴져.

입이 바짝 말라서 침을 삼키는데 목이 아팠어. 입술을 건드려보니 터진 곳이 따끔거려.

물잔을 찾아 주위를 둘러보았지만 침대 옆 협탁에 놓인 휴대폰밖에 보이지 않아. 바로 그 순간, 휴대폰이 진동하면서 협탁에 부딪혔어. 난 무겁고 쑤시는 팔로 휴대폰을 가져와 눈에 초점을 맞추고 셸리가 보낸 메시지를 읽었어. **안녕 테스, 소파에서 재워준 거 또 고마워요. 정말 즐거웠어요! 너무 일찍 나와서 미안해요. 출근 전에 수영 가려고요. 추신. 몽유병이 있다는 말은 안 했잖아요. 새벽에 위층을 돌아다니는 걸 봤어요.**

셸리는 키스와, 눈물방울을 짜내며 웃는 얼굴 이모티콘으로 메시지를 맺었어.

꿈이었구나. 난 안도의 한숨을 내쉬었어. 엄마가, 내가 어렸을 때 아침에 잠옷 차림으로 부엌에 있는 걸 발견했다던 적 이후로 처음이야. 슬픔 때문에 옛날 버릇이 깨어난 걸까, 아니면 혹시 항우울제의 부작용일까.

*

멍함은 하루 종일 갔지만, 적어도 약은 슬슬 효과가 나타나는 것 같아. 이상한 어지러움을 빼면 썩 나쁘지 않은 기분이야. 어제 내가 빠져 있던 깊은 절망의 구덩이를 생각하면 어지러움쯤은 차라리 감지덕지지. 구덩이가 사라진 건 아니야. 여전히 거기 있어. 언제고 내가 그 어둠 속으로 도로 추락하기를 기다리는 듯 내 생각 가장자리에 도사리고 있지만, 지금 이 순간 나는 빛 속에 있어.

오늘 학교 끝나고 제이미가 어찌나 조용하던지, 그 애가 무슨 생각을 하는지 알고 싶어서 점점 조바심이 나더라고. 물론 내가 떠올릴 수 있는 모든 방식으로 캐물었지. "오늘 하루 어땠니? 아무 일 없지? 혹시 뭐 신경 쓰이는 일 있니? 무슨 생각 하니? 아빠가 많이 보고 싶니?"

대답은 매번 똑같아. 서글픈 웃음과 뒤돌아보며 힘없이 어깨를 으쓱하는 것. 마치 여기만 아니면 어디라도 좋으니 당장 떠나고 싶다는 것 같아. 어디든 내가 없는 곳으로.

집에 도착하자마자 제이미는 곧장 제 방에 틀어박혔고, 난 위층으로 올라갈 온갖 핑계를 지어내어 그 애의 닫힌 방문 앞을 뻔질나게 지나다녔어. 어쩌면 혼자 울고 있는 게 아닐까 싶어서 귀 기울여봤지만, 닫힌 문 뒤에서 들려온 건 울음소리가 아니야. 흥얼대는 노랫소리야. 그 짤막하고 부드러운 곡조에 내 발은 죽은 듯 멈춰 섰고 입은 바짝 말라버렸어. 숨을 참고 그 곡조를 들으며 제발 내 생각이 틀렸기를 빌었어. 소름이 파도처럼 날 휩쓸어. 내 생각은 틀리지 않았어.

그건 내가 아는 곡조야.

가사도 기억나. 바로 어젯밤에 들었으니까. **"엄마는 널 사랑해, 아무렴 그렇고말고."**

그게 그냥 꿈이었다면 제이미가 그걸 어떻게 기억하지?

셸리가 내게 타주고 마시라고 재촉한 핫초콜릿이 생각났어. 거기에 뭘 탔나? 날 기절시키려고 수면제를 탄 걸까? 혹시 평소와 뭔가 맛이 다르지 않았는지 기억을 되짚어봤지만 소용없었어. 어제에 대한 내 기억은 토막 나 있어. 셸리가 왜 온 거지? 내가 오라고 불렀나? 비명이 목구멍에서 소용돌이쳐. 기억이 안 나. 제이미가 우리랑 같이 있었는지 어땠는지 기억이 안 나. 그 애를 잠자리에 재운 게 기억이 안 나. 내가 떠올릴 수 있는 건 셸리와, 날 돌아보던 그 차갑고 미움 가득한 눈빛이 전부야.

그날 밤, 공책을 펼쳐놓고 들여다보면서 분명 거기 있을 것만 같은 답을 찾아보려고 시도했어. 내가 뭘 놓치고 있는 걸까?

두 줄을 추가로 적었어.

제이미는 평소보다 더 조용하다.

셸리가 한밤중 제이미의 방에 있는 걸 봤다. 제이미한테 노래를 불러주고 있었다. 왜지?

내 손으로 쓴 글을 다시 읽어보니 죄의식이 가슴을 아프게 찔렀어. 날 위해 그 모든 일을 해준 셸리한테 **왜** 제이미의 방에 갔느냐고 묻다니. **혹시** 제이미의 방에 갔었느냐고 물어야 옳지. 지금 이 순간, 내 기억보다 셸리를 더 믿어.

난 사진으로 본 딜런의 모습을 떠올리고, 암과의 싸움에서 점차 패배하는 딜런을 지켜보면서 셸리가 느꼈을 무력감을 상상해봤어. 셸리의 상실감을 떠올리니 목이 메어와. 4년을 그렇게 보내고도 셸리는 너무나 강해 보여. 4년 뒤에는 나도 그렇게 강해졌다고 느끼게 될까? 내가 당신 없이 견딜 방법을 찾아낼 수 있을까, 마크?

당연하지, 우리 테시.

난 모르겠어.

책장에 적힌 마지막 몇 줄을 한참 보다 결국 찍찍 그어 지워버렸어. 잉크가 반짝이고 종이가 찢어질 때까지 볼펜을 앞뒤로 그었어.

31

이안 클라크

전체적으로 말도 안 되는 상황이었죠. 웬 여자가 난데없이 나타나서는 테스의 인생에 마구 쳐들어오고 있었으니. 누군가가 그런 짓을 하면 정말이지 그 이유를 잘 생각해봐야 해요.

셸리 랭

제가 다시 그 집에서 밤을 보내게 된 건 일주일쯤 후였어요. 폭풍이 지독했어요. 저녁 내내 비가 멈추지 않더군요. 마을 밖으로 나가는 차도는 물에 잠길 게 분명했고, 집까지 운전해 가기 싫어서 신세를 졌죠. 테스는 전혀 개의치 않았고, 그날따라 우울해하기도 했어요. 전 옆에 누군가가 있는 게 도움이 될 거라고 생각했죠. 오래된 집이라 좀 으스스해서 한밤중에 깨어났는데, 그래서, 맞아요. 혹시나 해서 한 바퀴 둘러보려고 위층으로 올라갔어요. 그리고 왜 그랬는지는 모르겠지만 제이미의 방으로 가서 그 애 침대에 잠시 앉아 있었어요. 그러는 게 아니었는데, 하지만 그 사진이…… 냉장고 자석의…… 그 사진 속 제이미는 딜런이랑 너무 닮아 보였어요. 전 그 애와 연결된 것처럼 느껴졌어요. 그때 테스가 층계를 올라오는 소리가 들렸죠. 잠든 채 걷고 있길래 도로 침대에 데려가 재웠어요.

32

엘리엇 새들러(ES)와 테레사 클라크(TC, 오클랜드 병원 하트필드 병동에 입원 중)의 대화 녹취록, 4월 11일 수요일, 세션 2(계속)

ES : 계속해도 괜찮을까요, 테스?

TC : 당연하죠. 애초에 제가 쉬자고 한 것도 아닌걸요. 소식 좀 있었나요? 제이미를 찾으셨어요? 셸리가 뭐라던가요? 죽은 아이가 있었다고 말하던가요? 어린 아들이었는데, 지금 제이미 나이대일 거예요.

ES : 곧 있으면 부인의 공책을 가져올 겁니다. 남편분의 비행기 사고부터 이야기를 시작하면 어떨까요. 남편분이 왜 프랑크푸르트에 가셨는지 말씀해주실 수 있습니까?

TC : 그게 뭐가 중요하죠? 형사님은 제이미를 찾으러 여기 오신 거잖아요. 비행기 사고가 그 일이랑 무슨 상관이라고.

ES : 우리가 지금 좀 복잡한 상황에 처해 있어서요, 테스. 비행기 사고로 돌아가서 맨 처음부터 시작하는 게 현명할 것 같습니다.

TC : (웅얼거림)

ES : 뭐라고 하셨죠?

TC : (한숨) 시작은 비행기 사고가 아니었어요. 셸리가 우리 집 문을 두드린 거였죠. 그 여자가 제이미를 데리고 있어요. 확실해요.

ES : 절 도와준다고 생각하시고, 남편분은 프랑크푸르트에 무슨 일로 가셨습니까?

TC : (침묵) 중요한 일은 아니었어요. 워크숍 비슷한 거였죠. 마크는 제이미가 태어나기 직전에 소프트웨어 프로그래밍에서 영업 쪽으로 옮겼어요. 동기부여 행사들을 많이 다녔죠. 그건 취소됐었어요. 이미 말씀드리지 않았나요?

ES : 뭐가요?

TC : 마크가 가려던 행사요. 프랑크푸르트 쪽 사람들이 독감에 걸려서요. 마크는 애초에 비행기를 탈 필요도 없었어요.

ES : 이 특정한 출장에는 특별한 이유가 없었다?

TC : 전 배트맨 케이크를 만들었어요.

ES : 뭐라고요?

TC : 제이미의 생일에 관해 궁금해하시길래 말씀드리는 거예요. 초콜릿 스펀지케이크였어요. 제이미가 잼이 든 플레인 스펀지케이크를 싫어해서, 초콜릿으로 만들었죠. 전 편법으로, 검은색과 노란색으로 된 아이싱 시트를 샀어요. 노란 박쥐 날개가 살짝 삐뚜름했지만, 그 애는 너무 좋아했어요. 선물로 밀레니엄 팔콘 레고 세트를 사줬어요. 엄청 큰 것으로요. 다 만드는 데 몇 주나 걸렸죠.

ES : 그날 무슨 일이 있었습니까?

TC : 제발 제이미를 찾아주세요. 그 애는 위험에 처해 있어요. 전 느낄 수 있어요.

ES : 당신을 찌른 게 누굽니까, 테스?

TC : (침묵)

ES : 잠깐 다시 쉬고 하시죠.

33

3월 19일 월요일, 제이미 생일 20일 전

주말이 어디로 갔는지 모르겠어. 그냥 가버렸다는 것만 알아. 정원에서 놀던 어렴풋한 기억, 잠 못 이루던 밤들, 그리고 오후에 제이미가 텔레비전을 보는 동안 소파에서 꾸벅꾸벅 졸던 것.

셸리는 그때 자고 간 이후로 만나지 못했지만 매일 저녁 전화통화를 했어.

셸리와 이야기하면 할수록 그날 밤 셸리가 제이미의 방에 있다고 생각했던 게 꿈이라고 확신하게 됐어. 셸리는 우리 친구야, 마크. 제이미한테 그런 식으로 자장가를 불러줄 이유가, 미움에 가득한 눈으로 나를 노려볼 이유가 없잖아.

제이미가 그 노래를 부르는 건 그 뒤로 한 번도 못 들었어. 아마 그것도 내 상상이었겠지. 내가 너무 어지럽고 피곤해서. 아니면 그 애가 나한테서 그 곡을 들었을지도 모르고.

당신은 늘 뭔가 홍얼대는 편이었어, 테시.

바로 그거야. 난 내가 그러는지도 모를 때가 많았어.

알아. 그래서 날 돌아버리게 만들었지.

때로 셸리의 전화 용건은 그냥 잠깐 안부를 묻는 거였어. 하루를 어떻게 보냈는지. 그리고 그 이상일 때도 있었지. 어젯밤에는 달런의 암 이야기를 해줬어. 실제로 진단을 받기 전까지, 생각할 수 있는 모든 병을 다 의심했대. 성장통, 빈혈, 구루병, 독감. 영상 촬영으로 암을 발견하고 전투를 시작하기 전까지 이 병원 저 병원을 몇 주 동안이나 돌아다녔다는 거야. 수화기 저편에서 셸리가 우는 게 느껴졌고 나도 따라 울었어.

"어떤 날은 그 애가 너무 그리워요. 난 사별한 사람들을 도와줘야 하는데, 때로는 그게 쉬워지지 않을 거라고, 더 힘들어질 거라고 말해주고 싶어요. 어떤 냄새가 났는지, 목소리가 어땠는지 기억이 가물가물해지기 시작하거든요."

"아 셸리." 그 말밖에 할 수 없었어. 내가 도대체 무슨 위로의 말을 할 수 있겠어?

"있잖아요." 셸리가 다시 생기를 되찾은 목소리로 말했어. "내일 아침에 시간이 좀 나서, 그 얘기 하려고 전화한 거예요. 수영장에 갔다가 돌아오는 길에 장을 좀 보려고요. 내가 데리러 갈 테니까 같이 쇼핑할래요? 같이 다니면 안 심심하고 좋잖아요."

난 웃음을 지었어. 자기가 날 도와주는 거면서 내가 자기를 도와주는 것처럼 착각하게 만드는 셸리의 재주는 알아줘야 한다니까. 난 거의 두 주 가까이 마을을 한 번도 나가지 않았어. 매닝트리에서 검은 야구모자 쓴 남자한테 거의 붙잡힐 뻔하고, 그 후 가게에 들어갔다가 질식하는 줄 알았던 이래로. 잠깐 테스코나, 그냥 옆 마을 생협이나 다녀올까 하는 생각만 들어도 즉시 셸리의 경고가 머릿속에 메아리쳤어. **"이런 일이 또 생기면, 그리고 당신 혼자 있을 때 그러면 훨씬 무서울 수 있어요."**

난 "좋은 생각이에요" 하고 대답했어.

*

우린 테스코를 몇 시간이나 돌아다녔어. 그래서 싫었다는 건 아니고. 언제나처럼 셸리랑 있으니 재미있었어. 우린 카트를 나란히 밀면서 호호할머니처럼 수다를 떨었지. 셸리는 내가 적어 온 목록을 무시하고, 우리가 다 먹지도 못할 것들로 내 카트를 가득 채웠어. 그리고 채소는 축구팀 하나를 배불리 먹일 만큼 잔뜩 담았지.

"장 보면서 이렇게 재미있었던 적은 난생처음인 것 같아요." 셸리의 미니가 우리 진입로의 자갈을 워그적댔어. 뒷좌석은 봉투들로 꽉 차 있었고, 트렁크에 들어 있는 건 그것보다 더 많았어. 반은 셸리 거고 반은 내 거였지.

"나도요." 자기만 빼놓고 다녀온 걸 알면 제이미가 심술을 부리겠지. 아무리 평소 질색하던 테스코라도. "고마워요. 들어와서 차 한잔하고 갈래요?" 난 간절한 마음을 숨기고, 가벼운 제안처럼 들리게 하려고 애썼어. 난 아직 혼자 있을 준비가 안 됐거든.

셸리는 시계를 보더니 얼굴을 찌푸렸어. "안 될 것 같아요. 한 시간 후에 내담자랑 만나기로 했거든요. 짐을 들여놓는 걸 좀 도와주고, 그런 다음엔 서둘러 가야 할 것 같아요."

“아…… 괜찮아요.” 고개를 끄덕였지만 목소리는 내 마음을 숨기지 못했어.

“팀이 회사에 일이 있어서 오늘 밤에 안 들어와요. 이따 다시 올 테니까 같이 저녁 먹을래요? 어차피 이 음식들을 먹어치우려면 도움이 필요할 테니까.”

“더 중요한 다른 일도 있을 텐데 괜히 안 그래도 돼요.”

“바보 같은 소리.” 셸리가 내 손을 움켜쥐니 그 에너지가 내 몸으로 스며드는 게 느껴져. 잠시 셸리를 물끄러미 바라보며 상냥함으로 넘치는 그 얼굴과 웃음을 내 안으로 한껏 들이마셨어. 요전 날 밤은 꿈이었던 게 정말 확실해.

“내가 오고 싶어서 오는 거예요.” 셸리가 그렇게 덧붙이고 차 문을 열자, 이슬 맺힌 풀잎의 신선한 내음이 후각을 가득 채웠어.

“팀하고는 좀 어때요?”

“똑같죠, 뭐.” 셸리가 한숨을 푹 내쉬며 말을 이었어. “우린 이제 서로를 피하는 데 아주 선수가 됐어요. 마주 앉아 우리 문제를 끝까지 이야기해야 하는데, 아무래도 우리 둘 다 그럴 준비가 안 된 것 같아요. 사실 그것도, 당신이랑 오늘 저녁을 같이하는 게 좋은 이유에 들어가요.”

“좋아요. 난 우리 셋이 먹을 파에야를 만들게요.” 난 차 뒷좌석에 머리를 집어넣었다가 내 쇼핑백을 들고 다시 나온 셸리에게 그렇게 말했어. 제이미가 얼마나 신나 할까. 그 애는 셸리 아줌마가 언제 또 오냐고 지치지도 않고 계속 물어봤거든.

우린 함께 장 본 것들을 씩씩대며 현관으로 실어 날랐어. 한 번에 두 개씩, 봉투는 전부 열 개야. 셸리는 차로 돌아가 트렁크를 닫았고,

난 잠긴 쪽문을 열고 어깨로 밀었지.

부엌에 발을 들여놓은 순간, 뭔가가 잘못됐다는 걸 알았어.

미묘한, 아주 사소하기 짝이 없는 뭔가. 만약 셸리가 내 뒤에서 떠들고 있었다면 난 아마 부엌문을 알아차리지 못했을 거야. 아까 집을 나설 때 쪽문에서 들어오는 외풍이 집 안을 휩쓸까 봐 닫아둔 문 말이야. 그게 지금 복도를 향해 훤히 열려 있어.

난 그 자리에 얼어붙었어. 무거운 쇼핑백들이 손가락을 파고들어서 바닥에 떨어뜨렸어. 유리병 하나가 쨍그랑 소리와 함께 타일에 부딪혔지만, 난 꼼짝도 하지 않았어.

누군가가 우리 집에 들어왔었어, 마크.

기억들이 섬광등처럼 번뜩이며 머릿속을 지나가. 매닝트리의 문간에 숨어서 기다리던 얼굴 없는 남자가 눈앞에 떠올라. 미끄러운 자갈길을 달리던 내 모습도. 그 남자는 날 쫓아오고 있었어. 난 알아. 자동응답기의 그 걸걸한 목소리가 귓가에서 메아리쳐. 난 당신의 싸늘하고 어두운 서재 바닥에 웅크려 앉은 채 위협으로 가득한 그 무시무시한 목소리를 듣고 있었지. 몇 주라는 시간 동안 둔감해졌던 공포가, 이제 다시 돌아와 내 배 속 깊은 곳을 날카로운 발톱으로 할퀴고 있어.

그만해, 테시. 괜찮을 거야.

숨을 참고 혹시 어디서 삐걱대는 소리 같은 게 나지 않을까 싶어 귀를 쫑긋 세웠어. 집이 평소에 내던 신음 사이에 뭔가 다른 소리가 섞여 있지는 않은지.

"테스?" 셸리의 목소리가 침묵을 갈랐어. "뭐 잘못된 거라도 있어요?"

"누군가가 여기 있었어요."

"무슨 말이에요?"

"우리가 나간 사이에 누군가가 여기 들어왔어요. 아까 나가기 전에 부엌문을 닫았는데 지금은 열려 있어요." 막상 그 말을 입 밖에 내어 말해보니 내가 들어도 터무니없게 들려. 하지만 단순히 열린 문만 가지고 그러는 건 아니야. 어떤 느낌이 있어. 뭔가 분위기가 다르고, 집 안의 고요함이 교란됐어. 설명할 수 없지만 분명 뭔가가 있어. 그리고 아주 희미한 냄새 같은 게 공중에 맴도는 듯해.

"그래요, 우리 집 안을 한 바퀴 돌아봐요." 셸리가 내 팔을 쿡 찌르면서 말했어. "아무것도 건드리진 말고요. 그냥 둘러보면서 뭐가 없어졌는지만 살펴봐요."

"경찰에 신고해야 할까요?"

"신고하면 뭐가 없어졌냐고 물어볼 거예요. 먼저 얼른 둘러봐야 해요."

"그렇겠네요." 난 고개를 끄덕이고 커져가는 공포를 억눌렀어.

우린 아래층을 함께 돌아다니며 없어진 게 있는지 찾아봤어. 뭔가 달라진 게 있는지 하나하나 살폈어. 내가 소파에 쿠션을 저렇게 넘어뜨리고 나갔었나? 식당 의자를 빼놨었나?

층계를 다 올라가서 층계참을 내려다봤을 때, 비로소 확신했어. 당신 서재 문이 활짝 열려서 위층 공기가 더 쌀쌀해져 있었어. 창과 정원에 있는 제이미의 트리 하우스까지 훤히 내다보였어. 난 그 문을 항상 닫아두는데.

"난 저 문도 열어놓지 않았어요." 난 속삭였어. "저기는 온풍기가 고장 났거든요. 열어놓으면 위층 전체가 추워지기 때문에 저 문은 늘 닫아놔요."

가슴속에서 심장이 망치질하고 있어. 당장 집을 뛰쳐나가 경찰을 기다리고 싶었지만 셸리가 날 끌고 앞으로 갔어.

방은 평소와 전혀 다를 바 없어 보여. 문 옆 벽에 기대어 차곡차곡 쌓인 상자들, 그 맨 위에 아슬아슬하게 자리 잡은 전화기, 그리고 여전히 비어 있는 책꽂이들. 먼지가 눈보라를 축소해놓은 것처럼 방 안을 둥둥 떠다니고 있었어.

"뭔가 없어진 게 있나요?" 셸리가 물었어.

"그렇진…… 않은 것 같아요." 상자들에서 눈길을 뗄 수 없어. 뭔가 잘못된 데가 있어. 이 방에 마지막으로 들어왔을 때와 똑같이 벽에 기댄 채 쌓여 있어. 하지만 뭔가가 달라. 그 순간 알아차렸어. 글자가 안 보여. 당신이 뺑글뺑글 도는 손 글씨로 쓴 '마크의 서재'가 어디 갔지?

"상자요!" 난 외쳤어. "옮겨졌어요."

"확실해요?"

"네."

"좋아요. 상자들을 훑어보고 뭐가 없어졌는지 봐요. 난 잠깐 내담자한테 좀 늦는다고 전화하고 올게요. 그런 다음 우리 경찰에 신고해요."

난 고개를 끄덕이고 무릎을 털썩 꿇었어.

첫 상자를 연 순간, 이게 얼마나 무의미한 일인지 깨달았어. 애초에 거기 뭐가 들어 있었는지 짐작도 안 가는데 뭐가 없어졌는지를 어떻게 안담?

상자 안은 서류와 프로그래밍 매뉴얼로 가득해. 엉망이야. 모든 게 뒤죽박죽이고 무슨 재활용품 수거함처럼 보이지만, 어쩌면 당신이 그렇게 둔 거겠지. 파일 꼭대기에는 마치 어서 나를 열어보라는 듯 반짝이는 노란 폴더가 놓여 있어. 앞면에 '생명보험 증서'라는 글자가 파란색으로 찍혀 있네.

이안의 말이 귓가에 쟁쟁 울려. **"마크의 직장에서 나오는 사망 보상금이랑 생명보험금이 있는 거 알아요. 유언장을 만들 때 그걸 밝혔어요."**

난 도로 방을 나와 문을 닫고 숨을 몰아쉬면서 그 상자를 연 걸 후회했어. 당신이 돌아오지 않는다는 건 나도 알아, 마크. 하지만 보험 증서는 그 사실에 돌이킬 수 없는 마침표를 찍는 거잖아. 난 아직 준비가 안 됐는데.

복도 벽들이 날 향해 밀려들어. 숨이 목에 걸려서 질식할 듯 헉헉거렸어. 현기증이 나고 머릿속이 핑핑 돌아. 또 나를 놔버릴 순 없어. 그럴 순 없어. 셸리를 찾으려고 중앙 계단을 달려 내려갔어. 하지만 셸리가 집 안에 없었어. 쪽문을 나가, 현관에 서 있어.

셸리는 나한테 등을 돌린 채 휴대폰으로 통화 중이야. 난 좀 떨어져서 셸리가 통화를 마칠 때까지 기다리려고 했어.

"당신이 지금 무슨 짓을 하고 있는지 알아?" 셸리는 잇새로 거친 숨을 뱉어내며 말했어. "모든 걸 망치려는 게 당신 의도야? 그런 거면, 그런 거라면, 잘했어. 아주 잘하고 있다고."

셸리가 그런 식으로 말하는 걸 들은 건 처음이야. 쏘는 듯한 말투로, 한마디 한마디 허공을 갈기듯 내뱉고 있어.

누구한테 말하는 거지? 확실히 내담자는 아닐 거고.

"그 여자한테서 떨어져. 알아듣겠어? ……지금은 그 얘기 못 해."

셸리는 전화를 끊었고, 난 문에서 뒷걸음치다 쇼핑백들에 부딪혔어. 사과가 부엌 타일 위로 굴러갔어.

"뭐 없어진 거 있어요?" 엎질러진 과일을 주워 담는 내게 셸리가 물었어. 셸리의 목소리에는 아직 분노의 흔적이 남아 있었고, 난 엿들은 데 대해 양심의 가책을 느꼈지만 한편으론 호기심도 들었어. 돌아보니 셸리의 도자기 같은 피부가 연한 핑크색으로 상기돼 있어.

누구랑 통화한 거지? 그리고 그 여자라니, 누구 얘기지?

"어? 아…… 모르겠어요. 오후 일정을 망쳐버려서 미안해요. 내담자가 늦어도 괜찮대요?" 내심 셸리가 내 오해를 바로잡고 통화 내용을 설명해주지 않을까 하는 기대를 품고 난 그렇게 물었어.

"아, 전화를 안 받길래 문자를 보냈어요. 하지만 괜찮아요, 테스." 난 셸리가 가리키는 의자에 순순히 가 앉았어. 셸리는 내 손을 잡고 그 녹색 눈동자로 날 똑바로 들여다봤어.

"아까 집 안을 둘러볼 때……." 셸리가 말을 이었어. "난 앞문이랑 창문을 하나하나 확인했는데 전부 다 닫히고 잠겨 있었어요. 테스가 들어왔을 때 쪽문이 잠겨 있던 거 확실해요?"

"네, 자물쇠를 연 게 기억나요. 열기 쉬운 문이 아니거든요."

셸리가 고개를 끄덕였어. "난 그냥, 만약 누군가 들어왔다면 어떻게 들어왔을지 궁금해서요. 그리고 없어진 게 아무것도 없는 것도 이상하고요."

"내가 지어낸 거라고 생각해요?"

셸리가 고개를 젓자 금발이 양옆으로 찰랑거렸어. "일부러 지어내진 않았겠죠. 하지만 우리 머리는 우리를 속이곤 하거든요. 테스는 너무 많은 일을 겪었잖아요. 혼자 있을 때 겁을 먹고 걱정하는 건 자연스러운 일이에요."

"난 겁먹지 않았어요. 아니, 겁을 먹긴 했지만, 그건 다른 일들이 있었기 때문이에요."

"무슨 다른 일들요?" 앞머리에 가려진 셸리의 이마에 바로 고랑이 졌어.

난 망설였어. 갑자기 말할 엄두가 안 나지만, 말해야만 해. 셸리는 내가 믿는 유일한 사람이니까. 내가 뭘 해야 할지 알 테니까. "매일 누가 집에 전화를 해서 끊고……. 어떤 남자가 자동응답기에 위협하는 메시지를 남겼어요. 와봐요, 들려줄게요." 난 벌떡 일어나 식당으로 향했어.

"괜찮아요, 테스. 당신을 못 믿어서 그러는 게 아니에요." 셸리가 내 등 뒤에서 외쳐 불렀어.

실은 못 믿어서 그런다는 걸 알지만, 난 이해할 수 있어. 나도 나를 절반밖에 믿지 못하니까. 하지만 자동응답기 메시지는 현실이고, 기왕 말을 꺼냈으니, 셸리한테 그걸 꼭 들려주고 싶었어.

"그냥 들어봐요." 난 응답기의 재생 버튼을 누르며 말했어.

삑 소리가 나더니 기계 음성이 방 안에 울려 퍼졌어. "녹음된 메시지가 없습니다."

"뭐라고?" 응답기를 다시 눌렀지만 같은 말이 재생됐어.

"여기 있었어요." 눈물로 시야가 흐려졌고 목소리가 저절로 기어들어갔어. "있었다고요."

내가 실수로 지웠을 수도 있을까? 어쩌면 제이미가 버튼을 가지고 장난치다가 실수로 지웠는지도 몰라.

"테스." 셸리가 말했어.

난 고개를 저었어. "괜찮아요. 알아요. 내가 상상력에 속아 넘어간 거죠."

난 셸리에게 그렇게 말했고, 그게 사실이라고 믿고 싶었지만, 그건 거짓말이었어. 자동응답기 메시지는 현실이었어. 야구모자를 쓴 얼굴 없는 남자도. 누군가가 분명 이 집에 들어왔었고, 아무것도 가져가지는 않았지만 뭔가를 찾고 있었어. 확실해. 어쩌면 그 침입자가 메시지를 지웠는지도 몰라.

하지만 셸리한테 이 모든 이야기를 해봤자 괜히 걱정만 더 사겠지. 이건 나 혼자 스스로 밝혀야만 해.

"좀 누워야 할 것 같아요." 난 말했어. "셸리도 어차피 내담자를 만나러 가는 게 좋을 것 같고요."

"확실해요, 테스? 난 여기 있어도 돼요."

"괜찮아요. 진심이에요. 잠을 설쳐서, 그뿐이에요."

"또 무슨 일 있으면 나한테 전화해요." 셸리는 문간에서 날 꼭 끌어안으며 그렇게 말했어. "괜찮을 거예요. 나중에 봐요."

고개를 끄덕이고는 문을 닫고 안에서 볼트를 잠갔어. 그리고 가방을 뒤져 휴대폰을 꺼내 동네 열쇠수리공에게 전화했어. 내일 아침 해 뜨자마자 와서 자물쇠를 바꿔달라고. 난 한편으로는 셸리 말이 옳을지도 모른다고 생각하지만, 다른 한편으로 내가 문을 닫고 나갔다는 걸 알아. 코를 킁킁대며 다시 집 안을 돌아다녔어. 문이 잠겨 있고 누구도 일부러 침입하지 않았다는 게 확실하면, 그건 누군가가 열쇠로 열고 들어왔다는 뜻이지.

이 집 열쇠를 누가 가지고 있지, 마크?

물론 당신도 가지고 있었지만 그건 산산조각 나고 불타버렸지. 그리고 나도 가지고 있고. 셸리도 가지고 있지만 셸리는 아니야. 나랑 같이 테스코에 있었으니까. 또 누가 있지?

우린 이사 들어온 후에 자물쇠를 바꾸지 않았어. 이 집은 당신 어머니 거였지. 당신과 이안이 이 집에서 자랐고.

이안은 틀림없이 열쇠를 가지고 있을 거야. 틀림없이 그 사람일 거야. 하지만 어째서?

34

셸리가 오후 6시에 문자를 보냈어. **A12에 사고가 났어요. 차가 꼼짝도 안 해요.**

셸리가 포도주 병을 들고 도착했을 즈음 파에야는 너무 익었고 제이미는 이미 침대에 들어가 책을 읽고 있었어.

"선물이에요." 셸리가 내게 백포도주를 건네며 말했어. "오늘 하루 그렇게 고생했으니 이게 도움이 될 수도 있지 않을까 싶어서요."

"고마워요." 난 그 녹색 병을 받아 들었어. 손끝에 와 닿는 유리의 촉감이 차가웠어. 혀끝을 맴도는 새콤한 시트러스 맛과 알코올로 머릿속이 멍해지는 그 느낌을 상상했어.

"지금 한잔할래요?" 셸리가 한쪽 눈썹을 치켜올리고 씩 웃으며 제안했어.

"어……." 난 곤란한 표정을 지었어. "그러고는 싶은데, 좋은 생각이 아닌 것 같아요. 간신히 정신 줄 붙들고 있는 상황이라서요. 포도주를 마시는 건 도움이 안 될 것 같아요."

"테스는 아주 잘 해내고 있는걸요." 셸리가 냉장고를 열고 치즈 두 팩과 시금치 봉지 사이에 포도주를 끼워 넣으며 말했어. "이건 그럼 다음에 마셔요."

"고마워요."

셸리는 뒤돌아 나와 눈을 맞췄어. "괜찮은 거죠? 내가 간 사이에 무슨 일 있었어요? 너무 걱정됐어요. 그렇게 두고 가는 게 아닌데, 후회했어요."

나도 그랬지만, 고개를 저었어. "괜찮아요. 아마 내 상상력이 너무 멀리 간 것 같아요."

정말 그렇게 믿는 건 아니었지만, 이안이었을 거라고 설명하는 것보다는 그냥 얼버무리는 편이 더 쉬웠거든. 셸리한테 말하기 전에 먼저 이안이 무슨 꿍꿍이인지 알아내야겠어. 내가 자동응답기 메시지를 들려주려 했을 때 셸리의 얼굴에 나타난 그 미심쩍은 표정을 생각하면 말이야. 이안이 그걸 삭제했다는 건 이제 의심의 여지가 없어.

셸리가 무슨 말을 하려고 입을 열었지만, 이번엔 내가 선수를 쳤어. "이거 괜찮았으면 좋겠어요." 그리고 가스 불에 올려놓은, 노란 쌀과 고기와 채소가 수북이 쌓인 프라이팬을 가리켰어. "너무 많이 만들었어요. 몇 주는 두고 먹어야 할 것 같아요."

"냄새가 너무 좋은데요? 그리고 난 너무 배가 고파서 종이라도 씹어 먹을 참이에요." 셸리가 농담을 했어.

"이런, 지금 내 요리를 모욕하는 거예요?" 내가 웃으며 그렇게 받아치자 셸리도 웃음을 지었어.

“잠깐만 가서 씻고 올게요.” 셸리는 복도로 나갔어.

불을 줄이고 팬에 들러붙은 파에야를 긁어내며 이리저리 뒤섞는데 도무지 떨어지질 않더라고. 파에야가 다시 준비되었는데도 셸리가 돌아오지 않아. 왜 그랬는지는 모르겠지만 난 그냥 소리쳐 부르지 않고 직접 셸리를 찾으러 갔어.

위층에서, 제이미의 방에서 슬그머니 나오는 셸리를 발견했어.

“뭐 하는 거예요?” 거의 속삭임에 가까운 낮은 목소리로 말했는데 셸리가 깜짝 놀라며 날 돌아봤어.

“아 난…… 뒤지고 다닐 생각은 아니었어요. 미안해요, 테스. 무슨 소리가 들린 것 같아서요.”

셸리 옆으로 가서 제이미의 방 안을 엿봤어. 그 애는 침대 옆 등을 켠 채로 『월리를 찾아라』 책장을 휘리릭 넘기고 있었어. 고개를 들어 날 보고는 아름다운 미소를 지었지.

분노가 사라지고, 내 말이 얼마나 무례하게 들렸을지 깨달았어. “미안해요.” 난 한숨을 내쉬었어. “그냥 지금은 과보호 심리가 좀 발동한 것 같아요. 오늘 너무 힘들었거든요.”

“괜찮아요, 테스. 완벽하게 자연스러운 거예요. 내가 먼저 허락을 받았어야 했는데.”

셸리가 내 팔을 쓰다듬자 내 눈에서 눈물이 새어 나왔어. 우는 거라면 이제 정말 지긋지긋해, 마크. 당신이 지금 여기 있었으면 얼마나 좋을까.

나도, 테시. 사랑해.

“자.” 셸리가 말했어. “우리 가서 식사해요. 아, 까먹기 전에…….”

앞장서서 계단을 내려가던 셸리가 말했어. "어머님이 테스를 생각하고 있다고, 사랑한다고, 그렇게 전해달라셨어요."

"고마워요. 어쩌면 내일쯤 전화를 드릴까 봐요."

잠시 침묵이 흐른 후 셸리가 입을 열었어. "정말 좋은 생각이에요. 테스가 어머니랑 이야기할 마음이 들었다니 정말 기뻐요. 위로가 필요한 건 테스인데 도리어 사랑하는 사람들을 위로해야 한다는 게 얼마나 기운 빠지는 일인지 잘 알아요."

난 간신히 "아" 하는 소리를 냈어. 셸리 말이 맞아. 엄마한테 전화하면 난 기운이 몽땅 빠질 거고, 엄마 목소리를 들으면 죄의식을 느낄 거야. 전에는 몇 주에 한 번씩 엄마를 찾아가곤 했어. 집안일도 도와드리고, 엄마가 좋아하시는 해안지구 카페에 모셔가서 점심을 사드리기도 했지. 그동안 엄마가 어떻게 지내셨을지, 내가 찾아가지도 않고 있는데 혼자 어떻게 견디고 계실지 생각할 여력도 없었어. "어쩌면 다음 주에요." 난 그렇게 말했어.

샘한테도 전화해야 하는데. 오빠랑 마지막으로 이야기한 게 언제인지 기억도 안 나. 가족이 나를 걱정하는 건 알지만, 그 사람들에게 무슨 말을 해야 할지 모르겠는걸.

셸리가 내 손을 꼭 쥐었어. "내가 옆에 있잖아요. 언제든 필요하면, 알죠?"

난 고개를 끄덕였고 우린 식탁에 앉았어.

나중에 셸리가 가버리고 나자 집은 세상에서 가장 외로운 곳처럼 느껴졌어. 이불을 몸에 둘둘 말고 공책에 이렇게 적었어. **누군가가 집에 들어왔었다. 아무것도 없어진 건 없다. 뭔가를 찾고 있었을까? 그 뭔가를 찾았을까? 다시 올까? 자동응답기 메시지가 지워졌**

다……. 누가 그랬지? 어째서?

책장을 휘리릭 넘겨서 내가 적은 질문들의 답을 찾아보려 했지만, 질문만 더 늘어날 뿐이야. 말없이 끊는 전화는 이제 더 걸려오지 않아. 그 남자도 다시 전화하지 않았고. 그게 무슨 의미인지 알았으면 좋겠어, 마크. 답이 여기에, 이 공책 어딘가에 적혀 있는 것 같은 기분이 드는데, 도무지 보이지 않아.

그만둬, 테시. 지금 바로 자러 가, 자기.

지난여름 첼름스퍼드의 우리 집 정원에서 제이미랑 셋이 야영한 거 기억해? 정원에 비해 텐트가 너무 컸지. 제이미는 너무 들떠서 자정까지 안 자고 버텼고. 하지만 우린 그보다도 더 늦게까지 깨어 있었지. 나지막한 목소리로 서로에게 속삭이면서, 이런저런 계획을 세우면서. 당신이랑 계획을 세우던 게 그리워, 마크.

35

이안 클라크

셸리가 그렇게 착 달라붙어서 늘 속살거리고 있으니 테스한테 연락하기가 정말 힘들었어요. 나중에는 심지어 그 여자가 테스의 집에 아예 눌러앉은 게 아닌가 싶었다니까요. 정말 낙심이 됐죠. 제 상황이라면 누구라도 같은 심정이었을 겁니다. 마크라면 그렇게 상황을 질질 끄는 걸 절대 바라지 않았을 거예요. 공증을 시작해야 하는데 테스는 퍼붓는 빗속에서 마을을 헤매고 다니기나 하고 말이죠.

확실히 문제가 있는 상황이었지만, 저는 누구랑 상의해야 할지 몰랐어요. 테스의 어머니는 몇 킬로미터 떨어진 곳에 사는 성가신 노인네고. 어딘가에 오빠가 있는 것 같긴 한데, 저는 그 사람 연락처를 모르고, 그렇다고 테스가 저한테 알려줄 리도 없었고요. 제가 아는 친구라고는 셸리뿐이었지만, 그 여자가 문제의 핵심인데 그 여자랑 상의하는 건 말이 안 되죠. 그냥 놔두면 저절로 해결되겠거니 했습니다. 확실히 지금 돌이켜 보면, 제가 다르게 행동했을 겁니다. 하지만 그날이 제이미의 생일이었다는 사실은 전혀 무관했어요.

셸리 랭

제가 자고 간 날 밤 이후로 테스는 더 나아지기 시작했어요. 옷을 차려입고 자기 몸도 더 잘 건사했죠. 아직 멀쩡한 거랑은 거리가 있었지만, 올바른 방향으로 걸음마를 시작한 건 분명했어요. 저한테 마음을 열었고, 처음 만났을 때보다 훨씬 빠릿빠릿했어요.

우린 통화를 자주 했어요. 우리 둘 다에게 의미가 있었죠. 한번, 테스가 저녁식사를 준비하는 동안 제가 제이미의 방에 다시 들어갔을 때는 좀 어색한 순간이 빚어지기도 했죠. 전 그냥 잠깐 들어갔다 나온 게 전부인데, 테스는 꺼리는 눈치였어요. 방어적으로 구는 것도 이해할 만하죠. 먼저 허락을 받았어야 했는데. 전 뭔가 소리가 들린 것 같아서 들어가 본 거였어요. 하지만 우린 잘 넘어갔어요. 그 다음번에 만났을 때 우리 사이는 괜찮았어요. 저는 테스가 곤란할 때 전화하는 사람이었으니까, 테스는 절 믿은 게 분명하죠.

36

3월 22일 목요일, 제이미 생일 17일 전

열쇠수리공은 맞는 새 자물쇠를 찾지 못했어. "표준 규격으로 나오거든요, 왜." 화요일 아침, 약속시간보다 30분 늦게 찾아온 열쇠공이 말했어. 지각한 게 별문제는 아니지만. 난 어디 갈 데도 없었으니까.

남자는 땅딸막한 체격에 머리카락보다 턱수염 숱이 더 많았는데, 피부는 붉은색이었지만 건강한 붉은색은 아니었어. "전 아무 문이나 딱 보기만 하면 거기 맞는 자물쇠를 열 개는 내놓을 수 있는데, 이 집처럼 문화재로 등록된 건물은 얘기가 다르거든요. 2급, 맞죠? 16세기에 지어졌나? 자물쇠 사이즈가 달라요. 그런고로 차에 싣고 다니지 않아서, 주문해서 다시 와야 해요. 그런고로 이틀쯤 걸릴 겁니다. 언제가 좋으세요?"

난 '그런고로'라는 말을 따라 쓰지 않으려고 혀를 깨물며 아무 때고 상관없다고 답했어.

그래서 앞문 노커가 오크나무에 부딪치며 철그렁거리는 소리가 텅 빈 집 안으로 울려 퍼졌을 때, 난 소파에서 꾸벅꾸벅 졸고 있다가 깜짝 놀라 깨어나. 열쇠공이 맞는 크기의 자물쇠를 찾아서 돌아왔나 보다 했어. 아니면 집배원이 내가 제이미 생일 선물로 주문한 새 플레이스테이션 게임을 가져왔거나.

둘 다 아니었어.

"안녕 테스." 문을 열자 샘이 문간에서 씩 웃고 있었어.

"오빠!" 난 꺅 비명을 지르면서 동시에 웃음을 지었어. 그리고 오빠 품 안에 몸을 내던졌지. 내 안의 댐이 무너지고, 미처 억누를 틈도 없이 오빠의 품에서 요란하게 꺽꺽대며 흐느꼈어.

몸을 떼자 오빠도 울고 있는 게 보였어, 오빠에 대한 사랑이 더욱 커졌어.

"너한테 이런 일이 일어나서 정말 마음이 아파, 내 동생." 오빠가 말했어. "내가 더 일찍 왔어야 했어. 장례식 끝나고 그렇게 가버리는 게 아니었는데. 정말 미안하다."

난 손가락으로 눈 밑을 닦아냈어. "괜찮아. 난 잘 지내고 있어. 정말이야."

"어떻게?" 오빠가 물기 어린 눈을 휘둥그레 떴어. 그 모습을 보니 제이미가 생각나더라.

눈을 감자 뜨거운 눈물이 뺨으로 뚝뚝 떨어졌어. "괜찮았다 안 괜찮았다 해." 난 제이미의 침묵과, 그 애가 내가 뭘 묻든 어깻짓으로 대답하는 걸 떠올리면서 속삭였어. 그리고 이내 그 생각 대신 웅덩이에서 물을 튀기고 놀던 생각을 하려고 애썼어.

조금 지나자 우리 둘 다 무슨 말을 해야 할지 모른다는 게 분명해졌고, 난 오빠의 이두근을 꼬집으며 "보아하니 요즘도 근육 만드나 봐" 하고 말했어. 오빠는 딱 붙는 청바지에 스타일 좋은 구두를 신고 있어. 핀의 스타일 감각이 마침내 샘한테 전염된 모양이야.

난 샘을 복도로 들이고 텅 빈 차선과 그 너머의 들판을 바라보며 어쩐지 조급한 마음으로 문을 닫았어.

샘을 자세히 뜯어봤어. 노팅엄으로 이사 간 후로 많이 변했더라. 이전의 아인슈타인풍 금발을 한 콩나물 대가리가 더 이상 아니야. 이제는 거의 반삭에 가까운 머리에 넓은 어깨와 근육질 몸매의 소유자야. 하지만 나한테 샘은 언제까지나, 잠잘 시간에 귀신 이야기를 들려주고 자전거를 타고 가다 쐐기풀 도랑에 떨어진 내게 소리쟁이 잎을 바르면 낫는다는 걸 가르쳐준 오빠일 거야.

"보아하니 여전히 머리 빗는 걸 까먹는구나." 샘이 내 멋대로 뻗친 곱슬머리를 팔랑이면서 받아쳤어.

"여기는 무슨 일이야?" 난 물었어.

샘이 연극적으로 어깻짓을 하며 텅 빈 양손을 들어 올렸어. "모하메드가 산으로 가지 않으면 산이 모하메드에게 가야지."

난 웃음을 지으며 고개를 저었어. "반대인 거 같은데."

"어쨌든……." 샘이 느릿느릿 말했어. "네가 전화를 안 받길래 데리고 나가서 점심이나 사줄까 했지."

"그래서 샌드위치 하나 먹자고 네 시간을 차를 몰아 오셨다?"

"뭐 그런 셈이지. 아니면 엄마가 우리 병원에 매일 전화해서 계속 네 걱정을 늘어놓으실 테니까."

"설마?" 난 얼굴을 찌푸렸어. 바늘 같은 양심의 가책에 속이 따끔했어. "미안해. 엄마는 내 친구 셸리한테도 맨날 전화하셨어."

"알아." 샘이 눈썹을 치켜올려 내 표정을 흉내 냈어. "신발 신어. 나가서 점심 먹게."

"집에도 먹을 거 있어."

"난 정말이지 햄이랑 피클 샌드위치나 먹자고 네 시간 동안 운전해서 온 게 아니야, 테스. 난 버거가 먹고 싶다고. 마을에 레스토랑 하나쯤은 있겠지, 설마?"

"있어. 언덕 꼭대기에 있어. 옆 마을이랑 경계선에. 차로 가야 해."

"좋아, 그럼 가자."

"잠깐만 기다려." 난 일주일 내내 입고 있던 레깅스를 갈아입으려고 위층으로 뛰어 올라가며 외쳤어.

"너무 오래 걸리면 안 돼. 난 2시에는 가야 해." 샘이 내 뒤로 외쳐 불렀어.

"아." 제이미가 실망하겠군. 그동안 삼촌을 거의 보지도 못했는데.

"핀은 어때?" 난 머리카락을 빗으로 긁으며 아래층을 향해 소리쳤어.

"다음번에 제대로 만나면 알려줄게. 우린 지금 근무 패턴이 달라. 매일 5분쯤 문간에서 스쳐 지나는데, 하나는 출근길이고, 하나는 자러 가는 길이야."

"준비됐어." 잠시 후 헉헉대며 층계를 뛰어 내려가 보니 샘이 맨 아래 계단에 앉아 있었어.

"통과." 샘이 웃음을 지었어. "이렇게 보니까 좋다."

난 다시 눈물이 그렁그렁해서 고개를 끄덕였어. "나도." 갑자기 제이미가 학교에 있어서 나랑 오빠랑 둘뿐인 게 기뻤어. 실제보다 더 잘 견디고 있는 척하면서 계속 떠들지 않아도 되니까. 엄마 노릇을 하지 않아도 되니까. 그냥 나로 있으면 되니까. 그게 누구든.

*

식당은 조용했고 우린 구석에, 정원을 내다보는 긴 유리창 옆에 있는 식탁을 골랐어. 커다란 암소 가죽이 벽에 걸려 있고 그 옆에는 새들과 다른 동물들의 동상이 있어.

샘은 버거를 주문했어. 버거는 무슨 빵과 고기로 쌓은 탑 같았고, 은제 통에 든 감자튀김이 같이 나왔어. 난 피시 앤드 칩스를 주문했어. 양이 엄청 많았지만 배가 아프도록 먹었어. 샘이 일요일 신문의 십자말풀이를 마치 어린애가 몰래 숨겨 온 단것을 나눠 먹자는 것처럼 주머니에서 꺼냈고, 우린 입안에 먹을 것을 욱여넣는 사이사이에 그 위로 머리를 맞대고 궁리했어.

난 힌트들에 집중하려고 최선을 다했어. 하지만 내 머릿속은 꽉 막힌 개수대 같았고, 답들은 엄마와 핀에 관한 대화 사이에서 조금씩 조금씩 새어 나왔어. 우린 안전지대에 머물렀어. 둘 다 당신 이야기나, 제이미와 내가 어떻게 슬픔을 극복하고 있는지는 입에 올리지 않았어. 그래서 난 고마웠어.

"이렇게 오빠를 보니까 너무 좋다." 우리가 차가운 오후의 햇살 속으로 나설 때 내가 말했어. 하도 많이 먹어 배가 쑤실 정도야. "이렇게 먼 걸음 안 해도 됐는데."

"무슨 말씀을." 샘은 내 어깨에 한 팔을 둘러 자기 차 쪽으로 날 몰고 갔어. 경주용 차 같은 녹색에 군데군데 녹이 슬고 움푹 파인, 낡은 볼보였어. "넌 굉장한 여자야, 테스. 그런 일을 겪고 나서도……."

난 아무 말 없이 고개만 끄덕였어. 목이 멨고 눈물이 쏟아질 것 같아 겁이 났어. 점심을 그렇게 기분 좋게 먹어놓고 이제 와 울기는 싫었어. 감정의 파도가 한차례 휩쓸고 잔잔해질 때까지 이를 악물었어.

"조만간 우리 보러 올 거지?" 샘이 물었어. "일주일 정도 마을을 떠나 있으면 너한테도 좋을 거야."

"엄마가 오빠더러 그렇게 말하라고 시켰어?" 난 눈을 가늘게 뜨며 물었지만 웃음은 지우지 않았어. "엄마도 똑같은 소릴 하던데."

"아니, 하지만 왜 그러시는지는 알겠다. 그 낡고 휑뎅그렁한 집 안에서 지내는 게 더 나을 것 같진 않아."

"난…… 지금은 혼자 나가기가 힘들어. 2주 전에 상점에서 공황발작 비슷한 걸 겪었어. 셸리가 거기 없었다면 난 어떻게 해야 할지 몰랐을 거야."

어떤 남자가 쫓아왔다는 것과 내가 외출한 사이 집에 누가 침입했었다는 이야기를 할까 말까 아주 잠깐 고민했지만, 결국 하지 않았어. 당시 나와 함께 있던 셸리조차 내 말을 믿어주지 않았는걸. 멍청한 기계 음성이 메시지가 모두 삭제됐다고 알릴 때 식당 문간에 서 있던 셸리의 모습이 머릿속에 생생히 떠올라. 셸리의 표정은 모든 것을 말하고 있었어. 셸리가 믿어주지 않는데, 내가 샘을 설득할 확률이 얼마나 되겠어?

그 대신 난 마을과 그 아래 농지를 먼눈으로 바라보며 "2주 후면 제이미 생일이야" 하고 말했어. 강둑을 넘어 들판으로 쏟아져 나온 강물이 거대한 호수를 이루고 있어.

"알아." 샘이 뒤에서 나를 향해 물었어. "너 괜찮겠어?"

"그럴 것 같아. 힘들겠지만." 당신 없는 제이미의 생일을 생각하니 가슴에 바위 하나가 내려앉아. "셸리를 초대할 거야." 셸리라면 나로서는 절대 하지 못할 방식으로 그날을 즐겁고 축하하는 분위기로 만들어주겠지.

샘은 대답하지 않았지만 뭔가 말하고 싶어 하는 게 느껴져. 난 오빠를 돌아보고 물었어. "뭐야?"

"있지, 내가 이런 말 한다고 미워하지 마, 응?"

"뭔데?"

"그냥, 아빠 돌아가시고 나서 엄마 옆에 얼씬대던 남자 기억해?"

"당연하지. 엄마한테서 떨어지지 않으려 했잖아."

"네가 나한테 그 남자를 찾아가서 엄마를 어떻게 생각하는지 남자 대 남자로 얘기해보라고 시켰지." 샘이 얼굴을 찡그리자 난 웃음이 나왔어. "그래서 그 남자가 몇 년 전부터 엄마를 사랑해왔고, 아빠의 빈자리를 간절히 채우고 싶어 한다는 걸 알게 됐지. 엄마는 그 이야기를 듣고 경악하셨고. 그 남자를 그냥 좋은 친구로만 생각하셨으니까."

"그래서? 그게 셸리하고 무슨 상관인데?" 나도 모르게 퉁명스러운 말투로 물었어.

"아마 아무 관계도 없을 거야. 있지……. 난 네가 새로 친구를 사귀고, 그 친구한테 도움을 받는 건 좋아. 하지만 그냥 혹시 그 여자한테 무슨 딴 속셈이 있는 건 아닌지 네가 확실히 알아봤으면 좋겠어. 그냥 그렇다고. 넌 이제 부자가 될 수도 있으니까, 누군가한테 이용당하는 일이 없었으면 좋겠어. 그 여자가 나랑 엄마한테 너 말고 자기한테 전화하라고 하는 게 네 생각엔 이상하지 않니? 우린 네 가족이잖아."

난 "그건 내가 부탁했기 때문이야" 하고 대꾸했어.

"정말 확실해?"

"그래." 실은 기억이 안 났어. 하지만 그랬을 게 분명하고, 혹시 아니었대도, 셸리가 그런 제안을 했다면 오로지 날 돕고 싶어서였을 거야.

"그럼 됐어. 그래도 난 너한테 전화할 거야. 네가 받든 안 받든."

난 웃음을 지었고, 우린 오랫동안 서로 꽉 끌어안고 있었어. "받을게. 약속해. 오빠는 걱정할 필요 없어. 셸리는 좋은 친구야. 그뿐이야." 난 농담으로 "셸리는 마크의 빈자리를 채우려는 게 아니야" 하고 덧붙였는데, 그때 생각이 났어. "그건 그렇고 이안도 나한테 같은 소리를 하더라."

"이안? 마크의 형?"

난 고개를 끄덕였어. "마크의 유산을 정리하라고 날 계속 귀찮게 굴고 있거든. 몰랐는데 마크가 이안한테 빌린 돈이 있어서, 이제 그만 돌려받아야 한다나 봐." 이안을 생각하니 살갗에 오스스 소름이 돋았어. 그 사람이 내가 외출한 사이 집에 몰래 들어온 걸 생각하니까 말이야. 난 적어도 그렇게 확신해.

"마크가 너한테 말도 안 하고 그런 일을 했을까?"

난 어깨를 으쓱했어. "모르지. 알아봐야지."

"그 이야기를 하고 싶거나 도움이 필요하면 나한테 연락할 거지?" 샘이 차 문을 열며 물었어. "난 네 옆에 있어, 테스. 제발 노팅엄에 지내러 오는 거 생각해보겠다고 말해줄래?"

"아마도 여름에. 제이미 생일까지는 기다려줘. 그다음에 날짜를 정하자."

샘은 고개를 끄덕였지만 여전히 걱정하는 기색을 지우지 못했어.

"그만 출발하는 게 좋겠다." 내가 말했어.

"그럼 타."

"괜찮아. 난 걸어서 돌아가면 돼."

"정말 괜찮겠어?"

"나한테 좋을 거야." 마을을 아주 멀리 돌아서, 천천히 걸어갈 생각이야. 그러면 제이미 학교 끝나는 시간이랑 얼추 맞겠지.

"잘 지내, 동생."

"와줘서 고마워." 난 대답했어.

샘이 차에 올라탔어. 엔진이 잠시 끙끙 앓더니 시동이 걸렸어. 오빠는 차를 몰아 내 옆을 지나가면서 전화 달라는 손동작을 취했어. 난 고개를 끄덕이며 손을 흔들어 보인 후 걷기 시작했고.

마을로 걸어가는 길에 십자말풀이 문제들을 생각하면서, 답이 바로 손 닿는 곳 너머에 있는 것 같던 그 감질나는 느낌을 떠올렸어. 침대 옆에 놔둔 공책 생각이 났어. 페이지는 점점 채워지고 있지만, 아무리 이해하려고 애써도 질문만 더 늘어나는 것 같아.

이렇게 계속 어둠 속에 틀어박혀 살 수는 없어. 답을 찾도록 노력해야 해. 당신 서재의 상자들부터 시작해야겠어. 이안이 왜 그걸 뒤졌는지를 알아내야겠지.

*

그날 오후에는 상자들을 건드리지 않았어. 이유, 아니 핑계가 열 가지도 넘었지. 내일 시작하면 더 좋을 이유가. 어쩌면 그냥 게으름을 피운 것일지도 모르고, 어쩌면 샘을 만나고 나니까 진이 빠져버려서 그랬는지도 몰라. 음식점에서 돌아오는 길에 한 긴 산책도 도움이 안 돼. 제대로 된 몸 상태가 아니야.

학교 끝나고, 난 제이미가 눈이 가물가물해질 때까지 플레이스테이션을 하게 해줬어. 우린 남은 파에야를 먹고 내 나이보다 더 오래된 〈톰과 제리〉 재방송을 함께 봤어. 제이미한테 책을 읽어준 후 곧장 내 침대로 가서 이불을 고치처럼 둘둘 말고 눈을 질끈 감았어. 당신이 가버린 뒤로 내가 실제로 잘 수 있을 거라고 생각하며 침대에 든 건 처음이었어.

하지만 틀린 생각이었어.

37

전화가 울려. 내가 의식과 무의식 사이 어딘가를 헤매고 있을 때. 꿈인 줄 알았어. 그 높게 지저귀는 소리가 무의식을 쿡쿡 찌르며 날 겁나게 해. 늘 꾸던 악몽인 줄 알았는데 아니야. 어둠 속에서 눈꺼풀을 깜빡거리다 눈을 떴어.

이불을 마구 휘저으며 침대의 당신 자리에 놔둔 휴대폰을 찾아 더듬거렸어. 야광의 녹색 불빛이 방 안을 비췄고, 시간을 확인해보니 아직 밤 9시도 안 됐어.

셸리일 거라고 짐작하면서, 셸리이길 바라면서 고개를 기울여 메시지를 들었어. 하지만 침묵뿐이야. 또 그 끊어지는 전화. 느린 공포가 몸을 타고 똑똑 떨어지는 것 같아. 이제 다시 잠들 수 없을 거야.

난 다 끝났다고 생각했어, 마크.

콜센터일 거야, 테시. 밤낮없이 매일 전화질이라고 어머니가 늘

투덜대셨잖아, 기억해?

어쩌면.

힘겹게 침대를 벗어나 계단을 타박타박 내려갔어. 가면서 전등을 켰어. 목도 말랐고, 머리를 비우고 텔레비전이나 보면서 그 전화와 내 가슴속에 방울방울 떨어지는 공포를 잊고 싶었어. 우리가 볼 수 있는 3백 개는 되는 채널 중에 뻔한 내용의 액션영화가 틀림없이 한 편은 있겠지. 아니면 리얼리티 쇼 같은 거나. 뭐든 잡담과 소음과 삶이 담긴 거.

부엌에서 물을 벌컥벌컥 마시고 있는데 전화가 다시 울렸어. 난 그 자리에 못 박혔어. 전화벨을 네 번 세고서 자동응답기로 넘어가게 됐어. 셸리라면 내가 받아야지.

"테스?" 걸걸한 남자 목소리에 숨이 턱 막혔어. "당신 거기 있는 거 알아, 테스. 부엌에 있는 거 다 보여. 전화 받아."

그 말의 내용뿐 아니라 말투에 담긴 악의가 내 피를 얼어붙게 해. 그 남자가 날 보고 있어. 바깥에 있는 거야. 쪽문이 활짝 열려 있을 것만 같아 그리로 뛰어갔어. 슬리퍼가 타일 위로 자꾸 미끄러졌지만, 문간으로 가서 떨리는 손으로 잠겼는지 확인했어. 잠겨 있어. 가슴에서 심장이 폭발할 듯 쿵쾅거려.

"걱정 마, 테스. 난 오늘은 안 가." 남자가 말했어. 걸걸한 웃음소리가 부엌에 울려 퍼져. "그냥 이야기나 해보자고. 전화 받아."

난 재빨리 창문 앞을 지나쳤어. 뭔가 움직이는 걸 찾아 진입로를 훑었지만 보이는 건 어둠뿐이야.

"받아." 식당의 전화기 앞까지 갔을 때 남자가 다시 부르짖었어.

온몸이 벌벌 떨려. 그저 내 다리로 가능한 한 빨리 계단을 올라가 제이미의 방에 바리케이드를 치고 숨고 싶은 마음뿐이야. 하지만 그럴 수 없어. 우리 어린 아들이 제 침대에서 자고 있는데 우리 집 밖에 어떤 남자가 있어. 도망칠 곳은 없어.

"누구…… 누구세요?" 난 더듬대며 전화기를 귀에 갖다 댔어.

"당신 남편이 내 물건을 가지고 있어."

"누구야?" 난 억지로 강한 척하는 목소리로 다시 물었어. 식당 창을 향해 고개를 홱 돌렸어. 남자가 날 볼 수 있을까? 난 복도로 나가 차가운 바닥에 주저앉았어.

"그게 필요해." 남자가 말했어.

"난 당신 말이 무슨 뜻인지 몰라."

또다시 걸걸한 웃음소리가 들렸어. "알 텐데, 테스. 당신 남편은 골치 아픈 세계에 발을 들였고, 난 당신이 내가 무슨 얘기를 하는 건지 정확히 알 거라고 봐. 마크가 날 위해 하던 일이 있었고, 당신은 그걸 손에 넣게 될 거야. 나한테 그걸 돌려줘야 해."

"난…… 그게 뭔지 몰라. 마크는 나한테 자기 일 이야기는 전혀 안 했어. 난 당신을 도울 수 없다고."

"당신은 영리한 여자잖아. 당신이라면 알아낼 거야. 귀하신 아드님한테 무슨 일이 일어나는 건 원하지 않겠지."

"내 아들은 건드리지 마." 그 말이 쏟아져 나오는 동시에 눈물이 내 얼굴을 타고 흘렀어.

"걱정 마. 난 누구도 다치게 할 생각은 없어." 하지만 남자의 목소리에 담긴 악의는 다른 말을 하고 있어.

"난…… 아무것도 몰라. 맹세코 당신이 무슨 말을 하는 건지 전혀 모르겠어."

"당신이라면 분명 알아낼 거라고 믿어, 테스."

"내 이름은 어떻게 알았지?" 억누른 비명이 목을 콱 막고 있어서 한마디 한마디 내뱉는 게 투쟁 같아.

"당신에 관해서라면 난 모르는 게 없지. 지금은 내 인내심이 동나기 전에 착한 아가씨답게 나한테 파일을 갖다 줄 때야."

"하지만……."

"하지만은 없어, 테시." 남자는 내 이름을 길게 끌어 발음하고는 딸깍 소리와 함께 전화를 끊었어.

전화를 떨어뜨리고 빰이 나무 바닥에 닿을 때까지 바닥에 몸을 웅크렸어. 집이 나를 둘러싼 채 핑핑 돌았고, 힘겹게 들어가고 나오는 내 숨소리 말고는 아무것도 들리지 않아. 공기를 못 빨아들이겠어, 마크. 숨을 못 쉬겠어.

그만해, 테스. 당신은 할 수 있어.

못 해.

검은 얼룩들이 눈앞을 기어 다녔어.

숨을 못 쉬겠어.

난 여기서 죽고 말 거야.

그렇지 않아, 테시. 우리가 스테이시의 집들이 파티에서 처음 만났을 때 기억해? 당신은 반짝이가 뿌려진 검은색 상의를 입었고 난 여전히 정장 차림이었지. 당신이 나더러 부동산 중개사냐고 물어서 내가 당신더러 작업을 원래 그런 식으로 거냐고 받아쳤잖아.

계속 말해줘.

거실에 사람들로 발 디딜 틈이 없었고 음악도 너무 요란해서 벽이 웅웅거릴 정도였지. 우린 정원에서 조용한 곳을 찾아 저녁 내내

이야기했지.

난 당신을 본 순간 특별한 느낌을 받았어.

나도 그랬어, 테시. 나도 그걸 느꼈어. 난 그다음 금요일에 친구들이랑 주말 골프를 치러 포르투갈로 비행기를 타고 갈 예정이었어. 하지만 당신을 만나려고 그 여행을 취소했지.

기억나.

내 숨소리가 달라지고 있어. 들숨이 매번 더 길어져. 일어나 앉아 빙빙 도는 게 멈출 때까지 고개를 양손에 묻고 있어.

여전히 그 남자 목소리가 머릿속에서 떠나지 않아, 마크. 그 남자는 날 테시라고 불렀지. 왜 그 남자한테 그 이름을 알려준 거야? 날 테시라고 부른 사람은 당신뿐이었어. 그것도 우리 둘이 있을 때만 그랬지. 그건 우리만의 것이고 다른 사람은 아무도 몰라.

경찰에 전화해야 할까? 그 남자는 당신이 골치 아픈 일에 발을 들였다고 했지, 마크. 경찰이 이걸 캐물을까? 신문은 여전히 그 사고에 관련된 소식에 목말라 있어. 만약 피해자 중 범법자가 있었다는 게 발각된다면…… 당신 사진이 온통 전면에 도배되고 말 거야, 당신은 진흙탕으로 끌어 내려지고, 제이미와 나도 같이 끌려가겠지. 제이미를 그렇게 만들 순 없어. 이 일은 나 스스로 해결해야 해.

바닥을 엉금엉금 기어서 계단으로 가는데 무릎이 나뭇결에 쓸려 아파. 아직 이름도 모르는 그 남자의 말 때문에 나는 여전히 벌벌 떨고 있어. 난간을 붙잡고 간신히 몸을 일으켜 세웠어.

당신 서재의 등을 딸깍 켜고 양팔로 몸을 감싸 안았어. 첫 상자는 기우뚱하게 놓여 있고, 덮개는 내가 마지막으로 들여다봤을 때와 마찬가지로 제대로 안 닫혀 있어.

여전히 내가 뭘 찾는지조차 모르지만, 그래도 찾아야 해. 이번엔 제대로.

남자 목소리가 머릿속에서 메아리쳐. **"난 당신에 관해 모르는 게 없어……. 마크가 날 위해 해주던 일이 있었지."**

"도대체 그게 뭔데?" 난 텅 빈 방 안을 향해 물었어. 내가 뭘 찾아야 하지?

외장하드? USB 스틱? 그게 뭐든, 이 집 안에 있다면 이 상자들 안에 있을 게 틀림없어.

첫 상자, 당신 생명보험 증서가 든 상자를 두고 대신 둘째 상자를 택했어. 상자를 하나하나씩 풀어, 책, 서류, 그리고 컴퓨터 장비를 분류해서 차곡차곡 쌓았어. CD 몇 장이 있었지만 전부 당신의 대학 재학 시절 날짜가 적힌 딱지가 붙어 있었어.

마지막 상자를 열 즈음엔 상자들 안에 있던 물건들이 이미 잔뜩 쌓여서 낡아빠진 카펫을 다 가려버렸어. 당신 생명보험 증서가 든 상자. 이건 더 개인적인 거였어. 첼름스퍼드 집의 융자 증서들과 청구서들, 자동차검사 서류들, 입출금 내역서, 그리고 주택보험과 관련된 것들. 외장하드나 USB 스틱은 없었어. 파일을 저장할 만한 건 아무것도 찾아내지 못했어.

한 손엔 노란색 생명보험 증서를 들고 다른 손엔 입출금 내역서를 든 채 텅 빈 상자들과 난장판이 된 바닥을 응시했어. 여기엔 아무것도 없어. 어쨌든 그 남자가 원할 만한 건 없어.

몸서리를 치면서 전등을 끄고, 우리 방으로 돌아가서 이불의 온기에 몸을 묻었어.

우선 입출금 내역서부터 처리하자. 노란 폴더를 안 보이게 베개

밑으로 밀어 넣으면서 결심했어. 마치 이빨 요정이 와서 그걸 나 대신 치워주기라도 할 것처럼.

이제 이안의 돈과, 왜 당신이 애초에 그걸 필요로 했는지 알아내야만 해. 그건 이 남자와, 그리고 이 남자의 협박과 관련이 있을 게 분명하니까.

종이의 바다로 침대를 뒤덮었어. 한 장도 빠짐없이 가지런한 타이프 글자가 줄줄이 적혀 있고, 양면이고, 오른쪽에 두 줄의 숫자가 적혀 있어. 입금과 출금. 전부 똑같아 보여. 공동예금계좌는 꽤 단순했어. 당신이 매달 초에 돈을 넣으면 잔금이 매번 가스비와 식료품비로 빠져나갔어. 내 GCSE와 SAT 개인교사 일로 들어오는 돈도 있긴 했지만 푼돈이었지. 매주 60파운드, 때로는 거기에도 못 미쳤고.

처음에는 뭔지 몰랐는데 다시 보니 이상한 구매 내역이 몇 건 있어. 산체스 65파운드, 첼름스퍼드의 맞춤 제작 보석상에서 20파운드. 휴대폰을 움켜쥐고 그 업체를 구글에 검색했어. 검색 결과 페이지가 뜬 순간, 지난 9월 줄리 생일 때 첼름스퍼드의 엄마들이랑 저녁식사를 한 게 기억났어. 생일 파티 겸 내 송별회였지. 난 줄리한테 생일 선물로 귀고리를 사줬어. 지금은 무슨 전생의 일처럼 느껴지지 뭐야.

입금. 출금. 아마존, 테스코, 주유소. 반복. 반복. 반복. 이런 내역서는 아무런 답도 제시하지 않아. 그저 내 삶이 얼마나 따분한가를 일깨워줄 뿐. 그리고 당신이 당신 재정을 철저히 따로 관리했다는 것도. 매달 돈을 넣는 것을 제외하면 당신은 이따금 하는 가족 외식과 청구서 외에 다른 목적으로는 공동예금계좌를 사용하지 않았어.

하지만 내 인생이 지루하다면 당신 인생도 마찬가지였어. 당신 개인 계좌도 다를 것 없었지. 매달 입금난에는 한 건의 내역이 있어. 액수는 매번 달랐지만, 그건 그럴 수 있지. 당신 기본급에 추가로 오는 수당은 당신에게 곧장 입금된 뒤 그중 꽤 큰 액수가 공동예금계좌로 이체됐지. 당신이 왜 그런 식으로 했는지 궁금해. 왜 우리 둘 다 이용할 수 있는 계좌로 월급을 곧장 들어오게 하지 않았는지. 마치 당신이 나랑 별도로 관리하려고 한 것 같잖아.

월급 액수를 들여다봤어. 내가 생각한 것 이상이야. 내가 제이미를 가지면서 우린 관계의 단계들을 너무 많이 건너뛰었어. 아니, 너무 많이 건너뛴 게 아니라 아예 싹 지워버렸지. 우린 주말여행도 한 번 가지 않았고, 상견례도 없었고, 첫 부부싸움도 없었어. 서로 월급을 터놓는 게 관계의 한 단계인지는 잘 모르겠지만, 그렇든 아니든 우린 그냥 건너뛰었어.

당신의 지출난은 내 것만큼 지루했어. 소소한 커피숍 지출들이 있었고, 술집에서는 그보다 좀 더 썼지. 금요일 밤의 1차나 2차. 12월에 당신이 산 셔츠 값 70파운드. 당신이 특대종이봉투에 담긴 그 셔츠를 들고 들어오던 게 기억나.

현금 인출도 좀 있었지만 절대 놀랄 만한 액수는 아니었어. 모든 걸 카드로 긋는 나와 달리 당신은 늘 지갑에 현금을 넣어두길 좋아했지.

일반적이지 않은 건 아무것도 없어. 여기엔 답이 없어. 이안의 돈에 대한 흔적도 전혀.

걱정하지 말라고 했잖아, 테시.

걱정하지 말라고? 우리 집 앞에 여전히 서 있을지도 모를 그 남자는 어쩌고? 어떻게 나한테 걱정하지 말란 말을 해?

다시 베개에 풀썩 몸을 던지자 종이들이 날아올라 바닥으로 떨어졌어. 머리 밑에서 뭔가 구겨지는 소리가 나는 바람에 생명보험 증서 생각이 났어. 눈을 감은 채 폴더가 만져질 때까지 손가락을 집어넣었어.

더 미뤄봤자 무의미하니까.

폴더를 열면서 눈을 떠 내가 찾는 게 들어올 때까지 글자들을 훑었어.

보험금 : 200만 파운드.

눈을 깜빡여 초점을 맞추고 다시 봤어. 설마, 20만 파운드를 잘못 봤겠지. 깜짝 놀랐어. 정말 믿을 수 없어. 융자를 갚고도 남을, 아니 평생 다 못 쓸 돈이야. 눈 하나 깜짝하지 않고 당신 형의 돈을 갚아버리고도 남을 돈.

200만이라니, 마크. 이게 어떻게 가능해? 이 정도면 나도 알았어야 하지 않아? 틀림없이 우리가 유언장을 작성했을 때 이 얘기도 나왔었겠지. 그날 좀 더 주의해서 듣지 않은 게 후회돼. 난 정말이지 그 일을 중요하게 여기지 않았어. 우리한테 그게 필요한 날이 올 줄은 결코 몰랐으니까.

내가 어떤 심정이어야 하는지 헷갈려. 안도감? 난 평생 다시 일하지 않아도 될 거야. 돈 걱정은 두 번 다시 하지 않아도 되겠지. 아마 그게 당신 의도였겠지만. 하지만 한 푼 한 푼이 우리가, 당신과 나, 그리고 제이미가 뭘 잃었는지를 생각나게 만들겠지. 그 어떤 액수로도 당신을 잃은 건 보상이 안 돼, 마크.

하지만 난 그래야만 했어, 테시. 당신이 내내 걱정하게 내버려둘 수는 없었어.

아 마크. 제이미의 목숨이 위험에 처할 판에 돈이 다 무슨 소용이야? 그 남자가 원하는 게 뭔지 몰라도, 나한텐 그게 없어.

침대 옆 협탁에서 공책을 급히 집어 들어 휘리릭 넘겼어. 답은 여기 어딘가에 있을 게 분명해. 이안의 이름에 멈춰서 반짝이는 검은 볼펜으로 동그라미를 그렸어. 이안의 돈은 어디 있지?

아직 전화기를 손에 든 채야. 미처 머릿속을 정리할 틈도 없이 이안의 번호를 눌렀어.

"여보세요, 테스." 이안이 혼미한 목소리로 전화를 받았어.

"미안해요, 자는데 깨웠나요?"

"괜찮아요." 침대에서 일어나 앉는지 부스럭거리는 소리가 들려. "무슨 일 없죠?"

"네…… 그냥…… 입출금 내역서를 들여다보고 있어요."

"잘했어요"라는 이안의 대꾸에, **이제서야?**를 덧붙이지 않으려고 얼마나 초인적인 자제심을 발휘하고 있을까 싶어.

"하지만 당신이 마크한테 빌려준 돈의 흔적은 전혀 안 보여요."

침묵이 흘렀어.

"이안?" 끊겼나 싶어 신호를 확인했어. 한 칸밖에 안 떠 있어. 유선전화로 걸었어야 했는데.

"듣고 있어요. 아마 다른 계좌겠죠."

"아닌 것 같아요. 금융 관련된 것들은 다 뒤져봤는데, 계좌 두 개에 대한 내역서가 전부예요. 당신 어머니가 돌아가시기 전부터 쭉 훑어봤는데도요. 그 이후라고 했죠, 맞죠?"

"맞아요."

"마크가 당신한테 준 계좌번호 가지고 있어요?"

"수표로 써줬어요."

"아."

"내가 그 애를 구해준 건 처음이 아니었어요. 마크는…… 그 애는 착했지만 돈 문제에 있어서는……." 이안은 말끝을 얼버무렸어.

그게 사실이야, 마크? 침대와 바닥에 흩어져 있는 입출금 내역서를 내려다봤어. 당신이 돈 문제에 그렇게 엉망이었다면, 빚은 어디 있지? 신용카드 연체금은? 증거는?

"테스." 이안이 말했어. "내가 제안 좀 해도 돼요?"

"뭔데요?"

"내 법의학 회계사가 그 계좌에 접근할 수 있게 해줘요. 내 밑에서 내 의뢰인과 자금 추적을 담당하고 있는 친구예요. 당신이 그 친구한테 내역서를 전부 주고 위임장을 주면, 그 친구가 전부 알아서 처리할 거예요. 마크가 가진 다른 계좌들을 찾아낼 거예요. 그 친구라면 마크의 이름으로 된 모든 빚을 찾아낼 수 있어요. 연금 같은 것도 찾아내서 당신이 받을 수 있게 해줄 거고요. 그게 직업인 다른 사람한테 맡겨둬요. 가뜩이나 힘든 당신이 이런 스트레스까지 받으면 어떡해요, 테스. 장례식장에서 당신한테 그렇게 불쑥 말하는 게 아니었어요. 미안해요. 난…… 나도 너무 마음이 아픈 나머지 차라리 돈 생각에 집중하는 게 덜 괴로워서 그랬어요, 그러니까……." 이안이 말끝을 흐린 게 차라리 다행이야. "미안해요. 당신이 이해해줬으면 좋겠어요."

난 "생각해볼게요"라고 대꾸했지만, 진심은 아니야. 우리 재정을 더 깊이 들여다봐야겠다는 결심이 서면, 내가 직접 법의학 회계사를 고용할 거야. 이안이 당신 형인 건 알지만, 마크, 난 그 사람을 믿지 않아.

“그리고 테스?”

“네?”

“마크의 생명보험 증서 찾았어요?”

“네, 왜요?” 그 질문은 무심결에 튀어나왔어. 활짝 열려 있던 부엌문과 뭐라고 딱 꼬집어 말할 수 없던 그 향기가 떠올랐어.

“그냥 당신이 그걸 갖고 있는지 확인하고 싶었어요. 그뿐이에요.” 이안이 말했어.

“그 액수, 알고 있었어요?”

또다시 침묵.

“마크는 당신이 돈 걱정을 하지 않았으면 좋겠다고 했어요.” 이안이 대답 대신 말했어. “있죠, 이런 일을 겪고 안 힘든 사람은 당연히 없겠지만, 세상은 계속 돌아가고 있어요. 마크는 당신이 재정적으로 어려움을 겪지 않게 해놨어요. 내가 너무 여러 번 말했다는 건 알지만, 제발, 테스. 최소한 제이컵하고 이야기해서 그 절차를 시작하면 당신 마음의 짐이 조금 덜어질지도 몰라요.”

그 느낌이 다시 몰려와. 이안이 나한테 뭘 감추고 있다는 느낌. 상자들이 쌓인 방식이 달라진 것과 보험 증서가 너무 완벽하게 위에 놓여 있던 게 떠올라. 공중에 떠돌던 그 냄새는 마치…… 마치 남자용 코롱의 잔향 같았어.

숨을 헉 들이켰어.

“테스, 당신 괜찮아요?”

그동안 이안을 의심하긴 했지만, 이제야 비로소 확신하게 됐어. 열쇠수리공을 불러 자물쇠를 바꿔달라고 하길 천만다행이었지.

"테스?" 갑자기 귓전에서 속삭이는 이안의 목소리에 난 움찔했어.

"늦었어요. 그만 끊어야겠어요." 이안이 뭐라고 더 말할 틈을 주지 않고 재빨리 전화를 끊었어.

휴대폰을 이불에 떨어뜨리고 당신 생명보험 증서를 집어 들었어. 노란색 폴더에 적힌 0800번호를 누르는 것보다 더 쉬운 일이 있을까. 그 보험금을 현금으로 수령해서 융자를 갚아버리자. 아예 이사를 가는 거야. 담장이 쳐진 정원과, 아주 작은 미풍에도 흔들리지 않는 창이 딸린 작은 집을 얻어야지.

하지만 거기엔 제이미를 위한 트리 하우스가 없겠지. 모든 방에 당신이 있는 것 같은 느낌도 없을 테고. 나나 제이미가 과연 그걸 기꺼이 포기할 준비가 되어 있을까?

난 공책을 가져와 글을 적기 시작했어.

38

엘리엇 새들러(ES)와 테레사 클라크(TC, 오클랜드 병원 하트필드 병동에 입원 중)의 대화 녹취록, 4월 11일 수요일, 세션 2(계속)

ES : 다시 안녕하세요, 테스. 시작하기 전에 물 한잔하시겠어요?

TC : 감사하지만 됐어요.

ES : 다친 덴 좀 어떠세요?

TC : 괜찮아요. 소식 좀 있었나요? 제이미가 어디 있는지 아세요?

ES : 노력 중이에요. 아까 누군가가 부인 댁에 들어와서 물건들을 가져갔다고 했죠. 그때 처음으로 경찰에 전화하신 건가요?

TC : 아뇨.

ES : 그럼 어떻게 하셨죠?

TC : (침묵) 자물쇠를 바꿨어요. 경찰에 전화하지 말라고 셸리가 만류했거든요. 셸리는 아무도 날 믿어주지 않을 거라고 생각하게 만들었죠. 그 모든 게 내 머릿속 생각이라고. 하지만 그건 사실이 아니었어요.

ES : 부인은 틀림없이 댁에서 무척 공포를 느끼셨겠군요.

TC : 항상 그랬던 건 아니에요. 어쨌든 그때까지는 아직 아니었어요.

ES : 하지만 나중에는 공포를 느끼셨다는 거죠?

TC : 네.

39

3월 24일 토요일, 제이미 생일 15일 전

오늘 아침, 난 화난 채로 눈을 떴어. 사실 격분했지. 당신이 죽은 게 화가 났어. 날 테시라고 부른 그 역겨운 악당한테도 화가 났고. 내가 겁먹은 데도 화가 났어. 뭔가가, 뭔가 옳지 않은 일이 일어나고 있는데 그게 당신이 나한테 감추고 있었던 일이라는 게 화가 났어.

열쇠수리공이 어제 다시 와서 앞문과 쪽문의 자물쇠를 바꿔주고, 반짝이는 새 열쇠 두 세트를 건네줬지만, 난 여전히 거의 한 시간에 한 번씩 문이 잘 잠겨 있는지 확인하느라 부엌을 왔다 갔다 하고 있었어.

그러니까 난 오늘 눈 떴을 때부터 거지 같은 기분이었고, 제이미는 조용했어. 자기 방에 틀어박혀서 아침 내내 레고를 가지고 놀았지. 난 샌드위치를 만들었지만 그 애나 나나 건드리지도 않았고, 제이미는 식탁에서 일어서는 길에 접시를 싱크대로 가져가는 걸 깜빡했어. 보통 때 같으면 그러려니 하고 내가 대신 갖다 놨을 텐데, 오늘은 기분이 부루퉁해서 기어이 한마디 하고 말았어. "제이미, 이리 다시 와서 접시를 싱크대에 갖다 놓으렴."

그 애는 이미 외투를 입고 장화에 한쪽 발을 꿴 참이었어. 동작을 멈추고 몸을 꼿꼿이 세우더니 나한테 이러는 거야. "난 트리 하우스에 갈 거예요. 엄마가 하세요."

순간 분노가 끓어 넘쳤고, 미처 생각할 틈도 없이 난 소리를 빽 질렀어. "제이미, 당장 여기 와서 네 접시를 **직접** 싱크대에 갖다 놔."

제이미는 혀를 쏙 빼서, 아직도 빠지지 않은 앞니를 밀었어. 눈을 가늘게 뜨고 날 노려보면서 이를 앞뒤로 흔들거렸지. 내가 막 다시 쏘아붙이려는데 그 애가 장화를 한쪽만 신은 발로 쿵쿵거리며 부엌으로 들어왔어. 타일 위에 마른 진흙 자국이 찍혔어.

"아주 고맙구나." 난 식탁에서 접시를 들어 올리는 그 애에게 악문 잇새로 웅얼거렸어.

하지만 제이미는 접시를 싱크대에 가져가지 않고, 한 손으로 들더니 마치 프리스비처럼 날려버렸어. 접시가 깨지기도 전에 그 애는 이미 쪽문을 반쯤 나가 있었어.

그 애는 날 직통으로 조준했고, 조준은 거의 정확했어. 젠장. 접시는 날 비껴 쨍그랑 소리와 함께 찬장을 때린 후 조리대에 튕겨서 타일 위에 산산조각 났어.

"셸리 아줌마가 우리 엄마였으면 좋겠어요!" 그 애는 그렇게 소리지르고는 내가 미처 반응할 틈도 없이 정원으로 사라졌어.

부엌 바닥은 산산조각 난 도자기에 뒤덮였어. 흰 지저깨비들이 타일 사이의 실리콘에 내려앉았고, 더 큰 덩어리들은 오븐 밑으로 날

아갔어. 한 조각은 튕겨서 내 슬리퍼 안으로 들어왔지.

무릎을 꿇고 내장을 쥐어짜는 듯한 울음소리를 내며 분노로 가득한 혐오스러운 눈물을 쏟았어. 우린 훨씬 좋아지고 있었어, 마크. 난 온갖 사소한 것들로 잔소리하던 걸 그만뒀었어. 우리가 괜찮아진 줄 알았는데, 그게 아니었어. 전혀 근처에도 못 갔던 거야.

그 순간 나 자신이 미웠어. 지금의 내가, 아무것도 아닌 일로 아이한테 소리 지르는 엄마가. 당신도 미웠어. 그냥 알아두라고.

아, 테시. 미안해.

제이미의 마지막 말이 머릿속에서 몇 번이고 메아리쳤어. 그 애는 진심으로 그렇게 말한 게 아니라고, 난 스스로를 달랬어. 그냥 날 상처 주려고 한 말이라고. 물론 대성공이었지.

네 발로 엎드려 접시와 부스러기와 진흙의 마지막 남은 조각들을 쓸어 담던 그 순간까지 제이미와 나 사이의 상황이 얼마나 나쁜지 제대로 알지 못하고 있었어. 우리 삶의 최근 몇 주를 돌이켜봤어. 우리가 소파에서 함께 울었던 날, 학교에서 돌아오는 길에 제이미가 내게 소리를 질렀고 내가 그 애를 때릴 뻔했던 날. 하마터면. 그 후 내가 정말 이를 악물고 노력해서 정상적으로 보일 수 있었던 작은 시간의 토막들이 있었지. 우리가 루도 게임이랑 웅덩이 건너뛰기를 하고 제이미가 괜찮아 보였던 날.

그리고 난 지금 얼마나 마음이 아프든, 얼마나 녹초가 됐든 상관없이, 뭔가 재미있는 일을 할 필요가 있다는 걸 깨달았어. 제이미를 위해 그렇게 해야만 했어. 그 애는 내 기분을 고스란히 흡수하고 있어. 내가 슬프면 그 애도 슬퍼해. 내가 화가 나면 그 애도 화를 내고.

그 애는 웃을 필요가 있었어. 그 애나 나나. 그래서 나중에, 냉장고를 앞으로 빼 그 밑에 수십 년간 쌓인 먼지와 때와 마지막 도자기 조각을 쓸어 담은 뒤에 제자리에 밀어 넣고 나서(제이미의 사진 자석은 거기 없더군), 난 텔레비전을 켜고 저녁식사 후 제 방에 틀어박힌 제이미를 외쳐 불렀어. "제이미?"

"싫어요." 제이미가 소리쳤어.

"〈유브 빈 프레임드(시청자들이 보내온 홈비디오를 상영하는 프로그램—옮긴이)〉 하는데. 네가 내려오고 싶으면 엄마는 다림질하고 있을게."

잠시 침묵이 흐르고 방문이 삐걱대는 소리에 뒤이어 그 애가 계단을 쿵쿵대며 내려오는 소리가 들렸어.

난 접시 이야기는 꺼내지도 않았어. 입도 뻥긋하지 않았어. 당신 어머니의 낡은 램프를 응접실에서 거실로 옮겨놨어. 술이 달린 버건디색 갓이 뒤틀린 검은 나무 스탠드 위에 매달린 그 램프는 〈미스 마플〉 시대에서 곧장 가져온 것 같았지만, 밝기는 다림질하기에 딱 충분할 정도였어.

그러고서 다용도실에서 다림질감을 가져왔어. 다리미를 건드리기라도 한 게 언제인지 기억도 안 나. 몇 주는 훌쩍 지났을 거야. 실은 거의 두 달 반 가까이 됐겠지만, 그 생각은 지금 하고 싶지 않아. 제이미가 지난 두어 달간 얼마나 구겨진 교복을 입고 다녔을까 하는 생각도 마찬가지로, 그냥 밀어두고 싶어. 그 애의 셔츠를 다림질할 생각은 아예 머리에 떠오르지도 않았지. 날이 그렇게 추웠던 게 차라리 다행이었어. 늘 점퍼를 입고 다녔으니까.

거실 문이 닫혀 어둡고 추운 집의 나머지 부분이 눈앞에서 사라지니 부드러운 램프 조명이 드리운 거실이 처음으로 안락하게 느껴지지만, 어쩌면 그건 조명보다는 제이미의 남자애답게 으르렁대는 웃음소리가 벽에 부딪혀 울린 덕분일 거야.

그 웃음 기억해, 마크? 숨을 헉헉대다가 한숨을 푹 내쉬고 까르륵대다가는 뭔가에 다시 폭발하는.

"아, 안 돼." 제이미가 까르륵대며 눈을 가리고 손가락 틈새로 엿보고 있어. "도대체 왜 저런 짓을 하지?"

텔레비전을 보니 누군가가 거친 폭풍 속에서 낮은 지붕을 오르고 있어. 아주 작은 녹음된 웃음소리가 방 안에 메아리쳤지. 무슨 일이 일어날지 빤히 보였지만, 그럼에도 제이미의 몸은 웃음으로 떨리고 있어.

일곱 살짜리 남자애가 누군가의 불행을 보고 웃는다는 데는 좀 섬뜩한 구석이 있지만, 난 개의치 않아. 내가 제이미의 웃음과 즐거움을 그렇게 그리워하는지 몰랐어. 마치 따뜻한 여름날 저녁 같고, 오랜 친구를 다시 만난 것 같아. 내가 그걸 그리워하는지도 모르고 있었어. 가버린 건 당신인데, 그날 제이미와 나의 아주 많은 부분도 함께 사라져버렸지.

그때 내 시야 가장자리에서 뭔가가 움직였어. 잠깐이었어. 어둠뿐이어야 할 정원에서 빛이 번쩍했어. 살갗에 소름이 돋고 웃음기가 사라지는 데는 그거면 충분했어. 난 다리미대를 떠나 창으로 다가갔어.

한 장짜리 유리창 안으로 싸늘한 공기가 스며들어. 밖은 칠흑처럼 어두워서 검은 거울에 코를 맞대고 서 있는 기분이야. 반사된 전등빛과 거실 소파와 텔레비전을 보는 제이미가 비쳐 보여. 내 얼굴이 보여. 전에는 있는지도 몰랐던 튀어나온 광대뼈와 멍하니 응시하는 텅 빈 눈동자.

소름이 확 덮쳐와서 재빨리 뒷걸음쳤어.

다리미대 앞으로 거의 돌아왔을 때, 그게 다시 보였어. 아까 본 깜빡임, 손전등이나 전화기 같은, 몇 분의 1초에 불과한 흰 빛. 그 빛에 제이미의 트리 하우스로 이어지는 밧줄 사다리와, 그 아래에 서 있는 한 형체의 윤곽이 드러났어.

그리고 전화벨이 울려.

40

난 그 자리에 얼어붙은 채 감히 숨도 쉬지 못했어. 전화벨 소리는 네 번 울리고, 자동응답기가 받기 직전에 끊겼어.

내 몸에서 유일하게 움직이는 부분은 눈동자뿐이야. 더 잘 보려고 이쪽저쪽으로 힘주어 두리번거리고 있어. 하지만 내 쿵쿵 뛰는 심장은 보지 않아도 이미 알고 있어. 누군가가 우리를 지켜보고 있다는 걸.

그 생각은 날 서둘러 행동으로 내몰았고, 난 슬리퍼를 바닥에 딱딱 부딪치며 복도를 달려갔어. 집 안은 바깥을 뒤덮은 밤의 어둠 못지않게 어두워서, 탁자 모서리에 엉덩이를 부딪히고 말았어. 아팠지만 난 멈추지 않았어. 머릿속엔 오로지 쪽문 생각뿐이야. 그게 당장이라도 벌컥 열릴 거고, 그 검은 야구모자 쓴 남자가 우리 집 안에 서 있을 거라는 데 추호의 의심도 없어.

떨리는 손을 자물쇠로 뻗었어. 잠겨 있었어. 내가 아까 잠근 그대로. 안도감이 전신으로 밀려들어. 공기를 찾아 헉헉대며, 이제 뭘 해야 할지 생각 좀 하게 심장한테 천천히 뛰라고 애원하고 있어.

집이 얼마나 안전할까? 쪽문의 새 자물쇠는 얼마나 튼튼할까? 제이미를 들쳐 업고 차로 달려가야 할까? 바깥에 누가 있을까? 감시하며 기다리는 중일까. 그런데 왜? 그 남자일 수밖에 없어, 그렇잖아?

"난 아무도 다치게 할 마음은 없어." 남자는 말했지. 날 반쯤 죽을 지경으로 겁줘놓고.

내가 더 용감한 사람이었으면 얼마나 좋았을까. 쪽문을 벌컥 열고 손전등과 망치를 들고 성큼성큼 밖으로 나가 이 밤에 내 정원에서 우릴 감시하는 그 남자한테 욕설을 퍼부을 수만 있다면. 그 상상이 어쩐지 낯설지 않게 느껴졌는데, 생각해보니까 내가 실제로 그런 적이 있더라고. 여기로 이사 오고 나서 얼마 안 됐을 땐데, 정원에서 정말 끔찍한 소음이 들렸어. 마치 두 사람이 몸싸움을 벌이고 있는 것처럼. 당신은 아직 퇴근 전이었고 제이미는 잠들어 있어서, 난 그 밤에 혼자 밖으로 나갔지. 손전등을 이리저리 휘둘렀는데, 마침내 그 빛에 포착된 건 여우 두 마리의 번쩍이는 눈동자였어. 한창 싸우다가 내 갑작스러운 등장에 깜짝 놀란 모양이더라. 내가 고개를 뒤로 젖히고 깔깔대면서 좀 조용히 싸우라고 했더니 녀석들은 쏜살같이 달아났지.

그때 그 깔깔대던 나는 어디로 사라져버렸지? 만일 내가 더 이상 예전의 그 사람이 아니라면, 난 도대체 누구지?

난 재빨리 도로 거실로 갔어.

쇼 크레디트가 화면 위로 올라가고 있고, 제이미가 나를 향해 씩 웃어 보였어.

"잠자리에 들 시간이야." 난 간신히 지어낸 노래하는 투로 그렇게 말하고 텔레비전을 껐어.

제이미는 고개를 끄덕이고 위층으로 사라졌어.

"사랑해." 난 눈물을 억지로 삼키며 그 애를 향해 외쳤어.

"저도 사랑해요." 그 애가 대답했어.

제이미가 침대에 들었다는 확신이 든 후에야 난 거실 등을 끄고 식당으로 가 내가 떠올릴 수 있는 유일한 사람에게 전화를 걸었어.

"셸리." 난 셸리가 받자마자 응답할 틈도 주지 않고 그렇게 속삭였어.

"테스? 무슨 일이에요? 괜찮아요?"

"우리 집 정원에 누군가가 있어요." 내 배 속의 그 공포가, 아드레날린이 생생하게 느껴져. 화면의 빛이 새어 나가지 않게 전화기를 얼굴에 바짝 붙이고 어두운 거실로 들어가 창 쪽으로 아주 살짝 게걸음을 쳤어. "그 남자가 나무 옆에 있어요. 트리 하우스 밑에요."

날은 저물었지만 하늘에 창백한 초승달이 떠 있어서, 불이 꺼져 있어도 나무 밑을 움직이는 그림자 같은 형체를 희미하게나마 알아볼 수 있어.

"아이고 세상에." 셸리가 헉 숨을 들이켜고는 나를 따라 목소리를 낮춰 속삭였어. "얼른 경찰에 신고해요!"

"어…… 알겠어요. 그 생각을 못 했네." 난 바보가 된 기분으로 대답했어.

"테스, 전화 끊고 경찰에 신고해요. 경찰 말고는 아무한테도 문 열어주지 말고요. 난 가까운 데 있어요. 가능한 한 빨리 갈게요."

전화를 끊는데, 손가락이 너무 떨려서 버튼을 누르는 데 말도 안 되게 오래 걸렸어. 셸리가 맞아. 경찰에 전화해야 해. 모든 걸 이야기해야 해. 난 우릴 안전하게 지켜야 해, 마크. 무슨 일이 일어나든, 난 제이미를 지켜야 해.

갑자기 현실감이 엄습했어. 우리 집 정원에 어떤 남자가 침입해서, 우리 정원 나무에 그토록 태연하게 등을 기댄 채 우리 집을 감시하고 있다니. 제이미와 날 감시하고 있다니. 셸리가 그렇게 당황하는 걸 보니까 누가 현실을 내 목구멍에 쑤셔 넣는 것만 같아. 난 비틀대며 휘적휘적 거실을 나섰어.

맨 밑 계단에 앉아서 경찰에 전화했어. 영화에서처럼 빨리 처리되는 일은 절대 없지. 그냥 교환원에게 이름과 주소를 알려주고 뭘 원하는지 말하는 데만도 한참 걸렸어. 시간은 똑딱똑딱 지나가고, 그 남자가 아직도 거기서 감시하고 있을지 모르겠어. 이틀 전 밤에 내게 전화했고, 매닝트리에서 날 쫓아온 남자 말이야. 둘이 같은 남자일 건 당연하잖아?

교환원은 똑 부러지고 냉정한 사람이었어. "사람이 확실한가요?"

"네. 손전등이나 휴대폰 빛 같은 걸 봤어요."

"혼자 계세요?"

"네…… 아니, 아뇨. 제 아들 제이미가 있지만 그 애는 겨우 일곱 살이에요."

"집은 안전한가요?"

"그런 것 같아요. 문을 다 확인했는데 잠겨 있어요."

"좋아요, 지금 부인 주소로 경찰을 보내겠습니다. 오늘은 바쁜 밤이라서 시간이 좀 걸릴 수도 있어요."

쾅쾅 두들기는 소리가 집 안으로 메아리치고 뒤이어 셸리의 외침이 들려왔어. "테스, 나 셸리예요."

"방금 그 소리는 뭐였죠?" 교환원이 물었어.

"그냥 제 친구 셸리예요."

"그분이 바깥에 있던 그 사람인가요?" 이제 교환원의 목소리에는 의심하는 기색이 묻어나. '지금 공권력을 낭비하시는 건가요?' 하는 어투.

"아뇨, 아니에요. 제가 누군가 있는 걸 보고 친구한테 전화했더니 그 친구가 오겠다고 했거든요."

"그렇군요. 그분이 들어오면 문을 잠그고 계세요. 경찰이 곧 출발할 겁니다."

"감사합니다."

전화를 끊고 문으로 뛰어갔어. 그 남자가 먼저 셸리한테 가기 전에 셸리를 들어오게 하려고.

문을 벌컥 열고 보니 나 못지않게 겁에 질린 듯 눈을 휘둥그레 뜬 셸리가 서 있었어. 콧물이 흐르고 있었고 엄청 추워 보였어.

"괜찮아요?" 셸리가 문간에 그대로 선 채로 물었어. "하도 문을 안 열어줘서 무슨 일이 일어났구나 했어요. 그때 준 보조열쇠도 깜빡하고 놓고 왔고."

"미안해요. 경찰 교환원이랑 스무고개를 하느라고요." 난 몸짓으로 들어오라고 했지만 셸리는 꼼짝도 하지 않아.

"잘됐네요. 신고를 했군요." 셸리는 긴 숨을 내쉬고 검은 재킷 소매를 팔꿈치까지 걷었어. 난 셸리를 얼른 안으로 끌어당기고 문을 꼭꼭 잠가버리고 싶은데 셸리는 문간에서 꿈쩍도 안 하고 있어. "손전등 있어요?" 셸리가 물었어.

"뭐 하려고요?" 난 투박한 오렌지색 손전등을 찾으려고 신발장 뒤쪽을 뒤졌어. 지난 핼러윈 때 어둠 속에서 트릭 오어 트리트를 한 후로 분명 거기 어딘가에 처박아놨었거든.

"보러 가려고요."

"뭐라고요? 경찰이 문 잠그고 집 안에 있어야 한다고 했어요."

"어떤 관음증 환자가 당신 집 정원에 들어와 엿보고 있어요, 테스. 그놈이 당신을 이렇게 겁먹어서 반쯤 죽게 만들었는데, 난 여기 가만 앉아서 그놈이 무사히 내빼게 놔두진 않을 거예요."

내가 만류할 틈도 없이, 진정하고 다시 생각하라고 설득할 틈도 없이, 셸리는 내 손에서 손전등을 낚아채어 어둠 속으로 사라졌어. 난 온몸에 소름이 돋았어. 쪽문을 꽝 닫고 다시 잠갔어.

다시 어두운 거실로 급히 뛰어갔어. 둥근 손전등 빛이 땅 위를 통통 튀고 흔들리며 앞으로 나아가고 있어. 셸리는 앞쪽에 줄지어 선 나무들에 다가가면서 그쪽에 빛을 비췄어. 내 시선도 그 빛을 따라 나무들을 향했어. 심장이 귓가에서 쿵쿵거렸고, 난 그 형체가 나타나길 숨죽인 채 기다렸지만 이제 거기엔 아무것도 없어.

1분쯤 지나, 셸리가 창가를 돌아보더니 어깨를 으쓱해. 셸리가 정원을 터덜터덜 걸어왔을 때 난 쪽문 앞에 가 있었어. 셸리는 문 앞으로 와 손전등을 끄면서 "아무것도 안 보이던데요" 하고 외쳤어.

내 심장은 여전히 쿵쿵 뛰고 있었고, 난 셸리에게 얼른 들어오라고 고함치고 싶은 걸 입술을 깨물고 간신히 참았어.

"그런데 바깥에 바람이 정말 심하게 불더라고요. 어쩌면 나뭇가지가 바람에 흔들린 걸 본 거 아니에요?" 셸리가 안에 들어와 앵클부츠를 벗으면서 말했어. 부츠 테두리가 진흙으로 범벅이 되었어. 나무들 사이를 얼마나 헤집고 다녔으면 부츠가 그토록 진흙투성이가 됐을까 싶어 미안해졌어. 미안하고 고마웠지.

"그럴지도요. 미안해요, 차까지 몰고 이 먼 길을 오게 만들려던 건 아니었어요. 그냥 친구의 목소리가 듣고 싶었을 뿐인데."

"난 나오니까 좋기만 한데요, 뭐. 팀이랑 또 한바탕했거든요. 머릿속을 정리하려고 수영하러 갔다가, 수영장에서 나오는 길에 당신 전화를 받은 거예요." 갈라지는 목소리로 셸리가 말했어.

난 주전자 스위치를 켜고 셸리에게 앉으라는 몸짓을 했어.

"새로울 건 없어요." 셸리가 손끝으로 눈가를 찍어 누르며 말했어. "요전 날 밤에 테스랑 그 이야기를 하고 나서 다시금 입양 생각을 하게 됐어요. 난 아이를 너무 간절히 원해요, 테스. 갓난아기 말고, 아이요. 다시 엄마가 되고 싶어요. 그래서 팀한테 위탁가정을 신청해 보면 어떻겠냐고 말했어요. 이건 아니다 싶으면 취소하면 되니까요. 하지만 팀은 들으려고도 하지 않았어요. 우리 아기를 다시 낳고 싶어 하지 않는 건 그냥 내가 이기적인 거래요." 셸리는 목 주변의 펜던트를 어루만지며, 사슬을 따라 양옆으로 움직였어.

사진으로 본 딜런의 모습이 머릿속에 생생하게 떠올라. 그 삐죽빼죽한 금발. 그 새파란 눈동자.

"그건 너무 심하네요." 난 그렇게 웅얼거렸어. 주전자 생각은 잊어버리고 셸리 옆에 앉았어. 나무 옆에 서 있던 남자 생각 역시 공포감과 함께 구석으로 밀려났고.

딜런의 이미지를 머릿속에서 떨쳐버릴 수 없어. 그 애는 지금 여덟 살일 거야. 제이미랑 똑같이.

"하! 아직 멀었어요." 셸리가 찡그린 미소를 지었어. "그 뒤에 뭐랬냐면, 내가 자기한테 아이를 하나 더 낳아주지 않으면 나가서 그렇게 해줄 여자를 찾겠대요. 그리고…… 그냥 하는 소리가 아닌 걸 난 알아요. 왜냐하면 지난주에 그이가 골프클럽의 접수직원이랑 바람피운 걸 알아냈거든요."

"아이고 맙소사, 왜 아무 말도 안 했어요? 정말 나쁜 자식이네요." 난 말했어. "미안해요. 당신 남편인 건 알지만……."

셸리는 손을 내저었어. "미안하긴요. 나쁜 자식 맞아요. 그 사람이 문을 쾅 닫고 집을 나갔을 때 나도 그렇게 말했는걸요."

"어떻게 할 거예요? 셸리…… 혼자서 아기를 입양할 작정이에요?"

"그래야 할 것 같아요, 테스. 팀이 있든 없든 난 다시 엄마가 되고 싶어요. 우리가 우리 결혼에 매달린 건 딜런을 잊지 않기 위한 한 방편이었어요. 어쩌면 다시 시작하는 게 우리 둘 다한테 더 이로울지도 몰라요. 난 언제까지나 딜런을 잊지 않을 거예요." 셸리는 웃음기가 사라진 얼굴로 펜던트를 만지작거렸고, 순간 난 슬픔으로 반쯤 망가져버린 여자를 보았어. 셸리의 얼굴에서 내 얼굴이 보였어. "하지만 조금은 앞으로 나아갈 방법을 찾고 싶어요."

"아무 때나 우리 집에 와서 자고 가도 돼요." 난 말했어. "조만간 위층 상자 밑에 파묻힌 간이침대를 발굴할게요."

"고마워요." 셸리는 그제야 웃었어. "하지만 팀과 나는 그만하면 충분히 오래 서로를 피해왔어요. 마주 앉아서 제대로 이야기를 해야 해요. 우리 사이에 엉킨 걸 풀고 구겨진 걸 다림질……."

"아 젠장, 다림질." 난 벌떡 일어나서 거실로 달려갔어.

벽의 스위치를 켜고 소켓에서 플러그를 잡아 뺐어. 다리미가 쉬익 소리를 내며 증기를 뿜었어. "미안해요." 나를 따라 거실로 들어온 셸리에게 억지웃음을 지어 보였어. "끄는 걸 깜빡했어요."

셸리가 거실 등을 켰어. 바깥의 그 남자를 생각하니 갑자기 노출된 기분이야. 하지만 그 남자는 가버렸으니까 괜찮겠지. 셸리의 눈길이 다리미대를 향했어.

"그건 지금 안 해도 돼요, 테스." 셸리가 마치 아이에게 말하듯 느리고 부드러운 목소리로 말했어.

셸리는 내 상의 몇 벌과 제이미의 학교 셔츠와 나란히 놓인 당신 셔츠를 보고 있어.

"아……." 난 고개를 저었어. "마크가 죽은 후로 다리미를 꺼낸 건 오늘이 처음이에요. 마크의 셔츠를 다림질하려는 건 아니었어요……. 내가 하려던 건……." 난 말을 맺지 못했어.

"좋아요." 셸리는 고개를 끄덕이지만 여전히 납득이 안 가는 눈치야.

"난 몇 주 전부터 다림질은 손도 안 댔어요. 그럴 기분이 안 났거든요. 하지만 오늘 밤에는 했어요. 좋더라고요." 거실을 가득 채우던 제이미의 웃음소리를 떠올리며 난 그렇게 말했어.

"그래요, 하지만 테스, 정말 괜찮은 거 맞아요?" 셸리가 내 팔을 살짝 건드렸어.

"정원에 있는 남자를 본 것만 빼면 절대적으로 괜찮아요." 난 억지로 웃으려 애썼어.

"그럼 난 핫초콜릿을 탈게요." 셸리가 말했어.

그때 제이미가 나한테 접시 던진 이야기를 셸리한테 아직 하지 않았다는 게 생각났어. 지금 말해도 되는데, 왠지 입이 떨어지지 않아. 셸리가 남편하고 말다툼한 이야기를 듣고 나니까 내가 제이미랑 싸운 건 왠지 다른 세상 얘기처럼 느껴졌고, 그걸 굳이 수면으로 끄집어내고 싶지 않아. 요전 날 밤 전화에 관해서도 같은 생각이야. 경찰이 올 때까지 기다려야겠어. 어차피 경찰한테도 말해야 하니까. 계속 이런 식으로 버틸 수는 없어, 마크.

*

셸리가 타준 핫초콜릿을 마시니 배 속이 뜨뜻해지면서 느글느글한 당밀 맛이 머릿속까지 차오르는 것 같아. 똑바로 생각하기가 힘들어. 너무 피곤해서. 내 정원에 누가 들어왔었다고 스스로 몇 번이고 되뇌었지만, 그 기억은 점점 더 현실이라기보다 흐릿한 관념처럼 여겨져.

드디어 경찰이 왔을 때, 난 한마디 한마디를 집중해서 내뱉으려고 했지만 머릿속이 뒤죽박죽이라 말이 제대로 나오지 않았어. 두 경찰은 질문을 마구 쏟아냈고, 난 대답하는 건 둘째 치고 질문을 알아듣는 것도 힘들었어. "정원에 누군가가 있는 걸 봤을 때 어디 서 계셨습니까? 그 사람이 뭘 입고 있는지 보셨나요? 전에도 이런 일이 일어난 적 있습니까?"

전화통화 이야기를 경찰에게 하고 싶어. 그 남자와, 그 남자가 뭐라고 협박했는지. 하지만 입안에서 혀가 갑자기 너무 두꺼워졌고, 생각은 타일을 미끄러뜨려 맞추는, 늘 제자리에 없는 제이미의 플라스틱 퍼즐처럼 뒤죽박죽이 됐어. 맞는 그림이 뭔지도 알고 내가 쓰고 싶은 단어가 어떤 건지도 아는데, 어떻게 하면 그 조각들을 맞게 움직일 수 있는지 도저히 모르겠어.

"아드님이 집 안에 있다고 하셨죠, 클라크 부인?"

눈꺼풀이 자꾸만 내려오고, 난 안개에 싸인 채 거실에서 떠내려가고 있어.

셸리가 제이미에 관해 뭐라고 말하고 있는데, 멀리서 들려오는 소리 같아. 우리, 경찰 두 명과 셸리와 나는 위층으로 터벅터벅 올라갔어. 제이미의 방을 들여다봤어. 야간 조명이 켜져 있고, 제이미는 이불을 공처럼 둘둘 만 채 침대 밖으로 고개를 반쯤 내밀고 있어.

한 경찰이 마크에 관해 뭐라고 물어봤는데, 난 제이미의 방문을 닫고 사람들을 조용히 시키느라 여념이 없어 제대로 못 들었어.

그 이후의 기억은 전부 흐릿해. 경찰이 간 후 셸리가 날 침대로 데려가고, 떠나기 전에 마지막으로 제이미를 한 번 더 확인하겠다고 약속했어. 적어도 내 생각엔 그랬던 것 같아. 기억이 안 나. 확실히는 모르겠어.

41

3월 25일 일요일, 제이미 생일 14일 전

다음 날 오후, 모든 생각을 잡아먹는 베개에서 간신히 벗어난 후에야 어젯밤 셸리가 찾아온 일을 다시 생각해봤어. 셸리가 얼마나 빨리 왔는지.

경찰 교환원과의 전화통화는 오래 걸린 느낌이었지만, 그래도 길어야 10분은 안 넘었을 거야. 내가 셸리와의 전화를 끊고 긴급전화를 누른 이후로 10분. 나라면 차 키를 챙기고 장화를 신는 데만도 그보다는 더 걸렸을 거야.

셸리는 수영장을 막 나오던 중이었다고 했지만, 그러려면 10분으로는 부족했을 게 확실해.

도무지 말이 안 되잖아. 난 장화를 신고 정원을 향했어. 셸리가 어젯밤 갔던 길을 되짚어 집을 한 바퀴 돌았어. 풀은 젖어 있고 땅은 일주일 동안 내린 비로 흠뻑 잠긴 것 같아. 수선화를 짓밟으며 정원을 수색한 경관들의 장화 발자국이 여전히 보였어.

트리 하우스 앞에 멈춰서 어젯밤 그 사람을 본 바로 그 자리에 섰어. 거실을 정통으로 들여다볼 수 있었어. 거리가 좀 있는데도, 플레이스테이션 컨트롤을 쥐고 마인크래프트 게임의 어두운 세계가 떠 있는 텔레비전 화면을 향해 몸을 숙이고 있는 제이미가 보여. 여기서는 서재와 제이미의 침실도 볼 수 있어.

갑자기 오한이 들어 부르르 몸을 떨었어. 그만 그곳을 떠나려는데 땅바닥에서 뭔가 반짝이는 게 눈길을 붙들었어. 쪼그려 앉아 나뭇잎 위를 손끝으로 더듬어봤어. 단추야. 반짝이는 은빛 단추.

난 그게 뭔지 즉시 알아차렸어. 셸리가 어젯밤 입은 재킷에서 떨어진 거였어.

논리적으로는 셸리가 어젯밤 정원을 수색할 때나, 요전 날 우리가 정원을 돌볼 때 그 단추가 떨어졌다고 해도 전혀 이상하지 않다는 걸 이해해. 그럼에도 다시금 셸리가 얼마나 빨리 도착했는지, 문간에서 얼마나 추워 보였는지, 그리고 핫초콜릿을 마신 후에 내가 얼마나 이상한 기분을 느꼈는지가 생각나. 셸리가 저번에 나한테 핫초콜릿을 타줬을 때랑 똑같이.

갑자기 그 자장가가, 셸리의 부드러운 목소리가 머릿속을 맴돌았어. **"엄마는 널 사랑한단다, 아무렴 그렇고말고."**

저번에 셸리가 만들어준 핫초콜릿을 마셨을 때 한밤중에 제이미의 방까지 걸어가는 게 너무 힘들었어. 간신히 눈을 뜨고 있었어. 그 이튿날엔 입이 바짝 마르고 머릿속엔 안개가 낀 것 같았지. 바로 오늘처럼 말이야. 항우울제의 부작용이겠거니 했지만, 만약 그게 아니라면?

뒤꿈치를 축으로 빙글 돌아 집으로 달려갔어. 문간에서 장화를 차던지고 공책이 있는 위층 우리 침실로 달려갔어. 책장을 급히 뒤적였어. 생각보다 더 많은 게 적혀 있어서 좀 고생했지만, 마침내 셸리에 관한 페이지를 찾아내서 질문을 더했어. **셸리가 나한테 약을 먹이고 있나?**

가당찮은 생각이야. 셸리는 내 친구야. 그래도 볼펜 끝으로 그 질문에 검은 동그라미를 그리고 또 그렸어.

어려운 일은 아니었을 거야. 이미 피로에 지쳐 있는 내게, 알약 몇 개를 음료에 섞어 먹이는 건.

같이 테스코에 갔다 온 후 엿들은 그 말다툼, 그리고 내가 아는 셸리랑 너무 달랐던, 그 날카로운 말들을 기억해보려고 했어. **"그 여자를 가만 놔둬."** 그렇게 말했던 것 같아. **"모든 걸 망치려고 아주 작심했어?"**

그날 우린 테스코에 오랫동안 있었어. 셸리가 날 도와주려고 그랬다고 생각했는데, 그 모든 것의 공교로움을 도저히 머리에서 떨쳐버릴 수가 없어. 평소 제이미를 학교에 데려다주고 데려올 때보다 더 집을 오래 비운 건 딱 그때 한 번뿐이었는데, 하필이면 그때를 골라서 집에 침입하다니. 난 그 누군가가 이안이라고 굳게 믿고 있는데, 그건 셸리가 이안과 어떤 식으로든 연결돼 있다는 뜻이야.

너무 터무니없는 생각 같지만, 그때 경관들이 서로 주고받던 불신의 눈초리와, 셸리가 내게 경찰을 꼭 부르라고 당부하던 게 떠올라.

무슨 일이 벌어지고 있는 걸까, 마크?

42

이안 클라크

그 후로 제이미의 생일까지 몇 주 동안 테스를 한 번도 못 봤어요. 전화통화는 몇 번 했을 수도 있겠네요. 3월 24일 토요일에 어디 있었느냐고요? 기억이 안 나는데요. 하지만 아마 입스위치의 더 태번에 있었을 겁니다. 토요일 밤에는 보통 거기서 친구들을 만나거든요. 친구들 이름을 알려드릴게요. 그중 하나는 분명 제가 그날 밤 거기 있었다고 말해줄 겁니다.

제가 테스를 겁주려 했다고 생각하시는 겁니까? 말도 안 돼요. 그 얼어죽기 딱 좋은 날씨에 제가 뭐하러 그 집 정원에 가서 서 있겠습니까? 테스는 제가 그 집을 되찾고 싶어 하는 줄 아는 모양이지만, 전 걔들이 그 집을 샀을 때 정말이지 전혀 아무렇지도 않았어요. 전 제 해안가 아파트에 매우 만족하고 있습니다.

셸리 랭

테스가 제게 전화한 날 밤, 전 정말이지 뭘 믿어야 할지 몰랐어요. 테스는 자기 집 정원에 누군가가 있다고 믿고 극심한 스트레스 상태였죠. 전 다니던 수영장을 나오던 참이라, 테스가 전화했을 때 이미 차에 타고 있었어요. 집에 도착해서 우선 둘러보려고 밖으로 나갔어요. 이안일 거라고 생각했거든요. 전 처음엔 이안이 테스를 도우려는 줄 알았고 공증 일은 그쪽 일을 잘 아는 사람한테 넘기는 게 현명하다고 생각했지만, 이안이 마크의 유언과 재정 문제에 관해 테스를 압박하는 건 마음에 들지 않았어요. 그 사람이 받을 돈이 있든 없든, 테스가 유산 문제를 언제 어떻게 처리하느냐는 이안이 알 바 아니었으니까요.

경찰관들이 도착했을 때는 끔찍했어요. 테스는 마치 술에 취하기라도 한 것처럼 완전히 이상하게 굴기 시작했어요. 말도 제대로 못 했어요. 아마 보고를 받으셨겠죠. 경관들은 집 밖을 수색했고 우린 다 함께 위층으로 올라가 제이미의 방을 들여다봤어요. 힉스 경관과 프렌치 경관은 무척 이해심이 넘쳤지만 테스의 말은 믿지 않은 것 같았어요. 적어도 당시 저는 믿지 않았어요.

43

3월 26일 월요일, 제이미 생일 13일 전

오랜만에 늦지 않게 시간 맞춰 제이미를 데리러 학교에 왔어. 아직 다른 학부모는 아무도 안 보였고, 아이들은 집에 갈 시간을 알리는 종이 울리기 전까지 전부 건물 안에 틀어박혀서 그날의 배움을 마무리하고 있겠지.

교사용 주차장 옆 벽돌담에 걸터앉아 숨을 크게 들이쉬고 그 침묵과 평화로움과 얼굴에 내리쬐는 버터처럼 샛노란 볕을 즐기고 있어.

햇빛이 너무 눈부셔 눈이 아플 지경이지만 고개를 돌리지 않았어. 음침함에서 벗어나니까, 시간이 남으니까 좋더라. 뒤쪽 차도를 돌아봤어. 차 한 대가 지나가다 모퉁이에서 속도를 늦췄어. 태양이 차 앞창에 반사돼서 운전자는 보이지 않지만 그 사람들이 날 보는 것 같아 재빨리 고개를 돌렸어.

낡고 불에 그을린 벽돌 벽에 아치형 창문들이 나 있는 학교는 어딘가 교회를 연상시키는 구석이 있어. 심지어 건물 중앙 한 지점에서 만나는 삼각형 현관도 첨탑을 떠올리게 하고. 현관 지붕의 가장 높은 지점에는 수탉 모양 풍향계가 미풍에 삐걱거리고 있어.

사람들이 날렵한 붉은색 현관문을 지나다닐까? 아니면 아이들은 옆쪽에 있는, 넓은 유리 이중문 두 짝이 달린 리셉션 구역으로 드나드나?

제이미가 책상에 앉아 있는 모습을 상상했어. 삐뚤빼뚤하고 지렁이 같은 글씨를 쓰느라 골몰한 그 애의 모습을. 내게는 단순한 한 문장에 불과하지만 제이미한테는 외워야 하는 것들의 긴 목록이겠지. 글자를 줄 맞춰 쓰고, 콤마를 제 위치에 찍고, 문장부호, 긴 명사구, 끝에는 마침표. 그 애는 당신이랑 똑같아, 마크. 수학을 더 좋아해.

마치 누가 숨을 훅 분 것처럼 서늘한 바람이 목에 와 닿아서 부르르 몸이 떨렸고, 동시에 감시당하는 듯한 느낌이 다시 찾아왔어. 자세를 고쳐 앉고 온 사방을 두리번거렸지만 아무도 보이지 않아. 그때 움직임이 얼핏 눈에 들어왔고, 학교 유리문 앞에 한 여자가 나타났어. 여자는 문을 열고 내게로 다가왔어. 긴 검은색 니트 카디건 밑에 라일락색 셔츠와 검은색 바지를 받쳐 입은 여자는 경작지에서 불어온 차가운 바람에 풍향계가 삐걱대자 카디건을 더 단단히 여몄어.

여자의 칠흑 같은 머리카락은 돌출된 쇄골 위까지 내려와 있어. 보기 안쓰러울 정도로 말랐고, 앞이마는 마치 근심이 기본 상태인 것처럼 고랑이 파여 있어. 여자는 문간을 돌아보며 "도와드릴까요?" 하고 물었는데, 안내 데스크 뒤로 다른 누군가의 얼굴이 얼핏 보였어.

여자의 질문이 이상하게 느껴져서 난 웃음을 지었어. 정말 내가 누군지 모르나 봐. 하지만 그러고 보면 난 지각이 보통이었으니까.

보통 머리를 하나로 질끈 묶고 웰링턴 부츠에 당신의 타탄 무늬 잠옷 바지 차림이었지. 머리카락을 내리고 청바지를 입었으니, 내가 제이미의 엄마인 걸 못 알아보는 게 뭐가 놀랍겠어?

"그냥 제이미를 기다리는 중이에요. 제이미 클라크를." 난 웃으며 외투 주머니를 뒤져 휴대폰을 꺼냈지만, 시간을 보자 얼굴에서 핏기가 빠져나가는 게 느껴졌어. "아." 겨우 오후 2시였어. 학교는 한 시간은 더 있어야 끝날 텐데. 단순히 일찍 온 게 아니라 아예 시간을 잘못 맞춰 온 거였어. 학교 직원이 걱정한 것도 무리가 아니지. "저는…… 죄송해요." 난 고개를 저었어. "제가 시간을 완전히 착각한 거죠? 놀라게 해드릴 생각은 없었어요. 한 시간 후에 다시 올게요. 죄송해요."

난 언제 웃었냐는 듯 민망함의 눈물을 억누르려 애썼는데, 그러니까 오히려 더 울고 싶어지지 뭐야. 그냥 데리러 올 시간을 착각했을 뿐인데. 거실 벽난로 선반 위의 시계를 보고, 1시 30분을 2시 30분으로 잘못 읽은 것뿐. 단순한 실수지. 누구한테 해를 끼친 것도 아닌데, 큰일처럼 느껴졌어. 지난 주말까지 하도 일이 많아서 그랬는지, 엄청나게 큰일인 것만 같았어.

"한 시간 늦은 것보다야 한 시간 이른 게 낫겠죠, 아마." 그렇게 말하고 웃으려 했지만 웃음소리가 아니라 목이 막혀 컥컥대는 소리처럼 들렸고, 내가 돌담에서 내려서자 여자는 마치 내가 정신병동을 탈출한 환자라도 되는 것처럼 깜짝 놀라 펄쩍 물러났어.

난 서둘러 학교 정문을 나가 차도로 향했어.

여자가 내 뒤에서 뭐라고 소리치며 부르고 있지만 난 걸음을 빨리했어. 달아오른 얼굴은 바람을 맞아 따가웠고, 이제는 뜨거운 눈물이 뺨을 타고 흘러내리고 있어. 이따 제이미를 데리러 갈 때 담임 선생님한테 죄송하다고 해야지. 내가 지금 피해서 도망치고 있는, 누군지 모를 사람한테 미안하다고 전해달라고 부탁하면 될 거야.

그때 주머니에 든 휴대폰이 진동했고, 꺼내서 화면을 보니 셸리의 이름이 떠 있어. 망설였어. 받아서 내가 얼마나 바보짓을 했는지 말하고 싶어. 셸리라면 뭔가 실없는 소리를 해서 날 웃게 만들어주겠지. 하지만 아직 셸리를 믿어도 될지 모르겠어.

그러다 KFC 버킷을 들고 환한 미소를 띤 셸리가 우리 집 문간에 들이닥쳤던 때가 떠올랐어. 그리고 그전에, 뻗어버린 나를 대신해 제이미를 보살펴줬을 때도. 셸리는 내 친구라고, 난 자신에게 말했어. 수신 버튼을 누르라고.

"여보세요, 테스." 셸리의 목소리가 귓가에서 통통 튀었어.

"여보세요." 난 길을 건너 덤불에 바짝 붙은 채 다시 차도를 향해 걸었어.

"어디 밖에 나와 있는 것 같네요." 셸리가 말했어. "지금 통화 괜찮아요?"

"괜찮아요. 그냥…… 산책 나왔어요." 그렇게만 말했어. 셸리한테 방금 일어난 일을 말해도 될지 모르겠어. 내 멍청함과 민망함에 대해서 말이야.

"아, 잘했네요. 난 아침 내내 사무실에 틀어박혀 있었어요." 셸리가 말했어. "좀 어때요? 어제 전화하려고 했는데…… 음, 팀하고 썩 안 좋아요. 어제 짐 싸서 나갔어요."

"아이고 어떡해요, 셸리. 나한테 전화하지 그랬어요."

"알아요, 고마워요. 하지만 지금은 테스 일만 해도 너무 많잖아요.

난 괜찮아요. 정말이에요. 오히려 진작 이랬어야 했던 것 같아요. 그건 그렇고, 테스는 괜찮아요? 요전 날 밤 이후로 무슨 일 없어요? 경찰이 도착했을 때 뭐랄까, 배터리가 나간 것처럼 보여서요. 쇼크 상태인 것 같았어요."

"아뇨, 괜찮아요. 난 괜찮아요."

"다행이네요." 셸리가 한숨을 푹 내쉬었어. "안심했어요. 그건 그렇고, 이번 주말이 부활절인데 혹시 무슨 계획 있어요? 날씨가 맑을 거라던데."

"그래요? 아, 잘 모르겠어요. 아직 생각 안 해봤어요."

"토요일에 잠깐 들를 수 있는데, 같이 뭔가 하면 어때요? 그냥 자기네 집 정원에 앉아서 초콜릿을 배 터지게 먹기만 해도 난 좋고요."

웃으면서 제이미가 엄청 좋아하겠다고 말하려는데, 순간 앞쪽 덤불에서 무슨 소리가 들린 것 같아. 숨죽인 기침 소리와 잎사귀가 바스락거리는 소리. 난 숨을 참고 이쪽저쪽을 재빨리 돌아봤어. 사람의 얼굴은 보이지 않지만, 차도 가장자리에는 눈에 띄지 않게 숨을 공간이 잔뜩 있어.

"테스, 거기 있어요?" 셸리가 내 귓가에서 꽥꽥댔어. 조용한 풍경에 귀를 쫑긋 세우고 있던 터라 그 갑작스러운 목소리가 너무 시끄럽게 들렸어.

"네, 미안해요." 난 속삭였어. "그러면 너무 좋죠. 그만 끊을게요." 전화를 끊고 휴대폰을 그대로 손에 든 채 걸음을 빨리했어.

누군가가 날 감시하고 있어. 다리 근육이 팽팽하게 긴장됐고, 휘둥그레 뜬 눈은 밝은 햇빛으로 시려왔어. 제발 새나 토끼가 길을 가로질러 뛰어가길, 그래서 내가 자신을 비웃으며 가던 길을 계속 갈 수 있길 빌면서 걸음을 멈추고 기다렸어. 하지만 움직인 건 새가 아니었어. 매닝트리에서 날 쫓아온 남자였어.

남자는 그 집 맞은편 길가에 서 있어. 당신이 어릴 때 자전거를 타고 가다 넘어져서 정강이에 흉터가 남았다던 그 집 말이야. 난 그 집에서 50미터는 떨어져 있으니, 내가 그 남자를 앞질러 거기까지 갈 수 있을 확률은 전혀 없어. 입에 고이는 침을 억지로 삼켰어.

남자는 차도로 한 걸음 내디디더니 몸을 돌려 나를 마주 봤어. 전이랑 똑같은 옷차림, 그러니까 짙은 색 후드티와 검은 진 차림이지만, 이번에는 야구모자를 쓰지 않아서 얼굴이 그늘에 가려져 있지 않았어. 그래서 남자의 얼굴을 명확히 볼 수 있었어. 피부색은 창백했고 날 감시하는 그 작은 눈 주위 피부는 축 늘어졌더군. 코와 입술도 가늘었고, 이목구비가 얼굴에 비해 너무 작은 느낌이야. 검은색 머리카락은 탈모가 진행 중이고, 옷은 홀쭉한 몸 위에서 헐렁해 보여. 내가 자동응답기에서 목소리를 처음 듣고 상상한 건장한 폭력배하고는 전혀 딴판이지만, 그렇다고 내 안에서 날 갉아먹는 공포가 누그러진 건 아니야.

우리가 그 상태로 얼마나 오래 서 있었는지 모르겠어. 그 남자는 아마도 결국 일어나게 될 일이 일어나길 인내심 있게 기다리고 있고, 난 트랙터가 모퉁이를 돌아 나타나 그 남자를 납작 깔아뭉개기만 빌면서 그 자리에 얼어붙어 있고. 도망칠 길은 내가 온 길로 되돌아 달려가는 것뿐이야. 그 남자한테 붙들리기 전에 얼마나 멀리까지 갈 수 있을까?

남자는 마치 내 머릿속을 읽은 듯 씩 웃었어. 남자의 입술이 벌어졌고, 난 목에 숨이 걸린 채 그 남자가 뭐라고 고함쳐 날 위협하길 기다리고 있어. 남자가 말하기 시작했지만, 난 귓가로 피가 밀려드는 쿵쿵 소리 때문에 아무것도 들리지 않아. 남자가 갑자기 입을 다물고 뒤돌아봤어. 남자의 뒤쪽 차도에서 뭔가가 움직이는 게 보여. 트랙터가 아니라 빨간색 라이크라 운동복을 입고 자전거를 탄 사람이야.

자전거가 방향을 틀면서 브레이크가 걸림과 동시에 남자는 길가로 펄쩍 뛰어올랐고, 그 둘은 충돌했어. 두 남자는 타맥 도로에서 일어서며 화난 목소리로 서로에게 뭐라고 고함치지만 난 듣고 있지 않아.

등을 돌려 도로 학교 쪽으로 달렸어. 왼쪽 산울타리에, 전에는 한 번도 눈치채지 못한 틈새가 보였어. 생각할 틈도 없이 그 사이로 내질렀어. 발밑의 길은 지난주에 내린 비로 진흙탕이 돼 있었고, 난 미끄럼을 탔어. 내 장화와 내 다리가 허락해주는 한 빠른 속도로. 길은 두 밭 사이에서 경사져 위로 올라갔는데, 그곳 흙은 검은색이었고 열을 맞춰 길고 깊은 밭고랑이 파여 있었어. 무슨 곡식인지, 처음 틔운 녹색 싹들이 들판에 흩뿌려져 있었어.

더 높은 곳으로 올라갈수록 흙이 점점 단단해졌어. 밭 꼭대기에서 몸을 틀어 돌아보다가 그만 발이 미끄러지는 바람에 땅바닥에 쾅 하고 엎어지고 말았어. 충격이 허리를 타고 징징 울려. 등을 대고 돌아누워 젖은 땅에 머리를 댄 채 잠시 그대로 있었어. 눈을 감고 어디 다친 데가 없는지 머릿속으로 점검했어. 멍이 든 게 분명하고 아주 작고 날카로운 돌이 손바닥을 파고들었지만, 아무 데도 부러진 곳은 없었어.

숨을 돌리려고 일어나 앉았을 때 차도는 아주 멀찍이 아래에 있었고, 그 남자는 흔적도 보이지 않았어. 난 이곳에 혼자 있어. 다시 일어서서 이번엔 발밑을 아주 조심하면서 걸었어. 도로 차도와 학교를 향해 내려갔지. 제이미가 곧 나를 기다릴 그곳으로.

그 남자는 누구였을까, 마크? 나한테 원하는 게 뭘까?

그 남자의 얼굴과 조그만 족제비 눈을 떠올리면서 다시금 전화 목소리로 상상한 거랑 너무 다르다는 생각을 해. 자전거가 모퉁이를 돌아오기 직전에 그 남자가 내게 뭐라고 말했는데, 이제 와서 생각해보니, 이렇게 말한 것 같아. "클라크 부인?"

테스가 아니었어.

테시도 아니고, 클라크 부인이었어.

44

엘리엇 새들러(ES)와 테레사 클라크(TC, 오클랜드 병원 하트필드 병동에 입원 중)의 대화 녹취록, 4월 11일 수요일, 세션 2(계속)

ES : 그 협박 전화는…….

TC : 그건 왜요?

ES : 누군가가 당신을 미행하고 있었습니다. 부인은 집을 비운 사이에 누군가가 집에 침입했다고 믿으시죠. 그리고 그 후 어떤 남자가 자기가 원하는 걸 내놓지 않으면 당신에게 해코지를 하겠다는 전화 메시지를 남겼고…….

TC : 그리고 제이미도요. 그 남자는 제이미도 위협했어요.

ES : 알겠습니다. 그런데도 부인은 여전히 셸리가 그 일의 배후라고 믿으시는군요.

TC : 맞아요. 분명히 말씀드리는데, 그 여자는 어떤 식으로든 관여했어요. 제가 미리 알아챘어야 했는데. 그 여자는 (멈칫) 그 여자는 제게 약을 먹였어요. 두 번이나요. 일종의 수면제 비슷한 걸요. 절 치워버리고 제이미랑 둘만 있으려고 그런 것 같아요.

ES : 뭔가가 잘못됐다고 느끼셨다면 왜 계속 셸리와 만나서 시간을 보내신 거죠?

TC : 모르겠어요. 정말 모르겠어요. 의심하긴 했지만, 그 생각이 들려고 할 때마다 뭔가 다른 일이 일어나거나, 셸리가 그냥 너무 딱 맞는 말을 하는 거예요. 그래서 전 제가 틀렸다고 자신을 설득했죠. 그 여자가 우리한테 무슨 마법 같은 걸 부린 것 같아요. 그 여자는 자신을 좋아하는 제이미의 마음을 이용해 자기 속셈을 채우려고 했어요. 제가 제이미를 위해서라면 뭐든 못 할 게 없다는 걸 알고서요. 그리고 제이미는 셸리랑 같이 있는 걸 너무 좋아했죠. 제이미가 좋아 죽는 플레이스테이션 축구 게임이 있는데, 셸리가 그걸 아주 잘했어요. 셸리가 원하는 건 제이미고, 이안이 원하는 건 돈이었어요. 제 공책을 가져오시면 직접 보실 수 있어요. 전 전부 다 알아냈어요. 답은 제 공책에 있어요.

ES : 저한테 직접 말씀해주시면 어떨까요?

TC : 제대로 생각하기가 힘들어요. 그래서 제가 몽땅 다 적어놓은 거예요. 제이미를 찾기 위해 뭘 하고 계시죠? 제발, 하나도 빼놓지 말고 전부 설명해주세요, 형사님. 경관님들 한 분 한 분…… 다들 어디 있죠? 누구랑 만나보셨죠?

ES : 저희는 모든 걸 살펴보고 있습니다. 리처드 웰킨이라는 남자를 아십니까?

TC : (고개 끄덕임)

45

3월 30일 금요일, 제이미의 생일 9일 전

허리케인이 북대서양 위를 지나가고 있어. 허리케인 베서니. 스코틀랜드와 북아일랜드를 덮치기 직전이야. 사우스이스트잉글랜드까지는 못 오겠지만, 거센 바람이 나머지 잉글랜드 전역에 온난전선을 밀어붙이고 있어. 성 금요일, 부활절 축일 첫날에 섭씨 26도의 훈훈한 날씨라니, 누가 예상이나 했겠어.

우린 마을 놀이터에서 돌아오는 길이야. 낡은 버켄스탁 슬리퍼를 딱딱거리며 차도를 걸어가고 있는데 날씨 때문인지 제이미 4개월 때 그 애랑 처음 함께 보낸 8월이 떠올랐어. 제이미를 데리고 거의 매일 공원에 가서 주택단지의 다른 엄마들이랑 같이 피크닉 담요를 깔고 앉아 놀았지. 햇살 아래에서 소시지롤을 먹고, 미지근하고 끈적끈적한 펩시콜라를 마시고.

펩시 맞아? 난 프로세코(이탈리아산 백포도주의 일종 — 옮긴이)**인**

줄 알았는데.

그건 어쩌다 한 번이었고.

당신이 퇴근해 집에 오면 우린 차게 식혀둔 백포도주 한 병을 같이 나눠 마시고 식탁 의자를 정원으로 내 가서 어린이용 튜브풀장에 발을 담그곤 했지.

기저귀 발진이랑 이갈이도 기억나는 것 같은데, 테시.

알아, 그 부분을 잊은 건 아니야. 하지만 이 이상한 온기 때문에 좋은 여름날이 떠올랐어.

우리가 결혼한 날도 그렇게 더운 날이었지, 안 그래?

그랬어. 목가적이었지.

첼름스퍼드의 엄마들이 이번 주말에도 공원에서 만나려나? 어쩌면 나도 제이미를 데리고 가볼까? 난 그 엄마들이 제일 친한 친구들이라고 생각했어. 케이시와 조, 리사와 줄리, 그리고 데비도. 데비는 취직하면서 멀어졌지만. 첼름스퍼드를 떠난 후로는 그 엄마들을 한 번밖에 못 봤고, 그것도 장례식장에서였지.

여기까지 찾아오기엔 너무들 바쁘신가 보지.

그렇게 말하면 너무 심하지. 엄마들은 연락을 이어가려 했어. 거의 매일, 이 사람 아니면 저 사람이 좀 어떠냐고, 잠깐 첼름스퍼드에 와서 점심이나 저녁 같이할 수 있느냐고, 아니면 만나러 가도 괜찮겠느냐는 문자를 보냈어.

난 답장하지 않았어. 때때로 우리 우정이 가까운 거리와 아이들을 중심으로 존재했다는 생각이 들어. 그 사람들의 우정은 나 없이도 지속될 거야, 다른 여자들이 왔다 가겠지. 내 자리는 더 가까운 곳에 사는 누군가로 채워질 테고.

내가 그리로 만나러 가면 엄마들은 당신 이야기를 하고 싶어 할 텐데, 난 그걸 바라지 않아. 어쩌면 왜 첼름스퍼드로 돌아오지 않느냐고 물을지도 모르는데, 대답할 말이 없어. 나도 당연히 그 생각은 해봤지. 우리 엄마랑도 더 가까워질 거고, 친구들도 다시 많아질 거고. 다시 일하겠다고 마음먹으면 가정교사 일도 더 쉽게 구할 수 있을 테고, 제이미도 언젠가는 예전 학교에 도로 자리를 잡겠지.

하지만 그 애는 여기서 행복해. 그 애는 이 집과 정원을 사랑하고, 학교도 사랑해. 여기선 전처럼 아침부터 온갖 잔소리와 협상을 해가며 억지로 교복을 입히지 않아도 돼. 그 애는 아마 자기 생일에 대한 것 못지않게 부활절 휴가 끝나고 다시 학교에 가는 것에도 들떠 있을 거야.

어쨌든 이번 주말에는 뭔가 근사한 걸 하고 싶어. 뭔가 정상적인 일을. 이 집을 벗어나고 싶어. 바닥 판자가 삐걱댈 때마다 놀라서 펄쩍 뛰어오르고, 혹시 그 남자면 어떡하나 싶어서 전화도 못 받아. 몇 번 벨이 울렸는데 그때마다 그 자리에 얼어붙어 숨도 쉬지 못했어.

그래서 우리가 밖으로 나온 거야. 운동장과 새 주택단지 너머 들판으로 떠나는 모험. 제이미는 거기서 학교 친구를 만나길 기대했는데 운동장에는 아무도 없어. 그래서 그냥 집으로, 트리 하우스로 돌아가는 길이야. 학기 끝나기 전에 미리 플레이데이트 약속을 잡았어야 했는데 깜빡했고, 이제는 너무 늦었지. 부활절이 끝나면 학교에 지각하지 않고 다른 엄마들한테 말을 걸려고 더 노력해볼 거야. 제이미를 위해 정상이 되려고 더 노력할 거야.

차도를 따라 자란 덤불은 말끔하게 잘려 있어. 쐐기풀 잎사귀와 가지들이 조각난 채 타맥 위에 흩뿌려져 있어서, 드러난 맨 발가락이 찔리지 않게 조심해서 타 넘었어. 구주택단지 차가 덜그럭거리며 지나가자 제이미와 함께 길가로 피했어. 누군지는 몰라도 검은딸기 나무를 쳐내서 길을 넓혀준 사람이 고맙네.

제이미는 요 며칠 별로 말이 없었지만, 따뜻한 날씨 덕분에 우리 둘 다 기분이 더 나아졌어. 그 애는 말이 없는 거지 부루퉁한 건 아니야. 그냥 생각에 잠긴 것 같아. 차가 또 지나가면서 쏘는 듯한 디젤 냄새가 후각을 온통 마비시켰지만 난 살짝 짜증만 내고 말았어. 갑작스럽게 아드레날린이 분출되면서 뛰어내리고 싶은 충동이 오늘은 일지 않아. 내일은 다시 그렇게 될까? 그건 모르지만 지금 난 허리케인 베서니가 마을에 가져다준 그 짧은 여름을 즐겁게 음미하고 있어. 이번 주말에 공중에 떠도는 건 모닥불 냄새가 아니라 바비큐 냄새뿐일 거야.

"며칠 후에 폭풍이 온대." 진입로에 다 와서 제이미에게 말했어. "허리케인의 꼬리야. 그 이후에는 기온이 떨어지고 다시 쌀쌀한 봄날로 돌아갈 거야."

돌아오는 대답은 어깻짓이 전부야. 으쓱한 제이미의 발길은 이미 내게서 조금씩 멀어져 트리 하우스를 향하고 있어. "혹시 내일도 따뜻하면 우리 프린턴의 해변에 놀러갈까?"

제이미가 커다란 푸른 눈동자로 날 올려다보며 웃음을 지었어. 혀로 이를 밀어 얼마나 흔들리는지 시험하면서 갈등하는 표정을 짓고 있던 그 애는 이윽고 고개를 끄덕이고는 등을 돌려 정원을 따라 달려갔어.

사라지는 그 애의 뒷모습을 바라보고 있자니 갑자기 외톨이가 된 기분이 들어. 난 서둘러 집 측면을 돌아가 잔디밭에 앉아 제이미가 혼잣말하는 걸 엿들었어. 집 안에 혼자 있고 싶지 않고, 제이미가 정원에 혼자 있는 것도 싫거든.

내일 여행은 우리 둘 다한테 좋을 거야.

46

3월 31일 토요일, 제이미 생일 8일 전

날씨가 어찌나 화창하던지. 우린 환한 햇살을 받으며 맑은 하늘 아래 잠에서 깼어. 비치백이랑 양동이랑 모래 삽을 찾느라 차고를 한 시간 가까이 헤집어야 했어. 제이미와 난 둘 다 작년의 빛바랜 여름옷을 입고 있어. 제이미는 빨간 티셔츠와 청반바지, 난 가느다란 어깨끈이 자꾸만 흘러내리는 아스다 조지 드레스.

비치백을 트렁크에 쑤셔 넣는데 작년 모래의 앙금이 부스럭거리는 소리와 함께 갑자기 따끔한 아픔이 찔러와. 채울 수 없는 내면의 공허감이 깨어나. 작년에 우린 함께 해변에 갔었는데. 우리 셋이서, 한 가족이.

내 기억엔 당신 어머니 댁에 갔을 때였던 것 같은데.

아마도, 하지만 오늘 그 생각은 하고 싶지 않아. 사실 당신 생각도. 난 깊은 한숨을 내쉬며 슬픔을 억지로 밀어냈어. 제이미가 가장 좋아하는 음식으로 도시락을 쌌어. 잼 샌드위치, 파티 링스와 몬스터 먼치 같은 과자. 그리고 주차비랑 아이스크림 사는 데 쓸 파운드 동전도 잊지 않고 챙겼어. 가장 가까운 현금지급기를 찾아 발을 질질 끌면서 1킬로미터쯤 걸을 일이 없도록. 아침식사로는 팬케이크를 구웠고, 바닥에 떨어뜨리지도 않았어. 차에 모든 짐을 싣고 드디어 출발할 준비가 됐어. 오늘은 새로운 기억을 만들고 싶어. 좋은 기억을.

우리가 차에 올라 막 진입로를 나서려는데 셸리의 흰색 미니가 들어왔어.

"셸리 아줌마!" 제이미의 목소리가 즐거움으로 통통 튀었어. 그 애는 뒷좌석에서 손을 흔들었어.

셸리가 씩 웃으며 마주 손을 흔드는 걸 보자 내 안에서 뭔가가 철렁 내려앉았어. 셸리랑 약속해놓고 잊어버렸지 뭐야. 엔진을 끄고 차에서 뛰어내린 셸리는 흰색 면 반바지와 노란색 티셔츠 차림이야. 반짝이는 다리는 선탠 자국이 옅게 남아 있고 내 다리랑 달리 튼 자국도, 얼룩덜룩한 흔적도 전혀 없어.

셸리를 보니까 내 공책이랑, 거기 몇 번이나 적힌 셸리의 이름이 떠올랐어. 정원 나무 옆에서 발견한 단추랑 셸리가 타주겠다고 고집한 핫초콜릿, 그리고 제이미의 침실에서 날 노려보던 미움 가득한 눈동자가 떠올랐어. 그리고 내가 아직도 무심결에 흥얼거리는 그 자장가 곡조도.

그 생각들이 내 눈앞에 번뜩이며 스쳐갔어. 잡힐락 말락 하며 잡히지 않는, 스냅사진 같은 생각들. 하지만 그게 뭐였든, 내가 셸리를 보면서 느끼는 안도감은 그보다 훨씬 강했어. 셸리가 날 만나러 온다는 사실이, 내가 셸리한테, 누군가한테 중요한 존재라는 사실이 내게 주는 온기도.

난 차창을 내리고 엔진을 끄고 웃음을 지었어. "안녕."

"수영장 가는 길이었는데 혹시 같이 가려나 해서요. 그런데 어디 다른 데 가나 봐요." 셸리가 몸을 기울여 차 안을 들여다보며 말했어. 사이드미러를 보니 제이미가 셸리를 향해 우스꽝스러운 표정을 짓고 있어.

"우린 프린턴에 가요." 마치 하와이 여행이라도 가는 양, 난 자랑스럽게 선포했어. "양동이랑 삽이랑 도시락도 준비했어요."

셸리는 놀란 눈치였지만 이내 환히 웃었어. "멋진 생각이네요." 셸리는 도로 자기 차로 총총 뛰어가면서 말했어. "나도 따라갈게요."

셸리한테 소리치고 싶었어. 약속해놓고 잊어버린 건 미안하지만 오늘은 제이미랑 둘이서만 보내고 싶다고, 오늘은 우리의 날, 우리의 새 기억의 첫날이라고. 하지만 셸리는 이미 차에 올랐고, 제이미는 뒷좌석에서 와 함성을 지르며 차가 흔들릴 정도로 들썩거렸어.

그래도 오늘은 좋은 날이 될 거야. 난 배 속에서 아침식사와 함께 단단히 뭉치고 있는 실망감을 잊으려 애쓰며 자신을 달랬어. 난 현재에 집중할 거고, 제이미는 즐거워할 거야, 어차피 주된 목적은 그거였는걸.

*

셸리와 난 바다에서 불어오는 따뜻한 미풍에 머리카락을 흩날리며 도시락과 비치백을 울퉁불퉁한 콘크리트 계단에 무겁게 실어 날랐어. 공중에는 짠 소금 냄새가 배어 있어. 해변과 내 어린 시절의 냄새. 난 옆구리에 비치타월을 금방이라도 떨어뜨릴 듯 아슬아슬하게 끼고 있었고, 양손 가득 든 짐을 내려놓고 싶어 좀이 쑤셨지.

"크리켓 세트랑 테니스 채가 정말 필요할 거라고 생각해요?" 셸리가 물었어.

난 깔깔 웃으며 태양을 바라봤어. "미안해요. 내가 늘 해변에 들고 가는 가방이에요. 뭐가 들어 있는지 보고 필요한 거 필요 없는 거 골라낼 생각은 한 번도 못 했어요. 그냥 그대로 들고 왔죠. 아마 제이미가 걸음마쟁이 때 쓰던 고무 튜브도 있을 거예요."

썰물 때라 연노란색 모래밭이 길고 넓게 드러났는데, 모래는 물에 가까워질수록 짙은 색이야. 아직 오전 10시도 안 돼서 해변은 조용했고 얼마 안 되는 가족들이 듬성듬성 흩어져 있어. 개 산책을 나온 사람들이 물어오기 놀이를 하느라 바다에 나뭇가지랑 공을 던지고 있고.

우린 두 방파제 사이에서 사람 없는 자리를 찾아냈어. 검은 나무 둑이 바다를 향해 끝까지 기울어 있는데, 그걸 보니 이 해변이, 이 모래밭과 이 파도가 오로지 우리만을 위한 것인 양 느껴져. 그 느낌은 오래 가지 않았어. 우리가 타월을 펼쳐놓을 즈음 다른 두 가족이 우리 근처에 자리를 잡았거든.

그중 한 집에는 제이미 나이 또래의 남자애가 한 명 있는데, 내가 삽과 양동이를 꺼내놓기도 전에 제이미는 맨발로 그 애랑 같이 축구공을 차며 모래밭을 달려가고 있어.

제이미가 얼마나 컸는지를 보고 있으니 내 안의 텅 빈 상처가 다시 벌어지려 해. 작년 여름, 아니 몇 달 전만 해도 절대 그렇게 놀려고 뛰어가지 않았을 거야. 그걸 보니까 그 애가 시골 마을의 삶에 얼마나 만족하는지가 또 생각나버렸지. 갑자기 셸리가 우리랑 같이 있다는 게 기뻤어. 제이미가 자기 친구랑 노느라 정신이 없을 때 내게도 이야기를 나눌 친구가 있다는 게.

"점심 먹긴 너무 이른가?" 내 옆에 타월을 깔고 앉은 셸리가 납작한 배에 양손을 대고 고개를 앞으로 숙였어. 눈부신 햇빛에 머리카락이 하얗게 빛나고 있어. "수영 갈 줄 알고 아침 걸렀거든요."

"파티 링은 어때요?" 난 아이스박스를 뒤적여 얇은 파란색 비스킷 봉투를 꺼냈어.

"아 맙소사, 테스. 이건 내가 세상에서 제일 좋아하던 비스킷이에요." 셸리는 웃으며 봉투를 찢어, 가운데에 구멍을 뚫고 설탕으로 채운 비스킷이 아니라 마치 고급스러운 디저트라도 고르는 듯한 눈빛으로 색색깔의 동그라미들을 살피고 있어.

"그 상자 안에 또 뭐가 있어요?"

"양파 절임 맛 몬스터 먼치랑 잼 샌드위치요."

셸리가 고개를 뒤로 홱 젖히자 꼬꼬댁하는 웃음소리가 해변을 넘어 바다까지 퍼졌어. "테스는 정말 웃긴다니까요."

난 웃음을 짓고 제이미를 건너다보며, 그 애도 비스킷을 먹고 싶으려나 생각했어. 제이미는 이제 축구공은 잊어버린 듯, 해안가 젖은 모래에 무릎을 꿇고 앉아서 아까 그 남자애랑, 걔 동생 같아 보이는 여자애랑 같이 있어. 셋은 잔뜩 몰두해서 고개를 수그리고 있는데, 바닷물 웅덩이 사이사이를 파서 정교한 강들의 미로를 만드는 중이야. 제이미가 양손으로 모래를 퍼내는 걸 보면서 난 삽을 쓰라고 소리치거나, 아니면 삽을 들고 가서 한몫 끼고 싶은 간절한 마음을 입술을 깨물며 억눌렀어. 내가 끼어들면 제이미가 싫어하겠지.

셸리와 나는 마음 편한 침묵 속에 앉아 서서히 들어오는 밀물을 구경했어.

"팀이랑 별거하는 거, 괜찮아요?" 난 물었어.

셸리가 한숨을 쉬었어. "그런 것 같아요. 우린 몇 년 전부터 제대로 함께 시간을 보낸 적이 없거든요. 혼자 있는 데 하도 익숙해서 뭐가 달라진 것 같지도 않아요. 아까 그이가 잘 있나 싶어서 문자를 보내놓긴 했어요. 우린 부활절도 크리스마스도 축하하지 않은 지 좀 됐어요. 축하한다는 것 자체가 너무 힘들었거든요, 알죠? 하지만 그래도 그이가 잘 있는지 확인하고 싶었어요." 셸리는 말을 이었어. "분명 언젠가는 그이가 바람피운 데 대해 화가 나겠지만, 지금은 그냥 아무 생각이 없어요. 어쩌면 그 많은 일을 같이 겪고 나서 그 사람이 나한테 그런 짓을 했다는 게 너무 충격이라 멍한 상태일지도 모르죠. 하지만 우리 둘 모두에게 끝을 내려면 그 일이 필요했던 것 같기도 해요."

난 고개를 끄덕이고 파도의 리드미컬한 움직임을 응시했어. 당신 없는 하루하루는 너무 힘들어, 마크. 그리고 크리스마스는 더한층 힘들 걸 알아. 하지만 제이미가 여기 있으니 우린 어떻게든 축하하겠지. 그럴 거야.

"수영 어때요?" 셸리가 선글라스를 들어 올리고 나를 향해 눈썹을 꿈틀거리며 물었어.

난 깔깔 웃었어. "농담해요? 바닷물이 얼음물일 텐데."

"당신한테 도움이 될 거예요."

셸리는 일어나서 몸을 꿈틀거리며 반바지와 티셔츠를 벗었어. 셸리가 입은 건 쏙 들어간 허리와 굴곡을 강조해주는 단순한 디자인의 검은 수영복이었어. 내가 드레스 밑에 입은 건 낡은 탱키니였지. 팬티의 탄성이 다해서 엉덩이쯤에 흘러내리는 게 느껴져.

내가 얼굴을 찡그리며 고개를 저으려 하는데 제이미가 해변을 달려와 가방에서 고글을 홱 꺼냈어. 그리고 옷을 벗고 수영복 차림으로 셸리에게 웃음을 지어 보였어.

"얼른, 엄마." 물을 향해 달려가는 제이미 뒤로 그 애의 꺅꺅대는 목소리가 날아와. 제이미가 나랑 같이 있고 싶대. 난 터질 듯한 사랑이 샘솟는 걸 느끼며 생각했어. 그리고 안 될 게 뭐야? 요 몇 달간 내 안에 자리 잡고 있던 그 얼음보다 더 차가울 리도 없는데.

새로운 추억을 만들기로 했잖아. 드레스를 모래 위에 구겨진 채로 놔두고 제이미와 셸리를 따라 총총 뛰어가면서 자신에게 그렇게 말했어.

차가운 바닷물이 살갗을 태우는 것만 같아. 무릎까지 들어가기도 전부터 발에 감각이 사라졌고, 난 그 자리에 멈췄지만 제이미는 끝까지 뛰어 들어갔어. 그리고 셸리는 그 애 바로 앞에서 양팔을 머리 위로 들어 올려 길고 부드러운 호를 그리며 헤엄을 치고 있어. 난 얼음 같은 파도가 배꼽 주위 살갗을 날름거릴 때까지 물살을 가르며 더 깊이 들어갔어.

계속 가, 테시. 당신이 예전에 누구였는지 잊지 마.

물속으로 가라앉으며 흐느꼈어. 눈물이 눈가를 찌르고 있지만 온 힘을 다해 발장구를 치며 몸과 마음이 모두 멍해져 더는 추위를 느낄 수 없을 때까지 헤엄쳐 나아갔어.

"도움이 될 거라고 내가 그랬잖아요." 내 옆에서 헤엄치던 셸리가 깔깔 웃으며 말했어.

난 고개를 저었어. 이가 하도 세게 맞부딪쳐 말도 할 수 없어.

해변은 이제 멀찍이 있어. 제이미는 그렇게 멀리까지 우릴 따라오지 않고 파도 뛰어넘기를 하며 놀고 있어. 미풍이 그 애의 고함소리와 웃음소리를 실어 날랐지.

팔을 힘겹게 들어 올려 긴 호를 그리며 셸리를 뒤따라 헤엄쳤어. 내 느린 동작은 셸리의 우아함을 발끝만치도 못 따라가겠지만, 그래도 움직이고 있다는 게 기분 좋아. 우린 멀리까지 헤엄쳐 가, 우리가 자리 잡은 해변의 방파제와 평행선을 그렸어. 난 팔을 두 번 들어 올릴 때마다 고개를 옆으로 돌려 파도 속에서 물장구치는 제이미를 눈여겨봤어. 팔이 금방 피로해져서 속도가 느려지면서 팔을 들어 올리는 시간과 제이미를 보는 시간 사이가 매번 더 길어졌지.

그때 그 애가 사라졌어.

난 입에 가득 머금은 짠물 때문에 소리도 지르지 못한 채 컥컥거리며 동작을 멈췄어. 바다와 해변을 눈으로 샅샅이 뒤졌지만 그 애는 아무 데도 안 보여.

제이미는 어디 있지? 그 질문은 마치 물의 압력처럼 날 무겁게 내리눌러. 휘청대면서 둔한 팔다리를 억지로 움직였어. 감각을 빼앗는 추위 때문에 절박한 마음만큼 빨리 움직일 수 없지만, 있는 힘껏 발장구를 치고 고개를 이쪽저쪽으로 휙휙 돌리며 제이미의 금발이 물 밖으로 나오기만 빌었어. 하지만 여전히 보이지 않아.

그 애를 마지막으로 보았던 곳까지 가서 일어섰어. 물은 생각만큼 깊지 않아. 무릎께에 간신히 닿을 정도야. 뒤돌아 부드럽고 질벅질벅한 모래를 밟고 한 바퀴 돌면서 온 사방을 살폈어.

"테스?" 셸리가 외쳤어.

그때 해변에 있는 제이미의 모습이 내 시야 가장자리에 얼핏 들어왔어. 그제야 가슴에서 무거운 바위가 들어 올려지면서 다시 숨을 쉴 수 있었어. 아마 잠시 안 본 사이에 물을 뛰쳐나갔나 봐. 난 피부를 간질이는 따뜻한 공기에 몸서리를 치면서 물살을 헤치고 걸어 나갔어.

"괜찮아요?" 마른 모래밭까지 날 따라온 셸리가 물었어.

난 웃음을 짓고는 고개를 저었어. "네, 미안해요. 그냥 잠깐 제이미가…… 아, 아무것도 아니에요. 우리 점심 먹어요."

47

늦은 오후가 되자 제이미가 새 친구들이랑 같이 만든 강 미로는 바다에 삼켜지고 아지랑이 같은 황회색 구름이 우리 머리 위로 흘러와. 날은 아직 따뜻했지만 이제 하늘이 어딘가 고장 난 것처럼 느껴지는 으스스한 분홍빛 고리가 태양을 둘러싸고 있어서 자꾸만 하늘로 눈길이 가.

셸리가 내 눈길을 좇으며 말했어. “사하라에서 불어오는 모래가 분명해요.”

“뭐가요?”

“하늘의 노란색요. 허리케인에 날려 온 모래예요. 왠지 세계 종말 같은 분위기예요.”

난 아무 말 없이 고개만 끄덕였어. 솔직히 말하면 나도 그렇게 느꼈어. 뭔가가 다가오고 있다는 느낌. 예감이 아니라 끝이, 답이. 내 공책의 페이지들이 채워지고 있어. 내 손으로 적은 암호 같은 실마리들. 그것들이 어디로 이어질까? 마치 혀끝에 맴도는 어떤 단어처럼, 난 그 답을 알지는 못해도 느낄 수 있어.

그 두 아이의 가족은 떠나려고 짐을 꾸리고 있고, 제이미는 내게 달려오더니 내 다리 옆에 풀썩 주저앉았어. 모래보다 짙은 색 고수머리는 미친 듯 헝클어져서 모래가 잔뜩 말라붙어 있어. 입이 찢어져라 웃는 제이미의 크리스털처럼 투명한 파란 눈을 들여다보면서 난 우리가 괜찮아지리라는 걸 깨달았어. 그 애와 나 둘 다. 우리 앞에는 아직 즐거움이 존재해. 당신이 없으니 전과 똑같진 않겠지만 마크, 그래도 그건 의미가 있어.

제이미는 발을 들어 내가 만든 모래성을 쿵쿵 짓밟았어. 그 애가 웃자 나도 따라 웃었어. "이 해변 모래의 절반은 우리 집으로 따라오겠네." 난 그렇게 말하며 제이미의 다리에 묻은 마른 모래를 떼어내려고 앞으로 손을 뻗었어.

제이미는 몸을 움츠렸고, 문득 옆을 보니 셸리가 창백한 낯빛에 눈을 휘둥그레 뜨고 있어. 난 어디가 아픈가 싶었어. 셸리가 제이미를 보고는 다시 날 쳐다봤어. 제이미는 혀를 내밀고 바보 같은 표정을 짓지만 셸리는 이제 웃지 않아. 얼굴을 찡그리지도 않고. 뭔가에 동요된 것처럼 보여.

"그 애가 정말 보고 싶은가 봐요." 난 셸리가 잃어버린 아들을 떠올리며 말했어. 제이미랑 같이 있는 나를 보는 게 셸리한테 얼마나 힘든 일일까 하는 생각을 어쩜 한 번도 떠올리지 못했다니. 수치심이 나를 아프게 찔러와.

"뭐라고요?" 셸리가 눈을 깜빡거리며 제이미를 1초쯤 바라보고서 다시 내게 초점을 맞췄어. "아…… 매일 그렇죠." 셸리는 눈물이 그렁그렁해서 침을 삼켰어.

"당연하죠. 미안해요. 하나 마나 한 소릴 괜히 해서."

"아뇨, 그런 거 아니에요." 고개를 저으며 웃음을 짓자, 슬픔은 비켜나고 몇 주 전에 우리 집 문을 두드린 씩 웃는 얼굴의 셸리가 돌아왔어. "기분은 좀 어때요, 테스? 별일 없는 거죠?"

"음." 난 고개를 끄덕였어. "그런 것 같아요." 셸리의 질문에는 왠지 다른 의미가 담겨 있는 것 같지만, 뭔지는 모르겠더라고. 난 잠시 그 협박하던 전화 목소리를, 차도에 서 있던 그 남자를, 당신의 비밀 프로젝트를, 정원의 형체를, 우리 집에 몰래 들어온 누군가를, 나를 감시하던 눈길을, 당신이 나 모르게 이안에게 빌린 돈을 생각했어. 답이 바로 손끝에서 어른거리는 것만 같은 그 질문들과 실마리들을, 침대에서 나오지도 못하던 날들을, 그리고 울고 또 울던 날들을 생각했어. 그리고 내 옆 모래밭에 함께 앉아 있는 제이미와, 우리가 보낸 완벽한 하루를.

"아마 요전 날 밤의 충격에서 완전히 빠져나오지 못한 것 같아요. 하지만 괜찮아지고 있어요. 셸리가 전에 말한 것처럼…… 밀물도 있고 썰물도 있는 거죠." 난 점점 어두워져 거의 검은색이 되어가는 바다를 먼눈으로 응시하며 말했어. "그동안 돈 문제를 좀 알아보고 있었어요."

"잘했네요." 셸리는 이제 제이미를 보고 있어. 그 표정을 보니 딜런을 그리워하는 게 분명해. 난 손가락 사이로 모래를 흘려보내며 셸리의 아들과, 다시 엄마가 되고 싶다던 셸리의 말을 떠올렸어.

그 생각을 하니 어쩐지 불안감이 치밀어 나도 모르게 벌떡 일어섰는데, 그 순간 돌풍이 우리에게 짠물을 뿌렸어. 바다가 해변을 조금씩 기어 올라오고 있어. 그 가족이 아까 앉아 있던 곳은 이제 물에 잠겼고, 파도 속에서 잊힌 채 까딱거리는 삽이 눈에 띄었어.

난 "그만 가야겠어요" 하고 웅얼대고는 주섬주섬 물건들을 가방에 담고 내 플립플롭을 찾아 두리번거렸어.

*

날씨가 금세 바뀌었어. 우리가 짐을 꾸려서 차에 도착했을 즈음 하늘은 밤처럼 어두웠고 열린 운전석 문을 돌풍이 뒤흔들었어. 뒷좌석에 탄 제이미의 눈은 이미 반쯤 감겨 있어.

"오늘 고마웠어요." 셸리가 말했어.

"셸리랑 같이 와서 좋았어요. 재미있었어요. 오늘 수영한 건 확실히 앞으로 오랫동안 못 잊을 것 같아요."

셸리는 웃음을 지었지만 표정에 어딘가 이상한 데가 있어, 아직도 딜런 생각을 하나 싶어. "테스?"

"네?"

하늘에서 굵은 빗방울이 흩뿌리기 시작해.

"그만 가봐야겠어요. 나중에 전화할게요." 난 우르릉거리는 천둥소리 위로 그렇게 소리치고 얼른 차에 올라 엔진을 켰어. 비를 피하려고, 그리고 뭔지는 몰라도 셸리가 하려는 말을 듣지 않으려고.

제이미는 우리가 해안가 도로를 벗어나기 전에 잠들었어. 난 마지막으로 바다를 응시했어. 검푸른 파도가 방파제에 부딪히면서 물보라를 일으키고 있어. 내가 오늘 저 바다에서 헤엄을 쳤다는 게 믿기지 않아. 비는 앞창을 후드득 때리며 떨어지고 있고, 난 헤드라이트와 와이퍼를 켜고 집으로 향했어.

48

오후 4시도 안 됐는데, 우리가 거의 집에 도착할 즈음 하늘은 먹구름에 온통 뒤덮여 잉크 같은 검은색으로 변했어. 제이미는 아직 잠들어 있고, 내 귀에 들려오는 건 앞 차창 와이퍼가 삐걱대는 소리와 타이어가 젖은 도로를 달리는 소리뿐이야.

어두운 집과 텅 빈 방, 그리고 울리는 전화벨 소리를 생각하니 배 속에서 두려움이 시큼한 우유처럼 변하고 있어. 자동응답기에서 그 남자의 걸걸한 목소리가 날 기다리고 있을까? 다시 그 이상한 향수 냄새를 맡게 될까? 몸서리치며 방향지시등을 깜빡이고 A12를 벗어나 마을로 이어지는 구불구불한 시골길로 접어들었어.

집 걱정에 여념이 없어서 처음에는 엔진의 회전 소리를 듣지 못했어. 그 사륜구동차는 마치 허공에서 솟아난 것 같았어. 금속 그릴 높이가 내 뒤 차창과 맞먹고 차창에는 저리 꺼지라고 말하는 듯한 시커먼 선팅이 된 거대 괴물이었지.

랜드로버나 그 비슷한 것처럼 보이지만 날이 너무 어두워서 확실히는 모르겠어.

숨을 멈췄어. 공황으로 온몸의 근육이 조이고 귓가가 쟁쟁 울려와. 그 남자야. 확실해. 검은 야구모자를 쓰고 무시무시한 협박을 남긴 남자. **"난 당신에 관해 모르는 게 없어, 테스."**

난 무서워, 마크.

"괜찮을 거야, 테시. 날 믿어."

내 모든 세포 하나하나가 액셀을 밟고 질주해 도망치라고 애원했지만, 뒷좌석에서 잠들어 있는 제이미를 생각하며 커져가는 공포를 억눌렀어. 그 대신 몸을 잔뜩 숙이고 양손으로 핸들을 꽉 붙잡은 채 앞만 바라보며 다른 차나 어디 구조 요청할 만한 데가 없는지 찾아봤지만 앞쪽 도로는 텅 비어 있어.

액셀에서 발을 떼고 내 뒤에 있는 그 괴물이 옆 차선으로 넘어가 쌩하니 사라지기만 기도했어. 그냥 날 앞질러 가고 싶어 하는 인내심 없는 개자식이길, 그냥 내 기우이길 빌었어.

하지만 내 생각이 틀린 게 아니었어. 사륜구동차 역시 속도를 늦추고 내 트렁크와 자신의 은색 그릴 사이를 좁혀와, 급기야 내 뒤창 전체가 그 거대한 덩어리에 가려지고 말았어. 거리가 너무 가까워서 사이드미러까지 꽉 채웠어.

으르렁대는 사륜구동의 엔진 소리가 내 차의 차체를 부르르 떨리게 했고, 난 그 남자가 이제 당장이라도 태연히 액셀을 밟아 우리를 곧장 길에서 밀어낼 거라고 확신해.

남자는 전조등을 최대 밝기로 켰어. 태양보다 더 밝은 두 개의 스포트라이트가 찌르는 듯한 빛으로 내 차 안을 가득 채워. 눈을 찌르는 통증과 앞이 보이지 않는 공포감에 난 비명을 질렀어. 앞쪽의 도로는 사라져버렸어. 볼 수 있는 건 백색광이 전부야. 백미러를 접어 그 반사광을 내 시야에서 차단했어.

젠장, 젠장, 젠장.

"귀하신 아드님한테 무슨 일이 일어나는 건 바라지 않을 텐데."

히스테리에 사로잡혀 머릿속이 텅 빈 채 액셀을 밟았어. 갑작스러운 압박을 받은 내 작은 차는 낑낑대다 앞으로 덜컹하고는 속도를 높여 질주했어. 사륜구동은 몇 뼘도 안 되는 거리를 두고 속도를 유지했고, 최대로 켜진 전조등은 내 앞 유리창에서 폭발해, 내 차로는 상상도 못 할 강렬한 빛으로 앞길을 밝히고 있어.

앞에 급커브가 있으니 속도를 늦추라고 경고하는 도로표지판을 무시하고 마을로 가는 코너를 빠른 속도로 돌았어. 바퀴가 젖은 타맥 위를 미끄러지면서 반대편에서 오는 차 앞으로 달려들었어. 급브레이크를 밟고, 안전벨트가 내 몸을 잡아채는 걸 느끼며 눈을 질끈 감았어. 엔진이 갈리는 소리를 내다 멈췄어.

경적 소리가 허공을 메웠어. 사륜구동인지, 앞에 있는 차인지 알 수 없어. 눈을 뜨고 갑작스러운 어둠에 눈을 깜빡였어. 몸을 뒤틀어 제이미를 확인했어. 깜짝 놀라고 잠이 덜 깨서 눈을 비비고 있지만 다친 데는 없어. 난 새까만 뒤창을 응시했어. 사륜구동은 사라졌어. 내 뒤편 길은 비어 있어.

내 앞의 차가 1미터쯤 후진했다가 내게 다가왔어. 나와 나란히 서자 여자가 차창을 내렸어. 내가 괜찮은지 확인하려는 건 줄 알았는데, 그 여자는 이렇게 소리쳤어. "이 멍청한 년아. 내가 5초만 더 빨랐어도 너 때문에 우리 둘 다 죽었을 거야."

눈물이 내 시야를 흐렸어. 날 길에서 밀어내려 한 괴물에 관해 말하고 싶었지만 입술이 떨려 아무 말도 하지 못했고, 내가 미처 목소리를 끌어내기 전에 그 여자는 분노로 고개를 저으며 차를 뺐어.

"왜 그래요, 엄마?" 제이미가 물었어. 졸음에 겨워하는 그 애의 여린 목소리가 마음을 아프게 해.

"아무것도 아니야, 아가. 그냥 엄마 혼자 놀란 것뿐이야. 우린 마을에 들어왔어. 곧 집에 도착할 거야." 난 천천히 그 자리를 떠나며 대답했어.

*

나중에 모래를 씻어낸 후 제이미가 플레이스테이션에 빠져 있을 때, 난 0800번호로 생명보험사에 전화를 해 당신이 죽었다고 말했어.

집으로 오는 길에 일어난 그 일은 경고였어.

그 남자가 원하는 게 뭔지 알아내지 못할 경우, 어쩌면 그 대신 돈을 주면 될지도 몰라. 전부 다 가지라고 해. 난 제이미만 안전하게 지키면 되니까.

시간과 날짜를 공책에 적고 이렇게 썼어. **사륜구동에 쫓기다. 랜드로버일까?**

앞 페이지들을 넘겨 보는데 휴대폰 메시지가 울려. 셸리야. **'집까지 무사히 잘 갔어요?'**

피가 차갑게 식는 느낌에 오싹 몸서리가 쳐졌어. 네 단어. 날 걱정해주는 친구의 무고한 질문이었지만, 뭔가……. 평소 셸리뿐 아니라 셸리의 문자에서도 흘러나오던 그 에너지는 어디로 사라진 걸까?

'멋진 하루 고마워요. 난 완전히 녹초가 됐어요!'

셸리가 해변에서 제이미와 나를 바라보던 표정이 떠올라. 그게 슬픔이라고, 딜런 생각에 그러는 거라고 생각했는데 돌이켜보니, 그게 질투였을 수도 있을까?

난 셸리의 이름을 **랜드로버** 옆에 휘갈겨 적고 천천히 화살표로 그 둘을 연결했어.

49

이안 클라크

저는 31일 토요일에 친구들하고 술 한잔하고 있었어요. 생일 축하 모임이었죠. 이미 말씀드렸지만, 저는 테스를 겁줘야 할 이유가 하나도 없었고, 이 지역에는 랜드로버가 수두룩해요. 정말이지 이 일에 관해서는 제가 아니라 셸리하고 이야기하시는 게 좋을 것 같네요.

셸리 랭

테스가 그때 일어나고 있던 다른 일들에 관해 제게 털어놓았으면 얼마나 좋았을까요……. 위협받은 것과 차가 쫓아온 것 같은 일들요. 제가 더 일찍 무슨 조치를 취했더라면 우리가 여기 앉아 있을 필요가 없었을지도 모르죠.

해변에서의 그날, 전 뭔가가 잘못됐음을 알았어요. 바로 그때 그 자리에서 뭔가를 했어야 했는데, 태풍 때문에 마음도 급했던 터라, 제가 착각한 거라고 스스로를 설득했어요. 저 개인적으로도 힘든 시기였으니까, 아마 그것도 한몫했겠죠. 제 결혼생활이 끝장나기 직전이었고, 전 평소의 제가 아니었어요. 중요한 건…… 끔찍한 이야기지만…… 전 질투했어요. 제이미의 그 작은 자석 사진을 계속 들여다보면서 그게 딜런이라고 상상했고, 제이미와 테스가 저와 아주 깊이 이어져 있는 느낌을 받았어요. 하지만 절대 누군가를 다치게 할 마음은 없었어요.

50

4월 1일 일요일, 제이미 생일 7일 전

제이미의 리버풀 FC 셔츠를 잃어버렸어. 크리스마스 때 한 재산 들여서 사준 거 말이야. 그 애는 그걸 일주일 동안 내리 입었는데, 기억나? 난 제이미가 잠든 후에 몰래 그 애 방에서 빼 와서 이튿날 입을 수 있도록 밤새 빨아놓곤 했어.

그런데 이제 그걸 잃어버린 거야. 세탁물 바구니에 없어. 빨랫줄에도 안 보여. 제이미가 입고 있는 것도 아니야.

그 애의 열린 옷장을 찾아보고 서랍장도 샅샅이 뒤졌지만 거기도 없었어. 혹시 실수로 내 옷이랑 같이 집어넣었나 싶어 우리 방으로 가서 옷장 양쪽 문을 모두 열었어. 내 상의와 이제는 입을 일 없는 드레스뿐만 아니라 당신 정장과 셔츠와 당신이 걸어놓기 좋아했던 점퍼들까지 전부 보이도록 말이지.

카펫에 뿌리를 내린 듯 그 자리에 꼼짝 않고 서서 당신 옷들을 멍하니 바라봤어. 아마 언젠가는 치워야겠지만, 아직은 때가 아니야.

눈을 떼지 못한 채 계속 바라봤어. 그런데 뭔가가 잘못돼 있어. 당신이 워킹화를 두던 옷장 바닥 자리가 비어 있고, 옷걸이에도 빈 곳이 있어. 11월 당신 생일에 내가 사준 회색 아란 니트 점퍼가 안 보여.

갑자기 뒷골이 확 당겼고, 카펫에 털썩 주저앉아 휴대폰을 꺼내 셸리의 번호를 눌렀어. 내가 착각한 것이길 계속 빌었지만 아니야. 당신 부츠나 점퍼가 있을 만한 다른 곳은 없어.

벨이 두 번 울리고 셸리가 전화를 받았어.

"우리 집에서 뭐 가져갔어요?" 난 셸리가 내 정신을 쏙 빼놓고 나 자신을 스스로 의심하게 만들 틈을 주지 않으려고 곧장 질문을 쏴버렸어.

"여보세요, 테스? 어떻게 지냈어요?" 셸리의 목소리는 밝았지만 거짓으로 꾸민 기색이 있어. 목소리가 너무 높아. "안 그래도 테스 생각을 하던 참이었어요. 어젯밤 내 문자에 답장 안 했잖아요."

"우리 집에서 뭐 가져간 거 있어요?" 난 셸리의 문자와 내 눈을 멀게 한 사륜구동의 전조등을 떠올리면서 다시 물었어.

"뭐라고요?"

"당신은 우리 집에 자주 드나들었잖아요. 혹시 뭔가 가져가지 않았나 싶어서요." 여전히 뒷골이 당겼지만 그럼에도 내 어조는 한결 누그러졌어. 용기가 점차 도망가고 있어.

"무슨 일이에요, 테스?"

난 흐느끼며 침을 삼키려 했지만 목이 꽉 막힌 것 같아. "집에 없어진 물건이 있어요."

잠시 침묵이 흐른 후 셸리가 입을 열었어. "어떤 물건요?" 머뭇대는 말투야.

"쓸데없는 것들요." 난 부드러운 면으로 된 당신 셔츠를 손끝으로 쓰다듬은 뒤 바닥에서 몸을 일으켜 제이미를 내다보려고 당신 서재로 갔어. 트리 하우스 안을 이리저리 돌아다니면서 혼자 신나게 조잘대고 까불거리는 그 애를 보니 학교 점심시간에 한 축구 시합 이야기로 당신을 즐겁게 해줬던 그때 생각이 나더라.

걱정이 내 안을 스멀스멀 기어 다니고, 없어진 옷 생각은 점차 머릿속에서 밀려났어. 난 이제 한 번에 한 가지밖에 걱정할 수 없게 돼 버렸나 봐.

"테스?"

"미안해요." 난 고개를 젓고는 계단을 올라가 위층 제이미 방으로 가면서 말했어. "듣고 있어요."

"뭐가 없어진 것 같아요?"

셸리는 날 믿지 않아. 그 질문의 내용만이 아니라 말투도 그래. 여전히 밝고 여전히 상냥하지만, 거기에는 뭔가 다른 게 있어. 연민.

"그걸 알아내려는 중이에요." 난 떨리는 한숨을 내쉬었어. 방금 전까지 난 도대체 무슨 꿍꿍이인지 알 수 없는 여자를 추궁하고 있었어. 그 생각으로 어젯밤 날 잠 못 이루게 만든 여자를. 하지만 지금은 우리 집 문간에 처음 나타난 후로 줄곧 내 말에 귀를 기울여주고 날 이해해준 친구 셸리한테 말하고 있어.

제이미의 옷장은 여전히 열려 있어. 그 애의 배낭이 걸려 있어야 할 문 안쪽 고리를 응시했어. 캠핑 여행을 준비하느라 사준 배낭인데 끝내 가지 못했지.

휴대폰을 들지 않은 손으로 제이미 옷장 서랍을 싸구려 플라스틱

레일 끝까지 잡아 빼서 카펫에 떨어뜨렸어. 서랍들을 눈으로 샅샅이 훑었어. 전부 꽉 차 있어. 긴소매 상의 아래에 빛바랜 여름 티셔츠들. 점퍼, 청바지, 외짝 양말과 온갖 색깔의 바지들.

"제이미의 리버풀 축구 셔츠가 없어졌어요. 그 애가 제일 좋아하는 건데." 그걸 마지막으로 본 게 언제인지 머리를 쥐어짰어. 지난주 운동장에 갔을 때는 분명히 그걸 입고 있었어. "그리고 그 애의 책가방과 스파이더맨 파자마도 없어졌어요."

"테스……."

"더 있어요." 난 셸리가 그것들이 세탁기나 침대 밑에 있을 거라고, 아니면 나더러 칠칠치 못하게 물건들을 맨날 잃어버리는 정신 나간 과부라고 할까 봐 두려워하면서 셸리의 말을 끊었어. "마크의 물건 중에도 없어진 게 몇 개 있어요. 그이의 워킹화랑 생일 때 사준 점퍼도 없어졌어요. 그이가 출장에 그걸 입고 가지는 않았을 거예요." 마지막 문장은 셸리가 물어보기 전에 급히 덧붙였어.

"그리고 내가 그걸 가져갔다고 생각했어요?" 셸리는 나한테 마치 커피에 우유를 넣어줄까 하고 묻는 것처럼 평온한 어조로 물었어.

"그러니까…… 당신은 여기 왔었으니까요." 표면으로 떠오르는 기억에 몸이 반응하면서 척추가 근질거렸어. 저번 주에 셸리랑 같이 테스코에 갔다 왔을 때 집에서 이상한 느낌이 들었지. 서재의 상자들도 옮겨졌었고. 그걸 어떻게 잊고 있었지? 왜 집 안의 다른 곳을 더 주의 깊게 확인하지 않았을까?

"테스, 난 당신이 걱정돼요." 셸리가 말했어.

"정말 미안해요." 난 더듬대며 내뱉었어. "날 무시해요. 내가 불안해서 멍청한 짓을 했어요. 이 집 때문이에요." 난 이제 횡설수설하고 있고 뺨은 뜨겁게 불타고 있어. "너무 집에만 틀어박혀 있어서 그런가 봐요." 애써 웃음소리를 냈지만 공허하게 들렸어.

"괜찮아요." 셸리의 그 말에, 셸리의 근심이 마치 물리적인 실체인 양 전화기를 타고 진동하는 게 느껴졌어. "있죠, 우리 토요일에 입스위치로 쇼핑 가면 어때요? 내 친구 멜이 같이 가자고 했거든요. 그 친구 딸도 올 거예요. 인드라라고. 일곱 살이에요."

"어……." 제이미가 자기 생일 전날에 쇼핑 가는 걸 과연 어떻게 생각할지 몰라서 난 망설였어. 이 가게 저 가게로 끌려다니는 건 보통 그 애한테 최악의 악몽이나 다름없지만, 혹시 생일 선물을 몇 개 더 받을 수 있을 거라고 생각하면, 그리고 셸리가 올 걸 알면 별로 싫어하지 않을 것 같아. 자기 또래랑 이야기할 수도 있고.

"에이, 응? 재미있을 거예요." 셸리가 말했어. "그리고 솔직히 말해서, 당신은 새 옷을 좀 사도 돼요." 셸리는 이제 날 놀리고 있고, 난 웃으며 언제부터 입고 있었는지 기억도 안 나는 플리스를 내려다볼 수밖에 없었어. 원래는 진한 남색이었는데, 지금은 청회색으로 바래고 자잘한 보풀들로 뒤덮여 있어.

"음…… 아마도요?"

"내가 차로 데리러 갈까요? 어차피 토요일 아침에는 보통 수영하러 가니까, 지나가는 길에 들르면 돼요."

"좋아요. 고마……."

"아, 이제 끊어야겠어요." 셸리가 내 마지막 말을 잘랐어. "토요일에 봐요."

"제이미가 좋아할 거예요." 난 조용한 폰에 대고 말했어.

공허감이 날 집어삼켰어. 제이미의 자동차 러그에 얼굴을 대고 누워서 잠깐 울었어.

아, 테시.

부활절 주말이잖아. 제이미랑 놀아주고 달걀 사냥을 위해 달걀을 숨겨야 해. 잠깐만 있다가 할 거야. 그냥 잠깐만.

제이미가 처음 산 우주복을 작아서 못 입게 됐을 때 기억나? 당신은 그것들을 다락방에 갖다 놓으려고 가방에 집어넣으면서 울었지.

마치 그 애의 일부를 잃어가는 것만 같았어. 제이미의 옷들을 정리할 때면 아직도 매번 그래. 손끝으로 제이미의 서랍장을 쓰다듬었어. 슬슬 정리를 좀 해야겠지. 아마 거기 있는 것 중 절반은 더는 그 애한테 맞지 않을 거야. 고맙게도 그 애의 폭발적 성장이 차츰 속도를 늦춰가는 것 같지만.

마지막 서랍을 도로 제자리에 끼워 넣고 있는데 삐걱하고 쪽문 열리는 소리가 나.

"엄마?" 제이미의 목소리가 집 안으로 메아리쳐. 부엌 바닥을 쿵쿵대는 발소리가 들려.

"신 벗어야지." 난 아래층을 향해 외쳤어.

"아." 그 애가 혼잣말하는 게 들려. 난 그 애가 쪽문으로 도로 성큼성큼 걸어가 웰링턴을 차 던지는 모습과 거기 나동그라진 신발들을 떠올렸어.

"배고파요. 초콜릿 먹어도 돼요?" 제이미가 소리쳤어. 난 웃음을 지으며 몸을 일으키고 눈물을 닦았어.

"네 책가방 봤니?"

"어……." 제이미가 뭐라고 대답해야 하나 고민하는 게 여기까지 느껴져. 사실 그대로 대답하면 혼날 거라고 생각하는 모양이야.

"트리 하우스에 있니?"

"네." 제이미가 대답했어.

우린 계단에서 마주쳤어. 그 애는 기죽고 슬픈 표정을 짓고 있어.

"괜찮아." 난 부드럽게 말했어. "엄마가 그냥 궁금해서 물은 거야. 손 씻으렴. 같이 루도 놀이 하자."

제이미는 고개를 끄덕이고 욕실로 사라졌어.

쪽문으로 가보니, 놀랍게도 제이미의 웰링턴 부츠가 부츠 꽂이에 제대로 놓여 있어. 쪽문 손잡이를 앞뒤로 흔들어보면서 잠겼는지 확인했어. 제이미가 들어오면서 그걸 잊지 않고 잠갔다는 데 기분이 좋으면서도 동시에 슬퍼. 틀림없이 내가 문단속을 끊임없이 하고 또 하는 걸 보고 따라 한 거겠지.

당신 물건들을 마지막으로 본 게 언젠지 기억이 안 나, 마크. 그게 누군가가 집에 침입한 이후인가? 통 모르겠어.

이안이 당신 서재를 염탐한 건 어느 정도 이해할 수 있어. 돈이 너무 급해서, 그리고 형으로서 당신 파일을 뒤지고 유언집행자 역할을 넘겨받을 권리가 있다는 잘못된 믿음 때문이었겠지.

하지만 왜 당신 옷과 부츠를 가져갔을까? 그리고 제이미의 물건도. 그건 말이 안 돼.

51

4월 5일 목요일, 제이미 생일 3일 전

집 측면을 따라 돌아 정원으로 들어온 건 매닝트리에서 날 쫓아온 그 남자였어. 생각해보면 우습기도 해. 집 안에서 들려오는 아주 작은 삐걱 소리에도 매번 움찔거리고 안절부절못하던 내게 아직 놀랄 기운이 남아 있었다는 게.

난 오븐에서 구워지고 있는 제이미의 생일 케이크용 초콜릿 스펀지시트에 온 정신이 가 있는 채로 빨래를 널고 있었어. 가게에 잠깐 다녀올까 하면서 머릿속으로 필요한 것들의 목록을 만드는 중이었지. 파티 링스, 초콜릿 칩 쿠키, 블랙커런트 스쿼시, 빵, 우유, 헬륨 풍선.

그 모든 일은 한꺼번에 일어났어. 자갈 밟는 소리와 함께 쇼핑목록 따윈 어디론가 사라지고, 머릿속은 텅 비어버렸어. 손에 들었던 타월을 떨어뜨리고 집을 향해 돌아서자, 거기 그 남자가 있었어. 나를 향해 다가오고 있어. 아니 다가온다기보다 성큼성큼 행군하고 있어.

난 숨을 삼켰어.

공포가 거센 힘으로 너무도 빨리 날 내리누르는 바람에 하마터면 무릎이 꺾여 넘어질 뻔했어. 그러기 직전에 몸을 추스르고 재빨리 뒷걸음쳤지. 제이미가 트리 하우스가 아니라 자기 방에서 놀고 있어서 얼마나 다행이었는지. 남자는 오늘 다른 옷을 입고 있어. 흰색 반소매 셔츠와 정장 바지 차림이지만, 창백하고 늘어진 살갗에 기름지고 숱 적은 머리카락은 자갈길에서 날 쫓아왔던 남자가 분명해. 차도에서 날 기다리고 있던 그 남자.

"클라크 부인이시죠?" 남자가 말을 걸어와.

"무슨…… 원하는 게 뭐죠?" 가슴이 덜컥 내려앉았고, 난 숨을 삼키며 간신히 그렇게 속삭였어.

남자의 얼굴에서 핏기가 빠져나가듯 햇빛에 비친 피부가 이제 거의 반투명에 가깝게 보여. "부인과 말씀을 좀 나누고 싶습니다."

난 게걸음으로 빨랫줄을 돌아가서 우리 사이에 보호막을 한 겹 쳤어. 비록 타월 몇 장에 지나지 않을지라도.

도망칠까, 싸울까? 도망친다. 죽어라 달려서 집 옆을 돌아 차고를 지나면 진입로를 벗어나 차도로 나갈 수 있어. 그러면 도움을 청할 수 있을 거야. 하지만 저 남자는 그냥 온 길로 되돌아가기만 하면 나보다 먼저 차도로 나갈 수 있어. 그리고 누가 날 구해주러 올 거라고 어떻게 장담하지?

쪽문은 열려 있고 내 휴대폰은 부엌에 있어. 설사 도망쳐서 거기까지 갈 수 있다 쳐도, 남자는 그냥 안으로 들어가서 제이미를 붙잡으면 그만이야.

싸운다. 정원을 눈으로 훑으며 삽이나 흙손을 찾아봤어. 무기로 쓸 수만 있으면 사실 뭐든 되는데, 아무것도 없어.

"클라크 부인? 테스, 제가 그렇게 불러도 될지 모르겠습니다만."

"전화로 말했죠. 난 마크가 무슨 일을 하고 있었는지 몰라요. 뭘 원하는지 몰라도, 나한테는 없어요."

남자는 얼굴을 찌푸리며 한 손으로 뺨을 문질렀어. "죄송합니다. 무슨 말씀이신지……. 우린 통화한 적 없는데요."

"아뇨, 했거든요. 댁은 내 자동응답기에 그 기분 나쁜 메시지를 남겼고 우린…… 지난주에 이야기했잖아요. 아니면 그 전 주에."

어깨 근육을 팽팽하게 긴장시키고 양손은 단단히 주먹을 쥐었어. 싸울 거야.

"꺼져요." 비명을 질렀어. "가까이 오지 말아요. 경찰을 부를 거예요." 분노가, 핏속에 뜨거운 용암이 끓어올라. 열기가 내 몸에서 뿜어져 나오는 걸 느끼며 이를 갈았어. "꺼지라고요!" 다시 비명을 질렀어.

"그럴 순 없습니다." 고개를 젓는 남자의 눈에서 두 줄기 눈물이 흘러내려. "죄송하지만 부인께 꼭 드릴 말씀이 있습니다."

침묵이 흘렀어. 난 앞으로 몸을 숙이고 헉헉대며 나와 제이미의 목숨을 위해 싸울 각오를 했고, 남자는 어깨를 들썩이며 줄줄 흐르는 눈물을 닦을 생각도 않고 있어.

"원하는 게 뭐죠?" 다시 물었어. 분노가 아주 살짝 식으면서, 그 남자가 어눌한 버밍엄 억양을 쓴다는 사실이 머릿속에 입력됐어.

내 정원에 있는 이 남자가 매닝트리에서 날 미행한 남자라고 절대적으로 확신해. 차도에 서서 날 기다리고 있던 남자라고 절대적으로 확신해. 하지만 이 남자가 날 테시라고 부른 그 전화 속 남자라는 확신은 갑자기 사라졌어.

그 순간, 남자가 무너지는 것처럼 보였어. 마치 온몸의 뼈가 녹아서 똑바로 서 있도록 지탱해주는 게 아무것도 없는 것 같아. 남자는 앞으로 쓰러지더니 양손으로 무릎을 짚고 큰 소리로 엉엉 울었어. 내가 자기 바로 옆을 지나쳐 집으로 뛰어 들어가서 문을 잠그고 경찰을 부른다 해도 알아차리지 못할 것 같아.

하지만 그 남자에게서, 모든 것에서 계속 도망칠 수만은 없어. 그러면 이 일은 언제까지고 끝나지 않을 테니까.

"이름이 뭐죠?" 난 한 걸음 다가서며 물었어.

"리처드 웰킨요." 남자는 몸을 부르르 떤 후 숨을 들이켜며 대답했어. 고개를 들더니, 자기가 바닥에 앉아 있는 걸 그제야 깨달은 표정이야. "죄송합니다, 전…… 항공사에서 일합니다." 남자가 침을 삼키자 목젖이 불룩 튀어나왔어.

"아." 이건 하나도 말이 안 되잖아.

"제발 잠깐만 제 말씀 좀 들어주시겠습니까?"

"여기서요." 난 대답했어. "당신이 있는 그 자리에 그대로 있어야 해요. 난 부엌으로 들어가서 휴대폰을 가져올 테니까. 긴급전화번호를 눌러놓고 당신이 움직이거나 내 마음에 들지 않는 말을 하면 곧장 통화 버튼을 누를 거예요."

고개를 끄덕이는 남자의 얼굴에 안도감 비슷한 게 자리 잡았어.

난 조금 더 기다렸다가 집 쪽으로 달려갔어. 혹시라도 이게 전부 속임수일 경우를 대비해, 날 가까이 유인해서 붙잡으려는 계략일 경우를 대비해 남자 옆을 지날 때는 멀찍이 거리를 뒀어. 하지만 남자는 꼼짝도 하지 않았고, 난 집으로 들어와 등 뒤로 쪽문을 쾅 닫고 잠갔어.

부엌에서 초콜릿 타는 냄새를 맡고서야 케이크 생각이 났어. 트레이를 끄집어내 가스레인지에 올려놨어. 스펀지 위에 검댕이 묻어 있고, 오븐에서 고르게 부풀지 못해서 삐뚜름해진 곳이 두 군데 있어. 그래도 위쪽을 잘라내면 충분히 살릴 수 있을 정도야.

"제이미?" 난 위층으로 외쳐 불렀어.

"네?" 그 애가 마주 소리쳤어.

"방에 있어, 알겠지? 엄마가 부를 때까지 나오지 마."

휴대폰을 움켜쥐고 긴급전화번호를 눌렀어.

다시 밝은 햇살 아래로 나오니 리처드는 아까 그대로 잔디 위에 앉아 있어. 이제 울음은 멈추고 먼눈을 하고 있었지.

잠깐 나도 앉을까 하다가 다시 생각해보고 그냥 서 있기로 했어. 혹시라도 도망쳐야 할지도 모르니까.

"왜 날 따라다닌 거죠?"

남자가 헛기침을 했어. "우선 제가 누군지 말씀드리면 이해하기 쉬우실 것 같습니다. 전 항공사에서 일합니다. 인사팀에서요. 중간급 관리자라 결정권이 몇 가지 있기는 하지만 많지는 않죠. 제 업무 중 하나는 병가에서 돌아온 직원들을 면담하고 서류를 처리하는 거였습니다." 마치 여러 번 연습한 연설을 되풀이하는 것 같아. 이 이야기를 내가 처음 듣는 게 아닌 듯했지. "제 업무는 면담을 하는 거였습니다. 필립 커티스, 그 조종사 이름인데……."

"누군지 알아요." 내가 그 이름을 어떻게 잊겠어.

"아마도 이젠 필립이 스트레스와 우울증으로 4주 동안 병가를 냈었다는 걸 알고 계시겠지요. 프랑크푸르트 비행은 그 친구가 복귀한 후 처음 맡은 비행이었습니다. 저는 그 친구가 복귀하기 전날 그 친구를 면담하기로 돼 있었습니다. 그 친구가 오후 5시 면담 시간에 맞춰 제 사무실로 왔을 때…….” 고개를 젓는 리처드의 목소리가 갈라졌어.

“우린 최소 30분간 면담을 하기로 돼 있었습니다. 회사에 정신 건강 문제를 겪는 직원들을 지원하는 매뉴얼이 정해져 있거든요. 체크해야 할 목록들이 있었습니다. 이런 것들이었죠. 직원이 복귀할 준비가 안 됐다는 신호를 보이는가?”

햇살이 내 머리를 내리누르는 것 같고 갑자기 몸에서 힘이 빠져나가는 느낌이야. 이 남자가 뭘 원하는지, 왜 여기 왔는지 모르지만 이제 두렵지는 않아. 그냥 슬퍼. 난 잔디에 힘없이 주저앉았어.

“그리고 전 그걸 체크하지 않았습니다.” 리처드가 말했어.

“뭐라고요? 왜요?”

남자는 숨을 훅 뱉어냈어. “이유는 없었습니다. 그냥 안 했습니다. 제가 보기에 필립은 멀쩡해 보였어요. 그 친구는 웃고 있었고, 우린 날씨 이야기로 농담을 나눴죠. 그래서 전 그 친구 어깨를 두드려주고 대충 이런 말을 했던 것 같습니다. ‘내일 비행에 일손이 모자라. 하고 싶으면 자네가 맡아.’ 그러자 필립이 절 쳐다봤는데, 저는 그 표정을 절대 못 잊을 겁니다. 저한테 무슨 선물이라도 받은 것 같았어요. 전 그 일을 아주 잘 처리했다며 속으로 으쓱했던 기억이 납니다. 그 친구가 인터뷰를 걱정하고 있었는데 제가 그 걱정을 손쉽게 해결해준 것처럼요.”

“전 제 책상에 체크리스트를 남겨두고 이튿날 체크할 계획이었습니다. 하지만…….” 남자의 눈에서 다시 눈물이 넘쳐흘렀고, 다시 입을 연 남자는 감정에 북받쳐 꺽꺽대고 있었어. "제가 그 친구한테 정말로 선물을 준 거였습니다. 그러니까 그 친구한테 벗어날 길을 준 거죠. 수천 번은 생각해봤는데, 제가 프랑크푸르트 비행을 배정했을 때 그 친구는 이미 뭘 할지 결정이 섰던 것 같습니다. 제 잘못입니다. 그 친구를 제대로 확인하지 않고 비행하도록 허락했으니까요."

내 살갗에 한기가 흘렀어. 아 마크. 당신은 정말, 정말 죽을 게 아닌데 죽었구나.

"왜 날 따라다닌 거죠?" 난 물었어.

"전 당연히 해고됐습니다. 형사로 기소될 거라는 이야기도 있더군요. 제가 응당 받아야 할 것보다 적지는 않을 겁니다. 필립은 제게 유서를 보냈습니다. 자기를 도와줘서 고맙다고요. 전 그때 이미 그만둔 후라 유서는 개봉되지 않은 채로 제 책상에 얼마간 놓여 있었습니다. 회사를 떠나기 전에 저는 승객 명단 한 부를 빼돌렸고, 그걸 가지고 모든 유족을 찾아다니며 제 몫을 인정하고 할 수 있는 한 사죄를 드리는 중입니다. 그 사고는 막을 수 있었습니다. 그건 절대 일어나서는 안 될 사고였고, 전 남은 평생 그 짐을 지고 가야겠죠."

"하지만……."

"당신이 가장 힘들었습니다, 클라크 부인." 내가 미처 묻기도 전에 리처드가 선수를 쳤어. "여러 번 찾아뵈려 했는데, 어, 부인을 보니까…… 도저히 용기가 안 났습니다."

난 빛나는 파란 눈동자와 헝클어진 금발머리의 제이미를 떠올렸어. 아버지 없이 자라게 될 우리의 어린 아들을.

"처음 여기 왔을 때, 부인이 진입로에서 막 차를 빼 나가시는 걸 보고 제 차를 몰아 시내까지 부인을 따라갔습니다."

"매닝트리였죠." 난 고개를 끄덕였어.

"전 이야기를 하려 했지만 부인은 도망치셨죠."

"그리고 요전 날 차도에서 날 기다렸죠. 자전거 탄 사람이랑 부딪쳐서 넘어졌고요."

"맞습니다." 리처드가 말했어.

난 리처드 뒤편의 정원과 나무를 보았어. 당신 비서 데니스가 왔을 때로 도돌이표를 찍고 돌아간 것 같아. 죄의식 내려놓기. 고백. 난 그 남자한테 괜찮다고 말할 수 없어. 괜찮지 않으니까. 절대 괜찮아지지 않을 거니까.

"2주 전 저녁에 우리 정원에 서 있던 것도 당신이에요?"

남자의 축 늘어진 얼굴이 내게 그 답을 알려줬어. "저…… 저는 거기 1분밖에 안 있었습니다. 부인이 절 보셨는지는 몰랐습니다. 부인이 안에 계신지 보고 나서 문을 노크하려고 했는데, 용기가 안 나서 대신 전화를 드려야겠다고 마음을 바꿨습니다. 정말이지 부인을 겁에 질리게 만들 생각은 없었습니다."

"흠, 어쨌든 실제로는 그렇게 만들었죠. 그것도 심하게." 난 휴대폰을 쥔 손에 힘을 줬어. 경찰에 신고해서 전의 두 경관을 도로 여기로 불러내고 싶었어. 봐라, 현실이지 않았냐고. 하지만 그래봤자 무슨 소용이 있겠어?

"나한테 몇 번이나 전화를 걸었죠?"

"여러 번요. 전…… 얼굴을 맞대고는 도저히 할 수 없다는 걸 깨닫고 대신 전화를 드리려고 했습니다. 하지만 그것도 안 됐죠. 자동응답기에 녹음된 부인 목소리가 너무 행복하게 들리더군요. 전 그냥 그걸 들으려고 전화하기 시작했습니다. 아마 마음속 한구석으로는 부인이 여전히 행복하다고 자신을 설득하려 했던 것 같습니다."

난 고개를 저었다. "내가 어떻게 행복할 수가 있어요?"

"죄송합니다. 전 너무, 너무 죄송합니다." 리처드는 고개를 무릎으로 떨궜어. 다시 몸을 떨며 흐느끼고 있지만 난 조금도 연민을 느낄 수 없어.

"경찰에 전화해야겠어요. 당신 그거 알아요, 몰라요? 당신은 날 미행하고, 우리 집에 괴전화를 했어요. 내 집에 무단침입을 하고 날 돌아버리기 직전까지 겁줬다고요."

"전 절대 그럴 뜻이 없었습니다. 죄송합니다."

"죄송하다는 소리 좀 작작 해요. 아무 의미 없으니까." 일어서서 남자를 내려다보며, 당신이 죽은 후 그 며칠을, 몇 주를 억지로 돌이켜보려 했어. 그동안 일어난 그 모든 일들, 내 공책의 페이지들. 드디어 난 답을 얻었어. 적어도 일부는.

"그럼 당신은 나한테 전화해서 실제로 말을 한 적은 없다는 거죠?" 난 물었어. "내 남편하고도 몰랐고요?"

리처드는 고개를 저으며 코를 훌쩍였고, 난 그 사람을 믿어.

"차종이 뭔가요?"

"파란색 닛산요."

"매닝트리 말고, 차로 날 또 따라온 적이 있어요?"

"아뇨."

그럼 모든 답은 아니군. 그냥 일부지. 끊어진 통화들, 감시당하는 느낌, 정원의 남자.

"제발 이제 그만 가고 다시는 오지 말아요. 당신 얼굴 두 번 다시는 보고 싶지 않으니까."

리처드는 꿈쩍도 하지 않았어. 잠시 그 구슬 같은 딱한 눈으로 날 올려다보기만 했어. 난 휴대폰의 잠금 화면을 풀고 손끝을 통화 버튼 위에 갖다 댔어. 그걸로 충분했어. 리처드는 몸을 일으켜 재빨리 걸어 나갔어.

어쩌면, 어느 날엔가는 그 짐을 평생 지고 살아야 할 리처드를 연민하게 될지도 모르지만, 그 남자 때문에 내가 겪어야 했던 그 모든 일을 생각하면 아마도 그런 날은 오지 않을 거야.

52

검은 야구모자를 쓴 남자, 매닝트리에서 날 잡으려는 줄 알았던 남자, 우리 정원의 어둠 속에 서서 우리를 감시하던 남자, 열 번도 넘게 집에 전화해서 끊곤 했던 남자. 그 남자, 리처드는 날 테시라고 부른 남자가 아니었어.

케이크 팬을 씻는 내 머릿속은 온통 그 생각뿐이었어. 그 생각이 저녁 내내 머릿속을 핀처럼 찔러대고 있었어. 하지만 제이미가 잠들기를 기다려 무릎에 공책을 펴고 앉은 후에야 비로소 뭔가가 딸깍 들어맞았어.

둘째 페이지에 이렇게 적혀 있었어. **당신은 갈 필요 없었어!**

그 밑에는 데니스의 이름이 씌어 있었는데, 그걸 본 순간 내가 문을 닫으려 했을 때 그 사람이 던진 마지막 질문이 떠올랐어. **"혹시 누가 전화 안 했나요?"** 그렇게 물었었지.

데니스의 얼굴과 검은 펜슬로 그린 눈썹을 떠올렸어. 마치 겁에 질린 사람처럼 눈을 휘둥그레 뜨고 입술을 꽉 다물고 있었지. 하지만 뭣 때문에?

이불을 차 던지고 당신 파자마 바지 허리춤을 흘러내리지 않게 붙든 채 맨발로 계단을 내려갔어. 어둠 속에서 휴대폰 플래시에만 의지해서.

서랍을 꽉 메운 테이크아웃 메뉴들과 휴대폰 충전기들 사이를 뒤졌어. 그 여자 명함을 여기 둔 게 분명하거든. 마침내 주소록과 타이음식 포장 메뉴 사이에 끼워진 명함을 발견하고 휴대폰으로 전화를 걸었어.

부엌 바닥은 얼음장처럼 차가워. 발로 흘러 들어온 냉기가 전신으로 번져 몸이 덜덜 떨려.

데니스는 세 번째 신호음에 전화를 받았어. "여보세요?" 받고 싶지 않은데 억지로 받은 듯, 머뭇대는 목소리야.

"데니스, 테스예요."

"아, 안녕하세요 테스. 그동안 잘 지내셨어요?" 수화기 저편으로 부스럭대는 소리에 뒤이어 문 닫히는 소리가 들려.

"네, 미안해요. 좀 생각난 게 있어서…… 음…… 마크의 일에 관련된 건데 혹시 날 좀 도와줄 수 있을까 해서요."

"지금요?" 데니스는 놀란 목소리야. 아니, 그 정도가 아니라 불편해하는 목소리더군.

"그냥 몇 가지만 물어보면 돼요. 그리고 아무 때나 전화해도 된다고 했잖아요." 난 그 여자의 죄의식을 건드리려고 그렇게 덧붙였어.

"네, 죄송해요. 당연하죠. 제가 뭘 도와드리면 되죠?"

갑자기 어떤 식으로 말을 꺼내야 할지 자신감이 사라져서 난 멈칫했어. "혹시 마크가 뭔가 비밀스러운 일을 하고 있었는지 알아요?"

"무슨 뜻이세요?" 여자가 물었어.

"뭔가…… 뭔가 그이가 곤란해질 만한 일요. 뭔가 다른 사람들한테 알리고 싶지 않았을 법한 거." 어떤 남자가 한밤중에 집으로 전화해서 마크를 위협하고, 우리를 위협할 만한 것.

휴대폰 저편에 침묵이 흘렀어. 난 귀에서 휴대폰을 떼고 끊기지 않았는지 확인했어.

"지금은 통화하기 곤란해요." 데니스의 목소리는 너무 낮아서 들릴락 말락 했어. "죄송해요. 다시 전화 드릴게요."

"왜요? 왜 얘기 못 하는데요?" 난 그렇게 물었지만, 너무 늦었어. 전화는 이미 끊겼어.

젠장. 뭐야, 마크?

다시 몸서리를 치며 빈 휴대폰 화면을 응시했어. 그처럼 불안하고 겁에 질린 상태에서도 난 데니스가 내 질문을 웃어넘길 줄 알았는데. 걱정할 것 없다고 날 안심시킬 줄 알았는데. 그러긴커녕 뭔가가 있고, 나한테 말해주지 않으려 해. 아니면 말할 수 없었거나. 난 데니스가 나지막이 속삭이던 걸 떠올렸어. 겁에 질린 목소리 같았어.

통화목록을 끌어올려 다시 통화를 시도했어. 그 사람이 정말 겁에 질렸다 해도 그건 나 역시 마찬가지야. 그리고 난 제이미를 생각해야 했으니까.

이번에는 신호가 안 갔어. 메시지를 남기라는 기계 음성이 나와. 난 그냥 끊었어.

갑작스러운 빛이 부엌을 가득 채웠어. 지나가는 차의 전조등이야.

하지만 차는 지나가지 않고 진입로에 섰어. 난 숨을 삼키고 창가를 떠나 차가운 타일 바닥에 몸을 웅크렸어. 긴급전화를 누르려고 키패드를 끌어올리는데 양손이 떨려.

차 문이 쾅 닫혔어. 자갈을 밟는 발소리가 들려. 쪽문을 응시하면서 쇠 맛 나는 따뜻한 피가 입안으로 똑똑 떨어질 때까지 입술을 깨물었어.

리처드가 다시 왔나? 우릴 가만 놔두라고 내가 말했는데. 설마 못 들은 걸까.

발소리가 창을 지나 옆 현관에서 멈췄어. 손마디로 나무 두드리는 소리가 들려.

똑, 똑.

난 잔뜩 몸을 웅크린 채 얕은 숨을 쉬면서 덜덜 떨리는 몸을 진정시키려고 한 손을 타일 바닥에 갖다 댔어.

똑, 똑.

"테스?" 문밖에서 외치는 목소리가 들려.

똑, 똑.

리처드가 아니라 이안이야. 한 손으로 조리대를 짚고 몸을 일으켜 문을 열려는 순간, 열쇠 소리가 들려. 처음에는 꾸러미에서 맞는 열쇠를 찾느라 짤랑대는 소리, 뒤이어 열쇠를 자물쇠에 집어넣어 금속과 금속이 부딪히는 딸깍 소리.

내가 집에 없는 줄 아나 봐. 직접 문을 열고 들어오려 하다니. 놀라서 눈을 휘둥그레 뜨니 차가운 공기가 동공을 시큰하게 해.

이안은 쿵 소리를 내며 문에 체중을 싣고 열쇠를 흔들었어. 내가 자물쇠를 바꾼 걸 몰랐겠지. 욕설을 내뱉고는 다시 한 번 시도하는

데, 그러는 내내 난 이안에게서 3미터도 떨어지지 않은 곳에서 그대로 웅크려 있었어. 불타는 허벅지 근육이 나더러 움직이라고 외치고 있어. 요전 날 집에 들어온 건 이안이었어. 내가 뭐랬어, 마크.

열쇠가 짤랑대고 또 짤랑댔어. 이안은 포기한 것 같아.

그리고 집 전화가 다시 울려. 자동응답기가 삐 소리를 냈고, 난 이안일 거라고만 생각했는데 셸리야.

"여보세요, 테스? 셸리예요." 셸리의 목소리가 춤을 추듯 집 안으로 메아리쳤어. "그냥 우리가 토요일에 보기로 한 거 마음 안 바뀌었나 해서요. 수영장이 수리 때문에 8시까지 닫는 걸 오늘에야 알게 돼서, 아마도 10시나 되어야 당신 집에 도착할 것 같아요. 그래도 괜찮았으면 좋겠네요. 버터마켓 쇼핑센터 옆에 맛있는 이탈리아 음식점이 있어요. 늦은 점심시간으로 예약했어요. 우린 데벤함스 백화점에 먼저 들러야 해요. 그날 단 하루 반값 세일을 하거든요. 아 그리고 어머님이 다시 전화하셨어요. 테스한테도 메시지를 남겨두셨대요. 이거 들으면 나한테 전화 줘요."

셸리가 쾌활한 "안녕"과 함께 전화를 끊자 온 집 안은 다시 침묵에 잠겼어.

잠시 후 이안의 구두가 으드득 자갈을 밟았고, 뒤이어 차 문이 쾅 닫혔어. 엔진이 으르렁거리고 전조등이 부엌을 환히 밝힌 뒤 마침내 이안은 가버렸어.

난 다시 혼자가 됐어.

집 안을 미친 듯 달려 우리 침대의 이불 속으로 뛰어들었어. 휴대폰 빛에 의지해 공책에 날짜와 시간을 휘갈겨 적고 이렇게 썼어. **이안이 집에 들어오려 한다. 저번에 집에 들어온 건 그 사람이었다!!!**

난 아직도 우릴 위협하는 게 누군지, 뭘 원하는지 모른다!!! 데니스는 나한테 말을 안 해주려 한다. 이유가 뭐지? 뭐가 두려워서?

53

엘리엇 새들러(ES)와 테레사 클라크(TC, 오클랜드 병원 하트필드 병동에 입원 중)의 대화 녹취록, 4월 11일 수요일, 세션 2(계속)

TC : 리처드 웰킨은 매닝트리에서 본, 절 쫓아온 남자였어요. 셸리는 그 모든 게 제 공상이라고 설득하려 했지만, 그게 아니었어요. 그 남자는 몇 주 전부터 절 지켜보고 있었고, 집에 전화했다 끊기를 반복했어요. 전 리처드가 협박 전화를 한 그 남자랑 동일인물인 줄 알았는데, 그건 아니었어요. 리처드는 항공사 사람이었는데, 저한테 그 사고가 자기 잘못이라고 털어놓으려는 거였어요. 그래서 절 미행하고 우리 집에 얼씬거린 거죠. 문을 두드릴 용기가 없었다나요.

ES : 부인은 사고가 리처드의 잘못이라고 생각하십니까?

TC : 네, 그리고 데니스의 잘못도 약간은 있다고 생각해요. 그 사람은 마크의 개인 비서였어요. 제가 그 사람 이야기를 했나요? 그 사람이 마크의 비행 스케줄을 망쳐놨어요.

ES : 리처드는 왜 문을 두드릴 용기를 내지 못했을까요? 그 남자는 사고 피해자의 유족을 모두 미행했나요?

TC : 저도 똑같은 게 궁금했어요. 그 남자는 저랑 이야기하는 게 가장 힘들었다고 했어요.

ES : 어째서죠?

TC : 저도 모르죠. 분명 절 지켜보면서 제가 얼마나 엉망이 됐는지를 본 게 아닐까 싶어요.

54

4월 7일 토요일, 제이미 생일 하루 전

입스위치의 시내 중심가는 번잡했어. 아니, 사실 사람들로 꽉 찼어. 혼자 온 쇼핑객들, 무리 지어 다니는 십 대들, 손을 꼭 잡은 커플들, 아이들, 부모들과 유모차들, 다들 서로 요리조리 피해 돌아다니고 있어. 공중에는 마치 크리스마스이브의 폐점 한 시간 전 같은 절박한 분위기가 감돌고 있어. 카오스 그 자체라고 할 소음과 소란이 마치 내 머리 바로 옆에서 착암기로 바위를 깨고 있는 것 같아. 집과 마을의 정적에서 벗어나고 싶다고 생각했는데, 이제 도리어 그 침묵이 간절히 그리워졌어.

우린 버스커 하나를 지나쳤어. 기타를 들고 코에 고리를 낀 십 대 여자아이였는데, 금발을 레게머리로 땋고 보라색과 파란색 끈을 달았더군. 여자애가 입을 열 때 난 뭔가 그런지 록 같은 게 나오지 않을까 싶었는데, 로비 윌리엄스의 노래를 시작하는 여자애의 목소리는 부드럽고 천사 같았어.

그 애한테 홀린 듯, 제이미의 발걸음이 점차 느려지다 아예 멈췄어.

나도 멈춰 섰어. 여자애의 목소리는 단순히 내 귀에 들리는 게 아니라 내 몸으로 스며들었어. 마치 여자애가 자신의 가사를, 자신의 생각을 곧장 우리한테 주입하는 것처럼.

두 걸음 앞에 있는 셸리를 얼른 따라가라고 제이미의 등을 쿡 찔렀어.

우린 모래 벽돌로 만들어진 시청 건물에 도달했어. 할인점들 사이에 솟은 모습이 아주 위풍당당하더라. 순간 누군가가 버럭 고함치는 바람에 난 깜짝 놀라 그 소음을 향해 몸을 홱 돌렸어. 그냥 견과 가판대를 차려놓고 호객하는 남자였어.

시청 앞 차 없는 광장에서 십 대 후반 애들 무리가 발을 좌석에 올려놓은 채 벤치 등받이 위에 앉아 있어. 한 남자애는 짧은 머리를 빳빳이 세웠고, 목에는 총 모양 문신이 있어. 서부영화에나 나올 법한 구식 권총이었지. 남자애의 피부에 잉크로 새겨진 그 그림을 자세히 뜯어보는데, 갑자기 날것 그대로의 공포가 날 사로잡아.

제이미를 데리고 당장 집으로 돌아가고 싶어. 문신한 남자애가 진짜 총을 꺼내서 우릴 살해하기 전에, 누군가가 보행자 전용 구역으로 차를 몰고 돌진해 우리 모두를 깔아뭉개기 전에, 상점 앞 벽돌담이 무너져 우릴 파묻어버리기 전에. 아니면 폭탄이나. 테러리스트 공격이나. 인화물질이 든 통을 휘두르는 미친놈이 갑자기 나타날지도 몰라.

내 동요를 감지하기라도 한 듯, 셸리가 옆으로 다가오더니 내 팔을 꼭 쥐었어. 정신 똑바로 차려야지. 난 안절부절못하며 망상을 펼치고 있어. 여긴 입스위치 상점가라고, 맙소사. 전쟁터가 아니고. 하지만 근질대는 양모 점퍼처럼 내 살갗을 뒤덮는, 먹잇감이 된 듯한 그 느낌을 도저히 떨칠 수가 없어. 여기 있으면 제이미와 내가 위험하다는, 뭔가 끔찍한 일이 곧 일어날 거라는 느낌, 그리고 제이미의 손을 꼭 붙잡고 셸리와 이 수많은 사람들로부터 멀찍이 도망쳐야 한다는 느낌을.

제이미도 그걸 느끼나 봐. 그 애는 시내로 오는 길에 차에서 한마디도 안 하더라. 그냥 셸리의 미니 뒷좌석에 앉아 창밖을 내다보면서 바깥 풍경을 구경하기만 했지. 그 애는 내일이면 여덟 살이 돼, 마크. 우리 어린 아들이 여덟 살이 된다고. 그게 어떻게 말이 되는지 모르겠어. 그 애는 이제 너무 컸고, 동시에 너무 어려.

리처드 생각이 여전히 내 가슴을 무겁게 내리누르고 있고, 그 사람의 고백을 얼른 셸리한테 들려주고 싶어서 애가 탔지만, 오늘 아침 셸리가 온 이래 줄곧 제이미가 내 옆에 붙어 있어. 그 애한테는 내 이야기를 듣게 하고 싶지 않아.

"멜!" 셸리가 내 팔을 놔주고 까치발을 들면서 고함을 질렀어. 쇼핑객들 너머로 손을 흔들었어.

윤기 나는 검은 머리를 길게 기른 여자가 꼬마 여자애를 뒤에 달고 우리를 향해 달려왔어.

"안녕." 멜이 셸리를 양팔로 포옹했어. "너무 오랜만이다."

멜은 가느다란 다리에 꽉 달라붙는 검은 스키니진에 흰색 리넨 재킷 차림이었어. 멜과 셸리 둘 다 화려한 매력이 있어. 굽 높은 부츠와 짤막한 재킷과 반짝이는 머리칼, 그리고 티 안 나면서 자연스럽게 멋을 살린 화장. 갑자기 내 겨울 외투가 너무 덥고 유행에 뒤처진 느낌이야. 머리를 공들여 드라이하고 치마와 구멍 안 난 스타킹을 애써 찾아 신은 게 다 쓸데없는 짓이었다 싶어.

"테스, 이쪽은 내 친구 멜이에요. 우린 아기 모임에서 인드라가 딜런이 가지고 놀던 기차를 빼앗은 걸 계기로 서로 알게 됐어요." 셸리가 웃자 눈동자가 춤을 추듯 반짝였어. "멜, 이쪽은 테스." 셸리는 우리가 어떻게 알게 됐는지 설명하지 않았고, 난 그게 고마웠어.

멜에게 "안녕하세요" 하고 말했어. 행복한 표정을 지으려고 입꼬리를 양옆으로 쭉 올려봤는데 어색하고 찡그린 웃음처럼 되어버린 것 같아. 멜은 어딘가 낯익은 구석이 있어서, 혹시 전에 만난 적이 있지 않나 하는 생각이 들어.

"안녕하세요, 테스. 만나서 반가워요. 얘는 제 딸, 인드라예요." 멜은 인드라를 돌아보았어. "테스 아줌마한테 안녕하세요, 해야지."

제 엄마와 똑같이 완벽하게 동그란 눈과 선명한 이목구비를 가진 인드라는 멜의 어린 판박이더라. 배꼽 위로 살짝 올라가는 검은 티셔츠 위에 가짜 모피 재킷을 입었고, 길고 검은 머리카락은 두 갈래로 땋아 어깨 위로 대롱거렸지.

인드라는 고개를 들어 나를 보고는 손을 들어 살짝 흔들었어. "안녕하세요." 아이가 입을 벌리자 가운데에 살짝 벌어진 틈이 보여. 유치 두 개가 빠진 자리.

내 웃음이 부드러워졌어. "안녕."

제이미를 소개하려고 돌아봤더니 그 애가 어느새 내 뒤에서 나와 벌써 인드라의 귀에 뭐라고 속삭이고 있어.

제이미는 뺨을 붉힌 채 고개를 들고 멜에게 소심하게 손을 흔들었어. 멜이 태연한 기색으로 아무 말도 안 하는 걸 보면 제이미의 숫기 없는 성격을 눈치챈 모양이야. 멜은 제이미에게 웃어 보이고, 제이미와 인드라가 쇼핑객들 사이로 먼저 출발한 뒤에 나를 향해 웃음을 지어 보였어.

우리가 움직이기 시작한 후에야 난 멜을 곁눈질했어. 한참 후에야 비로소 깨달음이 내 머리를 때렸어. 붉은 벽돌담에 걸터앉아 제이미가 학교 마치기를 기다리던 그날 오후가 떠오른 순간, 내 얼굴이 선홍색으로 달아올랐어. 그때 근심스러운 표정으로 나와 이야기하러 나온 여자가 바로 멜이었던 거야.

"우리 만난 적이 있는 것 같은데요." 난 민망함을 어떻게든 무마해 보려고 그렇게 말했어.

멜이 고개를 끄덕이자 검은 머리카락이 위아래로 까딱거렸어. "방금 저도 그 생각을 하던 참이었어요."

"요전번 주 학교 앞에서였죠. 제가 너무 일찍 왔었고요." 난 고개를 저었어. "그렇게 도망가버려서 죄송해요. 너무 민망해서 그랬어요. 제가 최근 시간 지키는 데 영 젬병이라서요." 셸리가 멜한테 마크 이야기를 했을까, 안 했을까. 난 목이 메는 걸 느끼며 멜이 이유를 물을 틈을 주지 않고 재빨리 화제를 바꿨어. "학교에서 일하시는지 몰랐어요. 선생님이세요?"

"안내데스크에서 일하고 있어요." 멜이 그렇게 대답하며 셸리를 흘끗 쳐다봐. 멜의 얼굴에는 무슨 의미인지 알 수 없는 표정이 떠올라 있어. 내가 말을 너무 많이 했나 싶어. "하지만 전 사실 학교에서 일하는……."

"어엄마아." 인드라가 제 엄마를 부르며 끼어들었어. "우리 클레어스(어린 여자아이들을 대상으로 장난감이나 장신구 따위를 파는 업체—옮긴이) 가도 돼요?" 인드라랑 제이미는 이미 상점 앞에 거의 다 왔어.

"우선 데벤함스부터 갔다가, 응?" 멜이 고개를 끄덕이며 말했어. "클레어스에서 돈을 쓰기 전에 우선 넌 새 옷이 필요해." 멜이 딸의 윗도리를 잡아 내리자 인드라가 엄마한테 얼굴을 찡그리고 있어.

인드라는 양손을 주머니에 찔러 넣고 한쪽 팔은 제이미랑 팔짱을 낀 채 앞질러 갔어. 제이미가 여자애랑 노는 걸 본 건 이번이 처음인데, 그렇게 둘이 같이 있는 걸 보니 저절로 웃음이 나와. 제이미는 늘 자기 또래 남자애들이랑만 어울렸는데, 인드라하고 팔짱 끼는 건 마음에 드는가 봐.

"가끔 이 망할 가게를 내가 10년째 먹여 살리고 있다는 생각이 들어요. 그곳의 액세서리에 들인 돈을 생각하면." 멜은 클레어스 앞을 지나갈 때 그곳을 손가락질하면서 짓궂게 웃었어.

난 멜과 셸리가 둘이 같이 아는 어떤 친구에 관해 나누는 속사포 같은 대화를 따라잡으려 애쓰며 보폭을 맞춰 걸었어. 몇 걸음에 한 번씩 둘 중 하나가 날 건너다봤는데, 아마 소외감이 안 들게 일부러 신경 써주는 것 같아. 하지만 도움이 되지 않아. 그냥 감시당하는 기분이야. 질투심이 내면을 갉아먹고 있어. 단순히 멜하고 셸리에 대해서만이 아니라, 인드라랑 제이미에 대해서도.

당신은 내 사람이었지, 마크. 내가 무슨 얘기든 늘 제일 처음으로 들려주고 싶어 하던 사람. 우리가 만난 후로 난 예전 친구들하고 점점 멀어졌어. 더는 그 애들이 필요하지 않았으니까. 내겐 당신이 있었는데, 이젠 아무도 없어.

데벤함스의 문 앞을 지나가는데 머리 위에서 뜨거운 바람이 불어와. 높은 천장에서부터 붉은 배너들이 늘어져 있고, 직원들은 붉은 티셔츠를 입고 있어. 그리고 배너와 티셔츠 양쪽에 흰 글자로 '세일'이라고 씌어 있고.

상점 안은 심지어 바깥 거리보다 더 붐볐고, 문간을 드나드는 사람들이 날 왼쪽 오른쪽으로 밀치고 갔어. 셸리와 멜은 자석에 끌린 듯 향수 코너로 향했고, 난 두 여자를 따라갔어.

너무 붐벼.

너무 시끄러워.

공황이 다시 고개를 쳐드는 게, 날 덮쳐오는 게 느껴져.

뭔가가 일어나려 해. 아무것도 모르고 어떻게 멈춰야 할지도 모르는 채로 위험을 향해 돌진하는 느낌이야. 내 눈은 한 유모차를 돌아 화장품 코너로 가는 제이미와 인드라에게 못 박혀 있어.

셸리가 날 돌아보며 "자, 이거 맡아볼래요?" 하고는 내 코앞에 자기 손목을 갖다 댔어. 숨 막힐 듯 달콤한 머스크 향이 눈을 찔렀어.

"샤넬 신상이에요. 살까." 셸리의 말투에는 어쩐지 그리움과 아쉬움이 묻어나. "그냥, 좀 변화를 줘볼까 해서요."

멜이 몸을 숙여 뭐라고 말하자 둘은 함께 소리 내 웃었지만 난 듣지 않았어. 들리지 않아. 누군가가 내 어깨를 두드려 돌아보니 이안이 서 있어.

"테스, 안녕." 이안이 그렇게 말하고는 내 뒤편의 멜과 셸리를 보았어.

난 "안녕" 하고 대답했어. 머릿속이 핑핑 돌아. 이안이 여기 있는 건 절대 우연이 아니겠지? 날 미행한 걸까?

"안녕하세요." 셸리가 가까이 다가와 말했어. 셸리 손목의 향수 냄새가 다시 풍겼어. 윗입술에 맺힌 땀방울이 간지러워. 상점의 열기와 향수 코너의 독한 향이 폐를 할퀴는 것 같아.

"안녕하세요." 이안이 멜과 셸리에게 고개를 끄덕이며 인사했어.

"이분은 마크의 형, 이안이에요. 이안, 멜과 셸리예요." 나는 양손으로 그들을 번갈아 가리키며 말했어.

"우리 만난 적 있죠." 셸리가 자신의 트레이드마크인 환한 웃음을 싹 지운 채 말했어.

"요전 날 전화해줘서 고마웠어요, 테스." 이안이 이상할 정도로 정중한 말투로 이야기하고 있어. "우리 둘이서 몇 분만 이야기할 수 있을까요, 제발?"

난 전혀 내키지 않았지만 이안의 눈이, 당신의 눈이 애원하는 걸 보자 나도 모르게 고개를 끄덕이고 말았어.

"내가 따라갈까요, 테스?" 셸리가 움직이려는 내 팔을 붙잡고 이안을 흘끗 쏘아보며 물었어.

"괜찮아요. 좀 봐줄 수 있어요?" 난 제이미와 인드라를 향해 고갯짓했어. 제이미는 인드라가 입술에 보라색 립글로스를 찍어 바르는 걸 보면서 키득대고 있어.

셸리는 잠시 혼란스러운 표정을 지었지만 이내 고개를 끄덕이고 사람들 사이를 이리저리 헤집으며 제이미가 있는 화장품 코너를 향해 갔어.

난 이안을 따라 창가 옆 공간으로 갔지만 눈은 계속 제이미를 돌아보았어. 그 애는 감탄 가득한 얼굴로, 너무도 사랑 가득한 얼굴로 셸리를 올려다보고 있어. 가슴이 조여오는 느낌에 난 숨을 삼켰어.

"테스?" 날카로운 이안의 목소리가 내 생각을 저만치 쫓아버렸어. "테스." 이안이 다시 불렀어. "당신 괜찮아요? 정신이 딴 데 가 있는 것 같아요."

"난 괜찮아요." 양팔로 몸을 감싸고 이안에게 초점을 맞추려 했어. "여기는 어쩐 일이에요?"

"그동안 걱정했어요." 이안은 더 가까이 다가서며 말했어. "요전 날 밤 잘 있는지 확인하려고 집에 찾아갔었어요. 당신이 혹시라도……." 이안이 말끝을 질질 끌었어.

"자살이라도 했을까 봐요?" 난 얼굴을 찡그렸어.

"뭐……." 이안이 어깨를 으쓱했어. "그런데 집에 없더군요."

아니, 있었거든.

"당신한테 할 말이 있어요." 이안이 바닥의 한 점에 눈길을 꽂은 채 발을 이리저리 움직여. 불안해하고 있어.

한 젊은 커플이 양손에 가방을 잔뜩 들고 부산스럽게 우리 옆을 지나갔어. 여자의 약지에서 반짝이는 다이아몬드가 시선을 사로잡았어.

"우리 조용한 데로 갈 수 있을까요? 제발, 테스. 정말이지 당신하고 할 이야기가 있어요. 돈 문제예요."

한편으로 가고 싶은 마음도 들어. 답을 듣고 싶거든. 그게 뭐든 간에. 하지만 이안이 이런 식으로 나타난 게 너무 싫어. 요전 날 밤 내가 문을 안 열어주긴 했지만, 그렇다고 다른 날 얘기하면 안 된단 법이라도 있나? 제이미랑 쇼핑 온 날 미행할 필요까지는 없었잖아.

"나도 돈 문제는 꼭 이야기하고 싶어요." 난 말했어. "하지만 지금은 때가 아니에요. 다음 주에 만나요. 만나서 커피 마시면서 이야기해요." 어딘가 중립적인 곳에서 만날 생각이야. "아니면 내가 당신 사무실로 갈게요. 어차피 제이컵하고도 만나야 하니까."

"아." 이안이 말했어. "내 생각엔 내가……."

"마크의 유언집행자는 나예요. 내가 직접 처리할 거예요. 이미 말했잖아요. 그냥 시간이 좀 더 필요하다고."

이안이 뭐라고 말했지만 내 초점은 다시 붐비는 상점으로 옮겨갔어.

"내 말 듣고 있어요?" 이안이 묻는 소리가 들렸어.

제이미가 보이지 않아. 셸리도 사라졌어.

난 앞으로 쏜살같이 달려갔어. 쇼핑객들을 밀치고 사람들의 가방을 팔꿈치로 치면서, 사람들의 투덜거림이 들리지 않는 척, 그저 인드라를 향해서.

"얘, 제이미 어디 있니?" 인드라 옆에 도착해서 물었어.

인드라가 화들짝 놀라면서 날 올려다봐. 그 애 입술은 립글로스로 반짝이지만, 눈은 마치 날 처음 본 것처럼 텅 비어 있어. 마치 우리가 20분 전에 만난 적이 없었다는 듯. 내 아들이랑 팔짱을 끼고 걸은 적이 없었다는 듯.

"인드라, 제이미는 어디 있니?" 느린 말투로 다시 물었어. 그 애를 잡아 흔들고 싶은 마음을 억누르느라 저절로 주먹이 꽉 쥐어졌어.

인드라는 주위를 둘러본 후 발을 끌며 한 걸음 뒤로 물러났어. 난 내가 그 애를 겁주고 있다는 걸 깨닫고 숙였던 몸을 똑바로 펴서 그 자리에서 빙빙 돌고 또 돌면서 제이미를 찾아 상점을 눈으로 뒤졌어.

아무 데도 없어.

"무슨 문제 있어요, 테스?" 멜이 자기 딸 옆에 나타나서 물었어.

"셸리 봤어요?" 난 계속 빙글빙글 돌고 있어. 사람들의 얼굴들과 몸들이 뿌옇게 흐려졌어. 그들 중 셸리나 제이미는 보이지 않아.

"어……." 멜은 태연하게 상점을 둘러봤어. 그 눈길은 느긋하기 그

지없어. 내 안에서 쑥쑥 자라고 있는 공황 같은 건 전혀 찾아볼 수 없어.

셸리가 사라졌어. 제이미도 사라졌어.

그만해, 테시.

뭘 그만해, 마크. 제이미한테 무슨 일이라도 생기면 난 절대로 견딜 수 없어.

그때 찰칵하고 퍼즐 조각이 제자리에 맞아 들어갔어. 마지막 암호의 실마리. 이안이 내게 말을 걸기 직전에 느꼈던, 위험을 향해 돌진하는 것 같던 그 느낌. 셸리는 날 돕고 싶었던 게 아니라 딜런을 대신할 아들을 원한 거야. 제이미를 원한 거야. 갑자기 셸리의 목소리가 머릿속을 가득 채웠어. **난 딜런이 그리운 것 못지않게 엄마였던 것 역시 그리워요……. 난 아이를 너무 간절히 원해요, 테스.**

상점이 내 눈앞에서 빙빙 돌아. 아니, 어쩌면 돌고 있는 건 나일까. 어디 있어요, 셸리? 제이미한테 무슨 짓을 한 거죠?

"저기 있어요." 인드라가 가방 코너를 가리키며 외쳤어.

난 사람들을 밀치고 헤집으며 셸리한테 다가갔어.

"아, 어서 와요." 셸리가 말했어. "이거 어떤 것 같아요?" 그러고는 반짝이는 금색 버클이 달린 갈색 핸드백을 들어 올렸어.

"제이미." 목이 꽉 막혀서 쉰 목소리가 나왔어. "제이미 어디 있어요? 내가 봐달라고 했잖아요."

"아……." 셸리의 눈이 상점 바닥을 마구 두리번거렸어. 나랑 똑같이 공황에 빠진 표정으로. 셸리는 제이미를 데려간 게 아니라 잃어버린 거야.

갑자기 주위의 군중이 상점과 앞문들을 보지 못하게 내 시야를 가로막은 벽처럼 느껴져. 인드라를 옆구리에 껴안고 있는 멜, 그리고 셸리와 이안까지도.

제이미가 길가로 나갔으면 어쩌지? 누군가가 그 애를 유괴했다면 어쩌지?

그만해, 테시.

"테스?" 이안은 눈썹을 치켜올리고 얼굴을 찡그렸어. 이안의 이마에 고랑이 진 게 걱정 때문인지 짜증 때문인지 알 수 없지만, 어느 쪽이든 상관없어. 꺼지라고 소리 지르고 싶었어. "무슨 일이에요?" 이안이 물었어.

갑자기 다리에 힘이 빠졌어. "제이미가 안 보여요." 난 걸음을 멈추고 쳐다보는 쇼핑객들의 얼굴을 둘러본 후, 다시 눈 한번 깜빡이지 않고 멜과 이안을 빤히 바라보며 속삭였어. 사람들은 마치 내가 무슨 외국어라도 하는 양 연민과 혼란이 뒤섞인 표정으로 쳐다보고 있어. 난 땀으로 옷 안이 축축하게 젖은 채 헉헉대며 숨을 몰아쉬고 있어. 왜 아무도 날 도와주지 않는 거야?

"제이미?" 난 빙글 돌았어. 더 많은 쇼핑객들이 걸음을 멈추고 쳐다봤지만 아무래도 상관없어. "아들을 잃어버렸어요!" 난 그렇게 외쳤어.

먼저 움직인 건 셸리야. 사람들 사이를 헤집고 상점 앞쪽으로 가서 거리를 내다봤어.

"제이미!" 난 다시 외쳤어.

머리를 촘촘하게 틀어 올린 여자가 가슴에 한 손을 얹은 채 뒷걸음쳤어. 마치 내가 외투 밑에 폭탄 조끼를 입고 있다고 말하기라도 한 것처럼 말이야. 이 사람들 도대체 왜들 이러는 거지? "그 애는 일곱 살이에요!" 난 소리쳤어. "그 애는…… 파란 재킷이랑 청바지를 입었고 금발 고수머리예요!"

심장이 너무 빨리 뛰는 바람에 숨이 안 쉬어져.

멈춰 있던 사람들이 바닥을 내려다보며 움직이기 시작했어. 제이미가 자기들 발치에 앉아 있을 거라고 생각하나. 내가 떨어뜨린 귀고리라도 찾고 있는 것처럼 보였나.

"테스?" 이안이 낮고 단호한 목소리로 말했어. 진정하라고 말하려는 거겠지. 하지만 내가 어떻게 진정해?

말을 입 밖으로 꺼내기가 너무 힘들어. "여기서 기다려요." 상점 안쪽으로 더 들어가면서 그들에게 외쳤어. "위층에 올라가서 보고 올게요."

"제이미?" 에스컬레이터를 뛰어 올라가면서 그 애의 이름을 외쳐 불렀어. 발이 미끄러져 왼 무릎이 앞 계단 금속 모서리에 부딪혔어. 다리가 타는 듯 아팠고 피가 방울방울 떨어지면서 스타킹을 적시는 게 느껴져.

내 이름을 외치는 셸리의 목소리에 난 제이미가 셸리 옆에 있기를 빌면서 뒤돌아봤어. 하지만 아니었어. 셸리는 앞문 근처에서 무전기를 든 보안 요원에게 뭐라고 말하고 있어.

제이미는 어딘가에 있을 거야.

에스컬레이터가 거의 끝까지 올라갔을 때, 난 유리 가림막 너머를 보려고 눈을 잔뜩 찡그렸어. 제이미의 지나가는 금발 고수머리가 보이거나 목소리가 들려오길 애타게 빌면서. "제이미!" 난 내 앞에 서 있던 커플을 밀치고 2층에 올라서면서 다시 외쳤어.

55

위층은 더 조용해. 날 사로잡은 급박함과 철저히 대조되는 잔잔한 피아노 음악이 흘러나오고 있어. 제이미를 찾아야만 해.

“여기서 남자애 하나 보셨어요?” 붉은색 티셔츠를 입고 있는 남자한테 물었어. 남자는 내 질문에 걸음을 멈추고 손에 들고 있던 상자를 바닥에 내려놨어.

남자가 고개를 저으면서 뭐라고 말하기 시작했지만, 난 그걸 듣고 있을 시간이 없어.

침구 코너 모퉁이를 돌자 부엌용품 코너가 나왔는데, 거기 그 애가 있어. 바로 상점 뒤편에서, 긴 검은색 망원경을 한 손으로 쓰다듬고 있더라. 좀 다듬어야 할 때가 된 금발 고수머리를 한 우리 아름다운 아들이.

난 눈물을 쏟았고, 날 돌아본 제이미 역시 뺨 위에 눈물이 흐르고 있어.

“잃어버린 줄 알았잖니.”

제이미는 웃음을 짓고 미안하다는 말 대신 어깨를 으쓱했어. 여기저기 돌아다니다가 별을 올려다보는 망원경에 한눈 팔린 거겠지. 굳이 설명을 듣지 않아도 다 이해할 수 있어. 제이미는 천국, 또는 어딘가 당신이 있는 곳을 생각하고 있었던 거야.

우린 잠시 침묵 속에 가만히 서서 함께 망원경을 바라보고 있어. 값이 5백 파운드 가까이 나갔지만, 잠시 안도감이 너무도 큰 나머지 그걸 사버릴 뻔했어. 하지만 손이, 아니 사실상 온몸이 덜덜 떨리고 있었고, 머릿속엔 오로지 한 가지 생각밖에 없었어. 제이미를 데리고 얼른 여길 빠져나가야 해.

“찾았어요.” 에스컬레이터가 내려가면서 이안, 셸리, 멜이 시야에 들어오자 난 힘없는 미소를 짓고는 제이미 손을 잡았어. 인드라까지 울고 있는 걸 보니 양심의 가책이 날 아프게 찔렀지만, 아무도 내 쪽을 보고 있지 않아.

이안은 내게 등을 돌린 채 셸리에게 거칠게 손짓하고 있는데, 셸리의 표정은 내 쪽에서도 선명히 보여. 돌처럼 차가운 표정으로, 이안에게 뭐라고 다그치고 있어. “나더러 이래라저래라하지 말아요. 내가 다 알아서 처리하고 있어요. 말했잖아요.”

“과연 그럴까요? 정확히 어떻게?” 에스컬레이터에서 바닥으로 내려서는데 이안이 낮은 목소리로 으르렁거리는 게 들려.

“이런 일에는 시간이 걸려요. 그냥 막 끼어들어선 안 돼요.” 셸리가 씩씩거렸어.

“당신이 뭔가 하지 않으면 내가 할 겁니다.” 이안이 그렇게 말하는 순간 우린 그들 옆에 도착했어.

멜이 셸리를 팔꿈치로 찔렀고, 세 사람이 동시에 우리를 돌아봤어.

"여기요." 눈앞을 일렁이는 새로 솟은 눈물을 억누르려고 입술을 깨물며 말했어. 내가 그렇게 뒤집어졌던 걸 생각하니 얼굴이 붉게 달아올라. "찾았어요."

그들은, 멜, 셸리, 이안은 입을 쩍 벌린 채 날 빤히 쳐다보고 있어. 몰래 무슨 짓을 하다 들킨 사람들처럼, 거의 멋쩍어하는 얼굴이야.

순간 문득 떠오른 생각에, 내 폐에서 공기가 빠져나갔어. 이 사람들은, 셸리와 이안은 서로 아는 사이였던 거야. 비틀대며 뒷걸음치다 그만 지나가던 쇼핑객의 발을 밟아버렸어.

그렇지 않다면 둘이 뜨거운 설전을 벌일 이유가 없잖아? 서로 모르는 사람들은 그런 식으로 분노와 앙심이 가득한 말다툼을 벌이지 않아. 그건 '당신이 내 주차공간을 가로챘잖아' 류의 언쟁이 아니었어.

셸리가 알아서 하고 있다는 게 도대체 뭐지? 그 물음과 함께 속이 뒤집히며 욕지기가 올라왔어.

"테스……." 셸리가 말했어. "우리 어딘가 조용한 데로 가요."

난 고개를 젓고 뒤로 한 걸음 물러났어. "아뇨. 우릴 가만 놔둬요. 당신들 모두." 난 그 사람들 앞에 한 손가락을 흔들어 보였어.

난 제이미의 몸에 호위하듯 팔을 두른 채 건물을 나왔어.

*

우린 집으로 가는 버스를 탔어. 93번. 곧 주저앉을 듯한 이층버스로, 온풍기가 너무 높이 달렸고 열린 창으로 역한 가스 냄새가 흘러

들어왔어. 우린 위층 맨 앞자리에 앉아서 지나가는 세상을 함께 구경했어. 제이미는 자기 생각에 푹 잠겨 있었고 나 역시 그랬지. 나중에 집에 와서, 공책을 꺼내 페이지들을 팔락팔락 넘기며 한 글자도 빼놓지 않고 처음부터 끝까지 다 읽었어. 보이지 않는 답을 느끼기라도 하려는 양, 볼펜 자국들을 점자 읽듯 손끝으로 쓸면서 말이야.

이안과 셸리는 서로 아는 사이였어.

셸리는 날 처음부터 조종하고 있었던 거야. 내 친구인 척한 건 제이미한테 접근하기 위한 위장이었고. 내 음료에 몰래 수면제를 타서 날 잠들게 했어. 처음엔 제이미와 둘만 있으려고, 두 번째는 경찰이 왔을 때 날 의심하게 만들려고. 어쩌면 내가 기억 못 하는 다른 때도 있었을지 몰라.

두 사람이 손을 잡은 게 분명해. 아니면 셸리가 왜 테스코에서 몇 시간이나 날 끌고 다니며 이안한테 집 뒤질 시간을 줬겠어?

리처드를 방정식에서 제외한다면, 남은 건 뭐지? 자동응답기의 협박하는 목소리, 이안과 그 빌려줬다는 돈, 집에서 없어진 것들.

난 셸리가 제이미를 내게서 빼앗고 싶어 한다는 걸 알아. 제이미를 자기가 차지하고 싶은 거야. 하지만 이 모든 일에서 이안의 역할은 뭐지? 내가 아직 보지 못하고 있는 게 뭘까, 마크?

56

엘리엇 새들러(ES)와 테레사 클라크(TC, 오클랜드 병원 하트필드 병동에 입원 중)의 대화 녹취록, 4월 11일 수요일, 세션 2(계속)

TC : 셸리의 친구 멜하고 이야기해보셨어요? 어쩌면 셸리랑 한패일지도 몰라요. 어쩌면 그 여자가 제이미를 데리고 있을지도 몰라요.

ES : 멜을 얼마나 잘 아십니까?

TC : 한 번 만났어요. 아니, 실은 두 번 만났지만 제대로 만난 건 한 번뿐이죠. 셸리가 토요일에 제이미랑 저를 데리고 입스위치에 쇼핑하러 갔었어요. 너무 많은 일이 일어났죠. 마치 오래전 일처럼 느껴져요. 그날은 전체적으로 좀 이상했어요. 마치 멜이 절 감시하는 것처럼, 평가하는 것처럼 느껴졌죠. 두 사람 다요. 그러다 난데없이 이안이 나타났는데, 세 사람이 서로 아는 사이 같았어요.

ES : 그게 사실이었나요?

TC : 자기들 입으로 그렇다고 말한 건 아니에요. 적어도 처음에는요. 이안이 저랑 단둘이 이야기하고 싶다길래 전 셸리한테 제이미를 맡겼어요. 그런데 셸리가 한눈파는 바람에 제이미가 딴 데로 샜죠. 전 공황 발작을 일으켰어요. 어쩌면 좀 과잉 반응했을 수도 있지만, 제이미는 제 전부니까요. 셸리는 그걸 알았어요. 셸리는 그 애 곁에 있었어야 했어요. 제이미를 찾아낸 후, 전 셸리와 이안이 말다툼하는 걸 봤어요.

ES : 무슨 일로요?

TC : 저도 몰라요. 하지만 확실히 서로 아는 사이처럼 느껴졌어요. 절 본 순간 즉시 멈추더군요. 전 그 모든 게 서로 관련돼 있다고 확신해요. 이안이랑 돈이랑 셸리랑 제이미, 마크, 그리고 그 협박들. 그 모든 건 어떻게든 서로 관련돼 있어요. 제가 공책을 가져올 수만 있다면……. 이안이 뭐라고 하던가요?

ES : 지금은 여기까지만 하죠. 어머님이 곧 오실 겁니다.

TC : 우리 엄마가요? 왜요?

ES : 당신은 칼에 찔렸어요, 테스. 병원이 어머니의 연락처 정보를 찾아서 전화 드렸어요. 지금 바로 오시는 중이에요.

TC : 아, 그러지 마시지.

ES : 왜요?

TC : (고개 저음)

ES : 당신 공책을 가지고 있어요. 가져다드리죠.

TC : 감사합니다.

57

이안 클라크

비를 맞고 돌아다니던 걸 본 후로 쇼핑센터에서 만나기 전까지는 정말이지 테스를 다시 보지 못했어요. 제 전화도 안 받았는데, 장담컨대 셸리의 생각이었을 겁니다. 그래서 지난주에 테스를 보러 갔죠. 집에 없더군요. 아니, 어쨌든 문은 안 열어줬어요. 그때 전화벨이 울리고, 토요일에 시내로 간다는 셸리의 메시지가 들렸죠. 그래서 혹시 만날 수 있을까 해서 찾아간 겁니다. 제가 실수했죠. 그건 인정합니다. 하지만 제가 입스위치로 테스를 만나러 간 건 상황을 바로잡으려고 그런 겁니다.

데벤함스에서 일어난 일만으로도 셸리가 주제넘은 짓을 하고 있었다는 걸 충분히 입증하고도 남을 겁니다. 전 개입해야 하는 상황이라 개입했을 뿐입니다. 하지만 이것 한 가지는 말씀드려야겠는데, 그 집에 찾아갔을 때 전 그날이 제이미의 생일인 건 전혀 몰랐어요.

셸리 랭

내가 뭘 하고 있는지 침착하게 생각해볼 여유가 없었어요. 제 판단이 흐려졌었다는 걸 이제는 알겠어요. 제 자신의 개인적 문제들에다, 제가 제이미에 대해 느낀 감정이 끼어든 거죠. 그냥 정말, 너무 불공평하다는 생각을 머릿속에서 지울 수가 없었어요. 전 딜런을 잃었는데 테스는 아직 제이미를 잃지 않았으니까. 불공평했죠.

쇼핑한 그날은 정말 끔찍했어요. 그리고 그때 가서야 전 뭔가를 해야 한다고 깨달았죠. 상황이 손아귀를 벗어났는데, 제 잘못이었어요. 멜과 멜의 딸 인드라를 초대하는 게 아니었어요. 전 아마 테스를 같이 지켜볼 누군가 다른 사람이 필요하다고 느꼈던 것 같아요. 전 테스와 함께 있을 때 제 판단을 믿지 못했거든요. 우리가 데벤함스에 있을 걸 이안이 어떻게 알았는지는 전혀 모르겠어요. 하지만 그 사람은 최악의 때와 장소를 골라 나타났죠. 하필이면 테스가 제이미를 잃어버린 줄 알고 뒤집어졌을 때. 이안은 그게 제 잘못이라고 고래고래 소리를 질렀는데, 어쩌면 그 말이 맞을지도 모르겠어요. 전 절대 이안한테 그 이튿날 테스의 집에서 만나자고 말하지 말았어야 했어요. 저 혼자 갔어야 했어요. 제가 혼자 가기만 했더라면, 어쩌면 이런 일들은 하나도 일어나지 않았을지도 몰라요. 너무 마음이 아파요.

58

4월 8일 토요일, 제이미 생일

아침 일찍, 부엌 의자에 올라가 비틀거리며 찬장에 생일 축하 깃발을 걸려고 애쓰는 중인데 데니스가 전화했어.

의자에서 뛰어내려 재빨리 휴대폰을 낚아챘어.

식탁 위에는 제이미의 선물이 쌓여 있어. 스타워즈 선물 포장지만 해도 한 재산 들었지. 그리고 차에도 선물 몇 개가 더 남아 있고, 헬륨 풍선도 있어. 그것들은 케이크를 먹을 때를 위해 따로 남겨뒀어.

전화를 받기 전에 제이미가 혹시 깨어난 건 아닌가 싶어 귀를 쫑긋 세웠어. 하지만 온풍기가 덜그럭거리는 소리를 제외하면 아무 소리도 안 들렸어.

휴대폰을 귀에 갖다 대며 "여보세요" 하고 말했어.

"여보세요, 테스." 데니스가 말했어. "며칠 동안 전화 못 드려서 죄송해요."

"계속 전화했었어요." 내가 말했어. "사실 매일 했죠. 어떻게 된 거예요?" 난 창가로 다가가 진입로를 내다보며 물었어. "요전 날 말 못한다고 한 게 뭐예요?"

"그건 정말 죄송해요. 갑자기 전화를 받아서 너무 당황했었어요. 부인께 연락을 받으니까 속이 확 뒤집히면서 사고 생각이 도로 떠올라서요. 전 회사도 한참 동안 못 나갔었어요. 잠도 거의 못 잤고요. 막 겨우 괜찮아지려는 참에 부인의 전화를 받으니까 공황 상태가 됐던 것 같아요. 더는 그 일을 생각하고 싶지 않았어요. 불공평하다는 거 저도 알아요. 죄송해요."

불공평한 짓이었어. 데니스의 슬픔은 내 것에 비하면 아무것도 아니니까. 난 어쩜 그렇게 이기적이냐며 고함을 지르고 싶었지만 그랬다간 데니스는 아마 전화를 끊어버릴 테고, 내가 원하는 답은 영영 못 듣겠지.

"괜찮아요." 난 거짓말했어. "그래서, 마크가 무슨 일을 하고 있었는지 알아요? 뭔가 그이가 하던 비밀 프로젝트가 있었다는 건 아는데, 내가 아는 건 그게 전부예요."

데니스가 한숨을 푹 쉬자 마이크가 덜그럭거렸어. "마크랑 프로그래머 두 명이 손을 잡고 회사를 설립하고 있었어요. 독자적인 회사를 차리려고요. 저한테도 같이 나가서 사무실 운영을 맡아달라고 제의했고, 그래서 저도 알고 있는 거예요."

"아." 내 안에서 뭔가가 덜컥 내려앉는 걸 느끼며 조금 전에 밟고 서 있던 의자에 앉았어. 이건 내가 기대한 답이 아니었어. "그럼 왜 그렇게 쉬쉬했던 거죠?"

"그야 회사에 들키면 안 되니까요."

"왜 안 되죠?"

"우릴 자를 테니까요. 우리가 고객을 빼돌릴 거라고 의심할 텐데, 그게 사실이었죠."

"사업을 시작하려면 돈이 필요했나요? 10만 파운드쯤?" 난 물었어.

"아뇨." 데니스가 대꾸했어. "아직은 기획 단계였지만 초기 비용은 미미했어요. 개발자인 피터 양과 토비 고든은 처음에는 집에서 일하고, 마크가 고객들을 찾아다니기로 했어요. 그냥 웹사이트랑 마케팅만 좀 있으면 됐고, 그건 자체적으로 해결할 계획이었어요."

"난 전혀 모르고 있었네요." 당신이 자기 아내인 내가 아니라 비서한테 이 비밀을 털어놨다는 사실에 민망해하며 난 그렇게 웅얼거렸어.

"부인이 걱정하실까 봐 그런 거죠." 데니스가 서둘러 말했어. "솔직히 말씀드리자면, 테스, 그분은 정말 고민하셨어요. 프랑크푸르트 출장을 다녀오면 부인한테 말할 계획이라고, 우리 모두한테 그랬어요. 그냥 잘 될지 확실히 알아야 하니까 고객을 한 명이라도 더 확보한 다음에 말하려 했던 거죠."

"아, 감사해요." 그 말은 진심이었어. 난 내게 아무 말도 안 하는 게 싫었어, 마크. 하지만 어쩌면 이해할 수도 있을 것 같아. 당신은 늘 날 보살펴주고 내가 걱정하지 않게 하려고 했지. 당신은 내가 걱정하는 걸 싫어했어. 그게 마치 당신 잘못인 것처럼, 내 걱정을 없애는 게 당신의 개인적 과제인 것처럼. 난 그게 불가능하다는 걸 당신에게 납득시켜야 했어. 난 걱정쟁이야. 늘 걱정할 거야. 내게 상황을 감추는 건 해답이 아니었어.

"또 궁금한 게 있으세요?" 데니스가 물었어.

"마크가 혼자 뭔가를 더 했을 수도 있을까요?" 난 그 남자의 거친 웃음소리와 뭔가 돌려받을 게 있다던 말을 떠올렸어. “프로그래밍 일 같은 거나, 그 비슷한 뭔가요.”

“그건 아닐 거예요.” 데니스가 말했어. “제 말은, 불가능한 건 아니지만 혹시 그랬다면 저희한테 분명히 말해줬을 거예요. 피터는 소프트웨어의 왕이에요. 마크는 개발 쪽 일을 손 놓은 지 몇 년 됐어요. 기술이 대부분 다음 단계로 넘어갔기 때문에, 마크가 프로그래밍으로 돌아왔으면 학습곡선이 가팔랐을 거예요.”

“아.” 거기까진 생각이 미치지 않았어.

“그들은 그걸 여전히 CYG 시스템이라고 불러요. 클라크, 양, 고든의 머리글자를 따서. 우리 모두 마크가 정말 그리워요.”

“나도 그래요.” 난 말했어.

“이만 끊어야 할 것 같아요.” 데니스가 말했어. “오늘 경영진 회의가 있…….”

“잠깐만요, 데니스. 하나 더 있어요. 전에 혹시 집으로 무슨 전화 오지 않았느냐고 물었죠. 왜 그런 걸 물은 거죠?”

“아. 맞아요. 제가 이상한 남자한테 전화를 받았어요. 수소문하고 다니던데, 팀한테도 전화해서 마크랑 부인이랑 제이미에 관해 물어봤다 하고요.”

그 남자야. 그 기분 나쁜 협박을 한 남자야. 틀림없어.

“처음에는 기자인 줄 알았어요.” 데니스가 말을 이었어. “그래서 괜히 부인을 성가시게 굴지 않았으면 했죠. 하지만 자기가 항공사 사람이고, 사고 때문에 정말 마음이 아프다고 하더군요. 분명 자기 이름을 말한 것 같은데…… 뭐였더라…….” 데니스는 말끝을 흐렸지만 누굴 말하는지 난 정확히 알았어.

"리처드." 난 한숨과 함께 말했어.

"맞아요." 데니스가 대답했어. "죄송해요. 그 사람이 연락했나요? 전에 여쭤봤을 때 그냥 바로 말씀드렸어야 하는데, 어쩌면 그 사람이 포기했을지도 모른다고 생각했어요."

"괜찮아요. 이만 끊을게요. 오늘은 제이미 생일이라서요." 난 데니스가 대답할 틈을 주지 않고 바로 전화를 끊었어.

머릿속에 소용돌이가 휘몰아쳤어. 당신은 새로운 사업을 차리고 있었어. 그게 당신이 내게 말하지 않은 비밀 프로젝트였어. 더 많은 답이 나왔지만, 내가 찾던 것들은 아니었지.

막 공책을 꺼내려는 참에 파자마 차림의 제이미가 부엌으로 어슬렁어슬렁 들어왔어.

"생일 축하한다" 하고 외쳤어. 비록 목소리는 떨렸지만, 얼굴에 웃음을 띠고 의문들을 밀어냈어. 오늘은 제이미한테 초점을 맞춰야 해.

웃으며 의자에 앉아 선물들을 하나하나 눈여겨보던 제이미는 내가 당신이 만든 노래를 부르자 날 쳐다봤어. 난 4절까지 완창했어. **"……으깬 토마토와 스튜!"** 춤을 추고 깨금발로 폴짝폴짝 뛰며 부엌을 돌아다녔어. 제이미는 내 바보 같은 짓에 소리 내 웃었고, 나도 웃었어. 당신이 없으니 제대로 된 게 하나도 없었지만, 그래도 난 멈추지 않았어.

59

아침 먹고 나서 선물을 모두 열어본 제이미는 여느 날처럼 트리 하우스로 놀러 나가기에 앞서 옷을 갈아입으려고 위층으로 뛰어 올라갔어. 부엌 바닥엔 포장지들이 나뒹굴었지.

나도 계속 정원에 나와 있었어. 그 애 가까이에 있고 싶은 마음도 있었고, 오늘따라 집이 더 어둡고 텅 비어 보이는 것 같았거든. 바깥은 민들레 같은 노란색 태양이 하늘 높이 떠 있었어. 솜털 같은 구름들이 태양을 연거푸 삼켰다 뱉었다 했고, 공기는 딱 좋을 정도로 선선했지.

"오늘 정말 뭔가 특별한 일 안 해도 괜찮겠니?" 얼마쯤 있다 난 트리 하우스를 올려다보며 그렇게 외쳤어. 밧줄 사다리를 쓰다듬으며, 내심 그 애의 세계에 나도 초대해주면 좋겠다고 생각했지. "아직 늦지 않았는데."

돌아온 대답은 "전 괜찮아요"였어.

난 거친 나무껍질에 몸을 기댄 채 제이미의 알아들을 수 없는 조잘거림과 금속 모형 자동차들이 나무 위를 굴러다니는 소리에 잠시 귀를 기울였어.

"셸리 아줌마 와요?" 좀 더 있다, 집에 들어가서 케이크와 과자와 잼 샌드위치로 티타임을 가질 시간이 다가오자 제이미가 물었어.

"오늘은 안 오셔, 우리 아들."

셸리가 어젯밤에 전화했어. 내가 윙윙대는 휴대폰 진동음과 짹짹대는 집 전화벨 소리를 더는 견딜 수 없을 때까지, 몇 번이고 몇 번이고. 셸리의 번호를 차단하고 집 전화선을 뽑았어. 몇 주 전에 진즉 그럴걸. 이제는 언제 또 전화가 울릴까 두려워하며 집 안을 서성일 필요가 없어.

우릴 협박하고 있는 게 누군지, 뭘 원하는지 난 모르지만, 한 가지는 확실해. 셸리가 제이미를 원한다는 것.

*

쪽문을 지나 부엌으로 들어가자마자 라디오를 켰어. 몇 분마다 지직거리는 잡음이 들리지만 웅얼대는 목소리들과 음악이 생동감으로 부엌을 가득 채웠어. 복도로 나가는 문을 닫았어. 마치 라디오의 목소리가 유령처럼 집 안쪽으로 둥둥 떠 가서, 부엌에 있는 우리에게 다시 정적만 남길까 봐 두려운 것처럼.

제이미와 나는 몇 분 만에 초콜릿 칩 쿠키 한 봉을 해치웠고, 부엌 테이블은 상상할 수 있는 모든 모양과 크기의 회색 레고가 든 투명한 비닐봉투 여남은 개로 뒤덮였어. 우리 앞에는 밀레니엄 팔콘의 2백 쪽짜리 매뉴얼의 1면이 펼쳐져 있어. 제이미는 잔뜩 집중해서 고개를 숙인 채 혀를 빼꼼 내밀어 유치를 마치 추처럼 앞뒤로 흔들고 있어.

제이미는 새 배트맨 잠옷을 옷 위에 덧입었는데, 잠옷이 너무 커서 레고 조각을 새로 집을 때마다 손이 자꾸 소매 속으로 사라져.

"아." 내가 벌떡 일어나자 의자가 부엌 타일을 끼익하고 긁었어. "차에 뭘 두고 왔다. 계속하고 있어. 10분만 더 있다 케이크 먹자." 난 아침보다 한결 좋아진 기분으로 웃음을 지었어.

순도 높은 사랑이 가슴을 아프게 파고들어. "사랑해, 제이미."

차 열쇠를 찾아 쥐고 쪽문을 벌컥 열었어. 슬리퍼 차림으로 얼른 뛰쳐나가 헬륨 풍선을 가져올 생각이었지. 들판 위 하늘은 솜사탕 같은 분홍빛과 라일락 색이어서, 제이미더러 와서 보라고 부르려 했어. 셸리가 노크하려고 손을 들어 올린 채 내 바로 앞에 서 있지만 않았더라면.

"안녕. 전화가 안 되더라고요." 셸리가 문간에서 내 어깨 너머로 제이미를 엿보면서 말했어.

"뽑아놨어요. 콜센터에서 전화가 하도 와서." 난 거짓말을 지어냈어.

"휴대폰도 안 되던데요." 셸리가 눈을 가늘게 떴어. 오늘 저녁엔 춤추듯 반짝이는 눈빛이나 유쾌한 웃음은 흔적도 없어. 입술을 일직선으로 꽉 다물고 있어.

난 어깨를 으쓱했어.

"어제 테스가 그렇게 급히 갔잖아요. 난 확실히 해두고 싶었어요……."

"난 괜찮아요. 그냥…… 오늘은 제이미 생일이라서……." 난 말끝을 흐리며 셸리가 부엌과 케이크와 우리가 생일 축하하는 걸 못 보도록 문틈을 몸으로 막았어.

한편으로는 셸리한테 꺼지라고 비명을 지르고, 문을 꽝 닫고 단단히 잠가버리고 싶어. 그리고 또 다른 한편으로는 셸리한테 다 안다고 말하고 싶어. 포기하라고 말하고 싶어. 난 절대 셸리가 제이미를 나한테서 빼앗아 가도록 가만 보고만 있지는 않을 거니까. 절대 어림없지.

하지만 난 아무 말도 할 수 없었어. 내 공책의 페이지들에 적혀 있는 셸리, 내가 잠들지 못하는 깊은 밤에 두려워하는 셸리, 내게 수면제를 먹이고 제이미에게 자장가를 불러주는 셸리, 내가 절대 다시는 만나지 않겠다고 맹세하며 휴대폰에서 차단한 셸리는 어쩐지 금발로 염색하고 베이비블루색 브이넥 점퍼를 입고 우리 집 문간에 서 있는, 이 평범해 보이는 여자와는 다른 사람 같았거든.

내 앞에 서 있는 사람은 날 슬픔의 낭떠러지에서 끌어올려준, 제이미와 내 곁에 아무도 없을 때 우릴 구해주러 온 내 친구였어. 셸리의 우정 없이 내가 과연 살아남을 수 있었을까. 셸리는 날 구해줬고, 난 그 면전에서 문을 꽝 닫고 싶지 않았어. 눈물을 쏟으며 셸리의 품에 몸을 내던지고 싶었어.

등 뒤에서 의자가 타일 긁는 소리가 났고, 난 굳이 돌아보지 않아도 제이미가 입이 귀에 걸리도록 웃고 있다는 걸 알 수 있었어. 얼른 새로 받은 선물들을 보여주고 셸리랑 같이 생일 축하를 하고 싶어서 조바심치고 있겠지.

그래서 난 귓가에 윙윙 울리는 경고의 사이렌을 무시하고, 위에서 꼬이는 두려움의 매듭을 무시하고, 뒤로 물러서서 셸리가 들어올 수 있게 문을 열었어. 그냥 제이미 때문만은, 그 애의 발이 부엌 바닥을 부드럽게 구르며 행복한 춤을 추고 있어서만은 아니었어. 나 때문이기도 했어. 셸리의 에너지가 있으면 진짜로 축하하는 기분이 들 테니까. 제이미의 케이크에 양초를 켜고 〈해피 버스데이〉를 불러도, 환호를 보내도 그건 가짜가 아닐 테니까.

"트렁크에서 잠깐 가져올 게 있어서요." 난 그렇게 말하고 셸리 옆을 지나가려 했어. 셸리는 긴장했던 얼굴을 안도감으로 누그러뜨리며 살짝 웃었어. "내가 가져올게요. 당신은 신도 안 신었잖아요." 그러고는 얼른 내 손에서 열쇠를 뺏어 들고 내가 미처 막아서기 전에 하이힐 뒷굽을 축으로 몸을 빙글 돌렸어.

다시 돌아온 셸리의 얼굴은 핏기가 싹 빠져서 하늘 색깔에 대비되는 순백색이야. 풍선은 셸리 뒤에서 간절히 자유의 몸이 되고 싶은 듯 바람에 몸을 마구 흔들고 있어. 그리고 셸리는 정신이 완전히 딴 데 가 있는 것 같아서, 순간 난 풍선이 셸리의 손을 벗어나 솜사탕 빛 석양 속으로 날아가버리는 줄 알았어.

그때 그림자가 보였고, 진입로의 자갈을 밟는 다른 발소리가 들렸어. 셸리는 혼자가 아니었어. 이안이 셸리 뒤에서 걸어오고 있어. 어두운 낯빛에 쏘아보는 눈초리야. 블랙진에 셔츠를 입고 타이는 매지 않았어. 턱에는 하루치 수염이 자라 있고. 아주 조금이라도 헝클어진 이안의 모습을 본 건 이번이 처음이야.

온몸에 소름이 돋는 걸 느끼며 뒤로 한 발 물러났어. "원하는 게 뭐예요?" 난 더듬거렸어.

"잠시 들어가도 돼요, 테스?" 이안이 물었어.

난 고개를 저었지만 이안은 이미 현관에 서 있었고, 셸리와 나란히 문간으로 들이닥쳤어. 셸리는 문간에 남았지만, 이안은 부엌으로 성큼성큼 들어왔어. 셸리는 눈이 둥그레져 "미안해요" 하고 속삭였어.

흘끗 뒤를 돌아다봤어. 제이미는 오늘 아침 받은 선물 중 하나인 플레이스테이션 드라이빙 게임을 집어 들었어. 그리고 이안의 시선을 피해, 자기 생일에 갑자기 나타난 삼촌의 존재를 피해 뒤표지를 뜯어보고 있어.

이안은 팔짱을 낀 채 싱크대 옆에 서 있어. 커다래진 눈으로 부엌 식탁 위의 레고 더미를 뚫어지게 쳐다보는 모습이 마치 최면이라도 걸린 것 같아.

"둘이 짠 거죠, 맞죠?" 난 셸리한테 이안을 향해 고갯짓하며 물었어. "당신은 날 겁줘서 마크의 생명보험금을 이안한테 넘기게 만들고, 제이미를 내게서 뺏어가려 했죠."

"우리 다 같이 앉아서 이야기하는 게 어떨까요." 이안이 그렇게 말하고는 셸리를 향해 눈썹을 치켜올려 내가 해독할 수 없는 신호를 보냈어.

난 불안해졌어. 부엌으로 들어온 셸리가 내 옆을 지나가는데 풍선이 내 몸에 부딪혔어.

"제가 받은 것 좀 보세요." 제이미가 노래하는 투로 셸리한테 말했어. "아줌마도 이건 절대 못 이길걸요."

셸리는 대답하지 않고 풍선을 놓아줬어. 리본 끝에 달린 추가 쨍그랑 소리와 함께 바닥에 떨어졌어. '8'자가 잠시 까딱거렸고, 제이미는 풍선 윗부분이 검은 대들보를 스치는 걸 보고 소리 내어 웃었지.

"엄마, 새 게임 설치해도 돼요?" 잔뜩 들뜬 제이미가 큰 소리로 물었어. 다행히도 이번만큼은 선물 때문에 정신이 팔려서 분위기를, 공중에서 불꽃 튀기고 있는 긴장감을 눈치채지 못한 모양이야. 그 애는 셸리가 온 게 너무 행복해서, 이안이 왜 여기 있는지 묻지도 않아. 셸리가 입을 꾹 다물고 있는 것도 알아채지 못하고.

난 고개를 끄덕였어. "당연하지. 우리 그다음에 케이크를 자르자." 이안과 셸리를 보내버리고 나서 바로.

제이미가 방을 깡충깡충 뛰어나간 후에야 난 셸리가 울고 있는 걸 봤어. 완벽한 두 줄기의 눈물이 얼굴을 타고 흘렀지. 셸리가 본격적으로 우는 걸 본 건 처음인데, 어쩐지 나도 같이 울고 싶어져. 난 고개를 돌렸어.

이안을 돌아보고 턱을 살짝 들어 올린 채로 말했어. "왜 여기 왔는지는 몰라도 이안, 당신은 여기서 환영받지 못해요. 난 당신이 마크한테 돈을 빌려줬다는 증거 따윈 하나도 못 찾았어요. 당신이 마크의 생명보험금 일부, 아니, 어쩌면 전부에 손을 대고 싶어서 나한테 거짓말을 한 거겠죠. 당신은 계속 날 돕고 싶다고 했지만 그건 사실이 아니죠, 그렇죠? 당신은 날 속이려 하고 있어요. 당신들 둘 다."

두 사람을 번갈아 응시하는데 벽이 조금씩 더 가까이 밀려오는 것 같아. 두 사람의 얼굴이 긴장으로 팽팽해졌어. 내가 마침내 이 둘의 정체를 알아낸 걸까?

"테스……." 이안이 입을 열었어.

난 손을 들어 올려 그 말을 잘랐어. "당신은 내가 나가 있을 때 이 집에 들어왔죠, 아니에요?"

이안은 아무 말도 하지 않았고, 난 내가 맞다는 걸 알았어.

"당신…… 당신은 이제 우리 인생에서 나가줘요." 난 말했어. "내일 난 새 법률가한테 연락해서 당신이 마크의 돈을 한 푼도 못 받게 할 거예요. 난…… 접근금지 명령도 신청할 거예요. 두 번 다시는 당신을 보고 싶지 않아요."

가슴에서 심장이 쿵쿵대고 호흡이 빨라져. 난 강해진 기분이지만 동시에 겁에 질려 있어.

이안이 고개를 저었어. "당신은 도움이 필요해요, 테스." 이안이 셸리를 보자 둘 사이에 다시금 무언의 대화가 오갔어.

"당신도 똑같이 나빠요." 난 고개를 저으며 제이미가 듣지 못하도록 빠르고 낮은 목소리로 내뱉었어. "당신이 그 '상냥한' 말들로 날 조종하고 있다는 걸 내가 알아차리지 못한 줄 알죠. '아 딱한 테스, 나 없이 나가지 않는 게 좋겠어요. 딱한 테스, 내가 당신 대신 당신 가족이랑 통화할게요.'"

"테스, 난 절대……." 셸리가 입을 열었지만 난 말을 잘랐어.

"내가 가장 밑바닥에 떨어져 있을 때 날 이용하려 하다니. 우리가 마트에서 돌아온 날, 그리고 이안이 우리 집에 침입한 날 난 당신이 통화하는 걸 들었어요. 당신들 둘이 서로 통화 중이었죠, 아닌가요? 난 당신이 말다툼하는 걸 들었어요."

"그건 사실이 아니에요!" 셸리가 외쳤어.

"둘 다 당장 가줬으면 해요. 아니면 경찰을 부르겠어요." 난 식탁을 돌아 오븐 위에 완성되어 놓인 케이크 앞으로 갔어. 접시에는 아이싱의 잔해가 검게 문대져 있지만, 케이크 자체는 괜찮았어. 기성 제품인 검은 아이싱 시트가 오븐에서 삐뚜름하게 부풀어 오른 초콜릿의 비탈을 숨겨줬어. 난 노란 아이싱을 박쥐 모양으로 잘라냈어. 날개는 군데군데 조금씩 삐죽삐죽했지만, 노란 초 여덟 개를 꽂으니

그럭저럭 가려졌어.

서랍을 열어 맨 처음 손에 잡히는 칼을 꺼내고 다시 쾅 닫았어. 식기가 부딪히며 쨍그랑 소리가 침묵을 메웠어. 내가 손에 든 카빙 나이프는 스펀지를 자르는 데 쓰기엔 필요 이상으로 날카롭지만, 너무 화가 나서 케이크 커터를 찾으려고 식기들을 뒤적일 정신이 없었어.

애초에 집 안에 들이는 게 아니었는데. 난 부엌 식탁에 흩어진 레고를 한쪽 구석으로 밀어 케이크와 칼을 놓을 공간을 만들었어. 셸리를 두 사람으로 보다니, 내가 어리석었어. 친구인 척 쓰고 있던 가면을 벗어버리니, 내 앞에 서 있는 건 한 사람뿐이었어.

이안과 셸리 중 누구도 움직이지 않았어. 마치 내가 뭐라고 말하기를 기다리는 것 같아. 셸리의 얼굴을 굳이 보지 않아도 울고 있다는 걸 알 수 있어. 자기가 이 일에 가담한 데 미안해하는 걸까? 아니면 나한테 들켜서 속상해하는 걸까? 아니면 날 조종하려는 또 다른 술수인가? 자기 아들을 잃었다고 해서 내 아들을 가질 순 없지.

"제발, 테스, 잠깐만 앉아봐요." 셸리가 이안에게 애원하는 눈길을 던지며 말했어. "우린 이야기를 해야 해요. 이안 말이 맞아요. 당신은 도움이 필요해요."

"당신은 내가 그렇게 생각하길 바라겠죠, 안 그래요?" 난 창턱에 놓인 성냥갑을 낚아채며 내뱉었어. 헛손질 몇 번 만에 간신히 성냥에 불이 붙었어.

"아, 테스, 아니에요." 셸리가 내 손과 성냥을 향해 손을 뻗었지만 난 그 손길을 쳐냈어. 이젠 뭐, 내가 집에 불을 지르기라도 할까 봐?

불꽃이 쉿 소리를 내며 순식간에 성냥개비를 태웠어. 난 제이미의 양초를 하나하나 건드리고서 내 손가락이 타기 전에 성냥을 훅 불어

꼈어.

"이건 말도 안 돼요." 이안이 말했어.

"처음부터 당신이 노린 게 이거죠, 안 그래요?" 이안의 말은 무시하고 셸리한테 말했어. "날 도움이 필요한 정신 나간 사람처럼 보이게 만드는 것. 내가 당신한테 너무 의존해서 나 스스로는 생각도 못하게 만드는 것."

셸리가 고개를 저었어. "아뇨. 그건 사실이 아니에요."

난 '하' 하고 짧게 웃음소리를 내뱉고 고개를 저었어. "난 내가 미쳐가고 있는 줄 알았어요. 하지만 그게 정확히 당신이 노린 거였죠. 당신이 누굴 시켜 내게 전화를 걸게 했죠? 그리고 그 남자는 테시라는 내 애칭을 어떻게 알아낸 거죠?" 마지막 질문은 이안을 겨냥한 거야.

"마크는 이렇게 되는 걸 바라지 않았을 거예요." 이안이 말했어.

갑자기 공기의 흐름이 바뀌고, 그들 둘이 합심해 내게 맞섰어. 부엌 벽들이 나를 향해 밀려오고 있어.

"난 도움 따위 필요 없고, 마크가 뭘 원했느니 어쨌느니 하는 말도 들을 필요 없어요. 그이는 날 원했어요, 제이미를 원했고요. 그이는 우리가 행복하길 원했어요." 그 말은 내 입에서 포효처럼 쏟아져 나왔어. 내가 접시와 칼 옆에 성냥갑을 거칠게 내려놓자 레고 한 더미가 뒤집어졌어. 한 조각이 바닥을 가로질러 날아가자 내 안에서 모닥불처럼 타닥거리던 분노가 마치 장작을 집어넣은 듯 더한층 타올라. 두 사람을 향해 돌아서는데 입안에서 연기 맛이 나. "그만 가줬으면 해요." 갑자기 커진 내 목소리가 좁은 부엌 안을 메아리쳤어.

"테스, 제발 내 말 좀 들어봐요." 셸리가 말했어. "제이미는 더 이상……."

난 셸리의 마지막 말을 듣지 않았어. 들을 필요 없어. 셸리가 하려는 말은 제이미가 더 이상 행복하지 않다는 거야. 하지만 내가 그 말을 듣지 못한 건 제이미가 문간에 서 있었기 때문이야. 낯빛은 먹구름이 낀 듯 어둡고, 앞니를 혀로 너무 세게 밀어서 이가 수평 각도로 앞으로 튀어나와 있어. 분노가, 내가 조금 전에 느낀 것과 동일한 분노가 그 애의 몸 안에서 불끈대고 있어.

우리 아들의 꿰뚫어 보는 듯한 파란 눈동자를 들여다보자 내 분노는 부스러져 재가 되었어.

"제이미." 난 떨리는 목소리로 간신히 말했어. "괜찮아. 셸리 아줌마랑 이안 삼촌은 그냥 가실 거야. 그다음에 우리 케이크 먹자." 난 양초를 향해 한 손을 휘저었어. 여덟 개의 작은 불꽃이 우뚝 솟아 있어. 이미 촛농 두 방울이 케이크로 떨어져 아이싱을 뭉개놓았어.

"싫어요." 제이미가 말했어. 그 공허한 한마디가 내 머릿속에서 메아리쳤어.

"빌어먹을." 이안이 내뱉었어.

"테스, 날 봐요." 셸리의 목소리는 이제 거의 고함에 가깝지만, 난 제이미에게서 눈길을 뗄 수 없어. 그 애는 양손을 단단히 주먹 쥐고, 찌르는 듯한 파란 눈동자를 가늘게 뜨고 카빙 나이프를 바라보고 있어. 그 애의 시선을 좇아 내가 본 것은 더는 생일 케이크를 자르기 위한 칼이 아니야. 그것은 흉기야.

"그만 여기서 끝내야 해요." 셸리가 말했어. 셸리의 목소리에 담긴 경고의 울림이 마침내 나로 하여금 제이미와 그 칼로부터 시선을 돌리게 만들었어. 셸리의 얼굴은 긴장으로 팽팽했고 눈은 두려움과 당황으로 휘둥그레져 있어. 이게 정확히 저 여자가 노린 거지, 안 그래? 제이미와 날 갈라놓는 것.

"난 셸리 아줌마가 우리 엄마였으면 좋겠어요." 제이미가 곰 인형을 달라고 조르는 세 살짜리 어린애 같은 가냘픈 목소리로 말했어. "엄마 싫어요."

"제이미…… 미안하다." 숨을 삼켰어. 그 애의 말이 날 너무 아프게 베어 숨이 쉬어지지 않아. "엄마가 더 잘할게. 엄마가……."

"테스!" 이안의 고함에 난 움찔했어.

찰나의 침묵에 이어 라디오에서 조지 마이클의 노래가 흐릿하게 흘러나오고 있어.

누가 먼저 움직였는지 모르지만, 1초가 똑딱 하고 지난 바로 다음 순간, 우린 칼을 향해 재빨리 움직였어. 제이미와 이안과 나.

제이미는 나와 동시에 칼을 향해 손을 뻗었어.

셸리는 비명을 지르고 있어. "멈춰요, 테스. 멈춰요, 멈추라고요, 멈춰!" 난 그러려고 했지만, 그 순간 이안이 제이미 바로 머리 위로 손을 뻗어 칼을 쥐려 해. 트럭이 내 몸을 깔아뭉개는 것만 같아. 이안의 손이 칼자루에 거의 닿았지만 제이미도 마찬가지야. 이안이 칼을 손에 넣게 놔둘 수 없어. 이안이 제이미를 해치기라도 하면 어떡해? 난 앞으로 몸을 날렸어. 너무 빨리, 너무 멀리. 제이미의 양손이 칼자루에 닿았고, 이안의 손도 닿았어.

난 너무 허둥대고 있어. 중심을 잡으려 했지만 이미 늦었어. 칼날은 원래 자르려고 했던 케이크만큼이나 수월하게 내 배를 갈랐어.

아 테시, 아 안 돼.

당신 목소리는 멀고, 라디오처럼 지직거려.

뜨거운 통증이 내 배를 태우다 점차 전신으로 옮겨갔고, 난 셸리의 동굴처럼 벌어진 입을 응시했어. 비틀대며 뒷걸음치는 이안의 입 역시 같은 모양으로 벌어져 있었어.

60

내 안에서 공황이 마치 회오리바람처럼 소용돌이쳐. 내 배에는 칼이 꽂혀 있어. 반은 들어가고 반은 튀어나와 있어. 감히 내려다볼 엄두가 나지 않지만, 그렇다고 고개를 돌릴 수도 없어. 난 칼자루에 손을 뻗어 칼날을 휙 잡아 뽑았어. 칼날이 쇳소리를 내며 바닥에 떨어짐과 동시에 따뜻하고 끈끈한 피가 상의를 적셨어.

배를 움켜쥐자 손가락 틈새로 피가 새어 나오는 게 느껴져.

"제이미." 난 바닥에 주저앉아 통증으로 온몸의 근육이 마비되는 걸 느끼며 이를 악물었어. 발톱을 세우고 밖으로 뛰쳐나오려 하는 공황을 억누르며 침착함을 유지하려고 안간힘을 썼어.

제이미는 손이 닿을 듯 닿지 않는 곳에서, 검은색과 노란색의 새 배트맨 파자마를 입고 날 굽어보며 서 있어.

목소리가 들려. 셸리의 목소리와 이안의 목소리. 서로 이야기를 나누는 걸까, 아니면 나와 제이미에게 말을 걸고 있는 걸까. 고르지 못한 내 숨소리와 쿵쿵 울리는 심장 소리 때문에 뭐라고 하는지 알 수 없어.

이건 현실일 리 없어. 이건 현실일 리 없어. 주문을 외우듯 머릿속으로 몇 번이고 되풀이했어. 마치 충분히 많이 말하기만 하면 내 인생의 최근 몇 분을, 최근 몇 달을 지워주기라도 할 것처럼. 통증이 파도처럼 밀어닥쳐 온몸을 휩쓸자 온 신경이 상처로, 피로, 칼로 쏠렸어. "제이미!" 내 새된 비명에 실린 절박함이 쩌렁쩌렁 울렸어.

휘둥그레 뜬 제이미의 눈동자는 더없이 청명한 파란색이야. 당신이 죽던 그날의 하늘처럼.

손이 감전된 듯 부들부들 떨렸고, 살짝만 움직이려 해도 잉크 같은 검은 안개가 시야를 가렸지만, 그 애를 향해 손을 뻗었어. 그러나 제이미는 비틀대며 다시 문간을 나가 사라졌어.

숨이 턱 막히고, 걸걸하고 귀에 거슬리는 소음이 내 목에서 새어 나갔어.

낮고 빠르게 뭐라고 내뱉는 목소리가 들려 고개를 들어보니 이안이 귀에 휴대폰을 갖다 대고 있어.

"아 테스." 셸리가 외쳤어. "조금만 참아요."

셸리가 칼을 집어 들자 칼날을 타고 셸리의 손으로 떨어지는 핏방울이 보여. 셸리는 칼을 싱크대에 떨어뜨리고 내 옆에 쪼그려 앉았어.

"조금만 버텨요." 셸리가 다시 말했지만 그럴 자신이 없어. 몸에서 피가 너무 빠른 속도로 흘러나오고 있어. 타일 바닥으로 쓰러지면서 날 둘러싼 피 웅덩이가 이미 식어가는 게 느껴져.

"당신은 내게서 제이미를 빼앗아 가지 못해요." 그게 내 입에서 힘겹게 나온 마지막 말이야.

그 후 어둠이 눈앞을 뒤덮었고, 내가 생각할 수 있는 건 이게 전부야. 내가 더 작은 칼을 골랐더라면, 내가 셸리를 믿지 않았더라면, 내가 더 나은 엄마였다면, 그랬으면 난 죽지 않아도 됐을 텐데.

61

엘리엇 새들러(ES)와 테레사 클라크(TC, 오클랜드 병원 하트필드 병동에 입원 중)의 대화 녹취록, 4월 11일 수요일, 세션 2(계속)

ES : 자, 테스, 여기 당신의 공책이 있습니다. 한번 보시겠습니까?

TC : 형사님은 보셨어요?

ES : 네.

TC : 그럼 아시겠네요.

ES : 한번 직접 보시면 어떨까요?

TC : 좋아요.

ES : 뭐가 보이는지 말씀해주시죠.

TC : 전부 다 보여요. 형사님은 아닌가요? 보세요, 협박 전화를 받은 날짜와 시간들이 적혀 있어요. 비록 그 협박 전화랑은 무관하지만, 리처드 웰킨이 날 미행한 시간도요. 실마리들은 여기 전부 다 있어요. 이안이 집에 몰래 침입하고 온갖 거짓말을 늘어놓은 거랑. 그리고 보세요. 여기 셸리의 페이지가 있어요. 셸리는 딜런의 대용품을 간절하게 찾고 싶어 했죠. 다시 엄마가 되고 싶다는 말을 몇 번이나 했는지 몰라요. 남편하고는 지금 별거 중이에요. 제이미를 독차지하고 그 애가 자기 아들인 척하고 싶어서 저한테 약을 먹였다니까요. 그동안 내내 셸리는 사별 때문에 힘들어하는 사람이 저인 것처럼 상황을 몰아갔지만, 그리고 아마 그게 맞겠지만, 그건 그 여자도 마찬가지였어요. 셸리는 제이미를 제게서 빼앗아 가고 싶어 했어요. 둘 다 저를 미친 사람으로 몰아가려 했어요. 도움이 필요한 사람으로요.

(노크 소리)

ES : 실례합니다.

세션 중단.

세션 재개.

TC : 방금 셸리가 왔었나요?

ES : 셸리는 경찰이 당신과 이 공책에 관해 가진 몇 가지 의문을 해결하는 데 협조하고 있습니다.

TC : 그 여자는 이안이랑 한패예요. 그 여자가 제이미를 저한테서 빼앗아 가려 하는 걸 모르시겠어요?

ES : 셸리가 방금 문을 두드린 이유는 당신 어머님이 도착하셨다고 알리기 위해서예요. 이제 어머님을 만나게 돼서 반가운가요, 테스? 앞으로 우리 세션에 어머님이 계시면 당신한테 도움이 될 것 같은데요.

TC : 아마도요. (침묵) 무슨 뜻이에요? '세션'이라니?

62

4월 11일 수요일

공책의 페이지를 팔락팔락 넘기면서 검은 볼펜으로 박박 긁은 자국들을 응시했어. 한 페이지도 빠짐없이 뭔가가 적혀 있었어. 앞뒤 양면 모두. 구석과 중앙에 구멍들이 뿡뿡 뚫려 있고 펜에 찢긴 구멍가에는 잉크가 뭉쳐 있지만, 모든 건 거기 있어. 그리고 나와 제이미에게 일어난 모든 일을 이렇게 들여다보고 있으니까, 내가 그동안 아무런 행동도 하지 않았다는 게 믿어지지 않더라. 난 경찰에 곧장 갔어야 했어. 자동응답기 메시지를 처음 들은 순간, 제이미를 학교에서 그대로 데리고 나와 엄마 말대로 엄마 집에 가서 지내야 했어.

난 제이미 때문에, 제이미가 그 집과 학교에서 행복하니까 거기 있는 거라고 스스로에게 말했어. 하지만 그 애는 행복하지 않았어. 그 애는 입을 다물어버렸어. 나랑 한 방에 있을 때면 거의 한마디도 하지 않았어. 아니, 난 제이미를 위해 머무른 게 아니야. 나 때문이었지. 그 집에 있으면 당신과 가까이 있는 듯한 느낌이 들었으니까. 그리고 날 슬픔의 골짜기에서 도로 끌어올려주는 동아줄 같은 셸리가 거기 있었으니까.

난 이제 너무 많은 답을 가지고 있어. 난 셸리가 제이미를 원하는 걸 알아. 날 미행하고 자꾸만 전화를 걸었다 끊어서 겁먹게 만든 게 리처드라는 것도 알아. 그리고 그 협박 전화가 내가 나약해져서 자기들에게 의존하게 만들려는 이안과 셸리의 수작이라는 것도.

하지만 지금 유일하게 중요한 질문이자 내가 답을 가지고 있지 않은 질문은 이거야. 제이미는 어디 있지?

줄줄이 적힌 글들이 눈앞에서 흐려지고 있어. 똑바로 생각하기가 힘들어. 머리가 아프고 입안이 텁텁해. 배의 둔탁한 통증이 욱신거리며 점차 바깥쪽으로 퍼지는 게 느껴져. 자세를 고쳐 앉으려다 날카로운 칼로 베는 듯한 통증에 움찔했어.

바깥에 움직이는 소리가 들려. 질질 발을 끄는 소리와, 지팡이가 단단한 바닥에 쿵쿵거리며 부딪치는 소리. 문에는 바깥을 내다볼 수 있는 둥근 창이 있지만, 새들러 형사의 커다란 덩치가 막고 있어서 아무것도 보이지 않아. 왜 들어오지 않지? 우리 엄마한테 무슨 말을 하고 있는 거지? 빰이 화끈 달아오르는 열기를 느끼며 난 살갗을 간지럽히는 병원 잠옷과 그 위에 걸친 가운을 잡아당겼어.

문 옆 벽에 난 창은 단단히 닫혀 있어. 회색 베니션 블라인드가 유리 두 장 사이에 끼워져 있는데, 끈을 잡아당기는 게 아니라 스위치를 누르는 방식이야. 쓸데없이 복잡한 시스템 같지만 병원이라서 그런 거겠지. 난 이제 처음 보는 양 나머지 방 안을 두리번거렸어.

낮은 소나무 커피 탁자가 한쪽 구석에 놓인 소파 한 점과 마주 보는 안락의자 두 개로 둘러싸여 있어. 선반이나 그림 같은 건 없어. 벽은 황백색인데, 한쪽 벽에는 누군가가 스텐실로 공들여 수놓은 풍요로운 녹색 넝쿨이 보여. 넝쿨을 따라 파스텔 색조 꽃들이 점점이 찍혀 있고. 보기엔 예쁘지만 아무래도 NHS(영국의 국민의료보험—옮긴이) 병원치고는 좀 사치를 부린 것 같아.

마지막 며칠의 흐릿한 기억을 터덜터덜 되짚어봤어. 제이미 생일은 일요일이었어. 지금은 무슨 요일이지……? 월요일? 화요일? 시간은 이제 아무런 의미도 없어.

수술 이후 병동에서 깨어난 날 아일랜드인 간호사가 있었던 기억이 나. 그 병동의 이름을 떠올리려 애썼지만 기억나는 거라곤 식사 시간의 삶은 채소 냄새랑, 링거액이 다 떨어지자 끊임없이 삑삑대던 기계 소음이 전부야.

병동 끝에는 간호사 대기실이 있었고, 침대는 내 기억에 전부 여섯 개였던 것 같아. 내 옆에는 머리에 흰색 붕대를 두른 여자가 누워 있었어. 아마 난 수술 후 회복을 위해 그 병동에 있었던 것 같아.

끌려들듯 잠에 빠지고 끌려나오듯 잠에서 깼던 걸 기억해. 들어가고 나오고 들어가고 나오고, 그리고 모르핀을 더 달라고 했더니 목에 청진기를 두른 젊은 여자 의사가 내게 강한 진통제에서 약한 진통제로 바꾸는 중이라고 말해준 게 기억이 나.

그리고 그다음에 내가 깨어난 곳은 그 병동이 아니었어. 내가 있는 곳은 개인실이었고, 간호사들은 파란색이 아니라 녹색 옷을 입고 있었지. 그게 오늘 아침이었을까, 아니면 어제였을까?

경찰 신문은 하도 질질 끌어서 몇 달은 지난 것 같아. 난 대답을 얼버무렸지만 경찰도 마찬가지였어. 제이미를 찾으려고 무슨 노력을 하고 있는지, 도대체 왜 나한테 말해주지 못하는 걸까?

공황 발작을 일으킬 것만 같아. 우리에 갇힌 야수가 자물쇠를 덜커덕거리며 잡아 흔들고 있어. 눈앞에 기억이 번뜩 스쳐가. 칼을 향해 급히 덤벼드는 몸들. 제이미가 먼저 닿고, 그 후 이안과 내가. 칼날이 배를 가르는 그 느낌.

문이 흔들려 열리고, 새들러의 덩치가 문간을 막기 전에 밝은 라임그린색 벽이 얼핏 보여. 새들러는 검은 털보다 회색 털이 더 많은 염소수염을 길렀어. 큰 키에 머리는 하얗게 셌고, 갈색 눈동자에 테가 두꺼운 안경을 썼지. 검은 정장 바지에 연푸른색 셔츠를 입었는데, 하루 종일 입고 있어서 잔뜩 구겨져 있어.

새들러가 앞으로 걸어오는데 그 구부정한 자세가 눈에 띄었어. 척추 대신 부메랑을 집어넣은 것처럼, 허리가 중간쯤부터 굽어 있어. 경찰 직무 중에 부상당한 흔적이려나. 아니면 어린 시절 앓은 병의 흔적일지도.

새들러가 팔을 내뻗자 엄마가 발을 끌며 들어왔어. 엄마의 지팡이가 발치의 얇은 카펫을 쿡쿡 찔렀어. 오늘은 엄마 컨디션이 별로인 걸 바로 알겠어. 아무래도 관절염이 기승을 부리는 모양이야. 엄마를 여기까지 오게 만든 새들러와 병원 사람들에게 짜증이 확 치밀었어.

"엄마." 걸걸한 목소리가 나왔어. 난 목이 너무 아픈 데 스스로 놀라면서 눈물을 쏟았어. 그동안 엄마를 그리워했다는 걸 비로소 깨달았지만, 그래도 엄마가 여기 오길 바랐던 건 아닌데.

엄마는 고개를 갸웃해 새들러를 올려다보고, 새들러가 끄덕이자 더 가까이 다가왔어.

"저는 차와 비스킷을 좀 가져오죠." 새들러는 그 말을 남기고 방을 나가 문을 닫았어.

엄마는 커피 탁자를 돌아 발을 질질 끌며 소파로 왔어. 왜 그냥 더 가까이 있는 안락의자에 앉지 않는지 궁금했지만, 난 커피 탁자를 살펴보느라 여념이 없어 묻지 않았어. 엄마가 그 옆으로 지나가면서 탁자에 다리를 기댔는데도 탁자가 꿈쩍도 않는 거야. 뺨 안쪽을 질끈 깨물게 만드는 통증을 견디며 허리를 숙이자 탁자 다리 안쪽에 숨겨진, 바닥에 박힌 볼트가 눈에 띄었어.

"정말 미안하다." 엄마가 손에 구겨 쥔 손수건을 만지작거리면서 말했어.

"미안한 건 저예요." 갑자기 밀려오는 피로를 느끼며 한숨을 푹 내쉬었어. 안개가 날 멀리 데려가주길 바랐는데, 꼭 이럴 때만 의식이 또렷하지. "엄마는 이 일에 끌려 들어오지 마셨어야 했는데. 오는 길은 괜찮았어요? 경찰이 엄마를 모셔왔어요?"

엄마의 이마에 깊은 고랑이 지고 있어. "경찰이라니 무슨 말이니, 우리 딸? 날 데려온 건 셸리인데."

"셸리요? 그 여자가 뭐라고 했어요, 엄마?" 똑바로 일어나 앉자, 처음 칼이 들어갔을 때보다도 더 심한, 타는 듯한 고통이 날 찔렀어.

"셸리가 나한테 뭐랬냐면…… 뭐랬냐면……." 엄마 목소리가 손과 마찬가지로 떨리고 있어. 그걸 보니까 소파로 옮겨 앉아 다 괜찮을 거라며 엄마를 달래주고 싶은 마음이 간절했지만, 그럴 수 없어. 괜찮아질 가능성이 없어 보이거든.

"있죠, 시간이 많지 않아요." 문을 흘끗 보고 목소리를 낮췄어. "엄마가 절 여기서 꺼내줘야 해요. 아무래도 새들러가, 저 경관이 셸리랑 한패인 것 같아요. 내막은 몰라도 다들 서로 아는 사이예요. 전

저 사람이 제이미가 어디 있는지 알면서 저한테 숨기고 있는 것 같아요."

엄마의 목에서 숨죽여 낑낑대는 듯한 소리가 나왔어.

"제발 진정하세요." 피로감이 좌절감으로 변했어. "제발, 엄마, 제 말을 집중해서 들으세요. 엄마가 속상해하는 건 알지만, 우린 시간이 별로 없어요. 우린 여기서 나가서 제이미를 찾아야 한다고요."

"네가 전화를 안 받기 시작했을 때 그냥 가만 놔두는 게 아니었는데. 샘한테 뭔가가 잘못됐다고 말하긴 했지만……."

"엄마 잘못이 아니에요." 난 엄마가 입을 다물고 내 말을 들어주길 바라며 고개를 저었어.

"테스, 엄마는 널 위해 여기 온 거야. 하지만 넌 새들러 박사님이 하는 말을 잘 들어야 해."

"박사님요? 그 사람은 의사가 아니에요, 엄마. 그 사람은 형사예요. 그것 보세요. 그 사람이 우리 둘 다에게 거짓말하고 있잖아요."

그때 문이 열리는 바람에 움찔했어. 배 근육이 당겨지자 또다시 통증의 파도가 상처에서 배로 넓게 퍼지고 있어. 입이 마르고 머릿속이 윙윙거려. 날 통증으로부터, 그리고 이 방으로부터 벗어나게 해줄 모르핀 생각이 너무 간절해.

새들러는 처음 보는 남자 간호사를 데리고 나타났어. 작은 키에 머리를 박박 민 간호사는 컵과 초콜릿 다이제스티브 비스킷 접시가 든 쟁반을 들고 있어. 새들러는 겨드랑이에 갈색 A4 봉투를 끼고 있고.

새들러는 보통 나와 이야기할 때 자기가 앉는 안락의자 쪽으로 가고, 간호사는 쟁반을 탁자에 내려놓았어. 두 남자 뒤로 문이 흔들리며 닫혔지만, 그 직전 찰나의 순간, 난 제이미를 봤어.

그냥 그 금발 고수머리랑, 함께 걷고 있는 간호사와 보폭을 맞추려 애쓰는 잰걸음을 얼핏 본 게 전부였지만, 그건 제이미였어. 우리 어린 아들이 이곳에 있어.

심장이 가슴에서 폭발할 듯 마구 뛰어. 그와 동시에 상처도 너무 심하게 욱신거려서 꿰맨 곳이 당장이라도 터질 것만 같아. 하지만 난 그 애를 봤어, 마크. 제이미를 봤다고. 그 애는 무사해.

문이 철컹 닫힌 후, 난 새들러에게 시선을 돌렸어. 새들러는 날 똑바로 마주 보며 내 안색을 살피고 있어.

"나한테 말했어야죠." 난 잠시 눈을 감고 한숨을 내쉬었어. 제이미가 언제부터 이곳에 있었을까? "당신은 내게 말했어야 했어요." 난 되풀이했어. "제이미를 찾았다고 나한테 말했어야 했다고요."

새들러는 고개를 끄덕일 뿐, 아무 말도 하지 않았어. 그 대신 우리 엄마를 돌아봤지. "가필드 부인, 저는 그동안 이 세션을 녹음해왔는데, 이제 부인이 허가해주시면 녹음을 계속하고 싶습니다. 부탁드립니다."

"네." 다시 손수건을 잡아당기는 엄마의 목소리가 떨리고 있어. 불현듯 난 엄마의 손에서 그걸 낚아채서 바닥에 내팽개치고 싶은 충동을 느꼈어. 속상해해야 하는 건 난데, 칼에 찔린 건 난데, 여기 갇혀 있는 건 난데, 엄마는 저 밖에서 제이미를 보살펴주고 있어야 하는데.

새들러를 빤히 쳐다봤어. 안락의자에 앉아 있으니 허리가 굽은 건 티가 나지 않았지만, 앉아 있어도 새들러의 커다란 덩치는 방 안을 좁아 보이게 만들어. 새들러의 표정은 읽을 수 없어. 우린 몇 시간, 아니 며칠에 걸쳐 이야기했지만 그럼에도 아무런 진척도 보지 못했어. 왜 제이미가 무사하다고 나한테 말해주지 않았지? "당신 누구예요?" 난 물었어. "우리 엄마한테는 당신이 의사라고 했다면서요. 왜 나한테 제이미를 찾았다고 말 안 했어요?"

"저는 의사입니다, 테스. 심리학자죠. 당신은 제가 경찰일 거라고 단정 지었지만 전 당신한테 제가 경찰이라고 말한 적이 없습니다. 당신이 계속 그렇게 믿게 놔둔 건 당신의 믿음을 얻어서 이야기를 끌어내기 위해서였죠."

"뭐라고요?" 난 고개를 저었어. "난 당신 안 믿어요. 엄마, 이 사람 말 듣지 말아요."

"테레사, 제발."

난 엄마를 쏘아봤어. 엄마의 그렁그렁한 눈에는 애원이 가득 담겨 있고, 손은 하도 떨려서 지팡이가 이쪽저쪽으로 흔들리고 있어.

"우리 엄마를 왜 여기로 모셔온 거죠? 엄마가 편찮으신 게 보이지 않나요?"

"제가 혹시 어머님을 힘들게 했다면 깊이 사과드립니다, 테스. 하지만 제가 어제 전화통화로 상황을 설명드렸더니 어머님이 기꺼이 오고 싶어 하셨어요."

"흠, 그럼 나한테도 그 상황이란 걸 설명해줄 수 있겠네요."

"그렇죠." 새들러가 고개를 끄덕였어.

"그럼 이왕 설명하는 김에 내가 여기 갇혀 있는 동안 셸리는 왜 새처럼 자유롭게 돌아다니고 있는지도 설명해주시죠. 아까 그 간호사가 제이미를 어디로 데려가고 있었는지도 좀 설명해주시고요." 난 문간과 그 너머의 복도를 향해 고갯짓했어. "언제쯤 만날 수 있을까요?"

"다들 차 한잔하시는 게 어떨까요." 새들러가 앞으로 몸을 숙여 찻잔을 우리 각자를 향해 쟁반 가장자리로 밀었어. 김이 오르는 부드러운 갈색 차를 보니 셸리가 타준 핫초콜릿 생각이 저절로 떠올라. 새들러는 이제 내게 약을 먹이려는 걸까?

63

"당신은 나한테 경찰이라고, 형사라고 했잖아요." 난 이를 하도 악물어서 말을 입 밖으로 내뱉는 게 힘들 지경이야. "그동안 줄곧 난 당신이 경찰인 줄만 알았어요. 당신이 의사라면, 그럼 청진기랑 흰 가운은 어디 있죠? 난 당신이 제이미를 찾는 걸 도와주려고 날 찾아오는 줄 알고 있었는데요."

"저는 그런 쪽 의사가 아니지만, 당신을 도우려고 찾아온 건 맞아요, 테스. 저는 당신한테 형사라고 말한 적이 없습니다. 그냥 당신 혼자 그렇게 생각했고, 전 그걸 바로잡지 않았을 뿐입니다. 전 당신이 제게 입을 열기를 바랐어요. 당신 병을 깊이 들여다보고 싶었죠. 오해하게 만든 건 죄송하지만 전 그 사실을 생략하는 게 상황에 도움이 될 거라고 생각했습니다."

"무슨 병요? 도대체 무슨 소리를 하는 거죠?" 내 목소리가 방 안에 메아리쳤어. 난 침을 삼켰어. 말하고 우느라 목이 마르고 아파.

"제가 보기에 당신은 신경쇠약인 것 같습니다, 테스. 슬픔과 우울증으로 생긴 거죠."

내 입이 쩍 벌어졌어. 반박하고 싶지만 새들러의 말이 머릿속에서 벽돌담처럼 버티고 있어. 신경쇠약? 어떻게 그런 생각을 할 수 있지? 새들러는 셸리랑 이안이랑 한패인 게 분명해. 어쩌면 다들 그 남자한테 협박받고 있는지도 몰라. 그게 아니면 도저히 설명이 안 돼.

"제발." 난 엄마의 어깨가 떨리기 시작하는 걸 보며 속삭였어. 왜 이 일에 우리 엄마까지 끌어들인 거지? 난 진정하려고 안간힘을 썼어. 내가 화내는 건 새들러가 원하는 거야. 자기들 이론이 맞다는 걸 입증하려고. 제이미를 빼앗아 갈 수 있게, 내가 엄마 역할에 적합하지 않다는 걸 입증하려는 거야. "제발, 난 그냥 제이미만 보면 돼요."

엄마는 의자에서 앞으로 몸을 숙이고 얼굴을 양손으로 가렸어. 난 관절염으로 얼룩덜룩하고 갈고리처럼 굽은 그 손에서 눈을 뗄 수 없었어.

"테스." 새들러가 내 주의를 다시 자신에게 이끌었어. "여기 마크의 사망증명서가 있습니다. 셸리가 당신의 공책을 가져오면서 같이 가져왔죠. 혹시 괜찮으시다면, 이걸 부디 한 번만 봐주셨으면 합니다."

눈물이 시야를 흐리고 얼굴로 흘러내렸어. 난 양손으로 그 봉투를 받아 들었어. 이전에 열어본 입구 부분은 쭈글쭈글해져 있지만 풀은 여전히 봉투를 여는 내 손에 끈적끈적하게 들러붙어.

종이는 두꺼웠고, 위쪽 중앙에 왕관 그림이 있어. 꼭대기에는 **사망증명서 등본**이 굵은 글자로 찍혀 있고, 가지런한 타임스 뉴로만 서체로 당신 이름이 인쇄돼 있어.

난 거기 적힌 당신 이름을 손끝으로 쓸었어. 전에 새들러한테 당신 목소리가 들린다고 했더니, 그것 때문에 내가 미쳤는 줄 아나 봐. 그 생각을 하니 깔깔 웃고 싶어졌지만, 그랬다간 정말 미친 사람처럼 보이겠지. 이것 때문에 그 온갖 소동이 일어난 거야. 다들 내가 당신이 안 죽었다는 망상에 빠져 있는 줄 알았나 봐.

안도감이 들판에서 불어오는 시원한 한 줄기 바람처럼 날 휩쓸고 갔어.

"마크가 죽은 건 알아요." 난 말했어.

"그분이 돌아가셨을 때, 그 여행에 관해 좀 더 상세히 기억하실 수 있습니까?" 새들러가 물었어.

"출장이었어요. 단합대회 같은 거였죠. 독일에 본부가 있었거든요. 그이는 거기 자주 갔어요. 왜 자꾸 그 여행에 관해 물으시는지 모르겠네요. 그 일에 유별난 점은 하나도 없었어요."

새들러는 의자에서 몸을 앞으로 빼고 다시 말했어. "한번 제대로 생각해보셨으면 합니다, 테스. 전 마크의 회사에 전화해서 데니스와 통화를 했습니다. 그분이 당신을 찾아갔고, 그 후 두 분이 전화통화를 하셨다고 들었는데요."

"네, 데니스는 장례식이 있고 한 달쯤 후에 절 만나러 왔었어요." 난 고개를 끄덕이며 의자에 등을 기댔어. 허벅지에 놓인 봉투를 만지작거리다 남은 풀을 이용해 입구를 도로 붙였어.

"그분에게서 그 출장에 관한 이야기를 들었습니다. 그건 평범한 출장이 아니었습니다, 맞죠?" 새들러가 물었어.

"무슨 말씀을 하시는 건지 전혀 모르겠네요. 하지만 좀 보세요. 이건 전부 엄청난 오해예요. 제가 간호사 한 분한테 병원에서 마크를 봤다고 한 건 저도 아는데, 그땐 약을 많이 먹었고 너무 아파서 그랬어요. 전 그이가 죽은 걸 알아요. 아까 말씀하신 신경쇠약이니 뭐니 하는 건 저랑 상관없어요."

"테스." 새들러가 빈 찻잔을 도로 쟁반에 내려놨어. "제가 지금부터 말씀드리는 건 부인께 무척 괴로운 이야기가 될 겁니다. 하지만 저를 위해 끝까지 들어주셔야 합니다. 그래주시겠습니까?"

"좋아요." 도대체 나한테 더 괴로울 일이 뭐가 있다고 생각하는 걸까. 난 이미 당신이 죽은 걸 안다고 말했는데.

"마크의 이름으로 예약된 좌석은 두 개였습니다. 부인이 저한테 직접 그렇게 말씀하셨죠."

난 고개를 끄덕였어. "회사의 다른 사람요." 끝내 데니스에게 그걸 물어보지 못했지.

"부인께서 그 봉투를 다시 들여다봐주셨으면 합니다." 새들러가 말했어.

난 얼굴을 찌푸리며 동시에 웃음을 지었어. "마크의 사망증명서는 제가 이렇게 들고 있잖아요." 난 허공에 종잇장을 흔들었어. "봉투 안에 다른 건 없어요."

"아뇨, 있습니다, 테스."

난 고개를 저었지만 봉투를 다시 열어, 거꾸로 들고 흔들었어. 종이 한 장이 나풀대며 바닥에 떨어져 새들러의 발치로 미끄러졌어. 마크의 사망증명서와 동일한 색이었고, 새들러가 종이에 손을 뻗었을 때 맨 위에 찍힌 왕관 모양이 내 눈에 들어왔어.

눈을 질끈 감고 어린애처럼 눈꺼풀에 잔뜩 주름을 잡았어. **내가 엄마를 못 보면, 엄마도 날 못 봐요.** 머릿속에 울려 퍼지는 제이미의 웃음소리가 너무 생생하고 너무 현실적이어서 숨이 막혔어.

"제발 이걸 봐줘요, 테스." 새들러가 말했어.

다시 눈을 떠보니 새들러가 그 종잇장을 내 앞으로 내밀고 있어.

난 추웠어. 너무 추웠어, 마크. 종이를 건드리지도, 거기 적힌 글자를 읽고 싶지도 않았지만, 손을 뻗어 양손으로 그걸 건네받았어.

"마크는 이번에 여행을 혼자 가지 않았죠, 안 그런가요, 테스? 그건 특별한 여행이었어요. 그걸 보세요." 새들러가 재촉했어.

이를 하도 세게 악물어서 머리가 통증으로 욱신거렸지만, 난 봤어. 종이를 물끄러미 바라봤어. 마크의 것과 똑같은 그 종이를. 꼭대기에 똑같은 왕관이 있고, 글자도 똑같았어. **사망증명서.**

"복사본이잖아요." 어깨를 으쓱했어. "여분으로 동봉한."

"아뇨, 테스. 이름을 읽어요."

난 고개를 젓고는 종이로 내 허벅지를 찰싹 때린 후 읽을 수 없도록 뒤집었어.

"마크와 함께 비행기에 탄 게 누구였죠?" 새들러가 물었어. "그들은 왜 여행을 갔을까요?"

"나도 몰라요." 난 외쳤어. 흐느낌으로 내 온몸이 들썩거렸어. "쉬고 싶어요. 제이미를 보여줘요. 그러면 계속할 수 있어요."

"조금 있다 쉬게 해드리겠습니다. 지금은 비행기에 마크와 함께 탄 게 누구인지 부인이 말씀해주셨으면 합니다."

자리에서 일어난 새들러가 발을 끌며 탁자를 돌아 내게 다가왔어. 내 허벅지에 놓인 증명서를 집어 들어 뒤집었어. "거기에 누구의 이름이 씌어 있죠?" 종이를 가리키며 내게 물었어.

난 이름을 다시 읽으며 숨을 들이켰어. "제이미." 난 속삭였어. 제이미 에드워드 클라크. 2010년 4월 8일생.

"마크의 회사는 직원과 그 가족을 위해 독일에서 특별 행사를 준비했어요." 새들러가 설명했어. 차분하면서도 쩌렁쩌렁 울리는 목소리로. "제이미는 마크와 함께 비행기에 타고 있었어요. 제이미도 죽었습니다."

난 도리질을 쳤어. "아뇨. 당신이 틀렸어요. 이건 가짜예요. 셸리가 제이미를 빼앗아 가려고 속임수를 쓰는 거예요."

"그건 사실이 아니에요, 테스. 셸리가 제이미를 데려가고 싶어 한다는 당신 믿음은 편집망상입니다. 당신 머리는 그게 진짜라고 말하지만, 사실 그건 당신의 병이 만든 믿음이죠. 우리가 나눈 대화와 부인의 공책 내용으로 미루어, 저는 부인이 들은 전화 목소리 역시 리처드 웰킨스의 반복적인 연락 시도와 마크의 비밀 프로젝트의 진실을 밝히고 싶어 한 당신의 바람이 합쳐져서 낳은 환청이라고 봅니다." 새들러의 말은 계속 이어졌어.

"당신은 셸리의 존재를 빌미로 당신이 제이미와 함께 있는 걸 위협하려는 누군가가 있다고 믿고, 그걸 뒷받침할 증거를 보고 있어요. 있지도 않은 증거를요. 당신이 제이미를 보고 있는 것과 똑같이. 그건 병입니다, 테스."

"제이미는 살아 있어요." 난 그 말을 입 밖으로 내어 속삭였어. 그건 새들러에게만 하는 말이 아니라 나한테 하는 말이기도 했어.

난 배를 꽉 움켜쥐는 통증과 머리를 짓누르는 어지러움을 무시하고 휘청대며 의자에서 일어섰어. "제이미!" 난 소리쳤어. "제이미!"

"어머님이 여기 오신 데는 이유가 있습니다." 새들러가 목소리를 높였어. 내 새된 비명과 대조되는 깊은 바리톤 음성으로. "이런 경우를 대비해서죠." 침묵에 잠긴 내게 새들러가 말했어. "당신이 망상에 대비되는 증거를 무시하고, 지금 그러는 것처럼 합리화하려 할 경우를 대비해서요. 당신은 사실을 덮어버리고, 불가피하게 진실과 맞대면하게 될 때마다 언제나 그래왔듯 그걸 망상의 일부로 만들고 있어요. 어머니와 오빠, 그리고 첼름스퍼드로부터 자신을 단절시킨 이유도 그거죠. 실상 제이미가 죽었다는 걸 아는 모든 사람들로부터. 그게 당신이 진실에 너무 가까이 다가갈 때마다 단기적 기억상실증을 반복해 겪은 이유입니다."

"아니에요." 난 도리질했어. "엄마." 난 고개를 돌려 금방이라도 바스라져버릴 듯한 엄마의 모습을 마주했어. "제발, 이렇게 빌게요. 그 사람들이 무슨 말을 했든, 그 사람들이 뭐라고 엄마를 협박했든, 제발……." 흐느낌이 목구멍에 걸려. "제발 그 사람들이 틀렸다고 말해줘요. 엄마는 장례식 이후로 우리 집에서 지냈잖아요. 엄마는 제이미를 보셨잖아요."

엄마가 고개를 끄덕였고, 한순간 난 엄마가 내 말에 동의할 거라고 생각했어. "네가 혼잣말하는 건 들었다." 엄마가 말했어. "그때 너한테 물어봤어야 했는데, 네가 너무 힘들어하고 있길래……. 그래서 해로울 것까진 없겠지 했는데, 설마 네가 제이미를 보고 있는 줄은 몰랐다. 네가 누구랑 좀 이야기했으면 싶어서 사별 재단에 전화했단다. 널 그렇게 그냥 두고 오는 게 아니었는데. 너무 미안하다."

"난 엄마가 가길 바랐어요." 난 웅얼댔어. "제이미가 자기 방에만 틀어박혀 있어서요. 우리 둘 다 엄마가 거기 있으면 제대로 슬퍼할 수 없었어요."

엄마는 손을 뻗어 내 손을 꼭 쥐었어. "하지만 제이미도 죽었어."

“왜 거짓말하세요?” 난 소리쳤어. 엄마는 마치 내가 난폭한 광인이라도 되는 것처럼 몸을 확 빼고 의자로 쪼그라들었지만 난 멈출 수 없었어. “왜 그런 말을 하세요?”

“종종 환각에는 실마리가 있습니다.” 새들러가 말을 이었어. 내 맞은편 안락의자에 도로 자리를 잡는 그 사람의 목소리는 이제 차분하게 가라앉아 있어. “그 환영을 충분히 열심히 들여다보면 그 실제 모습을 보게 되는, 숨길 수 없는 신호죠. 이제 부디 그걸 해봐주셨으면 합니다, 테스. 비행기 사고 이후로 본 제이미를 생각해보세요. 제이미가 당신에게 거의 말을 안 했다고 하셨죠. 그 아이가 당신이 사고 전에 사랑한 제이미와 똑같은 제이미로 보입니까?” 새들러는 잠시 쉬었다 말을 이었어.

“전 당신이 지난 몇 주를 돌이켜보고, 그 숨길 수 없는 신호를 찾아내길 바랍니다. 그게 환영이라는 걸…… 당신의 슬픔이 낳은 정신질환이라는 걸 머리가 깨닫게 도와줄 그 한 가지를요.”

난 고개를 저었어. 짧게 도리질을 치자 눈앞이 흐려져. 양손으로 귀를 막고 제이미의 이름을 외치고 싶지만 유령처럼 창백한 얼굴로 나처럼 눈물을 줄줄 쏟고 있는 엄마를 보니 차마 그럴 수 없어. “나한테 왜 이러는 거예요?” 난 엄마한테 물었어.

엄마는 대답하려는 듯 침을 삼켰지만, 새들러가 한 손을 들어 올렸어.

난 허벅지에 놓인 사망증명서를 밀쳐 바닥으로 떨어뜨렸어. “이런 걸 위조하기가 얼마나 쉬운지 알아요? 전문가를 찾기만 하면 돼요.” 사실인지 아닌지는 몰랐지만, 분명 그럴 것 같았어. 그렇잖아? 그냥 종이쪽지일 뿐인걸. 전혀 특별할 것 없는.

"테스?" 새들러가 몸을 앞으로 숙여 팔꿈치를 무릎에 고였어.

"아무것도 없어요. 난 마음속 깊은 곳에서부터 알고 있어요. 제이미는…… 제이미는……." 말은 내 머릿속에 있었어. 마치 고장 난 자판기의 과자 봉지처럼, 반은 들어가고 반은 나온 채, 누군가가 기계를 쾅 때려서 꺼내주기를 기다리고 있었지.

제이미의 얼굴이 머릿속을 스쳐갔어. 휘둥그레 뜬 그 애의 눈동자는 아름다웠고 슬펐고…… 아…… 너무나 파랬어. 난 이제 양손에 플레이스테이션 컨트롤을 쥐고 거실 바닥에 앉아 있는 그 애를 그려봤어. 집중해서 얼굴이 잔뜩 굳은 채, 혀로 앞니의 유치를 밀어 앞뒤로 흔들면서 과연 오늘은 그게 빠질지 궁금해하고 있었지.

역겨움의 파도가 날 덮쳤어. 내 안색이 변하는 걸 봤는지, 새들러가 고개를 끄덕이고 앞으로 몸을 숙였어. 이제는 의자에 간신히 엉덩이만 걸친 모양새야. "그 생각의 흐름을 따라가세요, 테스. 뭐가 보이는지 말해줘요."

"유치요." 난 속삭였어. "제이미는 흔들리는 유치가 있었어요. 그건 아주 간신히 매달려 있었어요…… 몇 달 동안요."

눈물의 벽이 시야를 가로막고 제이미의 노래하는 듯한 목소리가 귓가에 메아리쳤어. **"엄마, 내가 아빠랑 프랑크푸르트에 있을 때 이빨이 빠지면, 이빨 요정이 나한테 파운드 동전을 줘요, 유로 동전을 줘요?"**

난 앞으로 몸을 웅크린 채 양손으로 귀를 막고 방 안의 소음을 차단했지만, 아무리 그래도 내가 떠올리고 싶지 않은 기억은 차단할 수 없었어.

그동안 줄곧 제이미는 혀로 이를 밀어내고 있었어. 비행기 사고 이후로 줄곧. 그리고 그 이는 빠지지 않았어. 마치 칠흑처럼 검고 꽁꽁 얼어붙은 바다에 뛰어든 듯, 어둠과 추위가 내 몸으로 밀려들어. 이제 다른 기억들이 줄줄이 풀려나왔어. 슬리퍼 바람으로 진입로에 선 채, 차고에서 차를 빼 나오는 회색 점퍼 차림의 마크에게 웃으며 손을 흔들던 기억이 떠올라. 그리고 뒷좌석에서는 금발 고수머리가 마구 헝클어진, 가장 좋아하는 리버풀 축구 셔츠를 입은 제이미가 나를 향해 손을 떨어져라 흔들고 있었지.

자기 방 침대 위에 새 책가방을 열어서 벌려놓은 제이미가 보였어. 내가 찾을 수 없었던 그 책가방. **"독일은 얼마나 추워요?"** 그 애가 마치 답이 그 양모 속에 있을지도 모른다는 듯 두꺼운 점퍼를 훑어보며 물었어.

난 스테인드글라스 창을, 신도석의 딱딱한 목재에 부딪치던 빗줄기를 기억했어. 내 눈은 발길에 닳은 바닥 타일에 못 박혀 있었고, 오빠의 손이 내 손을 아프도록 꽉 쥐고 있었지. 그때 난 당신 관 옆에 놓여 있던 조그만…… 너무도 조그만 그 관을 피해 눈을 내리깔고 싶은 충동과 싸우고 있었어.

"그거예요, 테스." 새들러의 목소리에 내 기억이 산산이 흩어졌어. "그게 신호예요. 제이미의 유치. 당신은 그 애한테 유치에 관해 묻지 않았어요, 아닌가요?"

난 고개를 끄덕였어.

"전 마음속 깊은 곳에서는 당신도 제이미가 그날 죽은 걸 알고 있었다고 생각합니다."

"아니에요." 난 외쳤어.

"저는 데니스와 셸리, 두 사람과 이야기를 나눠봤습니다. 그리고 어머님하고도요." 새들러는 안락의자에 앉은 채로 창백하고 말이 없고 너무나 작아 보이는 우리 엄마한테 고갯짓을 했어. "당신은 그분들이 곁에 있을 때면 제이미한테 곧장 말을 걸지 않도록 아주 주의를 기울였죠. 신경쇠약 증상이 너무 심해져서 더는 스스로 통제할 수 없게 된 최근 이전까지는요."

눈에서 눈물이 흘러내려. 온몸이 떨려왔어. 위가 아파. "그건 말이 안 돼요. 그건…… 그건 사실일 리 없어요."

"당신은 프랑크푸르트에 마크와 제이미와 함께 갈 예정이었습니다. 기억하세요? 데니스가 당신의 예약을 마지막 순간에 취소했다고 하더군요. 왜 함께 가지 않았습니까?"

"내 여권이 만료됐어요." 난 속삭였어. "출발 며칠 전에야 그걸 확인했어요. 그날 당장 여권국에 가서 갱신하려고 했는데, 마크가 안 그래도 된다고 했어요. 그이는 내가 비행을 싫어하는 걸 알았거든요. '여행은 남자들한테 맡겨둬' 하고 말하곤 했죠. 난…… 마음이 놓였어요. 아 내 아가. 내 불쌍한 귀여운 아들."

목이 잠겼어. 난 무너지고 있어. 난 당신이랑 같이 있었어야 했어. 가족이랑 같이 있었어야 했는데, 난 그러지 않았어. 난 살아 있고 당신은 그렇지 않지.

아…… 마크, 난 두 사람을 모두 잃고 말았어.

64

간호사가 내게 진정제를 줬어. 에어캡이 내 생각을 한 겹 둘러싸는 듯한 느낌이지만, 내가 원한 건 완충제가 아니었어. 망각을 원했지.

"모르핀 더 주실 수 있어요?" 난 침대 주변에서 부산을 떨며 내 상처를 쿡쿡 찔러보는 간호사한테 웅얼거렸어.

"아프세요?" 간호사가 물었어.

"네." 안 아픈 데가 없지.

"새들러 박사님이 휴식 끝나고 돌아오시면 여쭤볼게요." 칙칙한 갈색 머리에 말끔한 녹색 제복을 입은 간호사는 내 차트를 집어 들어 뭐라고 끄적인 후 눈을 들어 나를 향해 연민이 뚝뚝 떨어지는 미소를 지어 보였어. 내 차트에 뭐라고 적혀 있을지 궁금해. **주의 : 미친 여자. 죽은 아들이 보인다고 함.**

하지만 내가 그 애를 봤다는 건 단순히 둥둥 떠다니는 유령 같은 존재를 본 게 아니었어. 난 그 애와 함께 〈스쿠비 두〉 재방송을 봤어. 그 애한테 저녁식사를 차려줬어. 욕실 문틀에 기대어 그 애가 목욕하는 소리를 들었어. 난 그 애를 보살폈어. 그 애를 사랑했고 그 애도 날 사랑해줬어.

난 이제 뭘 해야 할지 모르겠어, 마크.

"우린 항정신병 약물을 드릴 겁니다, 테스." 휠체어에 탄 채 방으로 옮겨지는 내게 새들러가 설명했어. "우리 세션도 그렇지만 약효가 발휘되려면 시간이 좀 걸릴 겁니다. 하지만 효과는 있을 겁니다. 우린 당신이 더 좋아지게 만들 겁니다."

더 좋아지고 싶지 않다고, 난 생각했어. 잠든 것처럼 눈을 감고 엄마의 속삭임을 못 들은 척했어. "이게…… 이게 조현병인가요?"

"아뇨, 가필드 부인. 조현병은 평생 가는 신경질환으로 종종 망상과 환영이 특징으로 나타납니다. 하지만 테스가 겪고 있는 것, 제이미를 보는 환영, 모르는 남자한테 괴롭힘을 당하는 망상은 마크와 제이미의 죽음으로 촉발된 겁니다." 새들러가 설명을 이어갔어.

"부인의 의식은 남편과 아들을 한꺼번에 잃은 비극적 사건을 극복하지 못했고, 그로 인해 우울증을 겪으면서 신경쇠약이 시작된 겁니다. 부인의 머리가 자신을 배신하고 현실을 차단하는 거죠. 올바른 약물 치료와 집중적인 상담을 받으면 다시 좋아질 수 있습니다."

그 후 난 어딘가로, 의식과 무의식 사이의 무인지대로 둥둥 떠내려갔어. 다음에 눈을 떴을 때는 셸리가 내 옆에 앉아 있어. 내 손을 쥐고 있는 셸리의 손은 따뜻했고, 허공에는 달콤한 향수 냄새가 맴돌았어.

"안녕." 난 눈을 뜨기도 전에 말했어.

셸리가 경직된 채 손을 뺐어.

아 마크, 난 아무래도 괴물인가 봐.

"나 여기 있어도 괜찮아요?" 셸리가 물었어.

난 고개를 끄덕이고 눈을 떴어. 셸리의 얼굴은 창백했고 마스카라가 눈물에 번진 자국이 있어.

"테스가 날 찾는다고, 새들러 박사님한테 들었어요."

내 생각을 겹겹이 뒤덮은 장막을 헤치고 나오기까지 시간이 좀 걸렸어. 새들러 박사가 누구더라? 아, 내가 형사로, 제이미를 찾는 걸 도와주러 온 사람으로 착각했던 그 남자.

"기억이 없어요."

셸리는 자세를 고쳐 앉고 다리를 꼬았다 다시 풀었어. "가라면 갈게요."

"아뇨, 제발 있어요. 당신하고 대화하고 싶어요. 나 어디 있어요?"

"병원에 딸린 개인 병동에 있어요. 하트필드 병동이요. 개인 시설인데 병원비는 테스 어머님이 내고 계세요."

우린 잠시 침묵 속에 앉아 있었고, 난 셸리를 더 제대로 보면서 이야기할 수 있게 기계식 침대를 움직이느라 좀 부산을 떨었어. 실은 하고 싶지 않은 대화를 어떻게 시작해야 할지 궁리하면서 시간을 벌고 있었어.

"둘이서 같이 치킨 캐서롤을 만들었잖아요." 난 불쑥 내뱉었어. "당신이 제이미가 칼로 양파를 썰게 해줬잖아요. 우리가 저녁 먹기 전에 그 애한테 들었어요. 당신이 그날 오후 플레이스테이션 피파 게임에서 자길 이겼다고요."

셸리가 얼굴을 찌푸렸어. "언제요?"

난 잠깐 생각했어. "당신이 우리 집에 두 번째로 왔을 때요. 난 너무 지쳐 있었죠. 당신이 와서 나 대신 제이미를 보살펴주고 청소도 좀 해줬죠."

셸리가 고개를 끄덕이자 내 머릿속에서 에어캡을 팍 터뜨리는 것 같은 희망의 불꽃이 일었지만, 그건 맞다는 끄덕임이 아니었어. 알겠다는 끄덕임이었지. "그날 내가 간 건 맞아요. 당신이 잠든 사이에 혼자 청소를 좀 했죠. 치킨 캐서롤도 만들었고요. 우린 양초를 켜놓고 식탁에 앉았어요. 우리 둘이서만. 난 당신한테 수영이랑 딜런 이야기를 했죠."

"하지만 당신은 남아서 소파에서 자고 갔잖아요?"

"맞아요." 셸리가 고개를 끄덕이자 금발이 따라 흔들렸어. "당신이 그렇게 우울한데 혼자 있는 게 걱정됐어요."

"당신은 그 이튿날 제이미를 데리고 수영장에 갔다가 그 후 둘이서 슈퍼마켓에 가 먹을 걸 사 왔죠."

"아." 셸리가 말했어. "내가 늦게 돌아왔을 때 당신이 그렇게 걱정한 이유가 그거였군요."

이젠 내가 고개를 끄덕일 차례였어.

"전에 그런 적이 몇 번 있었어요. 그날처럼. 당신이 초점이 나가 있다고 느낀 적이 있었어요." 셸리가 말했어. "당신은 마크 이야기는 했지만 제이미 이야기는 한 번도 안 하더군요. 하지만 당신이 환영을 보고 있다는 건 한참 나중에 가서야 알았어요."

"언제요?"

셸리는 나한테 어디까지 말해야 할지 고민하는 듯 망설였어. "돌이켜보면, 테스가 하는 말과 행동이 좀 의아했는데 그냥 대수롭지 않게 넘겨버린 적이 몇 번 있었어요. 한번은 내게 우리 세 사람을 위해 요리하겠다고 했었죠. 난 내가 잘못 들은 줄 알았어요." 셸리가 말을 이었어.

"경찰이 집에 왔을 때 알아챘어야 하는데……. 당신은 경찰 교환원한테 제이미가 집 안에 있다고 했죠. 집을 확인하러 온 경관이 그렇게 말하더군요. 경관들이 제이미의 방을 보고 싶다고 해서 내가 안내했죠."

"그 애는 잠들어 있었어요."

눈물의 벽이 셸리의 눈동자를 가렸어. "그 방은 비어 있었어요, 테스. 난 그날 밤 당신이 제이미의 교복 셔츠를 다림질하고 있는 걸 보고 어리둥절했어요. 좀 더 밀어붙여서 어떻게 된 건지 알아냈어야 하는데. 하지만 당신은 너무나 슬퍼 보였어요. 그래서 난 경찰 교환원이 잘못 들었을 거라고 자신을 설득했죠."

"난 그날 밤 기억이 없어요. 당신이 나한테 수면제를 먹였잖아요."

셸리는 숨을 삼켰어. "테스, 아니에요. 내가 왜 그런 짓을 해요. 그건 당신 머릿속의 방어 기제예요. 당신은 계단에서 전원이 꺼진 것처럼 말 그대로 무너져버렸어요. 전 경찰관에게 제이미가 죽었다고 말했지만, 당신은 초점이 나가 있었죠."

"그전은요? 폭풍우 치던 날 밤, 당신이 자고 갔을 때요. 내가 마실 핫초콜릿을 타고 거기에 뭔가를 넣었죠? 난 그날 밤 당신이 제이미한테 노래를 불러주는 걸 봤어요."

"노래를 불러요?" 혼란에 빠진 듯, 셸리의 낯빛이 어두워졌어. 고개를 젓는 셸리의 눈에서 눈물 두 방울이 떨어졌어. "나…… 난 한밤중에 깨어났는데 무슨 소리가 들린 것 같았어요. 당신이 괜찮나 보러 가는 길에 잠깐 제이미의 방에 들어가서 침대에 앉았어요. 그러는 게 아니었는데, 미안해요. 딜런 생각이 나서, 그 애가 여기 있었다면 어떤 장난감을 가지고 놀았을까 하는 생각이 들었어요."

"자장가는요?" 난 머릿속으로 그 곡조를 떠올리며 물었어.

"무슨 자장가요?"

"난 당신이 그 애한테 노래 불러주는 걸 들었어요."

셸리는 다시 고개를 저었어. "당신이 날 봤을 때 난 제이미의 침대에 앉아 있었지만 노래를 부르고 있지는 않았어요. 생각해봐요, 테스. 제이미는 죽었어요. 그건 그 애가 침대에 없었다는 뜻이에요. 그런데 내가 누구한테 노래를 불러줬겠어요? 난 그날 밤 당신이 몽유병인 줄 알았어요. 당신은 아무 말도 없이 계속 눈만 감았다 떴다 했어요. 난 당신을 거의 들쳐 업다시피 해서 침대로 데려갔고요."

"아." 내가 말할 수 있는 건 그게 전부였어.

"테스가 제이미를 본다는 걸 내가 처음 안 건 해변에서였어요." 셸리가 말했어. "당신은 허공을 쓰다듬으며 소리 내 웃고 있었죠."

"그날은 참 좋았는데……." 난 말끝을 흐렸어.

"정말 미안해요, 테스. 내가 더 일찍 뭔가를 했어야 하는 건데. 우리가 데벤함스에서 만났을 때 이안은 당신을 강제 입원시켜야 한다고 했어요. 당신이 제이미의 환영을 보고 있을지도 모른다고 했더니 벌컥 화를 내더군요. 그리고 제이미가 죽었다고 바로 그 자리에서 당신한테 말하려고 했죠. 하지만 내가 그러지 못하게 막았어요. 난 당신을 보호하려던 거였어요."

침묵 속에서, 난 내가 진실이라고 믿는 것을 머릿속에서 걸러내려 애썼어. "난 마크를 봤어요. 그것도 내…… 내 병 때문인가요?"

"나도 몰라요. 여러 번 본 건 아니죠, 그렇죠?"

"네."

"어쩌면 그냥 내가 말한 대로일지도 몰라요. 슬픔이 테스의 머릿속을 엉망으로 만드는 거죠. 딜런이 죽은 후 내 머릿속이 엉망이었던 것처럼."

"마크는 죽었어요." 그건 셸리에게만이 아니라 내게 하는 말이기도 했어.

셸리가 고개를 끄덕였어. "승객 명단에 두 사람이 비행기에 탑승했다고 나와 있어요. 다시 출구로 나오려면 보안을 다시 거쳤어야 했을 거예요. 그랬다면 어딘가에 이름이 남아 있었겠죠."

"난 그 애를 매일 학교에 데려다줬어요." 내 목소리가 갈라졌어.

"내 친구 멜이 당신을 봤어요."

난 고개를 끄덕였어.

"당신이 간 곳은 학교가 아니었어요. 그 차도 끝에 있는 회사였죠. 예전에는, 한때는 학교였어요. 오래전에. 하지만 새로 학교가 세워졌어요."

"나도 알아요." 난 얼굴을 찌푸렸어. 제이미와 함께 커다랗고 파란 문을 통과해 운동장과 농구 골대가 있는 현대식 건물로 걸어가던 기억이 머릿속에서 깜빡거렸어.

"어쩌면 당신도 의식 저 밑에서는 알고 있었겠죠." 셸리가 말했어. "새 학교로 가면 다른 학부모들과 제이미의 옛날 반 친구들을 보게 될 테니까, 아무도 마주칠 일 없는 그곳을 택한 거죠."

숨통을 막고 있는 커다란 덩어리 뒤로 침을 꼴깍 삼켰어. 입이 마르고 머리가 욱신거려. 눈을 감고 어딘가 다른 곳으로 떠나고 싶어.

내가 알고 있었나? 손을 뻗어도 닿지 않는 내 캄캄한 무의식은 제이미가 가버린 것을 알고 있었나? 난 바다에서 헤엄치다 그 애를 시야에서 놓친 걸 떠올렸어. 그 순간 내 머릿속에서는 뭔가 어두운 게 일렁이고 있었어. 난 그 애를 잃어버렸다고 생각했어. 그리고 그건 사실이었지.

"너무 미안해요." 셸리가 내 손을 꼭 움켜쥐며 말했어.

"그러지 말아요. 당신이 없었으면……." 난 흠칫해서 입을 다물었어. '우린'이라고 말하기 전에. "난 더 힘들었을 거예요. 난 당신이 날 속이려 하는 줄 알았어요. 내가 현실을 상상이라고 착각하게 하려는 줄 알았어요. 집에 누군가가 침입했다고 생각했을 때, 난 당신이 누군가와 통화하는 소리를 들었어요. 나에 관해 이야기하고 있었죠."

침묵 속에서 기억을 떠올리려 애쓰던 셸리가 마침내 입을 열었어. "난 팀하고 말다툼 중이었어요. 그 직전에 그이가 골프클럽의 그 여자하고 바람을 피우고 있다는 걸 알아냈거든요. 이미 많은 일을 겪고 있던 테스한테 굳이 그 이야기까지 하고 싶지는 않았어요."

"항공사의 그 남자에 관해 당신을 믿어주지 않아서 정말 미안해요." 셸리가 말을 이었어. "경찰한테서 그 사람이 얼쩡거렸다는 이야기를 들었어요. 경찰이 그 남자도 신문했는데, 그날 밤 당신 정원에 들어왔었다고 자백했대요. 당신을 믿었어야 했는데. 내 생각엔……."

"내가 미쳤다고 생각했겠죠."

"아니에요." 셸리가 말했어.

"괜찮아요. 나도 날 안 믿었는데."

"자요, 꽃 좀 가져왔어요." 셸리는 바닥에 놓여 있던 노란 장미 꽃다발을 들어 올렸어. 슈퍼마켓 태그 같은 건 없이, 그저 고무줄 두 개가 줄기들을 감고 있었어.

순간 헉 소리와 함께 내 눈길이 셸리를 향했어. "당신이 나한테 꽃을 갖다 줬어요?"

"언제요?"

"내 생일 쪽문 옆에 튤립 다발이 놓여 있었어요……. 난 그게…… 그걸 준 사람이……."

"아 테스." 셸리의 손이 입으로 올라갔어. "정말 미안해요. 그 꽃 생각은 까맣게 잊고 있었어요. 첫 방문이라 꽃다발을 준비했는데 테스가 집에 없더라고요. 좀 다녀올 곳들이 있었는데 차에 두면 히터 때문에 꽃이 시들 것 같았어요. 그래서 쪽문 가에 놔두고, 있다 다시 와서 챙겨야지 하고 생각했어요. 그때는 당신이 그 쪽문을 정문으로 쓰는지 몰랐을 때였어요. 정말 미안해요."

난 고개를 끄덕였고, 우린 침묵에 잠겼어.

"난 아직 모든 걸 완전히 이해하지는 못했어요." 난 잠시 후 말했어. "그러니까 날 쫓아온 그 차…… 그것도 현실이 아니었나요? 그리고 마크를 안다던 남자의 전화는요? 새들러는 그게 내 머릿속 공상일 거라고 했어요."

"경찰이 당신 공책을 가져갔어요, 테스. 당신이 그 목소리를 들은 시간과, 그 남자와 통화한 시간을 적어놨죠. 경찰이 통신사에 확인해봤는데, 통화 기록은 없었어요."

"아." 난 눈을 감고 깜빡여서 나오려는 눈물을 삼켰어. "이안한테 사과를 해야겠네요. 난 그 사람이 마크의 돈 때문에 날 조종하려 한다고 생각했어요. 하지만 그것도 현실이 아니었죠, 맞죠?"

"사실은……." 셸리가 앞으로 몸을 기울이며 말했어. "그건 현실이었어요. 이안은 실제로 당신이 집을 비운 사이 몰래 들어왔었고, 마크한테 돈을 빌려줬다는 건 거짓말이었어요. 해변에서 돌아오는 길에 당신을 뒤쫓은 차는 그 사람 차였어요. 내 생각엔 당신을 겁줘서 자신에게 도움을 청하게 만들 속셈이었던 것 같아요."

멍한 감각이 온몸으로 번졌어. 뭐가 현실이고 뭐가 현실이 아닌지 분간이 안 갔어. 사람들은 제이미가 죽었다고 내게 말했어. 그리고 목소리가 걸걸한 그 남자는 존재하지 않는다고 말했어. 하지만 이안은 실제로 날 길에서 밀어내려 했고, 내가 집을 비운 사이에 집에 들어와서 당신 서재를 뒤졌어.

"왜 그런 짓을 했을까요? 왜 그냥 나한테 도와달라고 하지 않고?" 난 물었어.

"그건 나도 모르지만, 경찰에 자백했어요."

"그 사람이 처벌을 받게 될까요?"

"나야 모르죠." 셸리가 말했어. "내 생각엔 아마 뭔가로 기소될 것 같긴 해요. 난폭운전이나 괴롭힘? 무단침입도 있고요. 정말 미안해요. 얼마나 힘들지 알아요. 그만 쉴 수 있게 난 가볼게요. 테스가 병원에 입원한 건 잘된 거예요. 더 나아지도록 새들러 박사님이 도와줄 거예요."

"내가 더 나아지고 싶지 않으면요?" 눈물 한 방울이 내 뺨을 타고 떨어졌어. "제이미는 내 전부예요."

"하지만 당신은 아파요, 테스. 누군가가 당신을 해치려 한다고 생각했잖아요. 내가 제이미를 당신한테서 빼앗아 가려 한다고 생각했고요." 셸리는 앉은 자세를 바꾸고 가방을 향해 손을 뻗었어.

"사…… 사실은 내가 당신 집에서 가져간 게 있어요." 셸리는 가방 지퍼를 열고 제이미의 냉장고 자석을 꺼냈어. 냉장고에서 떨어져 발길에 차여 냉장고 밑으로 들어간 줄만 알았는데. "정말 미안해요. 일부러 훔치려고 한 건 아닌데, 나도 모르게 그만……. 때때로 딜런이 살아 있었으면 지금쯤 어떤 모습이었을까 하는 상상을 하는데, 이 사진과 제이미의 금발과 푸른 눈을 봤을 때, 내 아기가 이런 모습일지도 모른다는 생각이 들었어요. 미안해요."

셸리는 그 자석을 내 손에 밀어 넣었고 난 눈물로 시야가 흐려질 때까지 제이미의 얼굴을 들여다봤어.

"난 우리 둘 다 아들을 잃었기 때문에 내가 당신을 도울 수 있을지도 모른다고 생각했어요. 사별 상담을 좀 쉴 생각이에요. 당신이랑 자주 만나면서 내가 아직 해결하지 못한 나 자신의 슬픔이 많다는 걸 깨달았어요."

"당신은 지금 딜런을 볼 수 있다면 뭘 할 거예요?" 난 나지막이 속삭이듯 물었어.

"뭐든 다 하겠죠. 세상의 그 어떤 일이라도요."

"그리고 실제로 보인다면요? 당신이 그 애를 되찾았는데 사람들이 당신더러 미쳤다면서 그 애를 다시 빼앗아 가려 한다면, 당신은 어쩔 건가요?"

"나…… 난 모르겠어요." 셸리는 말을 더듬었어.

난 고개를 돌려 셸리를 보았어. 셸리의 뺨에는 눈물이 흘러내리고 있고, 당장이라도 쓰러질 것만 같아.

"이런 병을 자의로 택할 수는 없어요, 테스." 셸리가 손으로 얼굴을 훔치며 말했어. "편집증, 전화로 협박하는 남자. 그것도 당신 병의 일부예요."

"당신 말이 맞아요." 난 거짓말했어. "제발 새들러한테 내가 그런 소리를 했다는 말은 하지 말아줘요."

셸리가 웃음 짓고는 내 손을 감싸 쥐었어. "견딜 만해질 거예요."

"당신은 견딜 만해졌나요?" 난 물었어.

셸리의 눈에서 눈물이 솟아나 초록빛으로 반짝였어. "아뇨."

난 고개를 끄덕이고 다시 눈을 감아, 셸리와 셸리의 눈물을 지워 버렸어.

"고마워요." 난 속삭였어. "날 위해 그렇게 애써줘서요. 셸리, 당신은 완벽한 친구였어요." 그 거짓말은 쉽게 나왔어. 셸리가 듣고 싶어 하는 말이었지.

난 셸리가 흐느끼는 소리를 들으며 다시 잠든 척했어.

65

이안 클라크

테스가 집을 비운 사이 그 집에 들어간 건 인정합니다. 그냥 테스가 괜찮은지 보러 갔을 뿐이지만요. 문을 안 열어주길래 걱정돼서 제 열쇠로 열고 들어갔죠. 저한테 열쇠가 있는데 그게 어떻게 가택침입입니까. 어차피 거긴 우리 어머니의 집이었어요. 전 아무것도 가져가지 않았지만 이왕 집에 들어간 김에 마크의 생명보험 증서를 찾아서 쉽게 눈에 띄게 해놓으면 좋을 것 같았어요. 테스가 그걸 보고 어쩌면 자극을 받아 상황을 정리할 마음을 먹게 될지도 모른다고 생각했죠.

마크한테 돈을 빌려줬다고 테스한테 말한 건 깊이 뉘우치고 있습니다. 장례식 때는 머릿속이 뒤죽박죽이었어요. 제 동생과 조카가 가장 비극적인 사고로 죽은 직후였으니까요. 당시엔 몰랐지만 제 생각보다 더 충격을 받았던 것 같아요. 설상가상으로 제 사업 파트너가 회사를 팔고 은퇴하기로 결정했었어요. 크리스마스 이전에 마크한테 돈을 부탁해놨는데, 그 애는 대출을 신청해서 도와주겠다고 했죠. 그게 안 되면 대출을 연장하겠다고 했고요. 제가 대출을 이미 한도까지 쓰지 않았다면 저 역시 그 애를 위해 똑같이 했을 겁니다. 우린 형제니까요. 우린 서로를 잘 챙겼죠.

전 돈이 필요했지만 장례식장에서 테스한테 돈을 빌려달라고 할 수는 없었어요. 엄밀히 말해 우리 사이는 썩 살갑지 않았죠. 거짓말할 생각은 아니었어요. 그냥 당황한 나머지 말이 저절로 나왔죠. 마크가 저한테 돈을 빌렸다고 말하면, 저한테 생명보험금을 일부 줄 거라고 생각했어요. 전 그 보험에 관해 알았거든요. 유언장에 적혀 있었고, 전 그 애가 모든 걸 자기 아내하고 아들한테 남길 걸 알았어요. 전 그저 제 회사를 살리고 싶어서 그 일부를 요구했을 뿐입니다.

그 부활절 토요일에 테스가 차를 몰고 마을로 돌아갈 때, 전 일부러 기다린 게 아니었어요. 그냥 우연히 친구 생일축하 모임에서 점심을 먹고 돌아오는 길이었는데, 테스의 집에 한번 들를까 했죠. 심지어 우리가 A12 고속도로에서 마을로 접어들 때까지 테스의 차인지도 몰랐어요. 전 인사하려고 등을 켰는데 테스는 액셀을 밟더군요. 괜찮은지 보려고 쫓아갔는데, 테스가 길 반대편으로 핸들을 꺾는 걸 보자 제가 뜻하지 않게 테스를 겁줬을지 모른다는 생각이 들었어요. 전 점심때 술을 한잔한 참이었어요. 취할 정도로 마신 건 아니지만 알코올 기운이 남아 있을지도 모르니까, 음주측정을 당하고 싶지 않아서 그냥 집으로 갔죠.

전 테스한테 좋은 사람이 아니었어요. 이제는 알겠어요. 저도 마크를 잃었어요. 아마 그 슬픔이 제 생각보다 더 많이 저를 망가뜨린 것 같습니다. 하지만 누가 뭐래도 테스를 돕고 싶었던 제 마음은 진심이었어요.

저는 이 증인 진술서에 진술된 모든 내용이 진실이라고 믿습니다.

서명,

이안 클라크

셸리 랭

이제 와서 돌이켜보면 그걸 더 일찍 알아차렸어야 한다고 말하기 쉽겠죠. 최초부터 신호들이 있었어요. 심지어 제가 처음 찾아갔을 때도, 싱크대에 아침식사 시리얼 그릇 두 개가 있었거든요. 전 그냥 테스가 아침을 먹다 말고 중간에 다른 게 먹고 싶어진 줄 알았어요. 그냥, 정말이지 확신하기가 쉽지 않았다고요.

경찰이 집에 오고 테스가 교환원에게 제이미가 자고 있다고 한 날 밤, 전 어쩌면 경찰이 착각했을지도 모른다고 생각했어요. 경관들이 물어보자 테스는 아무 말도 하지 않았죠. 그들에게 비어 있는 제이미의 방을 보여준 건 저였어요.

테스가 환영을 보고 있다고 제가 확신하게 된 건 해변에 갔을 때였어요. 지금은 제가 너무 멍청했다고 생각하지만, 전 믿고 싶지 않았어요. 어느 정도는 질투심도 있었던 것 같아요. 그렇게 말하니까 끔찍하게 들리지만, 사실이에요. 테스는 여전히 아들이 있는데 저는 아니었으니까요. 다음에 만났을 때는 같이 쇼핑을 갔는데, 그때 테스가 제이미를 잃어버렸다고 생각했어요.

이안은 모든 사람 앞에서 테스한테 말하고 싶어 했어요. 제이미가 죽었다고. 하지만 제가 그러지 말라고 설득했죠. 집에서 말하는 게 더 나을 거라고. 알고 보니 잘못된 생각이었죠.

제 판단력이 흐려지지 않았다면 다르게 행동했을지는 잘 모르겠어요.

제 결혼 생활이 끝장나기 직전이었고 전 많은 일을 겪고 있었어요. 보통 사별한 사람들을 만날 때, 전 그 사람들이 저보다 덜 힘들다고 나 자신을 설득할 수 있었어요. 그 사람들은 부모나 형제를 잃었는데 전 아이를 잃었으니까. 전 자신을 그 사람들과 제 슬픔으로부터 분리하고 그 사람들을 도울 수 있었어요. 하지만 테스의 경우에는…… 테스는 모든 걸 잃었어요. 남편과 아이를, 그리고 도움이 절실히 필요했죠.

그날이 제이미의 생일인 줄은 몰랐어요. 그것도 상황을 더 악화시켰던 것 같아요. 우리가 다른 날을 택했다면…… 아니면 월요일까지 기다렸다면 상황이 달랐을 수도 있었을 텐데, 우린 그러지 않았죠. 테스의 차 트렁크를 열고 8자 모양의 헬륨 풍선을 봤을 때, 가슴이 미어지는 것 같았어요. 그날 문을 열었을 때 테스는 움찔하고 놀랐는데, 마치 무슨 일이 일어날지 예상한 것 같았죠.

이안이 자기 집인 양 활개 치며 들어온 것도 도움이 되지 않았죠. 그 후 테스는 우리한테 이런저런 비난을 퍼붓기 시작했어요. 이안과 제가 음모를 꾸민 걸 다 안다면서요. 말이 안 되는 소리를 늘어놨는데, 이안은 도움이 안 됐어요. 그냥 계속 테스가 정신이 나갔다는 소리만 했죠. 그때 테스가 한 말로, 테스가 제이미를 보고 있다는 게 명확해졌어요. 제가 그 칼…… 그 순간을 머릿속에서 몇 번이나 돌이켜봤는지 몰라요. 테스는 칼을 쥐려는 의도가 분명해 보였어요. 가장 가까이 있었던 이안도 칼을 향해 손을 뻗었죠. 제 생각엔 그냥 테스가 칼을 쥐는 걸 막으려고 한 것 같아요. 이안이 칼을 손에 쥐긴 했지만 테스를 찌르지는 않았어요. 테스가 칼날로 덤벼들었죠. 제가 말했듯, 그 모든 일은 너무 빨리 일어났어요. 테스가 몸에 꽂힌 칼을 잡아 빼고 바닥에 쓰러졌죠. 전 상처를 틀어막았고 이안은 구급차를 불렀어요. 나머지는 아시는 대로예요.

저는 이 증인 진술서에 적힌 모든 내용이 진실이라고 믿습니다.

서명,

셸리 랭

66

제이미 생일 68일 후

찌르는 듯한 여름 햇살이 다이아몬드 무늬의 유리창을 통해 춤추며 들어와, 경첩에 기우뚱하게 매달린 찬장 문짝에 기다란 빛의 기둥을 던졌어. 한 줄기는 부엌 식탁 위에 놓인 하얀 상자를 비췄지. 상자에는 가지런한 타이프 글씨로 이렇게 적혀 있어. **테레사 클라크. 하루 2정씩 복용하세요(식사와 함께).**

내가 알약이 든 상자를 손에 든 채 이 식탁에 마지막으로 앉은 이후로 너무 많은 일이 일어났어. 너무 많은 일이 있었고 동시에 아무 일도 없었지. 하지만 이제는 상황이 달라졌어. 난 아직도 당신이 그리워, 마크. 그야 당연히 그립지. 하지만 달라. 아직 어떤 방향으로 전개될지 모르던 데이트 시절이나 아기인 제이미를 내 팔에 안고 있던 시절을 그리워하는 건 내 인생의 어느 한 단계에 대한 그리움이지. 당신으로 인한 슬픔은 이제 달라. 그건 마치 박제사의 전시품처럼 유리 상자에 들어 있어. 언젠가는 꺼내서 풀어주고 싶지만 그럴 수 없는, 아름답고 기괴한 야생동물처럼.

난 더는 당신 목소리를 듣지 않아도 돼. 더는 당신에게 질문하고 대답을 듣지 않아도 돼. 어차피 진짜 당신도 아니었는걸. 내가 생각하는 당신이었지.

당신은 멋진 남편이자 아버지였어. 우린 완벽한 커플은 아니었지만, 아마 우리 두 사람에게 가능한 한도까지는 완벽에 가까웠고 난 당신을 사랑했어. 난 그걸 절대 의심하지 말았어야 했어. 하지만 이제는 당신이 가버렸다는 걸 인정해야 해. 앞으로 나아가야지.

제이미와 나는 거울 같아. 내가 행복하면 그 애도 행복해. 그리고 그 애가 행복할 때 난 비로소 살아 있음을 느껴. 그 애 없는 난 아무것도 아니야.

이번에는 좀 더 조심해야지. 그 애가 집에 있을 때는 절대 아무도 못 들어오게 할 거야. 난 더는 병원에서 지내거나 그 사람들이 주는 약을 먹을 수 없어. 제이미가 다시 도망가버린다면 난 견딜 수 없을 거야. 걸걸한 목소리의 전화 속 그 남자, 그 남자는 현실이 아니야. 그 남자는 망상이었어. 이제 그걸 알았어. 이젠 그 남자가 다시 전화할까 봐 겁먹지 않아도 돼.

우린 이사를 갈 수 있어. 해안가 근처에 작은 별장을 찾아볼까. 아무도 우리를 모르는 다른 마을에. 돈은 이제 문제가 안 되니까. 새들러 박사와의 세션과, 셸리의 그 '수영장 가는 길인데 잠깐 들러서 차 한잔할까 하고요'가 없어지면 훨씬 수월하겠지. 길에서 지나치는 마을 사람들의 돌아보는 눈길과, 전화기를 통해 들려오는 엄마와 샘의 걱정스러운 침묵이 없으면 훨씬 수월할 거야. 하지만 음침하고 숨을 수 있는 구석이 잔뜩 있는 이 집은 제이미가 있는 곳이야. 여긴 그 애의 집이고, 그 애는 내 거야. 그러니 우린 여기 머무를 거고 이번엔 전보다 더 쉬울 거야.

이안은 기소를 면했어. 어차피 난 그다지 믿음직한 증인이 아니었으니까. 이안은 경찰에게 주의를 받았어. 당신한테 돈을 빌려줬다고 거짓말한 걸 인정했지. 아마 내가 이런 상태니까 그냥 달라는 대로 돈을 줄 거고, 그러면 회사를 구할 수 있을 거라고 생각했나 봐. 난 당신이 그 사람을 도와주려고 대출을 신청한 걸 알게 됐어. 당신은 좋은 사람이었어, 마크.

가끔은 이안이 안됐다 싶어. 그 사람이 날 돕고 싶다던 건 진심이었을 거야. 겸사겸사 자기 회사도 구하고 싶었겠지. 하지만 그러다가도 내 눈을 멀게 하던 그 전조등 빛이 떠오르면 연민 따윈 사라지고 내게 남는 건 증오뿐이야.

내 손가락이 은박지 포장 위에서 춤을 췄어. 퐁, 퐁, 분필 같은 하얀 알약 두 개가 내 손바닥 안으로 떨어졌어. 난 그것들을 잠시 햇빛에 비춘 후 주먹을 꽉 쥐었어.

"제이미!" 난 위층을 향해 외쳐 불렀어. "아침 먹어야지."

잠시 침묵이 흘렀어. 심장이 가슴속에서 쿵 떨어지는 한 박자의 침묵. 그리고 익숙한 압력이 날 짓눌렀지. 난 감히 숨도 쉬지 못한 채 소리를 들으려고 귀를 쫑긋 세웠어. 그 애가 또 가버렸으면 어쩌지? 내가 병원을 나온 후로 그 애가 집으로 돌아오는 데 두 주나 걸렸어. 처음에 그 애는 멀찌감치 떨어져 있었어. 트리 하우스에서 언뜻언뜻 금발 고수머리가 보이고, 그 애의 침실에서 웃음소리가 들려왔지. 하지만 이전에도 그랬듯 그 애는 결국 서서히 내게 다가왔어.

그 애가 발을 쿵 내려놓자 위층 마루 판자가 삐걱거렸고 비로소 난 다시 숨을 쉴 수 있었어.

"날씨가 좋네." 난 언제나처럼 교복을 입고 부엌으로 들어서는 그 애에게 말했어. "우리 학교 끝나고 해변 가서 파도 뛰어넘기 할까?"

고개를 끄덕인 그 애의 얼굴 위로 환한 웃음이 번지면서 흔들거리는 유치가 드러났어. 난 눈길을 떨어뜨리고 재빨리 고개를 돌려, 찬장에서 라이스 크리스피를 꺼냈어.

"아이스크림도 먹어도 돼요?" 제이미가 등을 돌린 내게 말했어.

"당연하지."

"신난다!" 제이미는 잔뜩 흥분해서 목소리를 통통 튕기며 쉿 소리를 냈어.

난 그 애의 그릇과 숟가락 옆에 시리얼을 내려놓고 내 손아귀에 쥔 분필 같은 알약 두 개를 떠올렸어. 조리대에 배가 닿지 않게 주의하며 싱크대로 걸어갔어. 내 상처는 더디게 낫고 있어. 지난주에 찾아온 구 소속 방문 간호사 말에 따르면 너무 느리대. 그 여자는 오기 전에 뭔가 이야기를 들은 게 분명해. 마치 누구 다른 사람의 흔적을 찾는 듯 계속 방 안을 둘러보지 뭐야. 빈 약 포장지를 몇 번이나 확인하고, 정량이 얼마인지를 설명하고 또 하더군. 난 제이미를 하교시킬 시간이 다가오니 적당히 좀 하라는 말을 내뱉지 않으려고 혀를 깨물어야 했어.

싱크대로 가서 물 한 잔을 받았어. 차가운 물을 한 모금 삼킨 후 나머지를 싱크대에 쏟자 알약이 개수구로 흘러 내려갔어.

창밖을 내다보니 태양이 차도 너머로 들판을 환히 비추고 있어. 여름 바람에 흔들리는 옥수숫대 위로 보이는 하늘은 천국처럼 완벽한 파란색이어서, 고개를 떨구고 싶은 마음을 애써 억누르며 한참을 올려다봤어.

당신이 그리워, 마크. 하지만 이제는 제이미를 생각해야 해. 당신이 죽고 내 세계는 멈췄지만, 제이미가 없으면 내 세계는 아예 존재하지 않아.

"갈 준비 됐어요?" 제이미의 목소리가 내 귓가에 와 닿아.

"그럼." 난 뒤돌아 우리의 완벽한 아들을, 그 애의 아름다운 파란 눈동자를 보며 웃음 지어.

〈끝〉

감사의 말

테스와 제이미의 이야기는 쓰기 쉽지 않았다. 감정이 모조리 빨려 나간 듯 녹초가 되는 날도 적지 않았다. 그들의 모습이 이랬으면 좋겠다 하는 전체적인 이미지는 처음부터 머릿속에 있었지만, 그게 늘 종이 위에 고스란히 옮겨지지는 않았다(사실 이 책의 첫 반절은 세 번이나 폐기하고 처음부터 다시 써야 했다). 그래서 내 첫 감사의 말(이건 내게 아주 큰 의미가 있다)은 나와 이 이야기를 백 퍼센트 믿어주고 지금의 모습으로 만들 수 있게 도와준 훌륭한 에이전트, 타네라 시먼스에게 드려야겠다. 그리고 타네라 뒤에 있는 달리 앤더슨의 팀원 전체에게도. 감사합니다!

출판팀의 모든 분께도 크게 감사드린다. 트랜스월드의 모든 팀원들, 그중에서도 열정과 지지와 환상적인 편집 아이디어를 제공한 끝내주는 편집자 태시 바스비와, 이 책을 열심히 홍보해주고 내게 너무 잘해준 홍보 담당자 헤일리 반스, 두 분께 각별히 감사드린다. 그리고 대니얼레 페레스와 버클리 팀 모두에게. 대니얼레, 이 이야기와 나를 믿어주고, 편집자로서 탁월한 혜안을 들려주고 날 지지해줘서 고마워요.

내 첫 독자들인 매기 에윙스(즉 나의 멋진 어머니), 멜 에윙스, 폴린 헤어와 레이철 버튼에게 엎드려 절하고 싶다. 이 여행의 첫걸음부터 나와 함께해주신 여러분, 여러분의 피드백과 지지는 내게 온 세상이나 다름없었어요.

물론 가족들도 빼놓을 수 없다. 스티브 톰린(나의 아버지), 매기와 멜, 토니 엘링엄과 캐서린 크레스웰에게. 나와 함께 커피를 마시고 초콜릿을 먹으며 잡담을 나눠주고, 내가 책을 쓴답시고 몇 주씩 두문불출할 때마다 이해심을 발휘해줘서 고마워요.

내 소중한 친구이자 개인 교정자인 캐스린 존스에게. 이 책을 처음부터 읽어주고 함께 개를 산책시킬 때마다 내 끝도 없는 주절거림을 들어줘서 고마워요. 우리의 아이들이 함께 어울려 놀게 해준 것도, 포도주도, 그리고 글 쓰는 동안 내가 정신 줄을 놓지 않게 해준 것도요. 내가 문법에 통달해서 당신을 귀찮게 굴지 않아도 될 날이 언젠가는 오겠죠?

우리 작가들에게 뜨거운 지지와 응원을 보내주는 모든 멋진 블로거들께 감사드린다. 백만 번 감사합니다! 특히 라이팅 가넷의 카이샤, 레이철스 랜덤 리즈의 레이철, 그리고 빙 앤의 앤 윌리엄스에게. 부디 내 한없는 감사를 받아주시길.

내 남편 앤드루와 우리 아이들, 토미와 로티에게 마지막으로 고마움을 전해야겠다. 마지막이라고 꼴찌는 아닌 거 알죠? 그대들이 해주는 모든 말, 그리고 하루도 빠짐없이 내 삶에 가져다주는 웃음과 즐거움을 어찌 고맙다는 그 짧은 한마디로 대신할 수 있을지. 사랑합니다.

완벽한 배신

초판 1쇄 발행 2020년 7월 3일
초판 2쇄 발행 2020년 7월 31일

지은이 로렌 노스
옮긴이 김지선
펴낸이 신경렬

편집장 김지연
마케팅 장현기 · 정우연 · 정혜민
디자인 이승욱
경영기획 김정숙 · 김태희 · 조수진
제작 유수경
편집 박은경

펴낸곳 ㈜더난콘텐츠그룹
출판등록 2011년 6월 2일 제2011-000158호
주소 04043 서울시 마포구 양화로 12길 16, 7층(서교동, 더난빌딩)
전화 (02)325-2525 | 팩스 (02)325-9007
이메일 boheme@thenanbiz.com | **홈페이지** www.thenanbiz.com

ISBN 979-11-5879-137-7 03840